王 家 新 作 品 系 列　　　诗 论 随 笔 集

以歌的桅杆驶向大地

王家新 著

GUANGXI NORMAL UNIVERSITY PRESS
广西师范大学出版社
·桂林·

目 录

翻译作为"回报"

雏既壮而能飞兮，乃衔食而反哺。

——《初学记·乌赋》

在一篇谈策兰、谈策兰与语言的关系的访谈《语言，永远不能被占有》[1]中，德里达这样谈道：

> 但是继承并不是简单被动地接受已经在那里的东西，像某种财产一样。继承是通过转化、改变、移植而达成的重新肯定。……那是一种悖论，在他接受的同时，他也给出。他收到一份礼物，但是为了能以一个负责任的继承人的身份收到

---

[1] Jacques Derrida: *Sovereignties in Question, The Poetics of Paul Celan*, Fordham University Press, 2005.

它，他必须通过给出另外的东西以回应那份礼物，也就是说，通过在他收到的礼物的身体留下印记。

德里达在这里谈的是一个诗人与他所接受的语言文化遗产的关系，但它对于我们认识翻译，尤其是"诗人译诗"同样有效。这里，我首先想起了从苏联移居到美国的年轻优秀的诗人卡明斯基对茨维塔耶娃的翻译。

伊利亚·卡明斯基（Ilya Kaminsky），1977年生于苏联敖德萨市（现属乌克兰）的一个犹太裔家庭。他12至13岁时即开始发表散文和诗，出版过小诗册《被保佑的城市》。苏联解体后排犹浪潮掀起，他随全家以难民身份来到美国，并开始学习以英语写作，2004年出版英文诗集《舞在敖德萨》，在美国一举成名，受到了包括默温、品斯基、扎加耶夫斯基等在内的一些著名诗人的称赞，并在美国多次获奖。

卡明斯基的一些诗作曾被明迪译成中文。我读过他的献给策兰、曼德尔施塔姆的诗篇，没想到他也从事翻译，而且翻译的是茨维塔耶娃！今年2月，当我意外得到一本他和美国女诗人吉恩·瓦伦汀合作译介的《黑暗的接骨木树枝：茨维塔耶娃的诗》（*Alice James Books*，2012），我的直觉马上告诉我：这里面有一种"天意"，这里面会有着同一精神血液的循环！

《黑暗的接骨木树枝》使我在一个春寒料峭的季节里又开始了"燃烧"。那里面的译作，几乎每一首我都很喜欢，它们有着生命脉搏的跳动，使人如闻其声的语感，高难度的诗艺转换，以及来自语言本身的"击打"和"闪耀"（"有些人——石头做成，另一些——泥塑，/但是无人像我这样闪耀！"，茨维塔耶娃）。现在，我们来看他们翻译的茨维塔耶娃《书桌》组诗中的第二首：

The Desk

Thirty years together—
Clearer than love.
I know your grain by heart,
You know my lines.

Wasn't it you who wrote them on my face?
You ate paper, you taught me:
There's no tomorrow. you taught me:
Today, today.

Money, bills, love letter, money, bills,
You stood in a blizzard of oak.
Kept saying: for every word you want
Today, today.

God, you kept saying,

Doesn't accept bits and bills,

Nnh, when they lay my body out, my fool, my

Desk, let it be on you.

书桌

三十年在一起——

比爱情更清澈。

我熟悉你的每一道纹理，

你了解我的诗行。

难道不是你把它们写在我的脸上？

你吃下纸页，你教我：

没有什么明天。你教我：

只有今天，今天。

钱，账单，情书，账单，

你挺立在橡树的旋涡中。

一直在说：每一个你要的词都是

今天，今天。

上帝，你一直不停地说，

绝不接受账单和残羹剩饭。

哼，那就让他们把我抬出去，我这傻瓜

完全奉献于你的桌面。

"Thirty years together— / Clearer than love"（三十年在一起—— / 比爱情更清澈），一出来就是一句伟大的、不同寻常的诗！相比之下，我们看到的其他一些译文（如"整整三十年，我们的结合——比爱情更坚贞"等等），不仅不够简洁有力，它们所袭用的"比爱情更坚贞"之类，也一下子快成了陈词滥调（虽然它们在字面上有可能是"忠实"的）。

看来，卡明斯基对自己的翻译，首先就定位在"刷新"上。在英语世界里已有诸多茨维塔耶娃诗歌译文的背景下，如果不能通过翻译来刷新和深化人们对一个诗人的认知，这种翻译还有什么意义？

当然，这种语言的刷新，不是表面上的。作为一个来自乌克兰的诗人，卡明斯基熟知茨维塔耶娃的技艺，更重要的是，他对茨维塔耶娃有着比其他译者更为透彻的了解，因此他会这样来翻译，"比爱情更清澈"。这里不仅有一种语言的清新，也更令人震动，更耐人寻味，因为它包含了肉体与灵魂、世俗之爱与精神之爱等更丰富的层面，这就是说，在清澈下面有潜流、在赞美之中有伤痛——我们甚至可以通过这样的诗句体会到诗人是带着怎样的一种内心涌动来到她的"书桌"前的！

这是我们的读解和领会。但是一个译者要做的，不是解释（因为一解释就成了散文），而是"呈现"。"I know your grain by heart"（我熟悉你的每一道纹理），这里，"grain"一词（它的首义为"谷物"，也包含树木或石头的"纹理"之义）的运用，就比其他译文的"皱纹"要好（对此可对照苏杭等人的中译）。这样的翻译，带着事物本身的质地，而非多余的、不必要的解释。

"Wasn't it you who wrote them on my face?"（难道不是你把它们写在我的脸上？），这一句反问得好！不仅使全诗波澜陡起，而且由此确立了"我与你"的主从关系，体现了一个诗人对其命运更深刻的辨认。这里，卡明斯基所运用的"write"（写）也非常有力，它带着生命本身的"姿式"，并耐人寻味（对此可对照苏杭的中译"难道不是你使我的皱纹增添？"）。"写"，一个诗人就是这样被"写"入其命运的，或者说，被"写入 / 那伟大的内韵"——策兰在献给茨维塔耶娃的诗篇《带着来自塔露萨的书》中就有着这样的诗句！

我们还要问：被"谁"写——被这张神秘的"书桌"？被一个诗人一生所侍奉的语言本身？如果我们这样追问，我们就抵及这首诗最根本的内核：一个诗人与语言的关系。对这种关系，海德格尔、德里达等哲人已有很多富有洞见的阐述。这里我要说的是，正是这种与语言的关系，不是与任何情人，甚至也不是与她的祖国，对茨维塔耶娃来说，构成了最根本意义的"我与你"的关系。

在这首诗中，"我"就这样来到"你"的面前：对话，承受，并且如我们会在最后看到的那样——献身。

这也就是为什么卡明斯基会在译诗集后面那篇介绍、读解茨维塔耶娃的长文中一开始就这样写道："作为一个女孩，她梦想着在莫斯科的大街上被魔鬼收养，成为魔鬼的小孤儿。……就在这座莫斯科城的中间，玛丽娜·茨维塔耶娃想要一张书桌。"

令我们感动甚至惊异的是，无论一生怎样不幸，茨维塔耶娃一生都忠诚于她的"书桌"，忠诚于她与诗歌本身的这种契约，因为这也就是她与她的上帝的契约，任何力量都无法打破。卡明斯基在他的长文中，还引用了茨维塔耶娃流亡国外期间写下的这样一句话：

> 我的祖国是任何一个摆着一张书桌的地方，那里有着窗户，窗户边还有一棵树。

这里，一张书桌——窗外的一棵树——更远处隐现的"语言的密林"（这是本雅明《译作者的任务》中的一个隐喻）——对茨维塔耶娃这样的诗人来说，就是她的"祖国"，就是她为之献身的一切！（需要点明的是，这里所说的"语言"，也不仅仅是"母语"可以涵盖的，它就是那个绝对的语言本身。）

因而，《书桌》这样的诗，绝不是人们通常所说的"咏物诗"（诗人"不是意象的制造商"，曼德尔施塔姆）。在这样的诗中，如用海德格尔式的语言来表述，那就是："我们的命运发生了。"

现在我们再回到这首诗的具体翻译。第二节的第二句"You ate paper, you taught me"（你吃下纸页，你教我），简洁有力的句法，不仅让我们仿佛听到了纸页的哗啦声（对此可比较苏杭的中译"你吞噬了纸张一卷又一卷"），而且以比原文更多的重复（"你教我"在原文中只出现了一次），步步进逼，不仅有一种诗的节奏，也更有力地传达出那种存在的迫切感——一切都指向了一个诗的"当下"！

而到了第三节，"Money, bills, love letter, money, bills, / You stood in a blizzard of oak"（"钱，账单，情书，账单，/ 你挺立在橡树的旋涡中"，从中文表达考虑，我的中译去掉了后面的一个"钱"），对卡明斯基这样的天才译者来说，"创造"的机运又来了——"你挺立在橡树的旋涡中"，这是多么大胆而又令人振奋的一句！（对此可比较苏杭的中译"无论是金钱，还是寄来的信函 / 都被桌子丢到了一边"）这一句在字面上可能不那么"忠实"，但正是这一句，使原著的生命在一瞬间得到了"新的更茂盛的绽放"！

换句话说，也正是这一句，使茨维塔耶娃成为茨维塔耶娃。

还应留意的是，原诗中的"信件"在卡明斯基的译笔下被具体为"情书"，这不仅和诗一开始的"比爱情更清澈"构成了呼应，而且再一次伸张了一种尺度。这种更伟大的生命尺度，让我联想到茨维塔耶娃自己的另一句诗，那就是："生命有更伟大的眷顾已够了，比起那些 / 爱的功勋和疯狂的激情。"（《躺在我的死床上》）

同时，译文中所增添的"账单"，也很耐人寻味。这个看似不起眼的细节，构成了一个重要的隐喻。的确，诗人都是"欠了债"的：生命的债，"上帝"的债，语言本身的债。而欠了债就得"还"。这就是为什么茨维塔耶娃会献身于诗歌的深层动因。这样的诗人让我们敬佩，也就在于她以她的全部勇气承担了这一命运。

至于全诗的最后两句，这里要特别点出的是，"nnh"这个俄语中的语气感叹词也是卡明斯基大胆加上去的（我姑且译为"哼"），以形成一种节奏上的"换气"，并使语调显得更为真切、微妙和丰富。而卡明斯基为何想到要加上这个原诗中也没有的"nnh"，这也是"有来头"的——这出自茨维塔耶娃本人。在卡明斯基的那篇长文的最后，他引出了一段茨维塔耶娃在其生命最后时期所做的笔记：

> 我的困难（在诗的写作中——而其他人的困难也许是怎样理解它们）在我的目标的不可能中，举例讲，怎样运用词语来表现呻吟：nnh, nnh, nnh。为了表现这声音而运用词语，运用其含义，以使这唯一的东西留在耳朵中，这便是 nnh, nnh, nnh。

"nnh, nnh, nnh"，这是发自体内的最真实呻吟。这是生命的呻吟，也是死亡的呻吟。这是呻吟，但也是呼唤。这是语言的黑暗起源和永恒回归。它很难译（有的中文译者在翻译这段话时把它译成了"哎——哎——哎",显然,这不是"那么一回事"),更哲学一点来表述,它"不可被占有"(德里达《语言,永远不能被占有》),但同时又在诱惑着翻译,更热切地呼唤着翻译,"以使这唯一的东西留在耳朵中"……

卡明斯基就这样做出了他的大胆尝试。令人惊异,甚至可以说是在"冒险"。但在我看来,这首译作不仅充满了非一般译者所能具备的创造性,也达到了一种"更高的忠实"。它充满了乔治·斯坦纳在论翻译时所说的"信任的辩证,给予和付出的辩证"(《巴别塔之后》)。卡明斯基对茨维塔耶娃的翻译,正是在相互"信任"的前提下(他深深认同茨维塔耶娃,而他的茨维塔耶娃也"允许"他这样来翻译),使翻译同时成为"给予"和"付出"的卓越例证。使我感叹的是,像卡明斯基这一代诗人,主要就是读茨维塔耶娃、曼德尔施塔姆等人的诗"长大的",现在是他们通过创造性的翻译来从事"回报"的时候了。他对得起"他的"茨维塔耶娃。他接受了来自茨维塔耶娃的馈赠,他也把一些东西"回赠"给了茨维塔耶娃。正是这种来自翻译的"回报"(由此我还想到了另一个词"反哺"——语言本身也需要"反哺"吗?是的,不然它就会衰竭!),如以上已讲过的,使茨维塔耶娃成为茨维塔耶娃——一个面貌一新、光彩熠熠的茨维塔耶娃出现在我们面前!

通向内心平静的最遥远旅程

——访奥登在奥地利的故居

在白日，从一个房舍到另一个房舍，

是通向内心平静的最遥远旅程，

怀着爱的柔弱、爱的坚贞。

这是我坐上从维也纳通往维也纳西南郊克切斯特滕（kirchstet-ten）的慢车后在火车行程表的空白处凭记忆记下的奥登的一节诗。"柔弱"，对，就是这个词！没有这种"爱的柔弱"，也就不可能有真正的"爱的坚贞"。

风和日丽的维也纳，这次德国—奥地利巡回朗诵的最后一站。这个昔日的帝国之都、音乐之都，本是游览者的天堂，但我最想去看的，是英国诗人奥登晚年在下奥地利州的旧居及墓地。德国汉学家顾彬本来要和我一起去，但他临时有事，我只好独自上路了。只不过在维也纳西客站窗口买火车票时，我一下子蒙了，售票员告诉我在维也纳周边有两个位于不同方位的"kirchstetten"："你要去哪一个？"

我只好"跟着感觉走"了——说实话，这是我一生所经历的最大"赌注"之一。打开密密麻麻的维也纳市区地图，kirchstetten 因为太远，也太小，不在上面，我在"琢磨再三"后，终于鼓起勇气在地图上指出一个方位，对售票员说："就这个方向的！"

好在爱能创造奇迹！在火车上惴惴不安地坐了近一个小时后，一下火车，抬头即在路口的标牌上看到了"Auden"（奥登）的名字！在那一瞬，我差点要欢呼起来了！

不过，待问路时，我又有点慌了：奥登旧居距这个小火车站还有两三公里！一个小伙子给我讲怎样去那里，讲着讲着他干脆说"我开车带你去吧"。瞧，我还真有运气，遇到一个奥地利的"活雷锋"了。

终于到了：一座处在山坡下，掩映在篱笆和树木之间的奥地利红瓦乡舍，远远看去，院门口还有一个带有奥登肖像和纪念性文字的招牌。这所房子 12 年前已被维也纳一家人买下，男主人为一位儿科心理医生，听见有人来，便出来迎接。他非常高兴我的到来，说在奥地利知道奥登的人不多，这里又很偏僻难找，一年大概只有数十个访问者。（后来我看了有关资料，英国诗人、奥登的朋友史朋德当年从伦敦来参加奥登的葬礼时，就差一点找错了地方！）

奥登是于 1957 年用一笔奖金买下这栋房子的。在这之前他在意大利有一处房子，但不太满意。因为他精通德语，他想在一个"讲德语但不是德国的地方"有一个家，朋友帮他发现了这处奥地利乡舍。他很喜欢这座纯朴、美丽的房子和周边幽静的环境，并为能离开喧闹的纽约而高兴。这之后，他每年 5 至 7 月在英国牛津教书，7 至 10 月在此度过，然后回到纽约过冬，像一只候鸟一样忠实于他内心的季节。他的日常生活也很有规律，在这里时，他每天早上六点半至九点半在阁楼上写作，然后到小火车站边上的小邮局发信，并在那里的小酒吧用早餐，回来后接着工作，下午茶后则沿着森林小径长时间散步，晚饭后喝杯马蒂尼酒，听音乐或是读书，有时候也开车出去到维也纳看歌剧。

　　现在，这处房子已属于新主人，阁楼上的两三间木头小房间，则辟为奥登纪念馆。主人带我沿着外置的小楼梯上去，推开门，一眼即看到阁楼尽头的墙上一幅奥登的放大的旧照片，像是在迎接我们！它是诗人当年在这里的阳台上扶着栏栅远眺时被拍下的，现在，它被置于幽静阁楼的内部，仿佛是诗人——"时间的人质"（帕斯捷尔纳克语）——正从时间的深处向外眺望！

　　纪念馆则分为两部分，里面的两间展室收藏有诗人的出版物以及他在这里所写的诗和文章。在这里，奥登写了许多诗篇、散文和两部歌剧（它们由德国音乐家恒彻作曲，均在德国、奥地利首演），翻译有歌德的《意大利游记》《诗与真》和布莱希特的《大胆妈妈》及一些瑞典和俄国诗歌。这两间展室里还布满了雕像、照片和绘画，其中还有一张奥登在抗日战场上与中国军人合影的照片，这使我深感亲切，并再次回想起他的《战时》十四行组诗对卞之琳、穆旦那一代中国诗人的影响。靠外的一间则有好几书柜奥登留下的藏书（比如弗洛伊德的著作、《叶芝与日本》等等）、生活用品（咖啡壶、空马蒂尼酒瓶、用旧的旅行包、穿破的皮鞋等等），这间阁楼靠窗的地方则是诗人的写字台，上面摆放着一盏老式油灯和曾发出欢快奏鸣的打字机——打字机上还卷着打出一半的诗稿！

诗在人去。5月的日光从窗口透进来，勾勒出桌椅之间深邃的明暗光影。我久久地凝视着这一切，不禁深受触动：一位伟大诗人的晚年！

中外文学史上都有一些著名的隐者，奥登和他们相似而又不同，他躲避着这个世界，但又知道怎样享受生活，为人和善，幽默，放松。他同他的女管家一家人及当地的村民也都相处得很好，1967年他的女管家逝世后，他还专门为她写了一首诗《关于这房子》。他在这里因车祸受伤后认识了当地的一位医生，他也为他写了一首诗。在他生前，通向他家的那条路已被当地政府命名为"奥登路"，他为此深感自豪，视为殊荣，虽然他在与人通信时用的仍是命名前的老地址。

一个公开的秘密是，奥登为同性恋，他的男友为比他小很多的美国诗人切斯特·卡尔曼。卡尔曼每年都和他一起来这里共同生活好几个月。但他们之间性的关系已很淡薄，他们只是在一起生活和工作而已。这是一场并不对等的爱（因为卡尔曼不时还有其他男友）。在这场艰难的爱中，奥登最终还是选择了包容，选择了成为"爱的更多的一个"（奥登《爱的更多的一个》）。自 1963 年后，卡尔曼在这里度过夏天后就不和奥登一起去纽约了，而是改到雅典过冬。他在奥登逝世两年后死于雅典。

在奥登的"维也纳时期"还发生了另一件重要的事：1972 年 6 月 4 日，被驱逐出国的布罗茨基来到维也纳，作为一个犹太人，他被苏联当局指定去以色列，但他自己的目标是美国，他为此给在克切斯特滕村的奥登打了求助电话，奥登即刻与伦敦的朋友联系，并设法在那 3 天内为布罗茨基弄到了英国签证，然后像个"老母鸡"一样（这是奥登的朋友对此的形容），亲自带着年轻的布罗茨基来到伦敦，参加在那里举办的国际诗歌节——从此布罗茨基一下子为西方文学界所瞩目！

而奥登自己呢，在其后期，他一直保持着创作和工作的活力，声誉也不断上升。1964 年，他为那一年呼声最高的诺贝尔文学奖候选人，但因他政治立场偏"右"，那一年的诺奖给了法国的萨特。这对他又是颇有影响的一件事。据说他对那个奖项本身无所谓，他只是希望得到那笔奖金——作为一个音乐爱好者，他还指望用它来买一架管风琴呢。

也就是在他带布罗茨基到英国的那一年，故国也再次为他敞开了怀抱——多年来他受聘执教的牛津大学又额外为他提供了一套房子，要"接他回家"，因此奥登在纽约度过 65 岁生日后便正式搬离纽约，回到英国。但是，他很快发现在牛津如同在纽约一样孤独。我看过一张奥登晚年在牛津的照片，背后正是他当年（1925—1928）作为一个崭露头角的新锐诗人居住的学生楼房——在那张照片上，他布满皱纹的脸已经成了一座纪念碑，他的眼神不无忧伤，他手中的烟灰在自己脱落……

因此在 1973 年夏，奥登又回到了他的克切斯特滕村。人们这次发现，他的身体已衰老得很厉害了。该年 9 月 28 日，他应邀在维也纳文学协会做一场朗诵（现在的奥地利笔会主席 Niederle 先生曾向我回忆了他在那次朗诵会后请奥登签名的情景，说奥登当时脸上的皱纹"像大海的波纹一样变化！"），当晚住在维也纳一家为他预订的饭店里，但在第二天早上人们去叫醒他时，发现他已因心脏病猝发死在床上！

就这样，这位伟大诗人死时才 66 岁，他本来还可以再写一二十年，死神就这样突然带走了他！

参观完纪念馆，应主人的要求留下题词和签名后（我留下的是穆旦所译的奥登《悼念叶芝》中的名句："'靠耕耘一片诗田／把诅咒变为葡萄园'——怀念一位伟大诗人。"），我沿着旧居边侧的"诗人小路"即诗人生前每天散步的林中路向前走去。我也需要平静一下自己的心情。走着走着，我发现"诗人小路"的边侧，还竖立有多座奥登的诗碑，其中之一便是那首在电影《四个婚礼和一个葬礼》中朗诵过的《葬礼蓝调》。奥地利人在这里刻下这首诗，不仅因为它打动了他们的心，我想还包含了他们对写出这首哀歌的诗人的感情，总之，我在这座诗碑前久久地站住了：

拔掉电话，停下所有走动的钟，

让吠叫的狗安静，以一根带肉汁的骨头，

也让钢琴沉默，就在抑制的鼓点中

抬出灵柩，让哀悼者前来。

让飞机在头顶上盘旋悲悼，

在天空书写"他已逝去"的讣告，

把黑绉纱系在公共信鸽的洁白颈项上，

让交通警察戴上黑色的棉手套。

他曾是我的北，我的南，我的东和西，

我的工作日和我的星期天的歇息，

我的正午，我的深夜，我的谈话，我的歌；

我以为爱会持久：我错了。

现在再也不需要星星了：熄灭它们，

包裹起月亮，拆除太阳；

泼掉大海并把树林打扫干净，

因为没有什么再有任何意义。

1973 年 10 月 4 日，奥登被葬于该村唯一的一个天主教小教堂的墓园内。奥登本来为英国国教徒，但因为他在这里时坚持有规律地上教堂，因此他得以在这里安葬。葬礼很隆重，几乎就像《葬礼蓝调》描述的那样，奥登一生的朋友、英国著名诗人史朋德等人、英美使馆代表、奥地利文学界人士和当地居民参加了葬礼。在灵柩从家里抬出之前，卡尔曼突然让停一停，他找出并播放了奥登生前常听的瓦格纳的《葬礼进行曲》，一时间，在场的朋友们都热泪盈眶。

从密林深处的"诗人小路"返回后，我去了那个小教堂。推开教堂墓园的铁栅门，左侧不远处便是奥登的墓地。墓地很简朴，只有一座十字形的青铜墓牌，上面刻有奥登的生卒年月及"诗人和文学家"的字样（奥登逝世次年，在伦敦威斯特敏斯特大教堂"诗人角"隆重举行了奥登墓碑的安放仪式，那里的墓碑上面刻下的，则是奥登《悼念叶芝》的最后两句"在他岁月的监狱里／教自由人如何赞颂"以及"葬于克切斯特滕、下奥地利"的字样）。

因为那天教堂关闭，墓园显得更加静谧。我在那里伫立，静静地走动，最后又回到诗人墓前。我想起了奥登逝世后布罗茨基来这里访问后写下的《哀歌》中的一句"天空看上去就像／一张你未写过的纸"；想起了阿赫玛托娃悼念帕斯捷尔纳克的诗句"他化为赋予生命的庄稼之穗，／或是他歌唱过的第一阵细雨……"但最终，我还是想起了歌德的一首抒情诗《流浪者之夜歌》（梁宗岱译）：

一切的峰顶

沉静，

一切的树尖

全不见

丝儿风影。

小鸟们在林间无声。

等着罢：俄顷

你也要安静。

　　奥登生前一直想重新编译一本歌德的英译诗选（因为他对已有的英译本不满意），他也曾数次和朋友谈过歌德这首诗的翻译问题，认为要把它从德语完美地译成另一种语言几乎不可能。但现在，我想，在这遥远的德语的山坡下，这个讲英语的"流浪者"也得到了最终的安宁。

诗歌的辨认 ①

尊敬的韩国昌原国际文学节评委会各位评委：

今天我满怀感激的心情站在这里，感谢你们将这一国际诗歌奖授予我，这对我不仅是一份很高的荣誉，它对我的生活和写作也会产生重要的激励。

作为一个诗人，我走过了一段漫长曲折的历程。我生于中国湖北西北部山区，成长于"文化大革命"时期。少年时代所经历的屈辱、压抑和痛苦，使我走向了文学——诗歌成了我在那时唯一的寄托和安慰。也许，至今在我体内燃烧的，仍是早年的那种奇异的寒冷。

---

① 本文为在韩国昌原第四届 KC 国际诗歌奖颁奖仪式上的受奖致辞。

"文革"结束以后，中国开始发生变化，我也有幸考入了大学，在武汉珞珈山下，我们一边写诗，一边埋葬自己荒凉的青春。作为一个年轻诗人，我在那时经历了思想解放运动和现代主义的艺术洗礼，经历了朦胧诗之后的"第三代"诗歌大潮。那是一个燃烧的、富有诗的冲动的年代，在经历了长久的历史压抑之后，中国诗歌又迎来了一次伟大的复苏。

　　但是更为严峻、巨大的考验还在后面：死亡来到了我们中间。20世纪90年代前后我们所经历的一切，不仅对我们那一代人是一种震撼、一种生命的重创，它也迫使我们反省自身，并从写作的内部和诗歌重建一种更深刻的关系。我在那时写下的一批作品，就是一种面对良知的拷打并试图重新发出自己的声音所做出的努力。而这一次的经历十分重要，我相信，它也会在我们的一生中发出持久的回声。

　　从那以后，写作不仅限定在纯粹审美的领域，"纯诗"的神话如同20世纪80年代的"集体写作""流派写作"一样，都受到深刻质疑。我想，正是在这一背景下，90年代以来，一种独立的、个人的和富有知识分子的批判、质疑、内省精神和现实关切的写作，成为推动诗歌前行的主要力量。它和人们所说的"学院派"并不是一回事。

　　就我个人来说，我还经历了更多。90年代初期我去了英国和欧洲其他国家，在孤独的异国他乡，我体会着命运、自由和个体存在的奥义，在我的写作中也经历了一场更深刻的蜕变。两年之后我回到北京，命运仍没有变，只不过它变得更荒谬了：一个全民"下海"的时代席卷而来。诗人们不得不在一个边缘上坚持或放弃，甚至，我们不得不在自己身上经历着人们所说的"诗歌之死"。这还是我的故国、我的汉语的家园吗？巨大的虚无和疲倦重新降临在我们头上。

但是，也正因此，我要深深感谢诗歌，感谢历史上那些伟大的艺术榜样，是他们帮助我从时代的暗夜中一直走到今天。也正因为我的这种经历，我完全认同俄国伟大诗人曼德尔施塔姆所说的：写作是一种"辨认"。这是一种艰难的辨认，也是一种会持续一生的辨认——在时间中，在人生和精神之谜中，在不断变化和混乱的语言文化中。辨认什么或怎么辨认，这很难言说。但我知道，每一首诗都是某种"辨认"的产物。我还知道，这往往还是一种需要付出代价的辨认，因为我们有太多的时候把蚊子的哼哼和个人一时的抒情当成了缪斯的歌唱。

也正因此，写作不仅是一种辨认，还应是对这种辨认的确立和坚持：让它成为一种良知，一种语言的尺度。的确，在中国，在我所处的时代，诗歌写作不仅是写出几首好诗的问题，也不仅是对诗艺有所贡献的问题，这同时还意味着一种更艰巨的承担和语言熔铸。这一切，恰如爱尔兰诗人谢默斯·希尼所说："锻造一首诗是一回事，锻造一个种族的尚未诞生的良心，如斯蒂芬·狄达勒斯所说，又是相当不同的另一回事；而把骇人的压力与责任放在任何敢于冒险充当诗人者的身上。"

这一切，几乎超出了我们个人的能力，但我们每一个人都应该去努力。人类的伟大，就在于这种持久的、点点滴滴的努力之中。而我自己，也注定了只能像我在《塔可夫斯基的树》一诗中写到的那个孩子一样，每天提着一桶"比他本身还要重的水来"，去浇灌那棵生命之树。

所幸的是，在我"悲哀的故土"，有更多的诗人——我这一代的和更年轻一代的——在做着同样的努力。继北岛之后，你们再一次把这个国际诗歌奖颁给了一位中国诗人，我想这不单是对我个人的奖励，这也是对中国当代诗歌的看重。我还想说：这其实也是一种"辨认"——不仅是两种语言、两种诗歌之间的辨认，也不仅是自我与他者的辨认，这还有点类似于被阻隔了多年的诗歌亲人间的相互辨认！

诗人们，朋友们，中国新诗在经过了百年的曲折历程之后，已来到一个更为开阔的流域。我也曾读过许多韩国现当代诗人的作品，它们不仅使我感到亲切，那跳动在其中的生命火焰，也曾一次次灼伤过我并使我深感惊异。我相信我们共同分享了很多，我也相信，在韩中诗歌之间，从古到今，都有一种神秘而深厚的切不断的联系。也许，作为诗人，我们都是一种如海子所说的"亚洲铜"所铸造的乐器。那就让我们如诗人崔东镐所说："活着就要把瞬间作为永远歌唱！"

谢谢！

"要打出真铁，让风箱发出吼声"

　　诗人谢默斯·希尼（1939—2013）离开我们快一年了。如同那些真正伟大的诗人，在我们的生活中，他逝世后反而成为一种更强有力的在场。

　　最早读到希尼的诗，是通过袁可嘉的翻译。早在希尼获诺贝尔文学奖前，袁先生就敏锐地发现了这位"继叶芝之后最好的爱尔兰诗人"。袁先生发表于《世界文学》1986年第1期中的"希内诗五首"（包括《挖掘》《个人的诗泉》等），首次将希尼译介到中国。袁先生在介绍中特意提到希尼诗中"具体的动作和真实的细节"，而在他出色的翻译中，也往往是动作、声音、气味同时到来，有一种"出土文物般的确凿感"。说实话，首次读《挖掘》，我对诗最后那个以笔来"挖掘"的隐喻并不觉得怎么新鲜，但是诗中所充斥的"白薯地的冷气，潮湿泥炭地的 / 咯吱声、咕咕声，铁铲切进活薯根的短促声响"，读了之后却在我的头脑中久久回荡……

从此，中国诗人和读者注意到了这位更具有现实感、更让他们感到亲近的爱尔兰杰出诗人。20 世纪 90 年代初，我在一本英文诗论集中发现了希尼的重要诗论 "Feelings into Words"（《进入文字的情感》①），十分兴奋，便复印下来联系译者翻译。1995 年希尼获得诺奖后，国内对希尼诗歌的译介更多了起来。2001 年，作家出版社出版了《希尼诗文集》，其中诗歌由吴德安翻译，随笔、评论则由黄灿然等人译出。

对希尼诗歌和文论的翻译，诗人黄灿然可以说是很有影响的一位。希尼获诺奖不久他就在 1996 年第 1 期《世界文学》"希尼特辑"里发表了 19 首译作，奠定了人们对希尼诗歌的最初认识。黄灿然的翻译和一般学者的译介不一样，他总是着眼于中国诗歌自身的艺术诉求，在《希尼的创作》一文中他指出："希尼的诗具有一种惊人的锤炼，我指的绝不是'简单'或'纯朴'，相反，是一种同样惊人的语言的复杂性。"而他之所以投入对希尼诗歌的翻译，正是为了"那股把汉语逼出火花的陌生力量"。

黄灿然的贡献还在于对希尼诗论的翻译，他翻译了希尼的《舌头的管辖》《诗歌的纠正》及美国评论家海伦·文德勒关于希尼诗歌的《在见证的迫切性与愉悦的迫切性之间徘徊》等重要诗论。这些富有洞见和启示性的诗学论述，都深刻介入了 20 世纪 90 年

---

① 谢默斯·希尼:《进入文字的情感》，选自《二十世纪外国重要诗人如是说》，王家新、沈睿编选，河南人民出版社，1992。

代以来中国诗歌的诗学进程。其中"诗歌的纠正""见证与愉悦"等说法也在当代中国诗人中一再引起反响。

的确，希尼之所以让我们高度认同和关注，不仅在于他独辟蹊径的叙述性诗风和精湛的技艺，还在于他的诗学是一种深入困境的诗学，同时又是一种富有张力的诗学——这正如他自己的诗句所提示的："挑两个水桶比挑一个容易。/ 我在两者之间成长。"一方面，他一直坚持着诗歌艺术的内在规定性；另一方面，他所面对的生存与文化困境，他在他的爱尔兰所一次次听到的爆炸声和"绝对、凄凉"的枪声，又使他不可能把诗歌限定在纯粹审美的范围内。因此，他会视 1969 年北爱尔兰的暴力冲突为自己创作生涯的一个分水岭，他曾这样坦言："从那一刻开始，诗歌的问题开始从仅仅为了达到满意的语言指谓变成转而探索适合于我们的困境的意象和象征……"正是以这种艰辛的努力，他避免了"美学的空洞"，使语言重获了一种真实的，能够和我们的经验发生切实"摩擦"的力量。

显然，希尼面对的困境也正是当今世界上很多诗人，尤其是中国诗人们所面对的处境。文德勒就曾说希尼诗学的意义正在于"他一直以具体和普遍的方式提出在人类痛苦的框架内写作的角色的问题"。下面，我们就来看希尼的一首诗《山楂灯笼》（吴德安译）：

> 冬山楂在季节之外燃烧，
>
> 带刺的酸果，一团为小人物亮着的小小的光，

除了希望他们保持自尊的灯芯

不致死灭外一无所求，

不要用明亮的光使他们盲目。

但当你的呼吸在霜中凝成雾气，

它有时化形为提着灯笼的狄欧根尼斯

漫游，寻找那唯一真诚的人；

结果你在山楂树后被他反复观察

他拿着灯笼的细枝一直举到齐眉，

你却在它浑然一体的木髓和果核面前退缩。

你希望用它的刺扎血能检验和澄清自己；

而它用可啄食的成熟审视了你，然后它继续前行。

　　诗一开始就富有想象力，因为冬山楂的"小"，又生长在乡村山野，所以说它们是为"小人物"点起的灯笼。这其实也是不喜欢任何高调的诗人对自己的一种自我限定。它们"在季节之外"燃烧，"除了希望他们保持自尊的灯芯 / 不致死灭外一无所求，/ 不要用明亮的光使他们盲目"，诗句朴实而又感人。诗人使他的道德感和人性的缓缓燃烧保持在一个"最低限度"上，或者说保持在一种"常识水平"上，它有别于当今世界上任何宗教狂热和意识形态高调，但也正是这种为"小人物"点起的灯笼，使我们有可能在这个狂热的时代保持清醒和自尊。

接下来，诗人置身于冬日的雾霭中，在一种源自内在"呼吸"的作用下，冬山楂竟化形为提着灯笼寻找正直之人的狄欧根尼斯！狄欧根尼斯，古希腊著名哲人，传说他在大白天打着灯笼寻找真诚的人。这是一种出现幻象的时刻，不过幻象的出现却源自诗人的自我省视。在眼前所见与幻象浑然难分的情景中，在提着山楂灯笼的"狄欧根尼斯"的打量下，一种更内在的道德挣扎和申辩在这里出现了！

这里的"狄欧根尼斯"，无非是人类古老良知的化身。

正如奥登的一句写叶芝的诗："疯狂的爱尔兰驱策你进入诗歌。"希尼的很多诗也都基于充满了剧烈冲突的爱尔兰现实带给他的挑战和道德困境，这里他借助于对冬山楂的凝视，再次触及这个主题。而在写法上，在对平凡事物的发掘中完成一种神话的重构，这就是这位杰出诗人带给我们的艺术启示。

从此这盏不灭的灯笼也举到了中国诗人的面前，它使我想到了一种如茨维塔耶娃所说的"良心烛照下的艺术"。它使诗歌这棵"山楂树"即使在泥泞的冬天里也一直在不息地燃烧。

不幸的是，希尼因病于去年 8 月 29 日突然逝世。我是在美国爱荷华国际作家工作坊期间闻知这一消息的，早上起来，爱尔兰年轻诗人 Martin Dyar 见到我后便紧紧抓住我的手，那种感觉，真如同突然失去了父亲一样！希尼的逝世，引起了世界性的悼念。去年 11 月 11 日晚，我在纽约库珀中心参加了由美国诗人学院、爱尔兰艺术中心、美国诗歌协会联合举办的纪念希尼的大型朗诵会，

20 位美国、爱尔兰诗人上台朗诵希尼的诗作，其间伴以爱尔兰古老的风笛声，向这位伟大的爱尔兰诗人致敬。这是我去美 3 个月中最难忘、最受感动的经历之一。坐在黑压压的上千听众之中，听着台上的朗诵，许多都给我留下了很深的印象，当诗人 Jonathan Galassi 朗诵希尼的 "The Forge"（《铁匠铺》）时，正好朗诵会的节目单上印有这首诗，我边听边对着看，当晚回到邻近时代广场的旅馆后，我就忍不住试着把它译了出来：

铁匠铺

所有我知道的是一道通往黑暗之门。

外面，旧车轴和铁箍已经生锈；

里面，大锤在铁砧上急促抢打，

那不可预料的扇形火花

或一个新马蹄铁在水中变硬时的嘶嘶声。

铁砧一定在屋子中央的某处，

挺立如独角兽，下端则方方正正，

不可移动地坐落在那里：一个祭坛

在那里他为形状和音乐耗尽自己。

有时，围着皮围裙，鼻孔长满毛，

他探出身来靠在门框上，回忆着马蹄的

奔腾声，在那闪耀的队列里；

然后咕哝着进去，以重锤和轻锻

他要打出真铁，让风箱发出吼声。

多么好的一首诗！它写的是"铁匠铺"，但那也正是一个诗人在"良心烛照下"从事诗的锻造的生动写照，因而铁砧会成为"祭坛"，甚至"挺立如独角兽"！诗人想象着那动人的"不可预料的扇形火花"或"一个新马蹄铁在水中变硬时的嘶嘶声"，然后"咕哝着进去"（这个"咕哝"也极富表现力，犹如音乐中的低声部，与诗人内在的坚定形成一种张力）。最后那两句就不用说了，"他要打出真铁，让风箱发出吼声"，真有一种万马奔腾之力！

《铁匠铺》收在 1969 年出版的诗集《进入黑暗之门》中。它使我不由得想起希尼在一次访谈中所援引的爱尔兰作家乔伊斯《青年艺术家的肖像》中主人公斯蒂芬的话："我在灵魂的铁匠铺锻造那未创造出来的种族良心。"

这里，不仅是一首诗的起源，更是一个诗人的良知和责任感的起源。这不能不让人起敬。只不过这不是空话或大话，这要体现为一种艰苦卓绝的语言劳作。

而我们的创作和翻译，就是要应和这样的"重锤和轻锻"，就是为了"要打出真铁，让风箱发出吼声"！

"我们怎能自舞辨识舞者？"

——杨牧与叶芝

在现代汉语诗歌的史册上，如我们所知，冯至之于里尔克，穆旦之于奥登，都已构成了某种"光辉的对称"，他们不仅以其优异的翻译，也以一生的创作，和这些伟大诗人构成了相互依存、相互对话和映照的深刻关系。

现在，在我看来，杨牧之于叶芝，也具有了这种"对称"的性质和意味。纵然许多诗人如卞之琳、穆旦、袁可嘉等都曾着力翻译过叶芝，他们所译的《当你老了》《柯尔庄园的野天鹅》（袁译）、《1916年复活节》《驶向拜占庭》（穆译）、《在学童中间》（卞译）等等，都已成为译诗经典并对大陆的诗人和读者产生了影响，但若论及叶芝在汉语世界的存在，杨牧的翻译和创作仍是一个重要的标志。

杨牧，1940年生于花莲，中学时代即开始写诗，1959年入东海大学，大学期间，他主要受到英国浪漫主义诗歌的影响，并接触到叶芝等现代诗人的作品。1964年杨牧赴美参加爱荷华写作项目，后来入伯克利，在陈世骧指导下治《诗经》，获比较文学博士学位。在美国留学及任教期间，他更广泛、深入地研习中西古典及现代诗人的作品，并开始翻译叶芝。叶芝的高贵神采、精英气质、神秘主义，叶芝对一个永恒世界的语言塑造及其对自己一生进行"锤炼统一"的不懈努力，都深刻影响了杨牧。可以说，在杨牧的一生中，叶芝都一直是某种非同寻常的"在场"。

"翻译虽难，却又是一件非做不可的事情。"（杨牧《诗关涉与翻译问题》，1992）1997年，杨牧先生编译的，倾注了其半生心血的《叶慈诗选》由台北洪范书店出版，为双语对照版，收入叶芝诗作近80首。到2014年，杨牧版《叶慈诗选》已重印20次，可见其受欢迎程度。

《叶慈诗选》是一个重要标志，它和后来出版的《英诗汉译集》（洪范书店，2007），代表了杨牧在翻译领域的主要成就，也牢牢确立了他在台湾诗坛乃至整个新诗史上译诗大家的地位。单就对叶芝的翻译来看，中国数代诗人译者都曾投入其中，在大陆也有多个有影响的译本，但杨牧版《叶慈诗选》与其他译本都迥然有别，它独树一帜，带着鲜明的个人风貌和非一般译者可具备的译文风格。当然，同任何译文一样，杨牧版《叶慈诗选》也并非"完美"，其可"商榷"处也有不少，但我们得承认，它比其他有些译本更丰饶，更耐读，也具有更独到的美学造诣。无论是对原作慧眼独到的解读，还是其雄浑、典丽、奇诡的译文风格和富有创造性的翻译艺术本身，还有翻译与其创作的内在关联，都值得我们深入研究。

就我本人来说，纵然对叶芝及其汉译并不陌生，但展读杨牧版《叶慈诗选》，仍时时把我引向一种新的、令人欣悦的发现，许多诗作和诗句就好像"第一次"读到，如开卷那首《牧神的祭师》，如学童们"将脸和鼻子紧贴在 / 糖果店窗玻璃上"这种令人难忘的句子，等等；有些熟悉的名篇，也颇能现出译者的匠心独运，如《长久沉默以后》的"Bodily decrepitude is wisdom"，我们都已熟悉卞之琳先生的译文"身体的衰老是智慧"，而杨牧译为"肉身衰朽乃见智慧"。一个"乃见"，真要令人叫绝！

而杨牧能这样译，是因为他显然比一般译者更能进入叶芝的"文心"所在，他直抵创作的内在起源，同时又具备高度练达的语言功力和艺术手腕。郑树森在一篇访谈中说过杨牧的翻译就是他的创作。的确，在忠实的前提下，很多时候他都是在汉语中替叶芝写诗，如《十九世纪以降》这首短诗："纵使伟大的诗歌永远不回头 / 对现在拥有的我们欢喜之极：/ 沙滩上小石子碰撞的声音窸窣 / 作响在汐退的潮水里。"如果对照原诗的后两句"the rattle of pebbles on the shore/under the receding wave"，我们就可以感到杨牧的"创造性改写"，他有意把"rattle"化为碰撞、窸窣、作响这样一个辨听的过程，或者干脆说，他创造了一种"语言的窸窣"，以把我们引向一种对存在的倾听。

策兰诗歌的英译者波波夫和麦克休视翻译为"自我与他者相遇的一种神秘样式",称他们"寻求更高的忠实",寻求那种"允许我们在英语里再创造"的可能性,最终"使一首诗只是存在于译文中,一种以惊奇、歧义、钟爱和暴力所标记的相遇"。[①] 在很大程度上,杨牧也正是这样的译者。他选择叶芝,不仅出于生命的认同,我想也在于叶芝为他提供了丰富的"可译性"(translatability),使他多少年来既从中受益,而又能以充满创造性的翻译,使其本质得到新的绽放。

而对我和其他大陆读者来说,杨牧版《叶慈诗选》还有着另一种特殊意义,即这是用"另一种汉语"译出的叶芝。台湾汉语与大陆汉语本来就有差异,它依然保有传统的文化意蕴和语言质地,而杨牧在译叶芝时,有意以更为"古典"的语言来译,这就形成了杨牧版《叶慈诗选》典雅、玄奥、沉雄、绵密的语言风貌。我说的"有意",是因为相形之下,他自己同时期的诗作及散文都更口语化一些。而为什么在翻译时会采用这样的语言策略,我猜这首先与他心目中的叶芝及其文体风格有关系。叶芝的诗当然富有个性和活力,但他却大量运用神话和历史典故,有一种把大地"提升为神话"的创作意图,在语言上也是一种精英的语言,还不时地运用了一些古英语。因而杨牧先生的翻译,我想就是有意要用更为经典的语言文体塑造出这样一位"要表现整个文明的心灵"的

---

① Paul Celan: *Glottal stop: 101 Poems by Paul Celan*,Translated by Nikolai Popov and Heather McHugh,Wesleyan University Press,2000.

诗人形象。说到文体风格，作为一个诗人译者，杨牧深知它在翻译中的重要性，在《诗关涉与翻译问题》中，他曾引用鸠摩罗什关于汉译佛经的看法："但改梵为秦，失其藻蔚，虽得大意，殊隔文体。"而他的翻译，绝不满足于仅得其"大意"，而要将其"文体"亦即"原文所依恃的体格姿势"传译出来。

当然，人们对叶芝的文体风格理解有别，但这就是杨牧心目中的"叶芝"。他持续多年对叶芝的翻译，也有着高度统一的语感和文体风格。也许，有人会认为杨牧的译文过"雅"，或是过于文言化，但是他却能以此赋予叶芝原作以生命。在他那些看似古奥、繁复的译文中，我们能真切感受到诗的脉搏的跳动（有时甚至还有一种细节上的"切肤之亲"），例如他对《二度重临》开头部分的翻译：

> 盘盘飞翔于愈来愈广大的锥镟，
> 猎鹰听不见控鹰人的呼声了；
> 举凡有是者皆崩溃：中央失势：
> 全然混乱横流于人世之间。

以下为袁可嘉先生的译文（该诗袁译为《基督重临》）：

> 在向外扩张的旋体上旋转呀旋转
> 猎鹰再也听不见主人的呼唤，

一切都四散了，再也保不住中心，

世界上到处弥漫着一片混乱。

袁译在大陆曾产生广泛影响，其文体是经过提炼的口语，"一切都四散了，再也保不住中心"这一句也不时被人引用。而杨牧的译文也深得原诗"气场"，笔力遒劲，甚至更为沉雄有力，虽然文白交杂，但读起来一点也不枯涩，尤其是到后来把"But now I know / that twenty centuries of stony sleep"富有创意地译为"这一次我领悟 / 二十轮百年积岁沉沉巨石之大梦"（对照袁译本"如今我明白 / 二十个世纪的沉沉昏睡"），其气势，其质感，都令人叹服。

而杨牧先生这样译，不仅是为了传递"原文所依恃的体格姿势"，我想还是为了在翻译中对语言进行发掘，为了在中西之间、古典与现代之间进行一种新的语言整合。这种尝试贯穿在杨牧全部的翻译中。如叶芝的"lines Written in Dejection"一诗，大陆译者一般译为《沮丧时写下的诗行》，而杨牧译为《忧郁作》，不仅更简练，也顿时映照出中国古典诗的传统，再比如《赠与我倾谈向火的人》的最后几句：

And with the clashing of their sword-blades make

A rapturous music, till morning break

And the white hush end all but the loud beat

Of their long wings, the flash of their white feet.

并且以剑锋交击，大作

　　狂欢至喜的音乐，直到黎明破晓，

　　始见洁白的安宁将四方绥靖，但闻

　　长翼大声展舞，而足踝洁白发光。

　　对照原文，便可感到杨牧完全以中国诗的句法重写了叶芝，尤其是"始见""但闻"这种汉语言独具的句式，不仅高度简练，极具张力，也恰好传达了一种诗的见听过程，直到最后舞蹈的足踝发出语言的闪亮。

　　杨牧这样的翻译，纵然会有争议，甚或有可能让一些大陆读者一时难以适应，但我想它不仅对翻译，对汉语诗歌的语言建设都有着启示和参照意义：如何利用中国诗的句法和词语淬炼译诗，如何通过翻译发掘汉语言深厚的潜能，如何在中西之间、文白之间达成一种新的语言张力，等等，这些都是杨牧的翻译对我们提出的诗学课题。最起码，他让我们看到了一种语言的可能性，如《牧神的祭师》中的"他走飞高山上 / 且傍清泉危坐"（"He flies unto the mountain/and sitting by some fountain"），一个"危坐"用在这里，顿时具有了化腐朽为神奇之功。

　　"文辞典赡雅丽，意象繁复纷奇，诗意深湛隽永"，有人这样称赞杨牧的诗。他的译作显然具有同样的美学价值。他的翻译，不仅在语言文体上自成一家，也充满了翻译的难度和创造性。这是一种包含了独特的翻译诗学的翻译，同时，也是一种能够和汉语诗歌创作相互"逆生"的翻译。接下来，我们就几篇译作来看叶芝对杨牧作为一个诗人的影响，同时也具体考察他是怎样来翻译，怎样把他与一位伟大诗人的对话从早年一直带到现在的。

首先我们来看杨牧译《丽妲与天鹅》（即《丽达与天鹅》）。叶芝这首名诗取材于古希腊神话：宙斯化身为天鹅袭击丽达，使其受孕生下两个女儿，一是海伦，一是克吕泰涅斯特拉，前者引发了特洛伊战争，后者嫁与希腊联军统帅阿伽门农，但在丈夫凯旋归日，与情人联手杀其于浴池中，成为古希腊悲剧的题材。

叶芝曾谈到他写这首诗的初衷是为爱尔兰寻找一强力，而一旦进入创作，这样的初衷就消失了，或被改变了。杨牧在介绍叶芝的创作时，也认为叶芝"立足于他的喀尔特（凯尔特）定位"，经由"族群共同的记忆，经验，向往，扩大为人类全体的文明怀抱"。（《英诗汉译及叶慈》）

而杨牧自己为什么倾心于这首诗，他在描述他在西雅图任教期间（1971—1974）的《北西北》中有所记录：那时他生活在"苍翠而磅礴"的湖畔，就在那里，尚年轻的诗人幻想着"天鹅之降临"——"如天鹅之降临。在你未及闭眼之沉黑前，仿佛有一种反叛的预感，或许能在他无边的神力中获取滋润，因此而纳入新生的风云也未可知。于是我决意松弛……我决意让不洁涤洗我的不洁，算是一种反叛，让神祇担当一切毁坏的后果，让海伦私奔，让战舰艨艟渡海，让特洛覆灭，让克莱甸丝特拉谋杀池中的征人；

让双子座从此升起，在微明的五更。在北西北。"

　　就在这篇"心影录"中，还收有对该诗的初译，它大体上与《叶慈诗选》中的定译相同，但也有几处重要的差异。下面我们来看《丽妲与天鹅》的定译：

A sudden blow: the great wings beating still

Above the staggering girl, her thighs caressed

By the dark webs, her nape caught in his bill,

He holds her helpless breast upon his breast.

How can those terrified vague fingers push

The feathered glory from her loosening thighs?

And how can body, laid in that white rush,

But feel the strange heart beating where it lies?

A shudder in the loins engenders there

The broken wall, the burning roof and tower

And Agamemnon dead.

　　　　　　　　　Being so caught up,

So mastered by the brute blood of the air,

Did she put on his knowledge with his power

Before the indifferent beak could let her drop?

遽然的垂击：巨翼犹拍打于

晕眩无力的女子之上，她的双股

被黑色的脚蹼抚弄，颈为喙所擒，

他把她无依的胸脯紧纳入怀。

那些惊恐犹疑的手指怎么可能

将插翼的光辉自渐渐松弛的股间推开？

而身体，在那白色的疾撞之下，

如何不觉察一奇异的心在那里跳动？

腰际一阵战栗于焉产生

是毁颓的城墙，塔楼炽烈焚烧

而阿加梅侬死矣。

        被如此攫获着，

如此被苍天一狂猛的血力所制服，

她可曾利用他的威势夺取他的洞识

在那冷漠的鸟喙废然松懈之前？

    该诗已有多个汉译本，其中余光中先生的译本颇有影响，但我本人更偏爱杨牧的译本，除了个别的细节如"插翼的光辉"不尽如人意外，其对原文理解之深刻，表现之精湛有力，译文的强度、张力和在一些细节上的创造性处理，都令人叹服。

叶芝这首诗写于 1923 年，后来经过了多次修改。杨牧在《论修改》（1988）一文中，具体指出了其修改过程：原诗的开头最初为"俯冲的神明"，后来去掉了"神明"，再后来又改"俯冲"为"疾撞"（rush），并增加了羽翼拍打的细节，在收入诗集《塔》（1928）之前，叶芝又改了一次，改"疾撞"为"击打"（blow）。

台湾诗人焦桐曾说："杨牧是台湾最勇于试炼文字、语法，也最卓然有成的巨匠。"这在他的翻译中也体现出来。"遽然的垂击"，译文一开始，就带着一种陡降的逼人之力。"垂击"可以说是杨牧的创造，与原文"blow"有差异，但也恰好表现了那种从天而降的神的暴力。"巨翼犹拍打于"的"犹"字也用得极好，"the great wings beating still"，大陆译者看到这个"still"，一般只会想到"依然""还在"，但只有一个来自古典汉语的"犹"，以及后面连用的文言虚词"于"，才能把那一刹那的生命姿态和微妙张力更好地传达出来。

诗的第二句"Above the staggering girl"，杨牧大胆译为"晕眩无力的女子之上"，其他一些译者将"staggering"译为"欲坠"（余译本）、"摇晃"（袁译本）、"踉跄"（飞白译本），看似更接近字面意义，但却不如杨译本"传神"，看来一切正如本雅明所说："如果译作的终极本质仅仅是挣扎着向原作看齐，那么就根本不可能有什么译作。原作在它的来世里必须经历其生命中活生生的东西的改变和更新，否则就不成其来世。"①

回到杨牧的译文：第三句中的"颈为喙所擒"，极其简练，像特写镜头一样突现了两个部位，一个"擒"字也恰切有力（杨牧早年的初译为"颈为喙所啮"），如对照"含她的后颈在喙中"（余译本）、"他的嘴咬住她的脖子"（裘译本），更见其理解的准确与语言表现力。至于接下来把"He holds her helpless breast upon his breast"译为"他把她无依的胸脯紧纳入怀"，则更富有创造性了："helpless"（无助）被译为"无依"，出人意料，而又多么恰切！

诗第三节的前两句为全诗重心所在："A shudder in the loins engenders there/The broken wall, the burning roof and tower"，余先生译为"腰际一阵颤抖，从此便种下 / 败壁颓垣，屋顶和城楼焚毁"，其中的"种下"比较大胆，富有创造性。杨牧先生的定译为"腰际一阵战栗于焉产生 / 是毁颓的城墙，塔楼炽烈焚烧"，初译为"腰际一阵战栗于焉产生 / 城墙毁颓，塔楼炽烈焚烧"；定译加上了一个"是"，也许是为了阐明上下文的逻辑关系，但看来并无必要。纵然如此，杨译本这两句也颇见匠心，"腰际一阵战栗"比其他几种译文（如"腰肢猛一颤动"，裘译本）要更精确、微妙，"于焉产生"也更忠实于原作对具体部位的强调（"there"），后面的"炽烈焚烧"则不仅强烈，也更具有一种现场感了。

至于紧接着的"And Agamemnon dead"，杨牧初译为"而阿加

---

① 瓦尔特·本雅明：《译作者的任务》，选自《启迪：本雅明文选》，张旭东、王斑译，生活·读书·新知三联书店，2008。

梅侬死于非命"，后来他体会到原文有一种声音效果，"于第一字取 a，第二字取 n，第三字取 d，合成为一个含混无穷的 and"，而"地中海大文明的展开有待于此一神人之接触。我勉强写出一个老气横秋的句子：'而阿加梅侬死矣。'希望造出一种有余不尽的效果"（《诗关涉与翻译问题》）。这种尝试是否达到预期效果，有赖于读者体悟，但我们不能不佩服这种对原作更细心的体认。

叶芝这首诗为十四行诗，但在排列上比较特别：那看似多出的半句"Being so caught up"显得很突兀，但又定格了那个"神人合一"的瞬间，杨译为"被如此攫获着"，准确地对应了原文；而余译本"就这样被抓"，显得过于口语化，和其文白相间的译文风格相悖。看来全篇文体的和谐统一在翻译中也是一个重要问题，因为稍有不慎，就会破坏全篇的语感。

而紧接着这半句的"So mastered by the brute blood of the air"，余先生译为"被自天而降的暴力所凌驾"，简练，富有气势，但是原文中一个重要的"blood"（血）被漏掉了。而杨译本"如此被苍天一狂猛的血力所制服"不仅更合乎原文，把"血"译为"血力"也更有力量。可以说，这完全是因为翻译而创造出的一个词。

全诗的最后一句"在那冷漠的鸟喙废然松懈之前？"中的"废然"明显为杨牧先生所加，但又正好与译诗一开始的"遽然"相呼应。这也说明，诗歌的翻译不仅要忠实于原文，也要立足于自身的语言法则和风格的统一。

以上种种，可见杨牧先生的翻译，绝不是一般的语言转换，而是力求使它成为完美的作品，是在汉语中创造出无愧于原作的"对等物"（an equivalent）或"来世"（afterlife）。他恰像本雅明所说的那样，在翻译中"承担起了一种特殊使命"：不仅"密切注视原作语言的成熟过程"，同时还以呕心沥血的创造"承受自身语言降生的阵痛"。

而杨牧为什么很早就翻译这首诗，不用多说，是为了"天鹅之降临"，是为了让一种神秘的创造力量就在他自己身上降临，"而身体，在那白色的疾撞之下，/如何不觉察一奇异的心在那里跳动？"（这里的"奇异"在初译本中为"陌生"）。那样一种力量，那样一种心跳，存在于天地间，也存在于叶芝诗中。

这就是为什么他会选择叶芝作为自己一生的翻译对象。这里面自然有一种很深刻的认同。叶芝曾声称"我们必须在生命之树上为凤凰找寻栖所"，杨牧从一开始也正是这样一位诗人。从他早年的诗看，他和叶芝的接近之处就颇多。虽然他没有有意识地构造一套超验的象征体系，但他也在不断创造他自己的"幻象"。就在初译出《丽妲与天鹅》不久，杨牧还有意借用叶芝的另一首名诗《在学童当中》作为自己一首诗的题目，借以展开他自己的生命对话与追求。

叶芝的《在学童当中》描述的是诗人作为一个"公众人物"去学校考察的情景，而在"我恍惚记忆一丽妲样的身体"后，诗人的早年的爱被完全唤醒了。显然，这个骤然间在学童中"复活"的"天鹅的女儿"指向了茅德·冈——一位美丽、神秘、激情，让诗人追求了一生的女性。而杨牧借用叶芝的诗题和结构性因素写下他的同题诗，那或许是因为这样一个永恒女性也来到了他的生命中，或者说，他通过叶芝从他自身存在中也打开了"我与你"这样一个生命对话维度。他这首诗的第一节中就出现了一个"你"，到诗的第三节，"我"从"我们"中出来，直接来到"你"的面前："你"是"我不能拥抱的""一棵光荣的果树"，"我不能追随"的"舞者"，这些显然都是对叶芝诗歌的"变奏"。不过这个"你"仍有别于叶芝笔下的女性："你没有名字。"因为尚年轻的诗人仍处于朦胧的追求过程中，也因为"你"的不可言说性，但重要的是，诗人已把自己"织"入了这样的旋律中："树影向东移动 / 那是时间的行径 / 你恋爱着，恋爱着 / 间奏的横笛，我们 / 在学童当中……"

由此看来，像《丽妲与天鹅》《在学童当中》这样的诗对杨牧早年的影响是决定性的，或者说，他忠实于这样的"相遇"（"爱就是忠实于相遇"，阿兰·巴迪欧）。像叶芝一样，他不仅追求了一生，而且以在中西之间、个人与历史之间的穿越，不断拓展着生命的层面和维度。而在这个过程中，他对《航向拜占庭》《灭忽》《青金石雕》等诗的翻译，在我看来也具有了标志性的意义。

《航向拜占庭》为叶芝后期的一首名诗。他要航向的"拜占庭"，本来为小亚细亚古城（即伊斯坦布尔的前身），东罗马帝国和东正教中心，这一金色时期的拜占庭，象征着艺术、永恒，寄托了诗人对灵魂永生的渴望。对这首诗，穆旦的译文最为精湛，而杨牧的翻译，更沉雄有力，吁请的语气也十分动人："啊上帝神火堆里屹立的圣徒们 / 俨然昭显于墙壁金饰的镶嵌形象，/ 请自神火攸降，回转于环镟之中，/ 为我灵魂歌吟咏唱的大师。"这样的翻译，比穆旦和其他人的译文更多了些"招魂"的意味。我们不要忘了，杨牧早年即写过一首诗《招魂：给二十世纪的中国诗人》，他对叶芝的翻译，在很多意义上可以说即是一种"招魂"。

在叶芝晚期的组诗《超自然的歌》中还有一首"Meru"，它或许体现了诗人对自己一生的某种总结。"Meru"本来为印度教中的"须弥山"（即珠穆朗玛雪峰，早先也曾以一英国人的名字命名为"埃弗勒斯峰"），在印度神话中它位于天堂乐园中心，一座神秘的灵魂转世再生之山。杨牧别出心裁地把"Meru"译为"灭忽"，以让人们去体会世道之无常和心灵的生死蜕变：

灭忽

文明如此团团围箍，服膺

一条定理，统摄于多层次幻觉

和平之假象；但人生一命

惟思想，而纵使恐惧他不退却

继续掠夺，一代代无休无止，

掠夺，躁进，摧毁，直到他

终于来到现实世间之荒芜：

别矣埃及，希腊，别矣，罗马！

灭忽山或埃弗勒斯峰颇有隐遁者，

深居洞穴于大雪飞逐的夜，

于大雪与冬来疾风凄厉摧折

击打彼等裸裎之身之当时，解识

白昼势必带来黑夜，天犹未明

那人的荣耀碑表将消灭于无形。

　　叶芝是一位"在两个极端之间走过一生"的诗人，他对古老神秘的东方智慧的神往，与他对西方历史文明的穿越相联系；当他抵达"现实世间之荒芜"，他朝向了"灭忽"山上的修炼。而杨牧选择了这首诗，或许是他也经历了类似的心路历程，所以他会译得如此耐人寻味："but man's life is thought"（"但人的生命是思想"）被译为"但人生一命／惟思想"，一个"惟"字的强调，把这句诗变成了警策性的格言；"深居洞穴于大雪飞逐的夜"等诗句，如对照原文，也可见出译笔之优异；诗的最后"……天犹未明／那人的荣耀碑表将消灭于无形"（"...that before dawn／His glory and his monuments are gone"），则令人想起柳宗元的"万径人踪灭"（《江雪》），不是根据原诗字面译为"消失"，而是译为"消灭于无形"，不仅更有力量，也更能显现出色与空、有形与无形的关系，而这也恰好与诗题"灭忽"产生了更深层的呼应。当我们读完全诗再回到诗题"灭忽"，也会更加感到这种译法的神异。的确，离开对生死蜕变的深切体验，没有高超的智者眼光和巨匠般的手腕，就不可能这样来译。这样的诗和这样的翻译给我们带来的，都是一种终极性的，也是非理性的大胆跳跃。

而在"Meru"同时或稍后创作的"Lapis Lazuli"（《青金石雕》）一诗，则指向了中国古老的智慧和艺术。杨牧对叶芝这首诗的不断阅读和翻译，也显示了他在后来对自己的艺术视野和创作所做出的调整。

1935 年，叶芝收到一位诗人送的一块乾隆年间的青金石雕，作为他的 70 岁生日礼物。3 年后叶芝写下了这首名诗。全诗分五节，前三节并没有提到青金石雕，而是对所处现实和西方文明危机的沉思。第一节写道"歇斯底里的仕女们"对调色板、琴弓和诗人们的烦厌，因为"假如不采取紧急措施"，飞机和飞艇就要来到，像比利王（"一战"中的德国皇帝威廉二世）那样扔下炸弹。第二节"悲剧"上演，"大家各自演出分内的悲剧：/ 哈姆雷特走舞台步，那边是李尔王……"直到"舞台灯暗；昊天灵光当头一闪：/ 悲剧铸成乃达其极致"。叶芝这句诗经常被人引用，它揭示了悲剧的内在强度，它的高潮，黑暗中闪耀的天启。而接下来的"虽然 / 哈姆雷特呢喃彷徨而李尔王狂号，/ 最后那一幕说落就落 / 忽然深垂于千万座舞台之上，/ 不稍增分毫，锱两"，如对照原文，我们就会发现这里的"忽然"是杨牧先生添加的，它强化了悲剧的力量及其"绝对性"。

对于这首诗，杨牧曾这样阐释："时代的危机确实存在，可是艺术和人文……势不可废，例如悲剧崇高而深入，乃是……不可中断的。"而他敬佩叶芝，就在于他"从这石雕品中寻到一种人生哲学的线索，化为艺术慰藉，在战火即将燃烧的欧洲社会忽然喧嚣升腾的反知识反艺术口号冲击之下，完成他精美的譬喻结构，诗的对照"（《雨在西班牙》）。

这样的"譬喻结构，诗的对照"是由诗的后几节完成的。第三节转向来到欧洲舞台的异族人，"古文明遭遇刀剑的锋芒"。这一节特意提到古希腊雕刻家卡里玛库士，"他曾经处理大理石一如青铜"，现在也不复存在了。不过，一切"皆倾覆随又继起"，这不过是文明的另一个循环。叶芝深信通过艺术可以获得永久慰藉。他的一生正体现了这种以个人的创造对抗历史的信念（这也是他为何深深激励了杨牧的原因），正是在这样的思想背景下，诗人的目光投向了青金石雕，以下为诗的最后两节：

> 两个中国人，后面又多出一个，
>
> 雕刻在一青金石玉上，
>
> 头顶外一只长脚鸟在于飞，
>
> 乃眉寿之象征也；
>
> 多出来那一个无疑就是仆从，
>
> 随身携带乐器。
>
>
> 这石上每一处色彩变化，

每一个偶现的蟫隙或凹痕，

依稀就是水流或雪崩纷杳，

或是仍然飘着白雪的高冈。

虽则无疑那梅花和樱枝

正把小小的半山屋渲染薰香

那几个中国人朝它登临，而我

欣然想象他们终于就深坐其中；

从那里，对高山与远天

对着全部悲剧景观，他们逼视。

一个点明要求些悲怆之曲；

精湛的十指于是乎开始调理。

他们的眼睛夹在皱纹里，眼睛，

他们古老发亮的眼睛精神奕奕。

　　全诗就这样一步步被引向最终的超越。杨牧在回顾自己大学
生涯的散文《雨在西班牙》中，描述了他第一次接触这首诗的情
景：圣诞期间从美国来东海大学探亲的琳达给他们讲这首诗，但
她把前三段都略过了，只着重描述了"Lapis lazuli"，说它有一种
"西方文明争趋之美"，而杨牧自己则赞叹叶芝广阔的文明视野和
高超、别致的写法，感到这首诗远远突破了"传统的咏物诗，为
它超越地开出一全新的境界"。

　　在叶芝眼中，这块青金石雕就是另一个宇宙，另一个星球，

微茫而真切：两个中国人，身后跟着背乐器的仆从，在他们头上仙鹤飞翔，远近则有溪流和积雪，石雕上，他们本来在朝山上庙宇登临，而诗人自己"欣然想象他们终于就深坐其中"，这就是说，他们已完成向"更高领域"的敞开，他们成为人世悲剧的旁观者，而艺术的必要恰在这时体现出来——一个点明要求些许悲怆之曲（这恰与开头"歇斯底里的仕女们"对艺术的否定形成对照），"用以试探天人的奥秘吧——更在那音乐声中体认大哀和至乐"，杨牧最后这样解读。

可见这样的诗当时对杨牧的深深启迪。在他的回顾中，美丽年轻的琳达将诗朗诵一遍，问他们二老一少的象征意义，她自己的回答是"自由，智慧，和大自然打成一片"。很可能，石雕的内容是伯牙和钟子期的故事，看来琳达并不知道。不过在杨牧看来，重要的不是那些象征意义，而是一些更难言传的东西："是诗本身的自由，坚实，深厚，字里行间紧绷的张力使我深深感动。很多年后我重读它，并且动手翻译它的时候，我断定这样一首诗里有些讯息是超越哲学或伦理之慰藉的，直接而全面地提示了诗艺本身的奥秘。"

我想，正是这些从叶芝诗中领悟到的"奥秘"以及以个人的创造对抗历史的坚定信念在后来一直伴随着杨牧，激励着他，也支撑着他。1975年至1996年间，杨牧辗转于美国、中国台湾、香港的一些大学任教，直到1996年受聘于家乡花莲附近的东华大学，像他写到的那样：鲑鱼穿越大海洄游到源头产卵。在漫长的岁月中，他笔耕不辍，其写作的数量和质量，其在诗歌、散文、翻译、批评等方面的成就都令人仰止。而从内里来看，他"终于来到现实世间之荒芜"，而又能在最深的"灭忽"中经历再生和蜕变；或者说，他就像写作《青金石雕》的叶芝那样，在多个世界的比照中，通过怀疑，辩驳，想象，最终达到一种超越的心智和更高的肯定。

这里还要指出一点：叶芝对印度、日本、中国古老的信仰和艺术一直很感兴趣，说不准他也像庞德一样，希望在东方找一个"新的希腊"。但是这一切并不那样简单。他想达到东方式的超然，但他也知道他还必须"发出英勇的呼喊"（见他收到青金石雕后给女诗人威尔斯的信）。他晚期作品的感人力量就在于他愈来愈深刻地把一种悲剧意识与反讽的、超越的心智结合为一体，从而建立他个人的"解决之道"。在杨牧中后期以来的创作和翻译中，我们也深切感到了这一点。在近半个多世纪的诗人生涯中，他在中西之间、传统与现代之间，在创作与翻译之间，不断地寻找和调整着，他像叶芝那样，以"精神英才的伟大劳役"对心灵与诗歌不断进行整合和锤炼。读他晚近的诗作，他仍是一个充满想象力的抒情诗人，同时又是一个敏锐多思的智者。他早年与之对话的"露意莎"（见《十二星象练习曲》），现在已变为故乡的人情风物，但他仍在追求着，"听水壩那边急落的山泉：/ 所有语言都可以 / 意会但有些似乎已经慢了十年"（《十年》，1994）。这"慢了十年"很耐人寻味，让人为之沉顿，但也为一种"晚期风格"打开了更多的空间。的确，杨牧先生深邃、浩瀚的一生，不是我们一时可以穷尽的；他一生的劳作，如用叶芝《在学童当中》的隐喻，也就是"开花或舞蹈"：无论创作还是翻译，在那些"旋向音乐"、出神入化的瞬间，我们已不能将舞者与舞蹈分开。因此，我愿在这里引出杨牧先生所译《在学童当中》的最后几句，以表达我对这位前辈的深深敬意：

啊栗子树，伟大深根的开花者，

你究竟是叶，是花，抑是干？

啊旋向音乐的肢体，啊闪光一瞥！

我们怎能自舞辨识舞者？

"绿啊我多么希望你绿"[1]

——洛尔迦的诗歌及其翻译

"我热爱这片土地。我所有的情感都有赖于此。泥土、乡村，在我的生命里锻造出伟大的东西。"在谈及自己的成长经历时，80年前蒙难，但至今仍活在世界上无数人心中的诗人洛尔迦曾如此说。

诗人所说的那片土地，是西班牙也是整个欧洲最南部的"诗意王国安达卢西亚"，是他的"远离尘世的天堂"、有着"细密画"优雅魅力的格拉纳达，是他的出生地富恩特-瓦克罗斯，一个位于格拉纳达以西一二十公里外的被橄榄林和河流环绕的乡村小镇。

说来也是，去年6月初的一天，我和其他几位中国诗人竟出现在这个遥远异国的小镇上。我们是在葡萄牙的诗歌活动结束后，

---

[1] 该文为《死于黎明——洛尔迦诗选》（王家新译，华东师范大学出版社，2016）序文。

乘飞机到马德里，又坐了近 4 个小时火车辗转来到这里的，这仿佛就是我们自己的"梦游人谣"！我们进入诗人出生（1898 年 6 月 5 日）的房子，诗人从小睡的漂亮小摇床（原件）还在。而在参观完这座带阁楼的房子，来到幽静的带一口深井的绿色庭院时，我的眼前便浮现出诗人当年和弟妹们一起玩耍的情景，这金色的、让诗人歌唱了一生的童年！

让我难忘的，还有在镇上老酒馆的经历。安谧的正午，空气中是燃烧的火。我们在酒馆里坐下，忽然听到有马的踢踏声传来，出来一看，只见一位孤独的戴宽边帽骑手骑着一匹白马从杳无一人的街道上走来，像是梦游似的，绕过小广场边侧的阴影，又消失在另一条街巷中。在那一刻我多少有些惊异，差点要叫出诗人的名字了。

这是在乡下。在诗人 11 岁时，全家搬到了格拉纳达的城边上，富裕的父亲在那里建了一座漂亮的别墅。诗人又有了另一个家。在那里他接受了钢琴演奏的系统训练（如果不是成为诗人，他会成为一个优秀的音乐家的），上中学，接着又上格拉纳达大学，先学法律，后改学文学、音乐和绘画。诗人后来的很多诗就是在这座房子里写的。我们去时，一眼就注意到二层楼外那个绿色掩映的白色大露台，那动人的声音也再次为我响起——"绿啊，我多么爱你这绿色。/ 绿的风，绿的树枝 /……阴影裹住她的腰，/ 她在露台上做梦。"

不过，现在让我受震动的，更是这样的声音，"如果我死了，/

请为我打开阳台"(《告别》)，多么直接，又多么感人！诗人一生要打开的，都是他对这片土地和整个世界的爱！

到了格拉纳达，也就明白了诗人对她的情感。这真是一座迷人的城市，她依山傍水，位于积雪闪耀的斯拉纳瓦达山麓下。这座融汇着多种历史文化的名城，早已是西班牙的一个文化和旅游热点。尤其是山上著名的阿尔罕布拉宫，原本为中世纪摩尔人（阿拉伯人）建立的格拉纳达王国的王宫，说实话，我去过世界上很多地方，还没有见过如此宏伟、瑰丽、充满了"东方"情调和色彩的宫殿城。

我们在那里的两天，正处在"基督圣体节"末尾，人们身着传统的安达卢西亚服装，乘着吉卜赛人马车，手摇戈雅画过的那种扇子，前往集市看歌舞或斗牛表演。格拉纳达被称为"石榴城"，一上街就闻到不知是什么树的香气。让人难忘的，当然还有"弗拉门戈"歌舞表演。在吉他的伴奏下，当这永恒的悲歌唱起，便有一股电流一瞬间击中了我们。还有那震颤人心的伴着响板的舞蹈，没有那种"死的激情"，怎么会有这样的艺术？我理解洛尔迦为什么会说吉卜赛歌手往往以一声"可怕的叫喊"开始，那仿佛"是死者一代的叫喊"，而"安达卢西亚人除了战栗对这叫喊再也无能为力"。

这就是产生了一位天才诗人的摇篮。不仅格拉纳达，安达卢西亚的其他城市，这个地区的神话历史、地理气候、文化风俗、植物动物等等，都一一出现在他的诗中。它们构成了他的诗歌宇宙，构成了他个人存在的地形学和天文学（"橄榄树在等待 / 摩羯座之夜"），而在其核心，则是诗人从这片土地上所获取的"痛苦的知识"——那谜一样的爱与死！弗拉门戈永恒的悲歌浸透在他全部的诗中。他爱，但他知道"塞维利亚是一座塔 / 布满了精良的射手"。只是在最后，他没有"伤于塞维利亚"，也没有"死于科尔多巴"，而是死在了他自己的格拉纳达。1936 年 8 月 19 日凌晨，随着一阵枪响，这位才 38 岁的诗人倒在了他歌唱的这片土地上。这就是为什么我们在诗人故乡小广场看到的诗人青铜塑像那么忧郁的原因。洛尔迦，格拉纳达的骄傲；洛尔迦，格拉纳达的伤口！

这样一位诗人，走过了短暂的，但也足够丰富的、充满了戏剧性的路程。1919 年，洛尔迦转赴马德里"寄宿学院"学习，该学院仿效英国牛津学院，旨在为西班牙各界培养精英。正是在那里，洛尔迦打开了他的"现代性视野"，并成为大学生沙龙中的活跃人物。在马德里，他结识了许多诗人和先锋派艺术家，尤其是与超现实主义画家萨尔瓦多·达利的相识和亲密关系，对他的一生都很重要。正是由于这些刺激，他由早期现代主义转向了一种更奇异、更具叛逆性质的"超现实主义"。西班牙诗人、剧作家何塞·波尔加明曾引用洛尔迦当年给他的信，来描述洛尔迦的"超现实主义飞跃"(surrealist flights)：

把一只苏丹的公鸡放在你的写字台上（大概类似于一匹

安达卢西亚小马）。如果他翘起的尾巴记起了西班牙的炫耀，那么他的胸腔就会打破那还未被践踏的水和土地；当他的歌声流星烟火般地升入高空，一道智慧之光，划破了人类那愚蠢睡意的夜空。……我们会等着你的。我们不想看到你的帽子上没有羽毛，像瑞士猎人一样。我们想看到你手持一只公鸡，看上去那么完美、快乐，就像拿着一对华美的斗牛短标枪。

我们会看到，这种超现实主义式的飞跃，非理性的语言或智力突袭，甚至像斗牛士刺激公牛一样对读者的蓄意刺激，已成为洛尔迦的一种创作方式。达利和布努埃尔后来曾指责洛尔迦转向吉卜赛歌谣是"背叛"了超现实主义，但是他并没有。他只是把它和一种永恒的艺术结合到了一起。

诗人的第一部诗集《诗篇》为初期创作的一个总结，1921年出版。他自己可能太忙了，由他弟弟从他20岁前后写下的几百首中选出了68首诗。这些早期抒情诗显露了一种过人的才华，像《蝉》《树木》《风向标》《小广场谣》等诗，不仅奠定了洛尔迦基本的抒情品质，也以其形式、主题和风格上的多样性，预示了诗人在后来的发展和完善。这些早期作品显然还带有一些浪漫主义和早期现代诗的影响痕迹，它真实地反映出青春的稚嫩，但也有像《老蜥蜴》这样"早熟的"、令人惊异的作品。这些早期作品在中国最有影响的是《海水谣》，它把抒情谣曲的韵律、现代诗歌的技艺和超现实主义的想象力完美地结合了起来。

真正标志着获得自己声音的，是诗人 1921 年开始写作的《深歌集》。据传记资料，诗人从小就迷恋乡村戏剧，4 岁起就能背诵很多民歌民谣。在 20 世纪 20 年代早期，他当然是那个时代的先锋派，但又不同，因为他知道一个诗人应该有自己的"根"。正如波尔加明所说，洛尔迦的诗也来自传统血脉的滋养，"当到达安达卢西亚的时候，他从那片富饶明亮的面向大海的土地上捕获了深奥的地方口音"。1922 年，他与他的音乐老师、著名作曲家法雅亲自组织了格拉纳达的安达卢西亚"深歌"艺术节，旨在从现代社会挽救这种古老的流传在安达卢西亚民间的抒情歌谣。它形式短小，有着高亢、近乎呐喊的神秘音调。它也不同于一般的通过重复达到自身圆满的音乐旋律，而重在表达永不实现的渴望，追求"死一般的激情"。与此相关，深歌中的感叹词也不同于一般的"啊"或"哦"，这给翻译带来了难题，我姑且译为"噫！"或"啊呀"，甚或"啊呀啊呀呀"。我们得承认，我们很难接近那"深奥的地方口音"。

　　不同于其他民歌，安达卢西亚深歌似乎还总是充满了古老的悲情，它有很多就直接以死亡为主题。在《深歌集》中，弗拉门戈歌手深情而绝望地呼唤着死神："叫她，她没有来。/ 再次叫她，/ 人们 / 咽下抽泣。"（《卡巴莱咖啡馆》）不过，也正因为如此，安达卢西亚人有了他们说不出的安慰："他的悲歌带着 / 海盐的滋味。/……他的声音里 / 有一个无光的大海 / 和压榨出的橙汁。"（《胡安·布雷瓦》）

洛尔迦对深歌的发掘，不仅以他的诗歌和音乐天赋促成了它的复活，也给他自己的创作开辟了一个新天地。那种谣曲式的奇异的迷人重复，谣曲中常见的对话（对唱），等等，已成为他的抒情调性和最常见的诗的生成方式。另外值得注意的，是深歌的简洁、浓烈、本真对洛尔迦的强烈启示，"那些不知名的流行诗人能将人生的巅峰时刻浓缩在三四行之内，真是令人称奇、令人惊叹"，他曾这样感叹说。因而他自己也就由青春的抒情（他年轻时的很多诗都很长），成为一个如他自己所说的"想对浪漫主义及后期浪漫主义诗人留下的过于繁复茂密的抒情之树进行修剪并予以照料的诗人"。在很大意义上，《深歌集》就是这种化繁为简的产物。对此，美国的洛尔迦诗歌研究者克里斯多夫·毛雷尔把它放到一个更大范围来认识："洛尔迦意识到西班牙诗歌史上的新时代已经开始：西语世界的诗人已经发现了短诗，并和英美意象主义者一样，认识到隐喻的重要。"

　　不过，比起英美意象主义者，洛尔迦有着更为神秘的诗性。他从深歌中学的，也不在表面的形式。他要接近或从他自己身上唤醒的，他称之为"魔灵"。这个词来自吉卜赛人的口语"duende"，也可译为"精灵"。在吉卜赛传统中，"魔灵"可以让表演者进入"着魔""迷狂"的状态，并把观众也带入其中。洛尔迦所诉求的"魔灵"，正是这样一种存在。在美国诗人、洛尔迦诗歌的译者 W. S. 默温看来，正是在"魔灵"的掌握中，洛尔迦的诗歌"有着它的最纯粹的形式、音调、生命、存在，那就是我从一开始就一直在倾听的"。

不管怎么说,对深歌及其魔力的领悟,在洛尔迦身上唤起了潜在的诗性本能,唤起了一种动物般、精灵般的灵性和表演能力。这在后来成为他天赋的最神秘体现。可以说,他也由此突破了西方人文主义的理性传统。洛尔迦自己就曾讲过缪斯、天使和精灵的区别:缪斯是智慧,天使是灵感,"而精灵则不同,需要从心灵的最深处将她唤醒"。(赵振江《西班牙当代诗坛的一部神话》)

在《深歌集》稍后开始创作的《组曲》和《歌集》,则延续和丰富了《深歌集》的追求,尤其是1927年出版的《歌集》,如一些评论所盛赞的,它实现了"当代抒情诗的净化",抵达了"抒情诗的顶峰"。

《歌集》从内容上看,主要的一类是表现西班牙的风景、风情,安达卢西亚这片土地上的生、死、爱,如《猎手》《传说》《树,树……》《骑士之歌》《哑巴街》等。另一类以自我的认知和抒情、个人的爱和记忆为主题,如《死于黎明》《第一愿望小曲》《另一种模型》《无用的歌》《赤裸橘树之歌》等等。当然,这两类诗往往是交融在一起的,正如那首美妙的《海螺》所写的:

他们带给我一只海螺。

那里面有声音唱着
绿色之海图。

我的心

涨满了水，

里面有棕色和银亮的

小鱼儿游过。

他们带给我一只海螺。

　　诗人的自我已成为一个敞开的容器，一个由这片土地"锻造"
的有着奇妙回声和光影的容器。

　　《歌集》中另一类诗便是童诗或以"孩子"为主题的诗。比起
《深歌集》对深歌的发掘，《歌集》的进展之一便是童谣、摇篮曲的
运用。许多诗如《傻孩子之歌》《蜥蜴在哭叫……》《塞维利亚小
曲》《哑孩子》《疯孩子》等等，都以孩子的眼光和口气道出，也
都写到极其完美、动人的程度。也正因为回到自己身上的那个"孩
子"，诗人获得了与自然、与生命本源和语言的亲密性，而这是
许多诗人没有做到的。因为戴望舒的翻译，《哑孩子》在中国已很
有影响。这首诗如此奇异，孩子在"在一滴水中"中找寻他的声
音（"把它带走的是蟋蟀的王"），诗人也在寻找，为了把它做成
个"指环"，让他的"缄默"戴在孩子的指头上。这种比喻不仅使
声音有了金属的质感，也体现了更深沉的感情。诗的最后，蟋蟀
的隐喻又出现了，全诗也有了一种歌谣般的韵律。

　　这种"简单而又神秘的诗"，已成为洛尔迦的一个特有标记。

诗人早期最有影响的，大概就是这类诗。戴望舒当年之所以发现了洛尔迦，就是因为："广场上，小酒馆，村市上，到处都听得到美妙的歌曲，问问它们的作者，回答常常是，费特列戈，或者是，不知道。这不知道作者是谁的谣曲也往往是洛尔迦的作品。"

但是，诗人洛尔迦远不止人们所以为的那样简单或单纯。他不仅是歌谣的能手，超现实主义式的奇才，还是叙事性的大手笔，史诗和神话传奇的锻造者，这便是他1924—1927年间创作、1928年出版的《吉卜赛谣曲集》。

洛尔迦的弟弟弗朗西斯科·加西亚·洛尔迦曾向英语读者这样介绍这部诗集："18首叙事谣曲组成了洛尔迦最受欢迎的《吉卜赛谣曲集》。谣曲（ballad，浪漫传奇）是一种叙事兼抒情的诗体，根本上源于西班牙民族史诗。古老的、传统的、无名的、流行的谣曲因西班牙语的传播而成长，在西班牙语地区获得滋养，一系列大诗人的作品拓展、丰富了这种西班牙诗歌的独特类型，同时又保持着对传统本质的忠实。除了固定的韵律构造，这种传奇谣曲在有天赋的诗人手中被证明具有惊人的弹性，能充分表达最为丰富多样的情感变化。……洛尔迦返回传奇的史诗传统，以富有生机的新的演绎丰富了这种诗体。"

无论从哪方面看，《吉卜赛谣曲集》都堪称一部杰作，我这样说，有点掩抑不住我在翻译过程中的兴奋。洛尔迦的贡献，不仅重新引入了谣曲这种叙事传奇歌谣体，而且创造性地改造和激活了它。毛雷尔就指出，对洛尔迦来说，"在风格上，使他感兴趣的是叙事——传统谣曲多是叙事性的——与抒情结合的可能性。在传统谣曲中，隐喻的作用微乎其微，但在洛尔迦的诗集里，隐喻却至关重要，部分原因在于他对巴洛克诗人贡戈拉的崇敬"。

贡戈拉，西班牙黄金时代诗人，著名的"贡戈拉主义"（又被称为"夸饰主义"，其词义来源于"精心培育"的意思）的创始者。作品风格怪异，讲究修辞，富有巴洛克色彩，虽有争议，但影响深远。西班牙现代诗歌对贡戈拉的重新发现，犹如英国诗重新发现玄学派诗人邓恩，都是一个重要的诗学事件。波尔加明就认为洛尔迦和达利的艺术创作从某种程度上都来源于贡戈拉。

我们先来看"叙事性与抒情的结合"。《谣曲集》中许多作品似乎都有个叙事的框架，但它们往往是破碎的，或隐含的。达利就说过《梦游人谣》"似乎有个故事，但是它没有"。它当然也有一个线索：一个走私犯在与宪警的冲突中严重受伤，他从卡布拉关口回来，以寻找他所爱的吉卜赛姑娘，他与姑娘的父亲交谈并得以爬上露台，但是苦于等待的姑娘已从那里坠落，或是跳下（由于黑暗之水的诱惑），甚或是被害。故事就留下了这样一个含糊的模棱两可的结尾。但是，人们之所以喜爱这首诗，并不在于这个悲剧故事，更在于那深深吸引着人们的诗的声音和韵律，在于语言本身的奇异魅力。洛尔迦本人在谈到这首诗时，曾说该诗为谣曲集中最"神秘"的一首，"它是一个纯粹的诗歌事件，体现安达卢西亚人的本质，甚至对我这个写下它的人来说，它的光亮也总是在变化。如果你问我为什么这样写下'千百个水晶的铃鼓，／刺伤了黎明'，我会告诉你我在树林和天使的手中看见了这一切，但是我不可能对此说更多，我不能解释它们的意义。那是它们应该成为的样子"。

借助于叙事的抒情，美妙动人的歌谣性，诗中充满的奇异意象和隐喻，对每一行的"精心培育"，《谣曲集》中的作品成为"它们应该成为的样子"。这里我还想特意提示洛尔迦对作品技巧、肌理和完美程度的关注和倾心经营，正如他自己讲过的，"如果说我确实受到了上帝——抑或是魔鬼——的恩宠而成了诗人，那么我同样也因为受到了技巧和功夫的恩宠而成了诗人，因为我绝不辜负任何一首诗"（赵振江《西班牙当代诗坛的一部神话》），如《西班牙宪警谣》中的"圣处女给孩子们敷伤，／用星星的唾沫止痛"，"空气中，黑火药的玫瑰花粉刺鼻"（指枪击声），等等。正是这些看上去不起眼的语言细节，让我在阅读和翻译过程中充满了愉悦和兴奋。

完成《谣曲集》的洛尔迦，已是一位年轻而成熟的大师。它处处都透出了对西班牙历史、文化、人性的深刻理解和领悟，如波尔加明所说"仅仅用想象力的火花建立起我们的认知，颠倒了神秘主义的概念"，并在叙述时显出史诗般的大手笔。《梦游人谣》就不用说了，《纠纷》着力揭示西班牙历史和人性中的暴力和神秘力量，《安东尼托·艾尔·坎波里奥之死》描写暴力搏斗及在河边神秘出现又消失的"死的声音"，《被判死罪者谣》的最后是"洁

白无瑕的裹尸布单 / 带着庄重的罗马字符 / 以它端正的折叠 / 给予死亡以应有的体态",残酷而不公的死亡,在一种反讽的笔调中,最后被赋予了某种神圣的仪式感。

性爱也是《谣曲集》的重要主题。《不忠少妇》(戴译《不贞之妇》),叙述的是一位吉卜赛男子把一位"不忠少妇"带到河滨的故事,其性爱描写、暗示和比喻都令人惊异,这正如故事结束时诗人所给出的一个意象,"那时百合花的剑刃 / 仍在风中簌簌有声"。《圣女尤拉丽亚的殉道》则写残酷的宗教献祭,它也是一种"权力的考古学",和古老的性禁忌有关,全诗最后天使们的"三呼",听起来让人毛骨悚然。《塔玛与阿姆侬》是一首杰作,取材于以色列大卫王的儿女(同父异母)的乱伦故事,该诗字里行间都在播种着"老虎和火焰的隆隆声",既有大胆的欲望披露,又有"太阳的立方用力榨着 / 柔柔的葡萄藤"这样的奇异暗示,诗的最后也很精彩和耐人寻味:阿姆侬骑着一匹阉马在利箭中逃走,"当马的四蹄 / 渐渐变成四种回声, / 大卫王,用一把大剪刀 / 剪断了他的竖琴"。

《圣米迦勒》《圣加伯列》《圣拉斐尔》这三部曲,则分别写安达卢西亚三座主要城市所敬奉的三位圣人。诗人的笔调有赞颂,也夹杂着一丝嘲讽,或者说,有一种穿透历史、文化、人性而来的幽默感,如在圣米迦勒日的朝拜庆典中,"乡下姑娘们来了, / 嗑着葵花子, / 她们的臀部硕大幽暗 / 宛如青铜的星体"。《唐·佩德罗骑士的滑稽剧》也堪称一首杰作,令人想起塞万提斯的《堂·吉诃德》，它富有游戏精神，但也混合了宇宙的神秘，如当骑士的坐骑死去，"下午神秘的声音 / 呜呜地向天空哀诉；/ 缺勤的独角兽 / 打碎了角尖的水晶"。全诗的结尾也令人叫绝："唐·佩德罗，已被遗忘，/ 独自与青蛙游戏！"这里面不仅有戏谑，其实也写出了宇宙的某种孤寂。

《谣曲集》大量引用了《圣经》、希腊罗马神话和西班牙历史文化典故，这正如诗人自己的一句诗所说"从圣地亚哥到伯利恒，/ 犁铧在来回地耕着"。看来洛尔迦像同时代的艾略特、曼德尔施塔姆一样，有意将历史与现实相互比照，建立一个神话与现实相映照的世界，如那首旨在表现"沉默，遍及安达卢西亚和西班牙的潜伏的搏斗"的《纠纷》，当法官、宪警们来到，得到的报告却是："先生们，/ 这只是一桩寻常的事：/ 四个罗马人死了，/ 还有五个迦太基人。"这看似荒诞不经的回答，却大大扩展了作品的历史张力。这里还要指出，洛尔迦的神话诗学，其实比艾略特或曼德尔施塔姆的都更进一步，也更难用理性解释：在《西班牙宪警谣》中，受屠杀的吉卜赛人跑向了"伯利恒的马槽前"，而在《纠纷》的血斗最后，"黑色的天使 / 已乘着西风飞走。/ 天使们有着长长的发辫 / 和充满安抚油的心房"。诗人就这样立足于安达卢西亚悲哀而又神奇的土地，将过去与现在、传奇与现实、天上与人间、人类与动植物混合在一起，创造了一个自身的神话空间。毛雷尔就这样说："洛尔迦的隐喻能力将欲望的表达推向更为极致的领域，进入了植物、岩石、昆虫的世界。"

至于《西班牙宪警谣》这首名诗，是诗人在谣曲集中最用力的一首，在我看来，也属登峰造极之作。西班牙宪警属于准军事警察组织，19世纪末以降，它成为各省专制者统治人民的野蛮工具。洛尔迦在给出版人的信中曾表达他对宪警残暴行径的憎恨并讲述了写作该诗的经过："我开始写它还是在两年前——记得吗？……现在，宪警们到来并摧毁这个城市，然后回到他们的营房里喝茴香酒，为吉卜赛人的死碰杯。……宪警们不可思议地变成了古罗马的百夫长。这首谣曲会很长，但它会是最好的之一。……一本好书，我认为。但我将永不——永不！永不！——回到这个主题。"在一次演讲中，洛尔迦也说这首诗是谣曲集中"最有难度"的一首诗，因为它的主题是"极为反诗意的"。

　　然而，这首"反诗意的"的作品却成为一座诗的丰碑。洛尔迦对被排斥、压迫、剥夺的生命有一种天然的同情（用他的诗来说，他要"与所有又聋又哑又疲乏的被捕食者"在一起），对社会暴力、极权、暴政有一种本能的抵制，这是他贯穿一生的立场和态度。但他并不只是在诗中简单地表达他的爱与恨。在该诗中，他对被摧残的吉卜赛人城镇的爱有一种让人泪涌的力量："啊，吉卜赛人的城镇！／谁能见了你而又忘记？"这在全诗中不断穿插出现，构成了主旋律。但他的生命之同情，又是超越性的，如在写宪警暴行时，也不时地来一笔"那些惊逃的姑娘，／她们的发辫在后面紧追"，这不是什么噱头，而是一种视野的提升。伟大的作品都是对诗人自己的发掘和照耀，在写《西班牙宪警谣》时，我想洛尔迦是真正进入到一种创造的、燃烧的状态，因而诗中会充满那么多令人惊异的"神来之笔"。在艺术表现上，如诗人自己所说，该诗也是"最有难度"的，它远远超越了简单的谣曲。它是复调的、交响的，综合了多种复杂的元素，而又体现了高超的艺术控制力。如表现宪警进城那一节，富有节律和仪式感，它是传神的写照，又是辛辣的嘲讽：

> 他们列成双排驱进，
>
> 向着节日的街区，
>
> 鼠曲草的簌簌声，
>
> 侵入他们的子弹带里。
>
> 他们列成双排驱进，
>
> 带着夜的双重链子。
>
> 而星空对他们，就像是
>
> 一个显耀马刺的箱柜。

屠城结束，但是"火焰还在燃烧"，全诗的最后是："啊，吉卜赛人的城镇！／谁能见了你而又忘记？／让他们到我的额头下来找你，／这月亮和沙的游戏。"谁能解释"这月亮和沙的游戏"？这已远远不止是现实的控诉，而是把一切提升到一个更为神秘的宇宙层次。不管怎么说，洛尔迦的这首《西班牙宪警谣》让我不禁想到了毕加索的《格尔尼卡》、戈雅的《5月3日夜的枪杀》（这两幅历史巨作也都是我们上次在马德里专门去看的），甚至也使我想到了叶芝的《1916年复活节》。与上述史诗性作品不同，《西班牙宪警谣》所叙述的并不是确凿的历史事件，但它同样上升到一个悲剧和史诗的高度。

以上为诗人早期及在20世纪20年代的创作。因为他业已取得的成就，他光彩夺目的创造活力，他很早就被视为"二七年一代"诗人的杰出代表，代表了西班牙现代诗歌一个激动人心的年代。

但在诗人的生活和创作中，还有另外一个重要的戏剧性插曲，那就是他的纽约之行（1929年6月至1930年3月）。他在这期间主要完成的诗集《诗人在纽约》，不仅显示了一个传统的"安达卢西亚之子"面对新工业文明和资本主义社会所经受的剧烈冲撞，而且诗的形式和风格也全变了，歌谣体变成了自由体，变成了近乎疯狂的喷发。

熟悉或不熟悉洛尔迦的人们读到这些作品可能都会感到吃惊。它对那个现代大都市的痛苦谴责和充满嘲讽的荒诞性描述，它对人类社会预言家式的声音，对"惠特曼式的乐观主义"的"噩梦般逆转"，它的喷涌的语言能量、巴洛克式的繁复隐喻，它那一阵阵"从腐水中掠来的 / 黑鸽子的风暴"（《黎明》），都有点让人喘不过气来。正如默温指出的："无论何人读到这激情的、咒语般的、神秘的作品，将把他带回到——除非他陷入了评论的泥潭——洛尔迦在纽约城敲打出的喷涌的烈焰中。"

这真是一种惊人的、"被激发"的并且"难以名状的"诗，可能在去纽约之前诗人自己也没有料到。毛雷尔就曾从创作的角度这样猜想："截至返回西班牙时，洛尔迦已经向自己证明，他能够用自由体，在最不具有诗意的题材上写作长篇的、可吟诵的诗歌（书名《诗人在纽约》本身就含有悖论的意味）。"

的确，无论怎么看这部诗集，它都不是盲目被动的反映（洛尔迦并不是人们所想象的即兴式歌手，他的全部创作都是有计划的，一个主题、一个主要形式地推进和完成）。在一般人会面临"文化休克"和失语症的境况下，他却像个斗牛士一样起而应战，与纽约这头巨兽搏斗，并令人惊异地显示了他的创作活力和语言革新能力。可以说，他借助于纽约这座城市对他的撞击，再一次地打开了一个血肉淋漓的自我。

在今天，对许多诗人来说，这仍是一部启示录。出生于利比亚、现居美国的著名诗人哈立德·马塔瓦说他当年前往纽约随身携带的，正是这本诗集，"作为安达卢西亚人，他对纽约如此狂喜，又如此恐惧。他把纽约描绘成一个剧院，在那里，古老的、噩梦般的但丁式地狱遭遇了超现实主义，民间神话传说又与沿着高楼大厦爬升的现代冥界力量相融合。如这本诗集所示，洛尔迦碰到了如加西亚·马尔克斯所说的'本身即不成比例的现实'。在这种情况下，现实主义或基于共有知识的抒情口吻均不合时宜。在这些诗中，洛尔迦需要一种竞技般的想象力，以保护自己不被分解并冲刷进下水道里"。

《诗人在纽约》前后分为十章或十组，有一种整体性，因而有人也把它作为"一首诗"来看待。在该诗集中，以纽约为直接书写对象的有很多。《纽约》一开始便以"在乘法下面／有一滴鸭子的血；／在除法下面／有一滴水手的血"这样的"乘除法"来测量这"本身即不成比例的现实"。《向罗马呼喊，从克莱斯勒大厦塔顶》为第八章"两首颂歌"中的一首，和《沃尔特·惠特曼颂》放在一起。在洛尔迦看来，这个被傲慢的摩天大楼所标志的不平等资本世界，完全是对惠特曼理想的背叛和嘲讽，因此他要"从克莱斯勒大厦塔顶"上发出呼喊，并"为大象的伤口哀哭"。"向罗马呼喊"，正如洛尔迦前期诗歌一再写到的"罗马"，是在向作为一种隐喻的罗马帝国发出呼喊，向一种残暴的统治威权发出呼喊——它在现代已化为另一种资本帝国的形式。纵然在今天看来洛尔迦的社会批判可能"简单"了一些，带着那个时代很多左翼知识分子所拥有的乌托邦冲动，但它仍具有感人的诗性力量。该诗的最后一段是："呼喊，以你们最可怕的声音，／……因为我们要我们每天的面包，／桤木花朵，源源不绝的温柔脱粒；／因为我们要大地的意愿得以实现，／将她的果实给予每一个人。"

"桤木花朵，源源不绝的温柔脱粒"，这样的意象多么动人！一个愤怒的洛尔迦同时又是一个温柔的洛尔迦，他要穿过现代地狱把人们带向被遗忘的生命本源。

"诗人在纽约"，当然还有让他自己深感兴奋的重大发现，那即是惠特曼和黑人文化。《哈莱姆王》中的"哈莱姆"是曼哈顿一个以黑人为主的居住区，洛尔迦不仅为黑人文化所吸引，也不仅同情黑人的痛苦命运，如同他对"吉卜赛主题"的艺术处理，他还要把在哈莱姆感受到的现实提升到神话，这即是他笔下的"哈莱姆王"："用一把勺子 / 他舀出鳄鱼的眼睛 / 并拍打猴子的屁股 / 用一把勺子。"而在全诗接近结束的部分还出现了"那轮被纹身的太阳正沿河而下 / 被一群美洲鳄追逐"这样的伟大诗句。对惠特曼的高度崇敬和至深柔情使他写出了《沃尔特·惠特曼颂》这首长篇颂歌："你的声音，温和的黏土或白雪，召唤人们 / 守望着你的美丽无形的瞪羚。"虽然该诗有些部分显得"不必要"或松散，但从整体上看，仍有一种巨大的感人力量。它那宏伟的诗性伸展力量并不亚于惠特曼的许多重要作品，它同样是一片"伟大的草叶"。

《诗人在纽约》的内容十分丰富，难以一一描述，像《犹太人墓地》："基督的儿子们在沉睡 / 而犹太人蜷缩在他们的铺位里 / 三千个犹太人在长廊的恐怖中哭泣 / 因为他们合起来只能凑出半只鸽子。"我深为诗人在那时就写出这样的诗惊异。在很多方面，它都与策兰的《死亡赋格》相通，或者用个说法来说，早在"奥斯维辛"之前，洛尔迦已到达那里了！

《诗人在纽约》还有一个重要的主题，即"孩子"和童年的记忆。《1910 年》一诗实则是在异国他乡回忆自己的童年："我那些1910 年的眼睛 / 没见过埋葬死人，/ 没见过哭丧的灰烬头发在破晓时分，/ 没见过小海马颤抖的心在角落里。"诗人把"这个孩子"

也带到了美国，正好遇到了一个 10 岁的小男孩斯坦顿。《小男孩斯坦顿》这首诗写于美国的乡下，似写给一个因癌症而死的男孩，诗一开始就很动情："当我孤身一人 / 你的 10 岁便和我在一起。"因癌症（cancer）与巨蟹座在西班牙语（及英语中）都为同一词语，诗人别出心裁地运用了巨蟹座、巨蟹这一意象和隐喻。"斯坦顿。我的孩子，斯坦顿，/ 在午夜巨蟹座从过道上滑落……"这令人想起了诗人早期的诗句"橄榄树在等待 / 摩羯座之夜"，实际上，诗人也是在用安达卢西亚的意象来描述斯坦顿的命运："啊斯坦顿，小动物中公正的傻瓜 / 你的母亲被村里的铁匠所伤，/ 一个哥哥被压在拱门下 / 另一个被蚁群蚕食……"当然，该诗的中心意象仍是巨蟹："啊斯坦顿，你的天真，是一座狮子小山。/ 那一天巨蟹猛然将你击打，/ 并在住所里唾你……"诗人就这样把那个永恒的孩子从格拉纳达带到了美国，带到巨蟹座之下。诗中与巨蟹的搏斗，其实是诗人自己死亡传记的惨烈的一章。

1931 年 4 月，在洛尔迦从纽约回国一年后，他的国家进入了历史新阶段。独裁者被迫下野，波旁王朝十三世退位，第二共和国成立。此后到 1936 年内战爆发，洛尔迦以剧作家和导演的身份为共和国的文化事业贡献力量。除了带领一个名为"茅屋"的大学生剧团深入西班牙各地为民众免费表演经典剧目外，他致力于自己的戏剧创作，创作了《血婚》《叶尔玛》等多部重要剧作，在西班牙、阿根廷上演后深受欢迎，产生了广泛影响。洛尔迦的戏剧同样是他的天才的一种卓越表现，它们在实质上也就是诗（其中许多都是用诗体悲剧形式写的），但他更重其社会参与功能，他宣称"戏剧是痛哭和欢笑的学校，是免费的特别法庭"。因为他的戏剧的思想锋芒，他也不断受到保守势力的攻击。

洛尔迦生命最后阶段的诗，首先要提到他那首伟大的挽歌《伊·桑·梅希亚思挽歌》，"这节制而深远的感情，悲伤音乐里巨大又近于宏伟的乐章，以及极大的多种元素的复杂性，几乎是诗人诗篇里所有主要方面的综合——这些使这首挽歌成为洛尔迦最伟大的成就之一"——洛尔迦的弟弟弗朗西斯科这样介绍这部诗集。

伊·桑·梅希亚思，著名斗牛士，生于塞维利亚，洛尔迦等诗人的朋友。1927年12月，他邀请洛尔迦等诗人、作家云集塞维利亚，举行一系列纪念诗人贡戈拉逝世300周年的活动，直接促成了西班牙诗歌"二七年一代"的形成。作为一位斗牛士，他本来已退休，但又于1934年重返斗牛场，在同年8月一场斗牛中被严重刺伤，两天后死去。

这样一位朋友和英雄的死，对洛尔迦无疑是一次重创，"这好像就是我自己的死亡，一次我自己的死亡的预习"，他在悲痛之余对朋友这样说。在梅希亚思蒙难后两个月，洛尔迦完成了这首长篇挽歌。

挽歌的第一章就非常惊人，一连串穿插了近30个"在下午五点钟"，这是英雄被公牛刺伤的时间，在诗人笔下，也是全部生与死的一个聚焦点。它具体、精确而又神秘，带着扣人心弦的节奏，直到死亡"在他的伤口里产卵"！

犹如斗牛场上的博弈，在这一章里，是词语的精确，感知的精确，更是命运的精确。这让人屏息的节奏、控而不发的技艺，不仅表达了对死亡逼近的预感，也与接下来的悲痛抒情形成了一种巨大张力。

挽歌之所以一开始就如此紧扣人心，是因为这就是诗人自己的"死亡预习"，是他的一生在等待的时间。在洛尔迦蒙难后，诗人塞尔努达说他回过头来读洛尔迦，发现他的每一句"都浸透了死亡的声音"。波尔加明等人也干脆说诗人"创作"了他的死。不管怎么说，《伊·桑·梅希亚思挽歌》是诗人一生创作主题的最集中呈现：暴力和死亡。诗人由此把人们"带入一种命运中"。在挽歌中，另一个更强大、神秘的主角就是公牛，"他"在洛尔迦的诗中一再出现，置人于死命，但本身也是祭品，充满了哀痛。难忘的是"而那些吉桑多公牛，／一半僵死，一半成化石，／好像吼叫了两个世纪／不想再踩在地面上"这几句（见第二章），其悲哀和神秘性已超过了任何解释。正因为如此，这首挽歌超越了一般的事件层面，而成为献给整个西班牙这片土地的悲歌。

令人动容的，还有那笼罩全诗的"悲伤音乐"。在后两章"近于宏伟的乐章"里，诗人既运用了经典的挽歌体形式，又穿插了"公牛认不出你，无花果树认不出你，／还有马匹和你自己家里的蚂蚁……"这样的细节描述，真切地展现了悲剧的净化和复活力量。在死亡的巨大提升下，在对逝者至深的柔情中，诗中甚至产生了这样的精神吁求和"更高认可"的冲动：

> ……这里我要的，只是圆睁的双眼
> 来见证这永不歇息的躯体。
>
> 这里我想要看见声音刚强的人，
> 那些能制服烈马和湍流的人；
> 那些躯干洪亮的人，那些
> 以满嘴的太阳和燧石歌唱的人。

　　这就是洛尔迦的伟大奉献。一方面是令人惊异的语言的准确性，一方面是死亡和暴力的神秘性（像"百合喇叭撑开绿色腹股"这样的创伤和死亡的意象）；一方面是至深的悲痛抒情，一方面是精神的巨大提升。两者之间的神秘张力，多种元素的融汇和交响，使它无愧于西班牙历史上和整个世界现代诗歌中最伟大的挽歌之一。全诗的最后以"我用呜咽的声音歌唱他的优雅，／并记住穿过橄榄林的那一阵悲风"悲怆结束，正如历史上许多著名的挽歌，这首诗的最后成了作者自己的墓志铭和安魂曲。

　　在洛尔迦生命的最后几年间，还留有其他几组（部）重要的诗作。即使戏剧和社会活动占据了他的主要精力，他也没有停下在诗歌艺术方面的追求，在《塔马里特波斯诗集》这部为向阿拉伯诗人致敬而写的诗集中，洛尔迦由《诗人在纽约》的喷发再次回到有节制的短诗，而且尝试借鉴古波斯的诗歌形式，写出了更具有经典意味的抒情诗，正如弗朗西斯科所说："在这次短抒情诗形式的回归中，毫无疑问，洛尔迦所有的诗歌经验得以提纯。"

的确，无论是语言形式的优美，抒情的深度和强度，意象的新奇和动人，洛尔迦的这部"波斯诗集"都令人惊奇和喜爱。集中很多诗作都堪称是他一生中最优美的诗篇：《意外的爱》《绝望的爱》《斜躺的女人》等诗作以传统的爱与死或女性的美为主题，都写到了一种极致；《被水所伤的男孩》写他自己惯有的一个主题，但是更令人惊心，诗人不仅要走下深井"去看那被水之暗器 / 刺穿的心脏"，而且"我想要我自己的死，满嘴都是"！正是痛苦创伤的再度迸裂，使精神的翱翔也显得格外真实和感人，"我曾一次次迷失在大海之上 / 耳中充满了新摘下的花朵，/ 满舌头尽是爱与苦痛"（《飞翔》），"我愿与那黑暗的孩子一起生活 / 他想从高海上砍下他的心"（《黑暗的死亡》），这一切是多么动人！正是在对死亡的无畏深入中，诗人获得了飞翔的翅膀和词语的复活力量。

《塔马里特波斯诗集》的最后一首诗《黑鸽子之歌》则堪称一首奇诗："小小的邻居，我问它们，/ 我的坟墓在哪里？ / 在我的尾巴上，太阳说。/ 在我的喉咙里，月亮说。"这像是诗人早期诗中的吉卜赛谣曲，但又更奇异和神秘。诗人在该诗中称自己是一个"把大地拴在腰带上的漫游人"，而他的漫游已到如此的境界，我们只能惊叹了。这就像默温在谈到这部诗集时所说的："他再一次到达了一个似乎是崭新的起点，并让人不能不惊讶于他将走向何处。"

令人惊异的，还有洛尔迦晚期诗歌那种情感的强度。"魔灵"在他那里再次被唤起了，但这一次是一个受伤的魔灵，读了《六首加利西亚之诗》《黑暗爱情的十四行诗》这两组诗，就知道诗人为什么会说"人类艺术作品中最奇怪的品质就存在于那永远无法愈合的伤口愈合的过程中"。美国诗人勃莱说得没错，洛尔迦是关于欲望的诗人。但是洛尔迦的欲望表达又总是伴随着死亡冲动，在《六首加利西亚之诗》中，月亮"舞蹈，舞蹈，舞蹈 / 在死亡的院子里"；在《黑暗爱情的十四行诗》中，尽管用了传统的十四行诗形式，但我们感到的，往往还是那种深歌式的爆发，深歌式的高亢和死一般的激情，"但是我因你而受苦，伤口撕裂， / 老虎和鸽子在你的腰际 / 卷入啮咬与百合花的决斗"。《黑暗爱情的十四行诗》中还有这样的诗句，"而我最后悔的 / 是没有花朵，果髓，或黏土， / 来喂养我那绝望的蠕虫"，这透出了怎样的悲哀！也许，他就像他歌颂的重返斗牛场的英雄一样，在寻求那最终的必死的一搏。

这样的死亡必然到来，它也说来就来了！虽然它的直接原因是政治谋杀。1936 年 7 月西班牙内战爆发。洛尔迦虽然不属于任何政党，但他天然地反对法西斯右翼势力。7 月，洛尔迦已经逃离了马德里，回到了家中，但是没想到格拉纳达也成了右翼军人势力的恐怖阵营（"黑橡胶似的寂静""细沙似的恐怖"，《西班牙宪警谣》）。在一个朋友家躲藏了一段时间之后，那些一再寻捕他的人找到了他，他被强行拖出来带走，3 天后，8 月 19 日凌晨，经佛朗哥的一位将军下令，诗人被带到乡下处决。他最终被死亡和暴力击中，化为橄榄林里的一阵悲风……

洛尔迦之死的真实原因，因为佛朗哥政权后来长期执政，直到 20 世纪 70 年代后才公布于众。但诗人的被害，在当时就引起了世界性的抗议浪潮。波尔加明很早就这样悲愤地说："那些谋杀了洛尔迦的人，同时也谋杀了西班牙活生生的灵魂。他们给野蛮人打开了大门，应该被判以该隐的杀亲罪。……诗人洛尔迦是西班牙所有殉难民众中最纯洁清白的一个代表。这同样是他的荣耀，以及我们的荣耀……这种铭记不是为了复仇，而是为了正义。"

这样一位诗人的声音传到中国，当然首先要感谢戴望舒先生。戴望舒对洛尔迦的翻译，具有任何后来者都不可替代的"发现"的意义，它也影响到包括我自己在内的好几代人。因此我的翻译，不仅是对洛尔迦，也是对这位前辈的一次致敬。

对洛尔迦的发现，是戴望舒 1933 年西班牙之行最让他兴奋的收获。洛尔迦被害后，也促使他开始翻译，这就是我们看到的在他逝世后经施蛰存整理出版的《洛尔伽诗钞》（今通译洛尔迦，作家出版社，1956）。

戴望舒的翻译虽然数量并不多，只有 32 首，其中许多可能还是未定译稿，经过了施蛰存的校订和润色，也不够全面（有几部诗集未译），但足以给中文读者一个集中和鲜明的印象。更重要的是，戴先生对一些诗作的翻译，几近完美地再现了洛尔迦的神韵，比如"在远方/大海笑盈盈/浪是牙齿/天是嘴唇"（《海水谣》），多么神异的画面，多么奇妙的韵律！一个来自汉语的"笑盈盈"，顿时赋予了一切以生命！

戴先生的翻译，致力于传达洛尔迦的声音，他也以此几乎为汉语中的洛尔迦"定了音"。像《梦游人谣》的开头"绿啊，我多么爱你这绿色"，译得多好！既饱含感情，又使全诗获得了它的动人音调。当然，不仅是诗的韵律，戴先生对洛尔迦诗中奇异的意象、隐喻和词语，也往往有精湛的把握和富有创造性的处理，不说别的，单说《梦游人谣》中的"山象野猫似的耸起了/它的激怒了的龙舌兰"这一句，一个"激怒"用得是多么好！

正因为这样的翻译，使洛尔迦的魅力和汉语的神奇同时展现在中国读者和诗人面前。诗人昌耀写于1957年的《边城》一诗，就是一首明显的洛尔迦式的诗：

> 边城。夜从城楼跳将下来
> 蹀躞原野。
>
> ——拜噶法，拜噶法，
> 你手帕上绣着什么花？
>
> （小哥哥，我绣着鸳鸯蝴蝶花。）

——拜噶法，拜噶法，

别忙躲进屋，我有一件

美极的披风！

夜从城垛跳将下来。

跳将下来跳将下来蹒跚原野。

　　当然，正如人们所知，戴译洛尔迦诗歌的重大历史作用，更在于在"文革"中后期对一代文学青年的唤醒。在北岛、芒克、多多、方含、顾城等人的早期作品中，我们分明听到了洛尔迦的回声。

　　戴译洛尔迦不仅成为早期"朦胧诗"的艺术源头之一，也受到了后来更年轻的中国诗人的喜爱，像海子的一些诗、西川早期的《挽歌》等等，就明显受到洛尔迦的影响。我自己大概是在 1978 年上大学后从图书馆里发现那本已发黄的《洛尔伽诗钞》的。那时让我着迷的，不仅有《海水谣》《梦游人谣》等诗，还有一首《不贞之妇》，诗中写道："她那沉睡的乳房""忽然为我开花，/ 好像是鲜艳的玉簪两茎。/ 她的浆过的短裙 / 在我耳朵里猎猎有声……"在"文革"刚过去的那个年代，仿佛读到这样的诗就是一种罪过。它真是令人战栗。

　　从此，这样的诗"在我耳朵里猎猎有声"了。现在我意识到了，它表现的不仅是性爱的不可遏制，不仅是西班牙的"风情"，更是语言本身的力量。这种力量，不仅来自原诗，也来自（或者说更来自）翻译本身。

的确，戴先生对洛尔迦的翻译，不仅代表了他译诗艺术的最高成就，也是他整个一生最富有异彩的一笔。

但是，正如历史上许多诗人，洛尔迦也正是一个有待于我们重新发现的诗人。洛尔迦诗歌的翻译，继戴望舒之后，尚有陈实、赵振江等人的辛勤耕耘和丰硕贡献，但从多方面看，它仍留有很大的空间。即使是《梦游人谣》《西班牙宪警谣》等名诗名译，在今天也有待于去刷新，以使其本质得到新的"更茂盛的绽放"。我自己尽力去做的，即是在前人的基础上，为读者提供这样一种新的参照。

比如《梦游人谣》，该诗的第一句也即全诗的主题句"Verde que te quiero verde"，戴译"绿啊，我多么爱你这绿色"已很有影响，似乎也很难有比这更好的翻译了。但这句诗的韵味其实很丰富，诗人的弟弟弗朗西斯科就认为该句包含有多种读解的可能性，如"绿啊我想要你绿""绿啊我爱你这绿""绿啊我要你成为绿"等等。同时他认为在洛尔迦的诗中，"意愿的行为"比行为本身往往更是重心所在，"我们甚至可以假想诗人不是在设定一种实际的绿，而是一种理想的绿……""让绿存在，因为我要它如此"等等。而我手中的几种英译本也各不相同，或者说各有侧重，如"Green oh how I love you green"（Will Kirkland 译本）、"Green, how much I want you green"（Stephen Spender 译本）、"Green how I want you green"（Martin Sorrell 译本）等等。

因此我斟酌再三，把这一主题句译为"绿啊我多么希望你绿"，以强调诗人的祈愿本身，并以此与诗中血腥、苦难的现实形成一种更强烈的对照。与此相关，与想象性的"绿"相呼应的是对"海"的渴望，洛尔迦本人在谈到这首诗时，就认为其主题之一即表现"格拉纳达人对海的渴望"。因此我就这样译了。

至于怎样传达洛尔迦诗歌特有的音乐性魅力，这是任何译者都会面对的一个难题。虽然戴先生在《雨巷》之后已对"音乐的成分"反叛了，在《诗论零札》中还说"诗不能借重音乐""韵和整齐的字句会妨碍诗情，或使诗情成为畸形的"，但在翻译洛尔迦时，他重又回到了"押韵"。我则对这种翻译方法有所保留。因为洛尔迦的诗歌并非严格的格律诗，而是生气勃勃的吟唱，在翻译时刻意"押韵"，很有可能伤害原作的天然之机。因此我的方式，不是刻意追求押韵，而是"还给它原有的自由"。而这样做，正是为了传达出诗的声音。我首先要求自己的，是和翻译对象建立一种精神、语言和音调上的"亲密性"，同时又能以汉语译文自身的节奏、句法和韵律（即使是不押韵），让人们听出洛尔迦诗歌的"热情、节拍、转折还有那原文的舞蹈"（默温语），听出那原初的生命，听出诗的在场。

而且，这里的"听出"，也就是我们汉语的"听见"：听即是见，或者说，听见一体。

这样来译，或许更能接近洛尔迦诗歌的"真精神"。诗人在谈到《歌集》的编选时就这样说："我删去了一些诗，尽管它们在韵律方面很成功，因为我要一切都拥有高山上的空气。"当有人告诉他人们在模仿《歌集》中的诗时，他这样回答："不会有比这些更真实的诗了。他们弄出的，是一些可怜的毫无疼感的东西。我并不认为音乐就是一切，就像某些年轻诗人所做的那样；我倾注我的爱在词语上，而不是一些声响。"

是的，洛尔迦的声音不是空洞的声响。它是爱和痛苦的灼人的燃烧。

该诗选转译自英译，参照了多种不同的英译本、原文和一些研究资料。我从他不同阶段写作的诗集中选译了近 140 首诗，以尽量清晰地展现诗人的一生。另外更重要的，是力图在前人的基础上为读者提供一种新的参照，这种刷新不是局部的修补，而是整体上的刷新，不仅是词汇上的，也是句法和音调上的，不仅是读解上的，也是艺术表现上的。我要以此来译出"我心目中的"这位诗人。

我的翻译前提仍是忠实，在深入透彻理解的前提下，尽量达成一种诗的精确，如"低音弦嘣的一声 / 在下午五点钟。/ 砒霜的钟声和雾 / 在下午五点钟"（《伊·桑·梅希亚思挽歌》），没有这种译文自身的精确，就无法"传神"。再例如"肥重的水牛指控那些 / 在他们潺潺作响的 / 犄角和月亮间 / 洗澡的男孩们"（《被判死罪者谣》），没有这个"潺潺作响"，我们就听不出原诗，也不会传达出洛尔迦那令人惊异的感受力。

此外，在忠实的前提下，在一些细节上我有所置换和变动，如"啊心中之犬，围攻之声，／无边的沉默，炸裂的荆棘！"（《黑暗爱情秘密的声音》），如按原文来译，最后一个意象应是"成熟的百合"。我就这样冒昧替洛尔迦在汉语中写起诗来。还有已谈到的"桤木花朵，源源不绝的温柔脱粒"，如依据原文和英译（"alder-flower and everlasting harvest of tenderness"），这一句的意思为"桤木花朵和温柔的永久收获"。如果说我这样译能替原作"增色"，那也无非是出自一种诗的祈愿——"绿啊我多么希望你绿"！

至于"我愿与那黑暗的孩子一起生活／他想从高海上砍下他的心"中的"砍下"与"高海"，"砍下"本来就用得比较"大胆"，"高海"更属于我的"生造"。如按原文"alta mar"及其英译，只能译为深海或是远洋。"高海"这个词在任何语言中都属生造，带有陌生感，但这也正是我想通过翻译给我们的语言带来的一种刺激。这正如洛尔迦自己一次对人们说："'诗'？诗就是人们从来想象不到会结合在一起的两个词语，它们结合起来构成了某种神秘。"

洛尔迦永远地去了，这正如诗人自己所说："同一个精灵不会重复出现。"但是他永远不会"过时"。今年是他蒙难 80 周年的纪念，再过 800 年，他仍会是一个独具异彩、生气勃勃的诗人。美国诗人默温说过："对我而言，现代诗不是从英语开始，而是从西班牙语开始的。"当代利比亚诗人马塔瓦也曾描述过他怎样试图让洛尔迦和达尔维什"充当蛇头，走私自己的声音"的努力。当然，我们不会再写他那样的诗，也写不出，但在大半年来的翻译过程中，我从中体察到和领会到的东西，已超出了言辞可以表述的程度。这不单是一些表面的东西，而是进入到一个更炽热的谜中，进入到一个公牛的世界、黑色天使的世界，进入到植物、岩石、昆虫的世界。当我这样说时，一个身影似乎就出现在那个"阳台"上。是的，他曾一次次为我出现在那里。

"永存我的话语"

——彼得堡诗歌纪行

对我来说，圣彼得堡是普希金的彼得堡，果戈理和陀思妥耶夫斯基的彼得堡，更是 20 世纪俄罗斯白银时代伟大诗人阿赫玛托娃、曼德尔施塔姆的彼得堡。

因此一到彼得堡，我第一个想去访问的，就是阿赫玛托娃纪念馆。

阿赫玛托娃（1889—1966），生于敖德萨，十一岁时随全家搬往彼得堡，就读于皇村中学。1910 年与诗人古米廖夫结婚，并成为"阿克梅"诗派代表性诗人之一。诗人的早期诗以简约克制的形式，坦露复杂而微妙的内心情感，深受广大读者喜爱。有人说，即使在 20 年代后阿赫玛托娃不再写作，她依然会是俄国 20 世纪最优秀的诗人之一。

但阿赫玛托娃却不是那种昙花一现的诗人，她注定要被诗歌

"留下来"，以完成一种更艰难，也更光辉的命运。阿赫玛托娃纪念馆就为人们展现了诗人中后期那令人感叹而又惊异的人生。

诗人是在 20 世纪 20 年代中期搬进这套被称为"喷泉屋"的公寓并与艺术批评家尼古拉·普宁同居的。"喷泉屋"本为 18 世纪舍列梅捷夫宫的偏所，诗人的寓所就处在四层上。一踏上通向它的曲折楼道，我就想起了诗人自己的一节诗：

> 对你，俄语有点不够，
>
> 而在所有其他语言中你最想
>
> 知道的，是上升与下降如何急转，
>
> 以及我们会为恐惧，还有良心
>
> 付出多少代价。

而这，不仅是这位"说俄语的女但丁"的命运写照，也是我们中国诗人为什么会深受其吸引的根本原因。正是在这里，诗人在沉默近 10 年后又开始了创作，诗风愈加简练、凝重，开始承担起历史赋予的重量。1940 年前后，她冒着巨大风险写下以儿子被捕、被监禁为题材的长诗《安魂曲》（生前未能公开问世）；1946 受到粗暴批判，被开除出作协；此后在艰难环境下默默写作《没有英雄的叙事诗》，成为她一生的艺术总结——据说索尔仁尼琴当年曾把这部长诗全部手抄了一遍！

在诗人纪念馆，从一个房间到另一个房间，我满怀激动地观看着（"而裙子窸窸窣窣，方格地毯，/ 胡桃木框的镜子，/ 卡列尼娜式的美令人惊叹……"《北方哀歌》）。从餐厅里一直摆放的普希金画像，到起居室里那面绿色的大立镜——那些"来自未来的客人"，如以赛亚·伯林、布罗茨基等等，甚至《没有英雄的叙事诗》中的那些亡灵，就曾一一出现在这面镜子里。至于那处在房间角落里的沙发座椅，带老式台灯的小书桌（正是在那里，她与来访的伯林彻夜倾谈），我则有点不敢轻易靠近，仿佛那搭在沙发椅上厚重的沙发布，也像是刚刚从诗人肩头滑落下的大理石披巾！

至于曼德尔施塔姆（1891—1938），虽然是出生在华沙的犹太人，但在圣彼得堡度过了他的童年和青少年，并成为一个诗人。可以说，比起很多人，他都是一位更为典型的"彼得堡诗人"。但是，因为他拒绝"圆柱旁的座位"而选择了去做"游牧人"，其命运多舛，在彼得堡也无固定住所，所以在这里没有一个像阿赫玛托娃那样的纪念馆。

但是，因为他的诗，对我来说，整个彼得堡仍处处响彻着他的声音。一进入彼得堡市中心，看到彼得大帝时期"海军部"高耸的镀金尖塔顶部，我马上就想起了诗人在流放地沃罗涅日写下的诗：

……然后突然间，像一只透镜，她把我放在火苗上

以一道来自海军部锥形体的光束。

这里的"她"指诗人的国家。因此，在圣彼得堡大学"远东文学研究"国际学术研讨会的演讲中，我讲到了诗人中后期"诗人与帝国对立"的原型困境。说它是"原型困境"，因为它源自奥维德、但丁，也源自普希金。而20世纪俄国的残酷历史，再一次选中了他来担当诗人的这一命运。在演讲中，我特意讲到《列宁格勒》（1930）这首名诗。该诗是曼氏从亚美尼亚回到列宁格勒时写的。从任何意义上讲，彼得堡都是他的摇篮和家乡。但是，自1928年起，因受到列宁格勒文坛排斥，诗人不得不迁居莫斯科——如同罗马之于奥维德，圣彼得堡已成为他永远失掉的"帝国"和故乡：

> 我又回到我的城市。它曾是我的泪，
>
> 我的脉搏，我童年时肿胀的腮腺炎。

在翻译该诗时，一个"肿胀的腮腺炎"，使我自己年轻时代的记忆也全回来了！而接下来"然后睁开眼，你是否还熟悉这12月的白昼？ / 在那里面，蛋黄搅入了死一般的沥青"，它令人惊异地道出了一个觉悟的瞬间，一个启示录般的灾变的意象！而这对归来的诗人才是最致命的。

因而接下来诗人会发出呼喊："彼得堡！我还不想死！"请注意，诗的题目是"列宁格勒"（圣彼得堡1924年更名为列宁格勒），但是现在，诗人却转而对他童年的"彼得堡"直接讲话。诗人无法不采用"列宁格勒"这个新名字，但他却可以向他记忆中的永恒故乡发出哀求，哪怕这是一种绝望的哀求！而接下来的一句"彼得堡！我还有那些地址：/可以查寻死者的声音"，也骤然间打通了生与死的界限……

因此，当我们乘坐游船在彼得堡市区游览，那纵横于河道、桥梁和街区上空的一道道电线，对我来说，仿佛仍在传递着这令人战栗的声音。因为对命运的惊人洞悉，因为预感到一个正在到来的大恐怖年代的深重阴影，在1931年给阿赫玛托娃的一首诗中，曼氏一开始就发出了这样的声音：

> 请永远保存我的词语，为它们不幸和冒烟的余味，
>
> 它们相互折磨的焦油，作品诚实的焦油。

作为一个"未亡人"，一个似乎生来即是为了唱挽歌的诗人，阿赫玛托娃接受了这神圣的委托。她不仅在曼氏流放期间曾千里迢迢前去沃罗涅日看望曼氏夫妇（1936年2月），写下了名诗《沃罗涅日》（其结尾几句是"但是，在流放诗人的房间里，/恐惧与缪斯轮流值守，/而夜在进行，/它不知何为黎明"），而且在这之后不久又写了《一点儿地理》，通过一种奇特的想象，又把曼氏从流放地沃罗涅日拉回到"这个散发着腐尸恶臭的铺位"（即诗人所处的列宁格勒），而在她看来，也只有曼氏和她这两个"罪人"才配，也才能对家乡城市圣彼得堡奇异的美进行赞美：

一点儿地理

——给 O.M.

不像某个欧洲的首府

有着第一流的美——

而像是沉闷的流放，经由叶尼塞斯克，

仿佛在中途换了车，再到赤塔，

到伊锡姆，到干旱的伊尔吉兹，

到远近有名的阿特巴萨尔，

到斯沃博德内边区，

到这个散发着腐尸恶臭的铺位——

所以对我来说这座城市

在子夜里，有一种苍白的蓝——

这座城市，被第一流诗人赞美，

被我们这些罪人，被你。

在这种奇异而隐曲的"地理学"中，是一个伟大的诗人对"存在的地形学"的想象，是对诗人命运和职责的认知（纵然背负着罪名），是对故乡和记忆的忠诚——正是这种忠诚，这种苦难中的终生守望，将阿赫玛托娃的名字铭刻在圣彼得堡的每一块石头上！

而阿赫玛托娃晚年的最后一段时间，大都是在彼得堡的远郊科马罗沃度过的。在彼得堡期间，我也想方设法专门租车去了科马罗沃。严格说来，阿赫玛托娃一生并没有真正属于自己的家，即使陆续生活了30年的"喷泉屋"，也属于"寄寓"。50年代末期，苏联的"形势"有所松动，列宁格勒文学基金会在距彼得堡三四十公里外的科马罗沃作家疗养地给阿赫玛托娃分了一处简易住房。它被阿赫玛托娃自己戏称为"岗亭"，木床还缺一条腿，不得不用砖头支撑着。但诗人却在这里获得了安宁。这个木板小屋距海边不远，处在一大片松林之中，她生命的最后七八年大都在这里度过。

诗人在这里并不寂寞，布罗茨基、耐曼等年轻诗人常坐火车带着鲜花到这里"朝圣"（"你是在和一个用她的语调就改变了你的人在一起。阿赫玛托娃改变你，仅凭她的发音或是一扬头……"，布罗茨基），亲朋好友、传记作者和刊物编辑也常常来，并帮她照料在这里的生活。但是，从内里看，这位饱经沧桑的女诗人已活到"没有人可以伴哭，没有人可以一起回忆"的境地。正是在科马罗沃，她写下了一首诗，诗前引用了茨维塔耶娃那句著名的诗"啊哀泣的缪斯"：

> ……我在这里放弃一切，
> 放弃所有来自尘世的祝福。
> 让树林里残存的躯干化为
> 幽灵，留在"这里"守护。

我们都是生命的小小过客，

活着——不过是习惯。

但是我似乎听到在空气中

有两个声音在交谈。

两个？但是在靠东的墙边，

在一簇悬钩子嫩芽的纠缠中，

有一枝新鲜、黑暗的接骨木探出

那是——来自玛丽娜的信！

　　这"两个声音"，指曼德尔施塔姆和帕斯捷尔纳克。1961年，在寂寞的暮年，在曼氏、茨维塔耶娃、帕氏已相继离开人世的巨大荒凉中，阿赫玛托娃写下了这首诗，她不仅以她的哀歌来为她那一代一个个光辉的灵魂送别，也意识到注定要由他们四个（因此有的英译本把该诗译为"我们四个"）来承担俄罗斯诗歌又一个苦难而光荣的时代。在晚年致曼德尔施塔姆遗孀娜杰日达的信中，她就这样不无悲痛地写道："我们都曾经想到我们一定要活到那一天——那哭泣和光荣的一天。"

　　1966年3月5日，诗人走完了人世的最后一程。据传记材料，这是她写于当年2月的最后的诗句：

必然性最终也屈服了，

犹豫地，她自己退闪到一旁。

阿赫玛托娃，这位"哀泣的缪斯"，以她苦痛而伟大的一生，以她自身的惊人耐力，在最后甚至让命运的"必然性"也"退闪到一旁"。诗人耐曼在回忆录中就曾这样感叹：仿佛她一转身关上门，便化为永恒的大理石雕像。

遵照阿赫玛托娃的生前遗愿，她永远安葬在科马罗沃（她的葬礼在彼得堡圣尼古拉大教堂举行，我也曾数次经过那里）。带着最轻微的脚步，我们在寂静的松林间找到了诗人墓地。她没有葬在彼得堡著名的公墓里，与那些王公贵族为伴，而是选择了让她所钟爱、信任的科马罗沃的松树来"守护"（"只有镜子能梦见镜子 / 只有寂静能维护寂静……"）。在黑色的金属十字架下，是诗人的墓碑，上面居然没有生卒年月，只有诗人的名字（还需要标注吗？她已属于永恒！），墓园的纪念墙上，则刻有一个以诗人年轻时代的肖像为原型的侧面头像浮雕，远远即可看出——那就是人们心目中的"俄罗斯的萨福"！

几乎要抑制住泪水，我在诗人墓地待了近 20 分钟。临别时，又回头深深鞠了一躬：再见，哀泣的缪斯！我们要"永存你的话语"，不，是你的话语会永远伴随着我们，如空气，如寂静，如远海溅起的涛声，如这些笔直松树的幽灵。我只能借布罗茨基《纪念安娜·阿赫玛托娃百年诞辰》中的诗句来表达我自己：

啊伟大的灵魂，一个跨越海洋的
鞠躬，向你——是你找到了它们，
找到了沉睡在你故土中的焖燃部分，
是你，让聋哑的宇宙有了言说的能力。

"我把茨维塔耶娃还给茨维塔耶娃"

——莫斯科诗歌纪行

"从我手中接过——这座非人手建成的城市"——这是当年尚年轻的茨维塔耶娃写给"彼得堡诗人"曼德尔施塔姆的《莫斯科诗篇》的开篇。今年7月上旬的一天，沿着当年曼德尔施塔姆的铁路线，我从彼得堡乘火车来到了莫斯科，但我能接过这座宏伟而奇异的"非人手建成的城市"吗？我能做的，无非是"还愿"。

现在想来，在莫斯科的那四五天，对帕斯捷尔纳克故居的访问、在"白银时代纪念馆"的朗诵、对茨维塔耶娃纪念馆尤其是对其童年故乡塔露萨的访寻，无论有意还是无意，都带有一种"还愿"性质。我把来自他们的精神赠予，但又属于我自身的一些东西还给了他们，而又通过这种还愿把我和这些"亲人"更深地联结在了一起！

这就是为什么一来莫斯科，我就要去看茨维塔耶娃旧居纪念馆。本来纪念馆周一关门，但在俄国科学院世界诗歌研究中心拉拉博士的帮助下，我们不仅破例参观了纪念馆，还参观了隔壁另一幢楼里的档案馆。该档案馆专供研究者使用，不仅收集有最齐全的茨维塔耶娃资料，还有各种语言的译本。在那里，我向档案馆女馆长赠送了我翻译的《新年问候：茨维塔耶娃诗选》，并在书的扉页上留下了这句话："我把茨维塔耶娃还给茨维塔耶娃。"说实话，当我这样写时，手都有点颤抖，因为那是"我的茨维塔耶娃"，是长久以来我生命的一部分，是我在翻译时一次次为之燃烧，甚至为之流泪的茨维塔耶娃，但我又必须把这个汉语的茨维塔耶娃还给她的故乡——那给予她无穷苦难但又造就了她的伟大的故乡！

至于访问帕斯捷尔纳克在莫斯科郊外别列杰尔金诺的故居和墓地，更属一种还愿行为。去的路上（是在莫斯科工作的朋友彭明宽开车带我去的），我要做的第一件事就是买花（"不能到你的墓地献上一束花／却注定要以一生的倾注，读你的诗"，这是多年前我的《帕斯捷尔纳克》一诗的开篇），好在我们在一家超市里发现了花店，我买了三大束菊花，它的素洁、芳馨，正好能表达我的心意。

一个诗人最好能住在郊外，除了安静、与都市的喧闹保持必要的距离外，从乡下到城里的来回路上，我相信都会产生诗的情感。临近别列杰尔金诺小火车站时，我猜想帕氏的许多诗都是在汽笛的呜呜声中开始或完成的。"生活，我的姐妹"，这位"自然之子"对生活怀有怎样的爱啊！以至于他因"诺贝尔奖事件"遭到大规模声讨和批判时，他曾满怀悲愤地这样写下："我犯了什么罪？／我杀了人吗？／我只是写下了我美丽的故土，／并让全世界为之恻隐。"

而从诗人故居纪念馆进去，首先参观的那个温馨明亮的餐厅，就是帕氏当年得知获诺奖消息的地方，当时诗人和家人正在用餐，墙上挂着他手持酒杯站起来庆祝的照片，看得出他那时庄重而又抑制着激动，只是没料到不久这便成为一个噩梦！

二楼的写作间是这座童话般的房子的灵魂所在。宽大、宁静、布置简单，门边摆着一双长皮靴，衣柜一侧还挂着诗人生前穿戴的大衣、帽子和长围巾，墙上则是诗人的画家父亲为托尔斯泰的《复活》所作的插图以及音乐家拉赫玛尼诺夫等人的油画肖像。在静谧的光线中，我观看着书柜里的部分藏书（叶芝、海明威的作品和英俄大词典——他用来翻译莎士比亚）和摆放的墨水瓶（"2月，墨水足够用来痛哭！"）最后，我把目光再次投向了那张靠近宽大窗户的长长的松木桌子——就是在那里，"蜡烛在燃烧"，诗人陆续用了多年时间（1947—1956）写下了《日瓦戈医生》等伟大作品。意大利作家卡尔维诺曾称《日瓦戈医生》"创造了一个深邃的回音室"，而此刻，我正处在其中，这真是让人难以置信！

故居的另一个小房间，则摆放有帕氏生前的沙发床，诗人死后的遗像和石膏面模。帕氏是于1960年5月底死于癌症的，但在此前五六年，人们说他看上去仍那样充满活力，显然，其早逝和他1958年获诺奖后所遭受的一连串噩梦般的经历有关。望着诗人不无悲郁的面模遗像，我不由得想起了日瓦戈葬礼上迟来的拉丽莎伏在日瓦戈遗体上说的话，每次读它都使我内心战栗："我们又聚在一起了，尤拉。上帝为什么又让我们相聚？……你一去，我也完了。……永别了，我的伟大的人，亲爱的人；……我多么爱听你那日夜鸣溅的水声，多么爱纵身跃入你那冰冷的浪花之中……"

也正因为如此，在参观完诗人故居前往其墓园时，我也很想去看拉丽莎的原型奥尔迦·伊文斯卡娅的墓地。这个为帕氏一再被捕、坐牢、流放的美丽女性，在她活着时她甚至不能参加诗人的葬礼，除了根据她的遗愿所安葬的这个挨近诗人的静静的墓园。

诗人的墓地处在邻近别列杰尔金诺"主显圣容大教堂"的一处平民公墓里。和旁边的教会公墓相比，它多少显得有点荒芜凋敝。好在帕氏墓园很好找，它坐落在公墓边角，墓园较大，墓碑为白色大理石，上面雕刻着诗人年轻时英俊的头像。我缓缓走向墓园，献上鲜花，默默伫立了一会儿后，就去寻找伊文斯卡娅的墓地。我们在荒草和荆丛中转来转去，意外发现了其他几位著名诗人、作家的墓碑，但怎么也找不到她的墓地。最后我只好再次回到帕氏的墓园。好在当我返回时，本来阴晴不定、下着阵雨的天空一下子放晴了，强烈的阳光透过松林，径直洒在诗人洁白的墓碑上！我向诗人的英魂道别，向洒下的金色阳光道别，向墓园外山坡上的风中草地道别，而阿赫玛托娃悼念帕氏的不朽诗句也就在那时为我再次响起，"他化为赋予生命的庄稼之穗，/ 或是他歌唱过的第一阵细雨"！

在诗人墓地的经历，多少让我感到有点不可思议。那久寻不见的伊文斯卡娅的墓地，那最后骤然投射在诗人墓碑上的阳光！让我没想到的，还有在莫斯科"白银时代纪念馆"的专场朗诵，这样的安排也是有"缘分"的吧。"白银时代"是指19世纪末期涌现的一批天才诗人、作家所代表的时代，他们创造了普希金之后俄罗斯文学的又一个光辉时代。该纪念馆原为"白银时代"诗人布留索夫故居，我去时那里同时就有一个关于"白银时代"的展览。我要感谢俄国年轻的汉学家邓月娘（Yulia Dreyzis）博士，在她翻译的我的15首诗中，就有《瓦雷金诺叙事曲——给帕斯捷尔纳克》，我的朗诵会就以这首诗开始。我以此向帕斯捷尔纳克致敬，当然，更是向那把我们深深连接在一起的"共同的命运"致敬！

更让我难忘的，是此行最后对茨维塔耶娃童年故乡塔露萨的寻访。塔露萨为莫斯科以南100多公里外奥卡河边的一个小镇，茨维塔耶娃的父母在那里有一处度夏别墅，诗人在那里度过了童年。我自己最早知道塔露萨，是通过翻译策兰的《带着来自塔露萨的书》。1962年间，策兰在巴黎收到《塔露萨作品集》（*Tarusa Pages*），读到里面所收录的茨维塔耶娃的诗后非常激动，他本来想翻译一些，但改而创作了这首长诗，全诗以"来自／大犬星座，来自／其中那颗明亮的星"开始，气象宏伟，神秘；到了全诗达到一个抒情高潮时，还出现了这样的诗句："来自那座桥／来自界石，从它／他跳起并越入／生命，创伤之展翅／——从这／米拉波桥。/ 那里奥卡河不流淌了。怎样的 / 爱啊！"米拉波桥处在塞纳河上，策兰后来也正是在这里投河自尽的，而在他写这首诗时，好像在米拉波桥下流淌的已不再是塞纳河，竟是茨维塔耶娃的奥卡河了——这是"怎样的爱啊"！

而接下来，策兰还写道："来自一个词…… / 靠着它，桌子，/ 成为帆船板，从奥卡河 / 从它的河水们……"有了这张诗人之桌（书桌是茨维塔耶娃最爱写到的），有了茨维塔耶娃歌唱的奥卡河，也就有了那顺流而来的"帆船板"！而策兰自己要做的，就是在他自己的语言中，发出"船夫的嚓嚓回声"！

这就是策兰为什么如此认同茨维塔耶娃。这也是为什么我自己前年出版的一本译诗集就叫《带着来自塔露萨的书》——去俄罗斯临行前我把它放在了随身带的包里，我也会永远把它带在身上！

此行同样是彭明宽开车带我去。穿行在广阔的俄罗斯大地，到达塔露萨时，这位学工程的老兄也激动起来。塔露萨风景之开阔和幽美，的确不负盛名，它很久以来就是俄罗斯作家和艺术家的居住地。茨维塔耶娃从幼年到 10 来岁都在此地度过夏天（而她的女儿 20 世纪 50 年代从劳改营获释后，绝大部分时间也在此地生活）。她留下的诗文中时见塔露萨和奥卡河的风采。诗人生前也希望死后能安葬在她一生怀念的塔露萨（她于 1941 年 8 月 31 日，即流亡回国的两年后自缢于叶拉布加城，最后连墓地也难以确定），因为正是在那里的山坡上和接骨木树丛下，她度过了她的金色童年，她作为一个诗人的生命被赋予……

遗憾的是，诗人旧居因为年代久远已被拆除，我们去在旧址上新建的纪念馆时，正遇上一大车乡村妇女和老头老太太，由导游带着进去参观。我被挤在人流后面，很多展品都来不及细看。只有诗人童年时的小书桌（原件）、古老的钢琴（"我的第一语言是音乐"）和一些老照片给我留下了较深的印象。

好在旧居后面的大花园仍在，花园中那个诗人从小玩耍的小木屋虽然朽坏，布满青苔，但还没有被拆除。这就是养育了一个诗人的神奇世界！在花园深处，我一眼就看到了诗人在异国他乡所思念的"花楸树"！还有那茂盛翠绿的接骨木："接骨木充满了整个花园！ /接骨木翠绿，翠绿，/……接骨木——蔓延到日子尽头！"（《接骨木》）

参观完纪念馆，我们便走向奥卡河。河畔高岸上立有茨维塔耶娃高大的赤脚青铜雕像，旁边还有帕乌斯托夫斯基、阿赫玛杜琳娜等著名作家、诗人的雕像，他们生前也曾住在此地。尤其是帕乌斯托夫斯基，中国很多作家都知道他的《金蔷薇》并受其影响，但他们不会知道，正是他在解冻时期编选了《塔露萨作品集》（收有茨维塔耶娃41首诗，1961年出版），使布罗茨基那一代人第一次读到茨维塔耶娃，使一个"被埋葬的诗人"重见天光。

而穿过这些光辉的雕像，蜿蜒流淌的奥卡河便全然展现在我的眼前。似乎知道有远道的客人来"探亲"似的，那成群的黑鸟（我宁愿想象它们为燕子）从河谷里一次次地来回盘旋，并发出欢快的鸣叫！这真是令人要流泪啊。而最让人心颤的，还是走下河岸、用双手触及奥卡河的盈盈清澈河水的那一刻！那一刻，好像我终于替一位亲人还了愿，好像我自己也重返生命的本源（我也是在汉水河边长大的孩子啊！），也正是在那一刻，我有了一首诗，我把它写下来，作为我对我的亲人的永恒的纪念：

在塔露萨

在茨维塔耶娃纪念馆

只有童年的那个珍贵的小书桌不是复制品

（它来自外婆，它也不可复制）

只有花园里掩映在绿荫中的花楸果依然殷红

（如一个五岁小女孩的嘴唇）

只有接骨木仍在响亮攀缘，比任何一个夏天都绿

（你多想把自己葬在它的拱顶下！）

只有黄昏的那一道光依然致命

（每天每天，它都会投向巴黎的郊区）

只有山坡下的奥卡河，玛丽娜

依然是你最清澈的奥卡河，它来自森林

仍带着你的石榴石手镯的颜色

带着金色树叶的颜色

只有童年的燕子仍成群从河谷里飞过

它欢快的鸣叫，玛丽娜

和我们在那时听到的一模一样！

只有这河水仍在流，当它向沙滩再次盈盈漫来

玛丽娜，请让我

替你向它伸出这一双手……

是的，我为我们的玛丽娜伸出了这一双颤抖的手！

1941 年夏天的火星

——关于《没有英雄的叙事诗》

在晚年一首未完成的十四行诗中，阿赫玛托娃曾这样写道："我自己会亲自为你加冕，命运！ / 触摸你那永恒的额头。"诗中还指向 1962 年诺贝尔文学奖对她的提名。当然，她没有获奖。但是，比起她一生所完成的一切，任何外在声誉又算得了什么呢？诗人会为自身的命运"加冕"的！

我这样说，是因为我深入阅读并译出了《没有英雄的叙事诗》。如果说诗人写于 20 世纪 30 年代末的《安魂曲》是一座伴随着悲剧合唱的青铜纪念碑，《没有英雄的叙事诗》就堪称是一部大师的杰作，一位伟大的悲剧女诗人对其一生所做出的更高的总结。

读了这部作品，我们就会理解为什么索尔仁尼琴当年会把这部长诗手抄了一遍。读了这部作品，我们也感到诗人早期的那些"戏剧抒情诗"如《在深色的面纱下她绞着双手……》《在这里我们都是酒鬼、贱妇》等等，都是这部作品的某种预演。而这部作品总结了一生，但又与诗人以前的任何作品都不同，甚至对于俄罗斯诗歌史在很大程度上也是全新的，虽然自普希金、莱蒙托夫以来，他们就有"Poema"（长诗，尤其是叙事长诗）的深厚传统。

曼德尔施塔姆早就很敏锐地指出："阿赫玛托娃把19世纪长篇小说的所有巨大的复杂性和财富引入俄罗斯抒情诗。如果不是有托尔斯泰的《安娜·卡列尼娜》、屠格涅夫的《贵族之家》、陀思妥耶夫斯基的全部作品以至列斯科夫的某些作品，就不会有阿赫玛托娃。阿赫玛托娃的源头全部在俄罗斯散文王国，而不是在诗歌。"①

的确如此！虽然在我看来阿赫玛托娃的源头也来自俄罗斯诗歌王国，来自那些更久远、多样的"系谱"。在"叙事诗"中，除了普希金、陀思妥耶夫斯基、果戈理、勃洛克等俄罗斯作家诗人，除了《圣经》和古希腊、罗马悲剧神话，阿赫玛托娃还对莎士比亚、歌德、拜伦、济慈、T. S. 艾略特等欧洲作家诗人有大量引用。可以说，在写这部作品时，阿赫玛托娃完全是以"欧洲诗人"自居的。

贝科夫曾这样简要地勾勒过帕斯捷尔纳克的艺术发展："他对文学之'我'客观化的永恒追求。他的道路，犹如螺旋上升的曲线，在扩展过程中不断攫获新的主题，开辟越来越宽广的生活领

---

① 奥斯普·曼德尔施塔姆：《曼德尔施塔姆随笔选》，黄灿然等译，花城出版社，2010。

域。帕斯捷尔纳克以极其主观的抒情为起点，直抵散文叙事，由有意识的印象主义的朦胧归于经典的、传统风格的明晰。"[1]

犹如《日瓦戈医生》之于帕斯捷尔纳克，《没有英雄的叙事诗》之于阿赫玛托娃，也正具有"变容"的意义，只不过取向不同。帕氏由密集的隐喻、"极其主观的抒情"归于那种《圣经》式的质朴和启示性，而阿赫玛托娃则由早期的简约和克制走向史诗般的广阔、繁复和隐曲，虽然这同样体现了她对一生进行艺术提炼的高度能力。

对于阿赫玛托娃的风格，布罗茨基曾指出："她是一个超级格言诗人。她的诗歌非常之短便足以证明这一点。阿赫玛托娃的诗歌从来不会溢出到第三页。她对历史的态度也是格言式的。当她处理现代时，令她感兴趣的不是它自身，而是现代语言及其表现力问题。"[2]

布罗茨基的这一看法当然抓住了阿赫玛托娃很重要的东西。如诗人 1933 年的《野蜂蜜闻起来像自由》，从它的第一句"野蜂蜜闻起来像自由"到该节的最后两句"但是我们闻一次也就永远知道了 / 血，闻起来只能像血腥味……"它的每一句都耐人寻味，感性，但又带有格言般的意味。第一句是伟大而无畏的赞美，把"野蜂蜜"与诗人要歌唱的自由联系了起来，最后两句则带着一种

---

[1] 德·贝科夫：《帕斯捷尔纳克传》，王嘎译，人民文学出版社，2016。

[2] Solomon Volkov: *Conversations with Joseph Brodsky*, Free Press, 2002. 本文所引布罗茨基的话，均译自该谈话录。

无情抵达历史真相的力量，令人胆寒。

但是，从艺术手法和艺术发展上看，阿赫玛托娃的诗歌又绝不单是格言式的。我们会看到，从20世纪30年代以后开始，她远远超出了一般抒情诗的范畴，在创作中把抒情、哲思、史诗、戏剧、叙事等因素融汇为一体，愈来愈体现了她作为一个大诗人的综合能力。即使她不专门去写历史，在她的"三言两语"中，也会让人们"从中走过一个时代"。从她后期的一系列组诗、长诗，尤其是《没有英雄的叙事诗》来看，一个久经磨难而日趋成熟、开阔，堪称"历史风景画的大师"（楚科夫斯基语）的诗人出现在我们面前。

对此我们首先来看诗人后期的组诗《北方的哀歌》的"第一哀歌：历史序曲"，全诗不到60行（果真没有"溢出到第三页"！），它既是19世纪"陀思妥耶夫斯基的俄罗斯"的写照，又是一个不祥的新世纪的"序曲"。在这首"个人史诗"中，诗人把过去与现在、历史场景与个人记忆、全景透视与细节刻画精心地"拼贴"在一起，而她对自己成长经历的追溯则构成了诗中隐秘的内核，如诗人回忆起"那个女人"也即母亲的深蓝眼睛："而她的善良作为一笔 / 我继承的遗产，它似乎是—— / 我艰难生涯中最无用的礼物……"这是刺人心扉的一笔，也和诗中其他部分构成了强烈对比。而到诗的后来，命运的严峻力量也更可怕地显露了：

整个国家冻得发抖，那个鄂木斯克的囚犯

洞察一切，为这一切画着十字。

现在他搅动缠绕他的一切，

并且，像个精灵似的

从原始的混乱中挣出。子夜的声音，

他的笔尖的沙沙声。一页又一页

翻开谢苗诺夫刑场的恶臭。

"囚犯"指陀思妥耶夫斯基，他因牵涉反对沙皇的活动被捕，定于在谢苗诺夫刑场执行死刑，行刑前的一刻才改判成流放，押送至西伯利亚鄂木斯克监狱。全诗的这一节力透纸背，堪称是大手笔，不是别的，而是那子夜时分"笔尖的沙沙声"，一页页"翻开谢苗诺夫刑场的恶臭"！这是对俄罗斯命运较量的描绘，更是对俄罗斯文学中那种伟大力量的惊人揭示和赞颂！

而这一切，构成了诗人自己和她所属的"白银一代"出场的背景。全诗以这四行结束，它是布罗茨基所说的"超级格言"，同时又是对灾难和救赎的庆祝："那就是我们决定降生的时候，/恰逢其时，以不错过 / 任何一个将要来临的 / 庆典。我们告别存在的虚无。"

至于《没有英雄的叙事诗》，其艺术结构和手法就更为复杂。"正如未来成熟于过去，/过去也在未来中腐烂 / 一场枯叶恐怖的狂欢"，这是该长诗中的名句，实际上在这部作品中，诗人的历史意识更为复杂。长诗的第一部选取的是 1913 年的彼得堡，那完全是一个被埋葬的"旧世界",因而具有了记忆的考古学意义。不仅如此,在这部作品中我们看到过去是未来的预演,"来自未来的客人"也会提前在过去中出现,时代犹如地质断层一样,甚至在一节诗中也层层交错。布罗茨基很赞赏这种"阿赫玛托娃式的"诗句,"记忆有三个阶段,而第一个——它仿佛就是昨天",实际上阿赫玛托娃的整部"叙事诗"就是这样写出来的。诗人在该诗中引用过该诗的主人公、诗人、骠骑军少尉科里雅泽夫的诗句"爱情过去了,那必死者的面容 / 越来越清晰和亲近",也引用过艾略特《四个四重奏》中的名句"在我的开始是我的结束",她即是用这样的眼光和手法来处理和重塑她的历史经验的,其结果正如该长诗第一部第三章的这三句:

> 当,沿着传奇般的滨河大街,
>
> 一个真正的——而非日历上的——
>
> 20 世纪向我们走来。

当然,其结果也造成了这部作品的"扑朔迷离"。索尔仁尼琴就曾说过他把这部长诗读了好几遍才读懂。诗人本人甚至还被建议把这首诗弄得更明白一些,但她拒绝了。"我既不会改变它,也不会去解释它。/ '我要写的——我已经写了。'"她斩钉截铁地这样说。

就这样,过去与现在,结束与开始,生者与死者,在这部作品中相互穿插、交织在一起，不仅如此，在一个人物身上还晃动着其他人物的影子，还有诗的叙述者和作者本人的复杂关系……诗中的许多名句像是碑铭，许多历史细节像"出土文物"一样确凿，但更多的部分却又是用"隐性墨水"写下的，或者说，像"陶盘里纯粹的火焰"一样令人把握不定。为帮助读者读解这部作品，我在译文中加了一百多个注释，这里再简单介绍一下这部长诗的结构。

全诗为"三联诗"，由三部分构成。第一部分选取了1913年，那不仅是诗的主人公因为悲剧性的爱而自杀的年头，也是第一次世界大战爆发、俄国处在深重危机和革命的前夕，因而对诗中的人物和整个国家的历史都具有了"分水岭"的意义。第一部的副题为"一个彼得堡传奇"，阿赫玛托娃意在用普希金《青铜骑士》的这个副题重新书写她这一代人的故事。故事是悲剧的，也是末世论的。参与1913年那场新年狂欢假面晚会的人们最后都无一例外死去，只有诗人和"来自未来的客人"还活着，承受着生命的"苦杯"。

第一部又分为四章和若干插曲。第一章的女主人为全诗的叙述者（诗人自己），怀着期待和绝望，在"喷泉屋"召集着新年前夕的狂欢假面晚会。长诗的主要人物都出场了。他们代表着20世纪初期"艺术的彼得堡"，代表着那个时代的先锋派及其"对于魔鬼的信仰"。"白色大厅"里是一个即将降临厄运的彼得堡的缩影。

第二章专写诗的女主人公奥尔嘉·戈列波娃-苏杰伊金娜，著名女演员、"困惑的普绪克"、"山羊腿仙女"、"彼得堡的洋娃娃"。奥尔嘉为诗人早年的闺蜜，也是诗人的"另一个"。她典雅而又任性，美丽而又无情，纯真而又虚荣。她是这场悲剧的中心，又让诗人永远难以释怀。当诗人后来得知她在巴黎的死讯后，她写下了一首动情的献词，"那传到他那里的苦杯，/ 醒来，我会交给你"。

第三章写1913年的彼得堡，末日般的彼得堡（"一种不可理解的咚咚声潜伏着……"）和诗人自己在皇村的最后回忆。当一个可怕的"20世纪"到来，她只能期待着缪斯能为她说出"力挫死亡的词语"。

第四章写科里雅泽夫因为对奥尔嘉的爱而自杀——他最终倒在两个世界的"门槛"上。在20世纪40年代的诗的叙述者看来，他是一个"傻孩子"，但也代表了一整代命定受难、死去的诗人——勃洛克、古米廖夫、叶赛林、马雅可夫斯基以及后来的曼德尔施塔姆。

总的来看，第一部是献给一代人的哀歌，虽然也带着诗人无情的历史审视。如果说在《安魂曲》中诗人是作为一个无辜的俄罗斯悲痛母亲的形象出现，在《没有英雄的叙事诗》里，她就是作为负罪的一代人的代表出现，正是那一代人，"允许用艺术的璀璨去掩盖道德上的失败"。也许，正是为了"解脱记忆和道德的负担"，尝试理解那个时代怎么了和为什么，诗人一而再地被拉回到

这首诗里。(参见 Nancy K. Anderson 的有关论述 [1])

第二部分("硬币另一面")由 24 首 6 行诗构成,它们全为诗人的自白:她对这首叙事诗及整个创作生涯的告白("我用隐性墨水写作"等等),她如何"被耻辱加冕",她所经历的历史、所听到的命运的低语,等等。从诗人一生的创作来看,这 24 首短诗也达到了一种结晶般的纯粹,它们既有对历史的无情审判(如第 11 首"去问问任何一位我同代的女人,/ 任何一位因徒,流放者,苦役犯——/ 她都会尽力让你明白——/ 是怎样的恐惧让我们变得痴呆,/ 我们又是怎样为集中营,为监狱,/ 为断头台而抚养孩子……"),也显现了诗人自己对命运的洞观以及去存在的勇气:"来吧,我们一起共赴盛宴,/ 我将以最尊贵的亲吻,/ 来报赏你怨恨的子夜。"

第三部分是告别,"献给我的城市"列宁格勒。该部分内容与诗人从炮火中的列宁格勒被疏散、与最后一任男友告别的经历有关,但又穿插了儿子被审讯和流放、诗人自己如何"行走在枪口下"的经历。诗人与"我的城市"的生死之别十分感人:"我的影子投在你的墙壁上,/ 身姿倒映在你的运河里 /……在古老的沃尔科夫郊野上,/ 我可以在那里放声大哭,/ 穿过那些兄弟般坟墓的静默。"诗的最后部分是诗人朝着东方(俄罗斯的亚洲部分)走去,但是寒气逼人的"卡玛河"(曼德尔施塔姆流亡命运的再现!)突

---

[1] Nancy K. Anderson: *The Word That Causes Death's Defeat-Anna Akhmatova*, Yale University Press, 2004.

然出现在眼前，而紧接着的拉丁语"你去何地？"（彼得去罗马路上遇到耶稣时的问话）的引用，也使全诗的景象骤然改观，长诗的结局由此成为命运最终的启示录：诗人的嘴唇"还来不及嚅动"，乌拉尔的河道和桥梁就开始疯狂震动和回响，一切都变了——

就在我前面，那条道路敞开了，

沿着它多少人一去不返，

沿着它我的儿子也被带走，

沿着它是一长串送葬的队列，

在那庄严和晶莹里

是西伯利亚大地的寂静。

悲剧女诗人以她史诗般的大手笔，把人们骤然而永久地带入一个庄严肃穆的境界，而全诗的最后三行为：

俄罗斯，她绞着双手，

垂下一双干燥的眼睛，

在我前面朝着东方走去。

这让人马上联想到诗人早年的名诗"在深色的面纱下她绞着双手……"，但是，这个早期诗中在爱情纠葛中高度神经质的女性形象，在这里已变成了俄罗斯悲痛母亲、复仇女神、苦役犯和流亡天使的复合形象。她同样"绞着双手",但其意味、力度已很不一样了。她"垂下一双干燥的眼睛",因为泪水几乎已经流完。她是诗人自己的一个投射,但又与诗人擦肩而过,并走在了诗人前面,走向茫然不可知的、神启的未来——至此,诗人自己和这首长诗都在一个更高的程度上完成了自己。

以上是对这首艰深、复杂的长诗的简要介绍。在翻译过程中我深受折磨,但又充满感激。"但是,我脚下的大地在嗡嗡作响,/ 啊,是怎样的一颗火星在俯瞰 / 我们这座尚未遗弃的房子",这是"叙事诗"第三部分中的几句(对此,诗人自己还加了一个注:"1941年夏天的火星")。翻译到这里时我颇为激动:火星,自古以来一直与战神联系在一起,人们相信在它最接近地球时会发生种种灾难。1940—1941年恰为火星大冲年代,第二次世界大战在诗人的故乡、在地球上惨烈进行。我不仅为阿赫玛托娃捕捉到这个宇宙性意象而惊异,我自己对一个灾难世纪、对神秘命运的感受也一下子调动起来了!

还需要说什么呢? 1941年夏天的火星,或者说在那一年前后诞生的一部伟大作品,我在2016年的冬天更清晰地看见了它。

一个伟大的诗人离去了

昨天（当地时间 17 日早上），诗人德里克·沃尔科特"毫无征兆"地长逝于他在圣卢西亚的家中，享年 87 岁。得知这一消息后，我随即写下了如下诗句："一个伟大的诗人离去了 / 有人在读他的诗 / 有人会写文章悼念 / 而我走到一幅画前 / 突然间，那画框变成了窗口 / 整个荷马以来的大海 / 向我涌来……"

不像布罗茨基的英年早逝带给我们以震惊和哀痛，沃尔科特的离去，让我想到的是他自己雄伟而从容的诗句，或者说，我是在倾听那"伟大的六音步诗节"是怎样"拍岸到达终点"。（沃尔科特《海葡萄》）

同时，这些年来我们与这位诗人的"因缘"也浮现出来。我也有机会见过他一次，那是在 1993 年的伦敦，距他头年获诺奖后只隔半年时间，他如约从美国赴伦敦南岸艺术中心朗诵。令人激动的朗诵会后，我也排在了长长的读者队列中间。我还受国内朋友之托询问他出版中译诗选一事，他让我同费伯（Faber and Faber）出版社联系，然后，就忙着为下一个签名了。

当然，中国的出版社那时还不可能购买版权，但译介这位诗人却是必须的。1995 年前后，我和沈睿编选出版的《最明亮与最黑暗的：二十家诺贝尔文学奖获奖诗人作品新译集》《钟的秘密心脏：二十家诺贝尔文学奖获奖作家随笔精选》都以沃尔科特开篇。为使中国读者更多了解，我们还合译了布罗茨基评介他的文章《潮汐的声音》（见《钟的秘密心脏》）。

正是在组织翻译的过程中，沃尔科特作为一个诗人的非凡天赋和力量令人炫目地呈现在我面前。如他那篇《安娜》（郭良译）"穿过你的秀发我走进俄罗斯的麦田""你是全部的安娜……/ 你的胴体有个厌世的驿站"，多么动人！再如那首《玛丽娜·茨维塔耶娃》（沈睿译）："这是暴风雨的季节，茨维塔耶娃……/ 而大海低着头像一匹马一样站立。"简直太好了！他以惊人的诗艺将加勒比海岸的酷热（"我的干渴长进生锈的水龙头"）与俄罗斯的冰雪"焊接"在一起，真是令我惊叹。至今这几首译诗已成为"经典"，这些年来经常被人们提起。诗人胡桑就曾专门谈到上高中时从图书馆借到《最明亮与最黑暗的》一书后，《玛丽娜·茨维塔耶娃》一诗对他的"开天眼"般的震撼。

而布罗茨基在《潮汐的声音》中对沃氏诗歌的特质，对他作为一个"边缘"诗人而又突入到"中心文明"使文明的生命得以展露的论述，也使我深受启示："与众所相信的相反，边缘地区并非世界结束的地方——而正是世界阐明自己的地方。"这样的话不仅很精彩，也着实令人振奋。我那时曾在文章中一再引用和阐述了这句话，因为20世纪90年代正值一个商业文化兴起而诗歌被"边缘化"的时期，我们由此可以想见这样的话对中国诗人的激励。

另一次"相遇"的机会是2013年5月，我应邀参加德国明斯特国际诗歌节，而这届诗歌节的大奖是给沃尔科特《白鹭》的德译本，沃尔科特本人也要来。我们去时，书店里已贴有他的大幅画像，虽然诗人因为身体原因最终未来成，不过，我已切身感受到德国诗界对他的敬重，也有机会同《白鹭》的杰出德译者Koppenfels教授交谈，他这样告诉我："沃尔科特的每一行诗都值得译成德文！"

而在我们这里呢，由于种种原因（比如版权问题），我们的中译与沃尔科特诗歌本身的广阔幅度和内在活力都很不相称。除了散见的翻译和2003年一本影响不大的诗选[①]，直到2015年，广西人民出版社才推出了程一身翻译的《白鹭》。

《白鹭》唤起了中国读者对沃尔科特的再度关注。诗人的这部晚年诗集也让我深深佩服。它不是偶发的、散漫的写作，而是调动了一生的资源，来集中写时间、记忆和人的最终拯救的主题。诗人不想像一头老狮子一样等死，而是再次上路，追随着那变动

---

① 诗选指的是由傅浩编译的《二十世纪英语诗选》，河北教育出版社，2003。

不居的神秘飞禽，在过去与现在、神话与现实、永恒之美与当下的衰败之间穿行。可以说，沃氏的这部诗集在整个文学史上也不多见，他写出了一个成熟而又不满足的无穷无尽的老年。

兴奋之余，我曾为《白鹭》写了书评。这部诗集广阔的音域、闪光的细节和史诗般的笔触，都使我动心。在我看来，诗人在其晚年不仅保持了创作的活力，他还展开了他最终的艺术寻求。诺贝尔奖并不能使他满足，写出这样一部对自己一生进行总结的诗集，他才可以和他的缪斯——那些神秘的白鹭——说再见了，而同时，他又把她们永远留在了自己的诗中！

沃尔科特谢世的消息传来后，媒体纷纷引用了布罗茨基那句话，"今日英语文学中最好的诗人"。这样的赞誉可能有人不以为然，但无人否定在整个世界诗坛上，沃尔科特都是一种巨匠般的存在。这样的诗人即使离开了我们，也仍会散发出持久的余热和影响。

这是一位跨越文化边界，以罕见的创造力，重新探测和塑造一个"语言帝国"的诗人。诺奖对沃尔科特的授奖理由是"具有伟大的光彩，历史的视野，献身多元文化的结果"，作为一位加勒比海岸之子，诗人自述身上带着"荷兰、黑人和英国血统"。可以说，他的创作生来就带有文化"混血"的性质。但他不仅受其血液和本能驱使，他更是一位有着高度语言自觉和宏伟抱负的诗人。正如布罗茨基所说，"他用来写作的语言是一种跨越大西洋的语言，或者，更确切地说，是一种帝国的语言：这并非指不列颠的殖民统治，而是指一种能造就一个帝国的语言"（这本来是评价奥登时所说的话，用在沃尔科特身上也正合适）。这就是为什么诗人一再书写"帝国"主题，他书写的，不仅是一个空间地理上"消失的帝国"，更是时间上的、文明和语言记忆上的；他那些活力四散的诗，不仅有着广度，还有着纵深度（如他向荷马致敬的巨作《奥梅诺斯》）。他的目的，不仅是在一个混乱的年代使文明显露、"免于崩溃"，而且要使他的诗与本源"谐韵"！

在我看来，这种非凡的诗学努力不仅造就了一个"以文学的历史之舌说话"的诗人，而且练就了一种特殊的诗歌创造力。正因为如此，其重要性远远超出了那些受限于各自"小小的教区"的诗人。的确，比起很多诗人，沃尔科特不仅是一位集大成者，而且给我们带来了新鲜、巨大的语言活力和文化张力。

让我和很多中国诗人深感亲切的，是沃尔科特献给阿赫玛托娃、茨维塔耶娃、曼德尔施塔姆的诗篇，我本人也特意译过他书写帕斯捷尔纳克的《安全通行证》。这种对俄罗斯诗歌的特殊关注，不仅显现了对他者的想象能力和体认能力，也给他带来了新的精神参照和活力。或者说，这种横贯了热带和冻土带的诗歌整合力，使他最终属于那些苦难、高贵而又富有创造力的伟大心灵。

启示还有很多。再比如说，他有着大自然一般的创造力，其创作世界丰饶，迷人，感性，充满活力，但同时，在他那里一直有着"朝向经典"的努力。他堪称一位诗歌乐器的大师，精通英诗的各种形式和格律，体现了高超的驾驭能力，但他又一直是一位艺术的学徒。他声称"诗歌是追求完美时流淌的汗水，但必须像塑造额头的雨滴那么清新"。在一个粗疱的、泥沙俱下的年代，这难道不应该使我们警醒？

一个伟大的诗人离去了。他的离去，标志着一个以他自己和米沃什、布罗茨基、希尼等为代表的诗的时代的结束。在世界诗坛上，要出现这样群雕般的巨匠，我们尚需要耐心等待。但不管怎么说，他们为我们开辟了新的方向和道路；他们留下的诗，在未来的日夜里，依然会是撞击我们心灵的"拍岸浪花"。我们只能以新的，也更加艰巨的创造，来向他们致敬。

雷克斯罗斯对杜甫的翻译

　　"我们在太阳烘烤的露台上，谈了一小时。我有理由对维特·宾纳永远感激。毫无疑问，杜甫成为对我自己诗歌的最主要影响，在我看来，若不论史诗或戏剧，杜甫是有史以来最伟大的诗人。"美国著名诗人肯尼斯·雷克斯罗斯（Kenneth Rexroth，1905—1982，其中文名字为"王红公"）在自己的自传小说中如是说，在其他地方，他也一再表达过类似的意思。

　　而我们对雷克斯罗斯心怀感激，也在于他对杜甫的倾心翻译。庞德在《神州集》（1915）中对李白等人的翻译[1]，当然功不可没，对于英美现代诗歌和翻译本身都具有开创性意义。但是相对来说，杜甫更难翻译，在很多方面也更值得被翻译，或者说，这是一位

---

　　[1]　庞德《神州集》共收入译诗 19 首，其中李白的有 12 首。

需要被翻译，但同时也抗拒着翻译的伟大诗人——一般译者完全无法承担此重任。但是"奇迹"发生了，在庞德之后，出现了雷克斯罗斯这样一位优秀的、具有献身精神的诗人译者，他翻译的《中国诗百首》[①]，尤其是第一辑的 35 首杜甫的诗，至今仍受到很多美国诗人的推崇。钟玲女士在其专著《美国诗与中国梦：美国现代诗里的中国文化模式》中引述了著名诗人威廉·卡洛斯·威廉斯的赞语："在我有幸读到的用美国现代语言写就的诗集中，这本书能侧身最富于感性的诗集之列"，"王红公翻译的杜甫诗，其感触之细致，其他译者无人能及"。著名诗人、翻译家 W.S. 默温也这样动情地说："有一天晚上，我又拿起他那本《中国诗百首》，已经好几年没读它了，我坐着一口气又从头到尾看了一遍，心中充满了感激，更感受到这本书中那种鲜动的生命力。这本书我已经熟读了许多年了。"

而我自己对此也有亲身感受。我不仅亲自听到几位美国著名诗人谈到雷译杜甫诗对他们的影响，我自己手中也拥有由纽约新方向出版社 1956 年出版的《中国诗百首》，它还是多年前从中国某科研单位处理的旧书堆中发现的。看来我和雷克斯罗斯"有缘"，当然，从更深层看，把我们联系到一起的，是我们都深深热爱的杜甫，以及我们对"诗人作为译者"这一使命的体认。在一篇《诗人作为译者》的讲演中，雷克斯罗斯说：

---

① Kenneth Rexroth: *One Hundred Poems from the Chinese*，New Directions Books，1971.

不管怎么说，翻译能给我们提供一种高层次的诗性训练。它是让我们的诗歌工具保持锐利直至伟大的劳作、伟大的时刻到来的一种好方式。更重要的是，它是一种高层次的同情心的实践。一个能够将自己投置于别人的狂喜之中的作家，会学到比词语的手艺更多。他学到了诗歌的基质。这不仅仅是他一直保持敏感的诗体学，而是关涉到他的心智。（在翻译中）想象力必定会唤起，不仅是消逝了的经验细节，而是另一种人类存在的全然程度。

同情，体认，共鸣

雷克斯罗斯对翻译的主要看法，大都体现在他这篇《诗人作为译者》的讲演中。他这样声称："把诗歌译成诗歌是一种饱含同情的行为——以一个人自己来体认另一个人，以自己的言说来传递他的声音。"在比较萨福的不同译本时，他再次强调"对翻译来说最重要的是同情心"，是那种"投置于萨福的经验之中，并将之以最大的生命活力传回到译者自己的语言中的能力"。

在谈到对中国诗的翻译时，雷克斯罗斯当然会提及他终生感激的引路人、美国诗人、中国古诗选《玉山》的译者宾纳。他认为宾纳所译的元稹写给亡妻的哀歌（《遣悲怀》）"是最好的美国诗歌之一，当然也是宾纳本人最好的一首诗。这首诗传达出了宾纳对原作者写作心境的强烈体认，这种体认感压倒了一切。它发表之后，陆续有人指出了这个译本中的一些错误，……尽管这样，我还是认为，从各方面来看它仍是迄今为止我们译出来的中国古诗里第二好的一首"。

发自生命内里的"同情"和"体认"，就这样被雷克斯罗斯视为翻译的最重要因素。他之所以选择以杜甫为主要翻译对象，显然首先就出自一种深刻、强烈的体认。而杜甫，恰恰是一个对国家山川、黎民百姓、前贤友朋、花草虫鱼等万事万物都怀有强烈和深厚之同情的诗人，雷克斯罗斯也许就是首先在此与杜甫"相遇"的。在《中国诗百首》附录部分的"注释"中，他对杜甫做出了种种充满尊崇的描述：放逐生涯中对往昔的缅怀，一种罕见的深化的感受力，艰难困苦中的强烈信念，内在的具有穿透力的精神视野，如同荷马那样深邃的智慧和人性，全新的、未被尝试过的表达良知的方式，"没有任何别的伟大诗人像杜甫那样彻底地世俗化。他来自一个比荷马更成熟、更健全的文化。他甚至不需要提到诸神……他也不需要说只有人类的忠诚、宽容和同情心，才能拯救这个被黑夜侵吞的世界。在杜甫看来，存在和价值的王国并不是分离的。……现实是密集的，是一种整体的存在。价值是我们看事物的方式。这就是中国式世界观的精髓，它比最超凡的佛学冥想还要重要……"，"杜甫远不是寻常意义上的哲理诗人，然而没有任何中国诗像他的诗那样充分展现了中国人对现实那坚不可摧的整体性的意识。数量即是质量，事实即是价值。那些隐喻和象征并不是对景象的概括，它们自身就是处于具体关系中的意象。正是这种语言的直接性，使中国古诗的翻译作品在西方现代诗人中大受欢迎。复杂的历史和文化背景消失了，文学的指涉和回响消失了，音韵效果也许无法被传递。我们唯一能感受到的，是褪除了所有矫饰后的事实本身焕发的质朴光辉——赤裸裸的，焕然一新的诗歌场景"。

谈到杜甫时，雷克斯罗斯总是满怀感激："如果说以赛亚（Isaiah）是最伟大的宗教诗人，那么杜甫就是所有非宗教诗人中最伟大的。但对我来说，他的诗歌却是唯一能够经受时间的考验留存下来的宗教。你必须怀有人们所说的'敬畏生命'的态度，才能理解他的诗。我已经沉浸在他的诗中30年了。我确信他使我成为一个更好的人，在道德上和理解力上都如此，我这样说是我感到如此。就某种完成的程度来说，伟大的诗歌回答了那个困扰着美学家和评论家的问题：艺术何为？杜甫的诗歌所回答的，恰恰是所有艺术的共同目的。"

了解了这些，我们可以感到这位美国诗人对杜甫的翻译，也正是对一个伟大诗魂的进入过程。我甚至由此想到了他那首《在哪颗行星上》中的诗句："在整个田野上，／暖气流难以察觉地流向大海；／……爬上猎人山的陡壁悬崖，／我们纵览百里秀色／海起伏穿进山，山蜿蜒伸入海。"①

---

① 雷克斯罗斯：《在哪颗行星上》，选自《美国现代诗选》，赵毅衡编译，外国文学出版社，1985。

不管这种相互"进入"的程度如何或达成"默契"的程度如何，雷克斯罗斯正是这样来翻译杜甫的。纵览他所译的 35 首杜诗，我们会发现，他选译的大都是杜甫的富有深刻、沉痛生命体验的诗。他由此进入一个苦难的但又富有创造力的心灵，以实现他说的"体认"。如他对《旅夜书怀》（"细草微风岸，危樯独夜舟。星垂平野阔，月涌大江流。名岂文章著，官应老病休。飘飘何所似，天地一沙鸥。"）的翻译：

Night Thoughts While Travelling

A light breeze rustles the reeds

Along the river banks. The

Mast of my lonely boat soars

Into the night. Stars blossom

Over the vast desert of

Waters. Moonlight flows on the

Surging river. My poems have

Made me famous but I grow

Old, ill and tired, blown hither

And yon; I am like a gull,

Lost between heaven and earth.

旅途夜思

沿着江岸，微风沙沙地

吹拂苇草。我的

孤舟的桅杆耸入

夜空。繁星在荒漠的

水上绽开，月光随着

汹涌江水奔流。我的诗

使我成名而我已

衰老，多病且疲惫，来回

漂荡；我就像一只鸥鸟，

迷失在天地间。

　　杜诗的题目往往很重要，它是全诗意义构建的一部分，或与正文形成一种很大的张力（如《春望》）。该诗"旅夜书怀"这个诗题，首先就指向了中国诗"诗言志"的传统（"诗以言志"，《左传·襄公二十七年》；"诗言志，歌永言"，《尚书·尧典》）。"志"，在中国传统中它指的是与修身、治国密切相关的志向、怀抱和担当，但这个"志"也与"情"联系在一起（"诗者，志之所之也，在心为志，发言为诗，情动于中而形于言"，《毛诗序》）。实际上，正是这个"志"，如我们看到的，造成了一代代中国诗人坎坷的命运。

"诗言志"为中国诗的根本诗训，绝不像一些早期英美意象主义诗人所理解的那样表面，而杜甫正是最能深刻体现这一伟大传统的诗人。杜甫的诗，无一不通向这一"文心"所在。他的"书怀"，深化了中国诗的主体性，也总是带着艰难苦恨的兴发，带着如叶嘉莹所说的"感发的力量"，顾随所说的发自生命内里的"热"与"力"。

从这个意义上，杜诗又总是让我们意识到"兴"的重要性、决定性。"赋者，敷陈之称也；比者，喻类之言也；兴者，有感之辞也。"（《艺文类聚》卷五十六）。刘勰在谈到汉赋时，称其"日用乎比，月忘乎兴，习小而弃大"，结果是"比体云构""兴义销亡"（《文心雕龙·比兴》）。而杜甫的诗，虽然充满了高度的语言技艺，但无一不是"有感之辞"，它们首先就是对"兴"的最深刻感人的体现。

正因为如此，雷克斯罗斯对杜甫的翻译，在很大程度上突破了早期英美意象主义诗人对中国诗的肤浅认知，他进入到杜诗和中国传统更根本的内里，也由此进入到诗的创造本源。

作为一位诗人，雷克斯罗斯对杜甫的深刻"体认"，还在于他把杜甫当代化了，或者说，他把杜甫的艰难苦恨化为了诗人的普遍命运。他总是从诗人存在的角度、从个体生命的体验出发，来寻求与杜诗的契合点，《旅途夜思》及其他译作所显示的，正是一种出自生命自身的深刻辨认。

还应注意的是，雷克斯罗斯把杜甫作为一个具有普遍意义的

"原型诗人"来体认，但也避免了把他西方化、神学化，就像有些西方译者容易做到的那样。他能够做到从杜诗本身出发来体认杜甫，把他的体认限定在他所说的中国文化的"世俗化"范围内。他不仅认同一个孤绝的杜甫，还发现了一个亲切的、可为当代诗人引为同调的杜甫，如他译杜甫赠同代诗人的《赠毕四曜》（"才大今诗伯，家贫苦宦卑。饥寒奴仆贱，颜状老翁为。同调嗟谁惜，论文笑自知。流传江鲍体，相顾免无儿。"）：

To Pi Ssu Yao

We have talent. People call us

The leading poets of our day.

Too bad, our homes are humble,

Our recognition trivial.

Hungry, ill clothed, servants treat

Us with contempt. In the prime

Of life, our faces are wrinkled.

Who cares about either of us,

Or our troubles? We are our own

Audience. We appreciate

Each other's literary

Merits. Our poems will be handed

Down along with great dead poets'.

We can console each other.

At least we shall have descendants.

致毕四曜

我们有的是才华。人们称我们

为当今的诗歌大家。

只可惜，我们家境贫寒，

我们的出身卑微。

温饱不继，用人也能

向我们投以白眼。时当

盛年，皱纹已爬上我们的脸。

有谁在意你和我

及我们的忧患？我们给自己

当起听众，珍惜

彼此的文采和

匠心。我们的诗将被传递

与往昔的伟大诗人一起。

我们可以相互告慰。

至少，我们还有后继人。

这样的译诗，大可以在当代任何诗人圈子里传诵的。在这样的转述或重构中，杜甫已成为诗人命运的原型。作为早年在美国中西部到处漂荡，当过农业工人、疯人院看守，并影响过许多"垮掉派"诗人的雷克斯罗斯，他对杜诗的"体认"，很有一点确认"精神家谱"的意味。很可能，他也自视为杜甫在英语中的继承人，正如他把原诗中的"江鲍体"去典化并换成"我们"一样。他在与千年前的一个伟大诗魂对话，并进行着一种私密的交换。

当然，以一个中国读者的眼光来看，我们也可以说这位美国译者"体认"得还不够。如对《旅夜书怀》"名岂文章著，官应老病休"这一句的翻译，原诗沉痛有力，一个"岂"字极有分量，不仅带着反问的语气，而且深具反讽的意味，但雷译"My poems have / Made me famous"（"我的诗 / 使我成名"），这种正面的陈述就未能完全传达原诗的反讽意味和沉痛之力，说严重一点，这几乎不像是"老杜"写的诗了。

但话说回来，杜甫能有几个呢，杜甫只能有一个。即使是黄庭坚学杜甫也未必学得完全到家。在此我们很难苛求。也许我们更应关注的，是雷译对杜诗的激活和刷新，是它对语言资源和人性资源的释放，是它在另一种语言中所创造的回响。

翻译方法和诗学关注点

在《中国诗百首》的"序言"中，雷克斯罗斯这样介绍说：

这本书有两部分。第一部分是 35 首杜甫的诗。这些诗来自哈佛燕京学社的《杜诗引得》，引得中有一卷为原诗。我关注过洪煨莲的散文化翻译、弗洛伦斯·艾斯库的直译和埃里温·冯·查赫的德语译文。多年来我和我的中国朋友们，尤其是我的朋友库克，对于这些诗和我的译文有过许多讨论，他们中没有一个是专门学者。不管怎么说，这些翻译都是由我自己完成的。它们中有些不拘泥于字面，其他的则尽可能精准，这取决于我当时对每一首具体的诗的感受。更自由一些的译作大多是很久之前完成的。我年轻时就已经开始研读杜甫的作品了，这些年来我对这些诗的了解甚于对我自己大部分诗的了解。

第二部分是宋代诗词的选集，其中绝大部分从来没有被译成英文。……和我翻译的杜甫诗相比，这些译诗有的更忠实于字面，更多的则自由无拘。我希望它们全都能忠实于原作的精神，同时是有效的英文诗。我要说，宋代诗词，虽然远不如杜甫所代表的唐诗那样紧密结实，却拥有更多的自由空间。

纵览雷克斯罗斯对杜诗的翻译，正如他自己所述，是一种忠实于原作精神同时又不拘泥于原文的翻译，不管他对每一首诗作具体怎么译，译文本身最后应该是"有效的英文诗"（valid English poems）。这是他的"落脚点"。

　　当然，他的翻译不仅面对一般的英语读者，他还要由此把他对"中国诗学"的体认带入美国当代诗中，使它对创作产生作用。读他的翻译，可以说明显带有一种"庞德式翻译"的印记，但这也基于他自己对中国古典诗学的领悟和汲取。在《中国诗百首》的注释中他指出："诗歌情景本身，是几乎所有时期中国古诗的一个重要元素。中国诗人不喜欢过于华丽的辞藻，他们从不谈论诗歌的材料，也不对生命做抽象的思考——他们呈现一个场景和一个动作……"他在后来接受美籍华人学者、诗人钟玲的采访时也说："我认为中国诗对我的影响，远远大于其他的诗。我自己写诗时，也大多遵循一种中国式法则。"他解释说，这种中国式法则就是要在诗中表现具体的场景、行为及诉诸五官的意象，并创造一种"诗的处境"（a poetic situation）。

　　这说明，自庞德以来，中国古典诗学的影响已深入到美国诗人中。这也是为什么诗人威廉斯的"No ideas but in things"（无须观念只是在事物中），会成为许多美国诗人的口头禅。诚如默温所说："到如今，不考虑中国诗的影响，美国诗就难以想象。这种影响已成了美国诗自己传统的一部分。"雷克斯罗斯的翻译，显然加强和拓展了庞德以来美国诗的这一传统，成为这一传统的重要一环，甚或是一个新的标志。因为他不仅关注经验、意象和情景的具体性，他也并不避讳在这种"诗的处境"中"直抒胸臆"。他吸收而又摆脱了早期意象主义的那些信条 [1]，这正如他不像许多西方人那样只对王维那样的诗感兴趣，而是更倾心于那些能够进入个人的真实存在，甚或带有历史和社会关怀的诗。他选择杜甫的诗，正因为如他自己所说，它们比"超凡的佛学冥想还要重要"。他作为一个译者要做到的，就是力求在"诗的处境"中呈现真实、饱满、鲜活的生命，而无论它是否合乎人们对"中国诗"或"东方诗"的想象。

对此我们来看他对杜甫《杜位宅守岁》最后两联"四十明朝过，飞腾暮景斜。/ 谁能更拘束，烂醉是生涯"的翻译：

… Soon now

In the winter dawn I will face

My fortieth year. Borne headlong

Towards the long shadows of sunset

By the headstrong, stubborn moments,

Life whirls past like drunken wildfire.

……很快

在冬日黎明我将迎来

---

[1] 庞德在《回顾》中所定下的那些著名信条有"直接处理无论是主观还是客观的'事物'""绝对不用任何无益于表现的词""避免抽象""一生呈现一个意象，胜于制造无数作品"等等。

我的四十岁，并被推向

落日的长长阴影

在这任性、顽强的时刻，

生命飞旋而过，如醉酒的野火。

　　在我们的课堂讨论中，已有同学注意到雷克斯罗斯对这几句，尤其是最后一行奇特的翻译，指出他运用了庞德在翻译《论语》时的"拆字法"，把"烂"字拆开，取其"火"旁，将"烂醉"译成"醉酒的野火"（"drunken wildfire"）。的确，这种译法不仅使原诗焕然一新，不仅对杜甫有些消极无奈的原诗进行了大胆的改写，而且是生命境界的提升："生命飞旋而过，如醉酒的野火。"意象充满动感，强烈而鲜明，"Life whirls past"（"生命飞旋而过"）既令人感到光阴飞逝，同时也揭示出动乱年代人生漂泊如转蓬的境况，而"drunken wildfire"（"醉酒的野火"）这一意象，则以自由、蓬勃、狂野之力，展现了那种要冲破人生羁绊的精神。

　　可以说，这是雷克斯罗斯在翻译中迎来的一个伟大时刻。他不仅在翻译中遵循中国式诗学法则，也引入了希腊的酒神精神。他的目的，就是从原文中唤醒生命，并强化它。他以富有创造性的方式，使原作的本质得到新的"更茂盛的绽放"。

　　对《北征》的翻译也令人意想不到，它体现了另一种深入本质、抓取生命的方式。杜甫原诗有140余行，雷克斯罗斯只节选了其中4行："鸱鸟鸣黄桑，野鼠拱乱穴。夜深经战场，寒月照白骨。"

Travelling Northward

Screech owls moan in the yellowing

Mulberry trees.Field mice scurry,

Preparing their holes for winter.

Midnight,we cross an old battlefield.

The moonlight shines cold on white bones.

北征

猫头鹰在泛黄的桑树上
凄厉地呻吟。野鼠奔突，
准备着它们过冬的洞穴。
深夜，我们穿过一个古战场。
月光清冷地照在白骨上。

短短五行，极尽战争的残酷和宇宙的荒凉，让人过目难忘。雷克斯罗斯并没有在译作标题后和注释中标明这是一种"节译"。但对任何读者来说，这都是一首"自身具足"的好诗，甚至有一种"以少胜多"、更加集中和强烈的效果。

庞德曾指出李白的《玉阶怨》体现了一种"化简诗学"。雷克斯罗斯对《北征》的翻译让我想到了这一点。但是，这已不单是一个化繁为简的技术层面的问题，这首先体现了一种直取事物本质的敏锐眼光。他以这种方式从诗中择取、创造了另一首诗，而又尽显原诗的精华，甚至，使局部胜过了整体。

创造性翻译问题

在《诗人作为译者》的演讲中，雷克斯罗斯举出了两首他认为"迄今为止我们译出来的"最好的中国古诗：宾纳译元稹《遣悲怀》和庞德译李白《长干行》。

读了元稹悼亡妻《遣悲怀》（3首）原文和宾纳译文，我相信人们都会受感动，并会认同雷克斯罗斯的说法。"O youngest, best-loved daughter of Hsieh, / Who unluckily married this penniless scholar"（"哦谢家最小、最受怜爱的女儿，/ 不幸嫁给了我这一文不名的书生"），对照原文"谢公最小偏怜女，自嫁黔娄百事乖"，译文一开始就把握住了一种感人的音调；接下来，对原文中那种"贫贱夫妻百事哀"的情感内容，译文传达得也十分真切、刻骨，有些句子甚至比原诗还强烈，如"今日俸钱过十万，与君营奠复营斋"，宾纳的译文为"Today they are paying me a hundred thousand — / And all that I can bring to you is a temple sacrifice"（"今天，他们付了我十万薪俸—— / 而所有我能带给你的，只是一次祭奠"）。至于原诗那个著名的结尾"唯将终夜长开眼，报答平生未展眉"，宾纳译为 "Yet my open eyes can see all night / That lifelong trouble of your brow"（"而我睁开眼整夜都能看见 / 你那一生的苦愁锁在双眉间"），虽与原文有偏差，但也会给英文读者留下深刻难忘的印象。

乔治·斯坦纳在他的翻译研究名著《巴别塔之后》中称庞德掌握有"翻译艺术中的最高奥秘"，即他能够"将自己潜入到他者之中"。宾纳显然正具有这种"体认"能力。雷克斯罗斯谈翻译，最看重的就是这种能力，这也就是他为什么很少使用"创造性"这类概念。当然，创作和翻译都需要创造性，但是作为翻译，在他看来，"这种体认感压倒了一切"。

如果专门谈论翻译的创造性，他所推举的庞德对李白《长干行》的翻译，就是一个范例。庞德的译作题为 "The River Merchant's Wife: A Letter"（《船商之妻的一封信》），这是《神州集》中最有名的一首，曾被叶芝收入他编选的《牛津现代诗选》中。在该译作中，庞德出色地把握了原诗女叙述者的口吻、语调及其变化，体现了斯坦纳所说的"潜入到他者之中"的能力，有些地方甚至比原诗更富有生气和感情，语调也更统一，对原诗的结尾"相迎不道远，直至长风沙"，庞德译文的排列也富有创意：

And I will come out to meet you

As far as Cho-fu-Sa.

仅仅这个结尾，即可见出庞德非凡的创造性。首先，"As far as Cho-fu-Sa"这一句被拉出来排列，吸引了读者特别的注意，也使全诗的句式发生了变化；另外，这一句本身在英文中读起来很上口，"far"与"Sa"天然谐韵，"Cho-fu-Sa"中间还加上了破折号，形成了略微停顿和拖长的节奏，庞德有意使之成为全诗最后的发音。此外，正如人们已注意到的，"长风沙"这个地名没有意译，而是音译为"Cho-fu-Sa"，庞德有意保持了其"异域性"，使这首译作既作为一首"有效的英文诗"，同时又打上了翻译的陌异性的特有印记。

对庞德的这种开创性翻译，诗人帕斯这样评价："我们所有翻译过中国和日本诗歌的人，都从他那里领受了一笔精神遗产。……尽管他的理论看起来并不可靠，他的翻译实践却令我信服，或者更准确地说，令我着迷。庞德并不追求格律上的对等形式，他吸收汉诗意象系统与表意文字的神韵，用英语自由体形式实现了诗歌写作的升华。"而对于庞德翻译所引起的争议，帕斯则这样说："庞德的诗是否忠实于原作？这是一个毫无意义的问题——正如艾略特所说，庞德'发明'了'英语的汉语诗歌'。从中国古诗出发，一位伟大的诗人复活并更新了它们，其结果是不同的诗歌。不同的——却又正是相同的（Others: the same）。"[1]

庞德的创造性翻译，显然在雷克斯罗斯这里得到了回应。帕

---

[1] Octavio Paz: "Further Comments", in *19 Ways of Looking at Wang Wei*, ed. Eliot Weinberger and Octavio Paz, Asphodel Press, 1987.

斯对庞德翻译的一些评述，诸如"强烈的清新感受""复活并更新了它们，其结果是不同的诗歌。不同的——却又正是相同的"，也完全可以用于对雷译的考察。如果让我从雷译杜甫35首诗中挑选，我会首先挑出他对《对雪》（"战哭多新鬼，愁吟独老翁。乱云低薄暮，急雪舞回风。瓢弃樽无绿，炉存火似红。数州消息断，愁坐正书空。"）的翻译：

Snow storm

Tumult, weeping, many new ghosts.

Heartbroken, aging, alone, I sing

To myself. Ragged mist settles

In the spreading dusk. Snow skurries

In the coiling wind. The wineglass

Is spilled. The bottle is empty.

The fire has gone out in the stove.

Everywhere men speak in whispers.

I brood on the uselessness of letters.

暴风雪

混乱，哀哭声，许多新鬼。

心碎了，衰老，我独自

对自己歌吟。乱云在铺展的

黄昏中低垂。急雪

在呼啸的风中翻飞。手中杯

泼洒出来。酒樽空了。

炉中的火也已燃尽。

人们到处只是在悄声低语。

我焦虑于诗文的无用。

　　杜甫这首诗是被困于长安期间写的。写这首诗前不久，唐军在陈陶斜和青坂大败，死伤几万人，收复长安一时也没有了希望——"战哭多新鬼""数州消息断"，构成了这首诗的情景。雷克斯罗斯对它的译解大都很到位，像庞德那样，他也试图用中国诗的特有句法来译这首诗，如"Tumult, weeping, many new ghosts"，以突出每个字词和意象的力量，只是他未能把"炉存火似红"的微妙翻译出来。"瓢弃樽无绿，炉存火似红"，这一反一正的对句，构成了诗的张力，而"炉存火似红"这一句，它不仅是眼前所见产生的幻觉，也让我们联想到"落日心犹壮"（《江汉》）这类诗句。它实际上也正是诗人那不死的诗心的写照。

　　雷译的惊人之处在于其结尾两句。《对雪》的最后"愁坐正书空"暗含了一个典故，出自《晋书·殷浩传》："浩虽被黜放，口无怨言，夷神委命，谈咏不辍，虽家人不见其有流放之戚。但终日书空，作'咄咄怪事'四字而已。"凭雷克斯罗斯对杜诗的研读和中国朋友的帮助，他应该知道这个典故，但为了他的英文读者，他在翻译时采取了"去典"的策略。

更重要的，是他对"原作精神"的深刻领会和楔入。被困于叛军占领的长安期间，诗人既身怀恐惧，又焦虑于国家命运，徒劳地日夜期盼。雷克斯罗斯深入到这种处境中，既以"Everywhere men speak in whispers"描述了那个时代人们的仓皇、恐惧和焦虑，又以"I brood on the uselessness of letters"道出了诗人自己最噬心的情怀。像杜甫这类诗人，都志在报国，最后却觉悟到"诗文的无用"，这对他们来说不能不是最具有摧毁性的打击。还值得留意的，是雷克斯罗斯没有运用"literature"（文学）或"poetry"（诗歌）之类的词语，而是在词源学的意义上运用了一个源自法语、拉丁语的"letter"（文字、字母），从而从本源和词根上道出了这种力量。

从字面上看，雷译最后两句与原诗差异甚大，属于"改写"，出人意料，但又再好不过，它使千年前的杜甫得以真正复活。对这两句，我认为钟玲的回译很精彩："各地人压低声音说话。/ 我思考文学多么无用。"一个"压低"和后面的"多么"都运用得极好，它强化了雷译的诗意效果。

总之，雷克斯罗斯对《对雪》的大胆转述，可以说创造出了另一首诗，却又正好与杜诗的精神相通！我们可以想象，如果杜甫活在今天，这不正是他老人家想说而未能说出的话吗?! 以最深刻的共鸣，雷译实现了所谓翻译中的"更高的忠实"。

这样的翻译，不仅激活了我们对杜诗的认知，重要的是，它为我们创造了一种奇异的"语言的回声"。正因为这样的翻译，我们再次听到了语言对我们的呼唤。

创造性翻译是一种综合性的运作。深刻的读解，出彩的译笔，诗意的翻新，充满匠心的替换、强调或创造性发挥，等等，这些在雷克斯罗斯的翻译中比比皆是，他正是以此使杜甫在当代英语诗中焕发出新鲜的生命的。这里再举一个例子，如杜甫《宿府》的末联"已忍伶俜十年事，强移栖息一枝安"，雷译为："Ten years wandering, sick at heart. /I perch here like a bird on a /Twig , thankful for a moment's peace"（"十年的漂泊，满心困苦。/ 我在这里暂歇，就像鸟儿栖息于 / 嫩枝，为这片刻的宁静而感激"），译到这里，杜甫就是他，他就是杜甫了，只是在苦难中多了一份生命的感激。他抓住了这个瞬间，并把我们也带入这种感激。

翻译的难度

但是，雷克斯罗斯对杜诗的翻译，也必然为我们彰显出"翻译的难度"。这些难度，有些是他可以克服而未能克服的，有些则指向翻译本身的"大限"，即翻译本身的不可能性。默温在谈对西班牙诗人洛尔迦的翻译时就谈到这种"不可能性"："那就是我们想要翻译本身去成为的：成为它绝不可能成为的原文。"

在我看来，这种难度从开始到最后都集中在怎样传达杜诗的语言力量上。杜甫是一位"语不惊人死不休"的诗人，"庾信平生最萧瑟，暮年诗赋动江关"（《咏怀古迹·其一》），这是他对庾信的赞颂，但实际上，这往往是他自己的诗才达到的语言境地。正如高友工、梅祖麟在《唐诗三论：诗歌的结构主义批评》中所说，杜诗"无一例外都是诗歌自身的内在尺度。归根结底，诗是卓越地运用语言的艺术，根据这个内在标准——创造性地运用语言并使之臻于完美境界，杜甫的确是一个无与伦比的诗人"。

更难应对的是，杜甫是近体诗尤其是近体诗中律诗的大师、巨匠和登峰造极者，杜诗的语言力量和律诗的格律与特有句法紧密地、不可分割地结合在一起，这成为对任何译者（不论是西语译者，还是那些"唐诗今译"的现代汉语译者）最大的考验。

我们来看对"星垂平野阔，月涌大江流"（《旅夜书怀》）的翻译。这两句乃千古名句，"句法森严，'涌'字尤奇"（《四溟诗话》）。"星垂平野阔"，这句是静态的，但也是动态的，一个"垂"字很有力量，它是一种语言的"定位"，也起到使动作用，使诗的画面和气象（"平野阔"）由此而生。雷译"Stars blossom Over the vast desert of Waters"（"繁星在荒漠的水上绽开"），在英语中是一句不错的诗，但显然未能传达出原诗的句法力量。"月涌大江流"中的"月"，我们读原诗，感觉是处在江流中的月亮本身（或月亮投影），雷译为"Moonlight"（"月光"），与此相应，他的译文接下来是"flows on"，而不是"flows in"，这样，事物本身及其位置都发生了变化。雷译全句为"Moonlight flows on the Surging river"（"月光奔流在汹涌的江水上"或"月光随着汹涌江水奔流"），但是我们读原诗，感到的是中国古诗中常见的"动与静"（一动一静或一静一动）的力量辩证，在江水的奔流中，月亮随之涌动而又恒在，而月亮的激荡本身，又使江流愈加显得富有气势。说到底，这月亮，已不是什么客观事物，而是诗人在那种情景下所见出的"天地之心"。

　　这就是杜诗翻译的难度，不仅用字奇绝，它的力量，也是在特定的句法和语境中相互作用、相互生成的，用古人的评价即为"字有字法，句有句法"，并从中产生一种语言的整体力量和"造化之功"。顾随说："老杜的诗有时没讲儿，他就堆上这些字来让你自己生一个感觉。"美国诗人勃莱也说："在古代中国，各个层次的知觉能够静悄悄地混合起来。它们不像冬天湖水那样分成一层又一层，而是不知怎的都流在一起了。我以为古代中国诗仍是人类曾写过的最伟大的诗。"（转引自王佐良《勃莱的境界》）他们的这种感觉，最后都要归结到杜诗和中国古典诗的句法上来。

　　而雷克斯罗斯对这两句的翻译打了很大的折扣，这并不说他缺乏语言的创造力，而是他触到了任何译者都难以逾越的极限。近体诗中的音律、对仗和句法，都是其诗意建构的重要手段，杜甫把它们运用到登峰造极的程度，他的许多对句不仅包含了极大的难以转译的语言张力，而且往往还运用了完全打破寻常句法的句法，包含了人们所指出的"语法性歧义"，像"感时花溅泪，恨别鸟惊心"(《春望》)、"片云天共远，永夜月同孤"(《江汉》)、"香稻啄余鹦鹉粒，碧梧栖老凤凰枝"(《秋兴八首·其八》)等等，这些都是哪怕再高明的译者也难以应对的。至于杜诗的音律，其难度不仅在于其诗律之工，还在于避熟就生，拗律甚多，正如顾随所说，"非不懂格律，乃能写偏不写，其不合平仄正是深于平仄"，已完全达到不可译或拒绝翻译的程度。

在这种情形下，一个译者要做的就不是"硬译"，庞德对此是很清醒的："我下决心要在 30 岁时比任何活着的人都更了解诗歌。我要能分辨活生生的内容和外壳，我要知道被普遍认同的诗歌本质，即诗歌中的哪些部分是不可破坏的，哪些部分在翻译中不会流失；还有，这一点同样重要，什么样的效果只能存在于一种语言之中，根本无法翻译。"[1]

雷克斯罗斯对这些翻译的困难和限度当然也十分了解。在《中国诗百首》的"注释"中，他就谈及杜诗的歧义性和多种翻译的可能性问题。他在试图接近原文的同时，也在寻找另外的替代方案，或是采用斯坦纳所说的翻译的"补偿/恢复"策略。如他对杜甫《绝句》("江碧鸟逾白，山青花欲燃。今春看又过，何日是归年。")的翻译：

---

[1] 转引自吴伏生：《汉诗英译研究：理雅各、翟理斯、韦利、庞德》，学苑出版社，2012。

Another Spring

White birds over the grey river.

Scarlet flowers on the green hills.

I watch the Spring go by and wonder

If I shall ever return home.

另一个春天

白色鸟儿掠过灰色河流。

绯红花朵开在翠绿山坡。

我看着这春天流逝而诧异

如果我可以回到故乡。

　　显然，雷克斯罗斯在前两句也尝试运用杜诗的"对句"手法，但却未能完全传达原诗中那种新鲜、敏锐、强烈的感觉。他的抒情和状物变得畅晓，但却失去了原诗的张力。而当他打破原诗形式，如对该诗三四句的翻译，他采用了跨行的句法并特意将"wonder"置于第三句句末，才取得了更好的效果，也强化了原诗中那种不无惆怅的思乡之情。另外，他用了"另一个春天"作为诗题，也属"补偿"之举，它扩展了与正文之间的诗意张力，更突出地表现了人在宇宙时空中的那份茫然和惊异之情。

雷克斯罗斯的翻译，就这样有所失也有所得。我们再来看他对《赠卫八处士》的翻译，以深入其翻译过程：

> The lives of many men are
>
> Shorter than the years since we have
>
> Seen each other.Aldebaran
>
> And Antares move as we have.

> 很多人活得
>
> 比我们分开的年月
>
> 更短。星辰出没
>
> 就像我们的隔离。

　　"人生不相见，动如参与商"，在杜甫的原诗中，一出来就是名句，就令人惊叹。它不仅让人感叹命运的力量，也把我们置于一个更阔大的、变幻无穷的宇宙时空中。雷译第一句，与原文有所偏离，但也可以接受，它也与诗后面的"旧半为鬼"很协调。接着我们来看对"访旧半为鬼，惊呼热中肠"的翻译：

> …I visit my old friends，
>
> Harf of them have become ghosts.
>
> Fear and sorrow choke me and burn

My bowels.

……我探访那些老友，

他们多半已化为鬼魂。

惊惧与悲伤使我哽塞，灼烧着

我的肝脏。

"I visit my old friends，/Harf of them have become ghosts"，这一句在英文中应该是很震动人的，仅凭这一句，西方读者就会对杜甫产生很深的印象。对下一句"惊呼热中肠"的翻译，雷克斯罗斯有所强调，他所运用的"Fear""choke"和"burn"，都更强烈，更具体可感，更有语言的分量。我们再看"昔别君未婚，儿女忽成行"这两句：

When we parted years ago,

You were unmarried. Now you have

A row of boys and girls,

多年前告别之时，

你尚未成婚，如今

你的儿女已排成一行，

看上去忠实于原文，只是一个"忽"字未能传达出来，而这是一个致命的遗憾。"儿女已成行"之类，是无法与"儿女忽成行"相比的，正是一个"忽"字，带来了那种难以置信、恍若梦幻之感，并一下子道出了命运和岁月的力量。

至于全诗的结尾"明日隔山岳，世事两茫茫"，雷译为：

Tomorrow morning mountain peaks
Will come between us,and with them
The endless,oblivious
Business of the world.

明日一早，山峰
将出现在我们中间，
带来无尽的
世事的遗忘。

杜诗的名句大都出现在诗的起始或是中间，结尾则自然而然结束，这一首同样如此。雷译强调了山岳本身，甚至以一个"come"（到来、出现）赋予它动态的阻隔力量，到最后，虽然"世事两茫茫"的"两"未能译出，但也留下了无尽的余音。

雷克斯罗斯对杜诗的翻译，就这样展现了一个时而出彩、时而力有不逮的过程。而这，已往往超出了译者个人能力的范围，它关涉到两种语言文化的相遇和交锋，协商与转换。对此再举两个例子，《曲江二首·其一》中的"且看欲尽花经眼，莫厌伤多酒入唇"，雷译为"I will watch the last /Flowers as they fade, and ease /The pain in my heart with wine"（"我将目送 / 这最后的花朵褪色，以酒 / 抚慰心中的痛楚"），译者获得了原诗的音调，在英文中也是一句好诗，但中文读者会感到它未能传达出原诗的对仗之美；《曲江二首·其二》中的"穿花蛱蝶深深见，点水蜻蜓款款飞"，被译为"I watch the yellow /Butterflies drink deep of the/ Flowers, and the dragonflies /Dipping the surface of the /Water again and again"（"我看着黄色蝴蝶 / 在花丛中 / 汲取，而蜻蜓 / 浸入水面 / 一次又一次"），在英文中，很难想象有比这更好的翻译了，但仍未能完全传达原诗的可爱和音韵之美，重要的是，未能让人一睹诗人杜甫那种非同寻常的语言的创造性。

这样说并非苛求，而是为了更进一步探讨翻译中的问题、翻译本身的局限和可能的途径。纳博科夫谈"理想译者"时曾这样指出：首先，他必须与他所选择的翻译对象有着同等的天赋，或至少有同一类型的天赋。其次，他必须全面了解相关语言的一切，熟知原作者的风格和写作方法的全部细节……最后，在拥有天赋和知识的同时，他还必须拥有模仿的天才，也就是说，他能把原作者表演出来。我们不能说雷克斯洛思就是杜诗的"理想译者"，但是也很难想象在他那个时代有比他更好的杜诗译者了。他的翻译，带着对杜诗的高度认同和深刻理解，也充满了创造性和语言的功力，其译文在英文中是"有效的英文诗"。他的翻译，不仅让一位中国最伟大的诗人出现在世人面前，也对美国诗人的创作产生了实质性影响。从接受语境来看，它对西方诗人和读者，可能还有着更丰富和强烈的，为我们中文读者意识不到、体会不到的意义。

但是，作为杜甫原诗的中文读者，我们在赞佩的同时仍感到不满足。我们感到雷克斯罗斯的一些译文，纵然很不错，但未能充分地传达原文。

问题更在于，即使充分传达了，我们还是不满足：作为中文读者，我们不是有了原文吗？

许多时候我们感到他是在勉力传达原文。他完全可以更大胆，更有勇气一些，就像他在翻译《对雪》等诗时那样。

因为两种语言、两种诗学传统和法则的不对等，也因为杜诗本身那种奇绝的创造性，致使其难以翻译甚至不可翻译。但是，是不是还有另外的可能性呢？

更重要的，我们是不是更欣赏那种充满了创造性和陌生化的处理？我们是不是更愿听到某种更奇异的"语言的回声"？更愿看到一些令我们意想不到的"发现"和"翻新"？是的。

这就涉及在我们这个时代对翻译奥义的新的追问和新的要求。看来我们已来到了这样一个更艰巨，也更令人激动的临界点上。

参考文献

［1］钟玲:《美国诗与中国梦：美国现代诗里的中国文化模式》，广西师范大学出版社，2003。

［2］"The Poet as Translator"（"诗人作为译者"）原为雷克斯罗斯 1959 年在德克萨斯大学的一次演讲，本文所引译文译自原文。该演讲中文全译有胡续冬译《诗人译诗》，选自《当代国际诗坛》第 6 辑，作家出版社，2012。

［3］赵毅衡:《远游的诗神：中国古典诗歌对美国新诗运动的影响》，四川人民出版社，1985。

［4］Walter Benjamin: "The task of the translator", *Illuminations*, ed. Hannah Arendt, Schocken Books, New York, 1988. 中文译文见张旭东译《译作者的任务》，选自《启迪：本雅明文选》，生活·读书·新知三联书店，2008。

［5］Ezra Pound: *Ezra Pound, Translations*, New Directions, 1963.

我们所错过的布莱希特

贝托尔特·布莱希特（Bertolt Brecht，1898—1956），德国著名诗人、戏剧家，生于德国南部奥格斯堡，学生时代即开始写作，并投身于社会活动。1933 年，他的书籍在柏林被纳粹分子焚烧，他自己携家人逃亡国外，两年后被纳粹政权取消国籍。他先后在奥地利、瑞士、法国、丹麦、瑞典、芬兰等国流亡，1941 年获得美国签证，辗转经苏联符拉迪沃斯托克逃亡美国。在美国由于被怀疑是共产主义分子，曾受到讯问。1947 年从美国返回欧洲，并于次年定居于东德地区。在东柏林，布莱希特主要投身于戏剧活动，1951 年因其戏剧贡献获国家奖金，1955 年获列宁和平奖金，但他独立的创作个性也使他与当局"指令式"的思想控制不时产生冲突。1956 年 8 月 14 日，布莱希特因心脏病逝世，其时他正在研究贝克特的《等待戈多》。

布莱希特的戏剧理论与创作对现代戏剧产生了巨大影响。他力图摆脱传统的戏剧模式，创立一种能够反映现代社会的复杂性和矛盾性的新型戏剧，即他所说的"史诗戏剧"，其代表作有《三毛钱歌剧》《伽利略传》《四川好人》《高加索灰阑记》等。布莱希特最具有开创意义的戏剧理论和方法，集中体现在他的"陌生化效果"（Verfremdungs Effekt）上。"Verfremdung"在德语中具有间离、疏离、陌生化、异化等多重含义。布莱希特希望据此打破剧场幻觉，让观众能够拉开距离冷静思考，并激发人们变革社会的热情。

诗歌一直是布莱希特创作生涯的重要一翼，虽然他生前发表的诗作并不多，他的大量诗作在他死后才陆续出齐，但他作为20世纪德国重要诗人之一的地位并没有被他在戏剧方面的声望所完全遮盖，他的诗也愈来愈被人们所看重。我手中的由米切尔·霍夫曼（Michael Hofmann）编选的费伯版20世纪德语诗选（2005年初版），所选最多的就是布莱希特的诗作（共15首），远超过里尔克、特拉克尔、本恩、策兰等诗人。

不过，重新发现布莱希特的诗对我来说却属于较晚的事，是我自己后来的生活和诗歌历程把我渐渐推向了这样一位诗人。记得在20世纪80年代我就读过一些译文，但那时我们还年轻，热衷于流行的现代主义，还体会不到布莱希特诗中那独特的腔调和刺人的老辣。2007年获奥斯卡最佳外语片的德国电影《窃听风暴》，使布莱希特作为一个诗人又回到我们中间。电影中，东德特工维斯勒奉命监听作家德瑞曼。监听过程中，他逐渐同情起他的监听对象。他潜入德瑞曼的公寓偷出一本他在监听时听过的诗集回家后读，那诗集上印着的诗人名字是"Brecht"，他读到的诗正是布莱希特的早期爱情名诗《回忆玛丽·A》[①]：

> 在那一天，在蓝色的九月，
>
> 在一棵年轻的李树下，
>
> 我静静地搂着她，我的爱，
>
> 像搂着一个梦，苍白而又温顺。
>
> 在我们的上空是夏日可爱的苍穹，
>
> 有一团云，我看见它就在那里，
>
> 又洁白，又缥缈，高高地远离我们，
>
> 当我再次抬眼，它不见了。
>
> 自从那一天，一个个月亮
>
> 静静地在天空滑行，滑落下去。
>
> 那些李树现在肯定都被砍掉了，
>
> 而如果你问，那场爱又怎么了？
>
> 我回答说，我已无从追忆。
>
> 我知道你的意思，我当然知道，

---

① 本文中所引布莱希特的诗皆为本人所译。

但是她的脸，说实话，对我已经模糊，

我所知道的，是那时我吻了它。

甚至那个吻我也早已忘记了，

除非那朵云也浮现在那里。

我记得那朵云，永远会记得，

它很亮，很高，当它在空中飘移。

谁知道，也许那些李树还在开花，

那个女人有了第七个孩子，

而那朵云只被镀亮了几分钟，

当我再次抬头，它已在空中消散。

那的确是一首让人难以忘怀的好诗，在电影中它唤起了一个秘密警察的人性，它当然也唤起了更多的观众关于逝去爱情的动情记忆。记得那时在豆瓣网上，就出现过多种《回忆玛丽·A》的中文译本。但是，纵然如此，我仍没有充分认识到布莱希特的诗歌对于我们当下这个时代的重要意义，直到七八年前，我编选一本诗选，读到我约译的由芮虎翻译的一大组布莱希特的诗，我才受到更深的震动，并对这位一直在很多中国诗人视线之外的诗人有了更多的发现。

首先让我震动的，是他对恐怖言说的良知和勇气（"这是什么样的时代，当 / 一场关于树木的谈话也几乎是犯罪"，《致后来的人们》），这使他成为他那个时代最勇敢、独异，也让任何当权者都难以对付的声音。诗人奥登曾在诗里说斯大林和希特勒迫使他思考上帝，布莱希特用的语言更为真切：只有那个油漆匠（指希特勒）促使他坐到桌前（写作）。他在流亡时期写下了他自己也是他那个时代最好的诗。写作成为他必需的掩体、武器和逃亡工具。他在逃亡路上写的每一首诗，都那样独到、真切、灼热。

但是布莱希特的充满政治性和社会性的诗从不那么简单，他深具诡异的智性和反讽的精神。这又是他让我深为佩服的一点。他一生为底层讲话，抗议社会的不公，抨击权贵和黑暗势力，但他的诗从来没有那种英雄或精英之感。他对社会、时代、人性和资本主义文明的批判，更多采用的是讽刺和戏谑的方式。他的诗，机智、尖锐而又幽默，充满了丰富的张力。

而在今天读布莱希特的诗，我深深感到他的时代并没有过去，或者说，他的诗对我仍具有某种切身的"现实感"，"在这黑暗的年代，／也会有歌唱吗？／是的，也会有歌唱／关于这黑暗的年代"（《箴言》）。作为一个诗人，他不仅坚持了他的歌唱，也在昭示我们如何在一个"坏时代"（这是他的另一个说法）歌唱。正是在这个意义上，无人能够替代布莱希特。

与此相关，这里还要多说一句：布莱希特从来不是那种"为永恒而操练"的纯诗主义者。在这方面，他与他所喜欢的新乐府运动倡导者白居易一拍即合："文章合为时而著，歌诗合为事而作。"（白居易《与元九书》）这是他对自身时代和命运的忠实，但也是一个诗人所能达到的成熟和超越。本雅明在解读布莱希特《关于可怜的 B. B》一诗时，就曾抓住诗中第八节中的一个字眼"Vorläufige"（临时的），称这样的临时的"补缺者"，也许正是时代的"Vorläufer"（先驱者）。

让我敬重和佩服的，当然还有他的艺术勇气和才能。正如他在戏剧上的革新，他在诗歌写作上也堪称"独树一帜"，他一开始就同那种在德语诗坛占主流位置的象征主义、表现主义诗风拉开了距离。他似乎也从来不理会那一套关于"纯诗"的"行话"。他愈写愈自由，也愈来愈充满了个性。对他来说已没有任何忌讳，什么都可以入诗，如他写的许多惊人"情诗"："哦你不会知道我在忍受什么 / 当我注视一个女人 / 摇动着她的黄色丝绸裹紧的臀部 / 在那傍晚的蓝色天空下。"（《哦你不会知道我在忍受什么》）

而在写法上，怎么写他也都"毫不在乎"，只要能真切地、有创意地写出他的生活和内心。布莱希特受到过马克思历史唯物主义的影响，似乎他也要写出某种"用实事讲话"的诗，比如他这首《我，幸存者》，就不借助于任何隐喻和意象：

> 我当然知道：这纯属运气
>
> 在那么多友人中我活了下来。但昨夜在梦中
>
> 我听到他们这样谈论我："适者生存。"
>
> 于是我恨起我自己。

美国女诗人简·赫斯菲尔德在《秘密二种：论诗歌的内视与外视》中就很称赞这种直陈其事的诗歌。这种"直陈其事"并非直白，它不仅有一种良知的愧疚和刺痛感，而且感人，读后让人不能平静。它简练、直接而又复杂、隐曲，非一般诗人可以写出。它只能出自布莱希特这样的大手笔。

因此，好像是"补课"一样，今年6月上旬去柏林朗诵期间，我最大的愿望就是访问布莱希特的故居和墓地。我的德国朋友蓓姬（Peggy Kames）帮我实现了这个愿望。诗人的故居保存完好，他生前的藏书、用品、家具、打字机、墙上悬挂的日本面具、花园里他写过的多种树木等等；令我感到亲切的，是墙上的中国书法、《先师孔子行教图》，还有卧室里悬挂的一幅中国卷轴画，画的是钟馗，坐在椅子上，身体前倾，双目圆睁，画幅上还题有诗句："湛湛空灵地，空空广大缘，百千妖孽类，统入静中看。"对布莱希特来说，正是这样一个来自古老东方的"疑虑者"，在静观和校正着他的人生（他曾专门就此画写有《疑虑者》一诗）。当然，人们还知道他与中国诗的关联，流亡丹麦期间，布莱希特就曾借助阿瑟·威利的英译本《中国诗歌170首》翻译了7首中国古诗，他尤其偏爱白居易《秦中吟》这类抨击时弊、同情民间疾苦的讽喻诗。他不怕把诗歌写得"通俗"，他尤其赞赏《秦中吟》那种令权贵"相目而变色"的诗歌效果！

而诗人的墓地就紧挨着旧居。从诗人的花园围墙外走过，就来到柏林著名的多罗延公墓。偏僻的墓园一角，一块立着的灰白棱形花岗石上刻着布莱希特的名字（旁边则是其妻、著名演员海伦娜·魏格尔的墓碑），没有其他装饰，甚至连生卒日期也没有（其斜对面则是哲学家费希特、黑格尔庄重高大的墓碑）。这是一位斗士（"奋起与恶龙搏斗"，见《女演员在流亡中》），但同时又是一位智者。一块石碑，像他的整个人生那样简朴。正是在那里，我不禁想起了他那首名作《致后来的人们》（绿原先生、黄灿然等人译为《致后代》）中的诗句：

> 你们这些将从我们沉没的洪水中
>
> 浮现出来的人
>
> 请记住
>
> 当你们说起我们的种种弱点
>
> 你们是摆脱了
>
> 这个黑暗的年代。

　　这是一首让我深受感动的诗，好像它就是为我这样的"后人"而写的，或者说这才是我们这一代人要写出的诗。是啊，我们写诗，并且力求写出美丽、纯粹的诗，具有时代超越性的诗，但我们又怎样对自己的一生做出一个"交代"？我们是否对得起自己时时流血的良心，而未来的人们在想起我们时是否会"带着些宽容"？就这样，我在那座简朴的花岗石墓碑前静静地待了七八分钟，或者说，我又不得不思忖起我们自己的一生。

"新的转机"与"创造之手的传递"

1968 年 12 月，一个叫郭路生（笔名"食指"）的下乡知青，
在告别北京之时写下了这样的诗句：

这是四点零八分的北京

一片手的海浪翻动

这是四点零八分的北京

一声尖厉的汽笛长鸣

北京车站高大的建筑

突然一阵剧烈地抖动

我吃惊地望着窗外

不知发生了什么事情

....

　　这便是在 20 世纪 70 年代前后的那些年月，在上山下乡的知识青年中到处传诵的《这是四点零八分的北京》一诗的头两节。在那一刻，不是北京车站高大的建筑在"抖动"，是年轻诗作者的心在抖动。而现在看来，在那一刻，不仅是命运的列车驶出，也是中国现代诗歌在经过多年的荒芜后又开始了"新的转机"的时刻……

　　2010 年，也就是在食指写出这首诗 40 多年后，另一位他同时代的诗人多多在美国接受 2010 年度纽斯塔特国际文学奖的受奖辞中这样宣称：

　　　　当初次听到波德莱尔、洛尔迦、茨维塔耶娃……的音节，一代中国诗人已经在感谢——这严厉岁月里创造之手的传递。词语，已在接受者手中直接成为命运。

　　这里，多多首先提到了（或在感谢）波德莱尔、洛尔迦、茨维塔耶娃这 3 位诗人，提到了"严厉岁月里创造之手的传递"。也许，这就是他在那个年代不仅成为一个诗人，而且最终选择了现代主义这个艺术方向的秘密。

　　现在，我们首先来看洛尔迦——戴望舒翻译的西班牙杰出诗人洛尔迦。美国诗人 W. S. 默温在谈到洛尔迦时曾说："对我而言，现代诗不是从英语开始，而是从西班牙语开始的。"对多多、北岛这一代人来说，情形可能正相同。

　　早在 1933 年，戴望舒就开始译介洛尔迦。洛尔迦于 1936 年被法西斯势力杀害后，戴望舒更真切地听到了从他诗中传来的爱与死的声音，并决定更系统地翻译这位悲剧性的天才诗人，这就是北岛、多多他们有机会看到的在戴望舒先生逝世后经施蛰存整理出版的《洛尔伽诗钞》①。

　　更重要的是，这不仅是中国读者第一次读到的洛尔迦，还是一个令人惊异的洛尔迦：

　　　　绿啊，我多么爱你这绿色。
　　　　绿的风，绿的树枝……

　　这是《梦游人谣》的开头。这样的诗一读就会令人战栗，这样的声音在那个荒凉年代对心灵的开启、唤醒和慰藉，是任何力量都难以比拟的。这就是为什么多多在受奖辞中会这样说："诗，以其瞬间就能击中的力量袭击我们。"

　　戴望舒先生的翻译，以他作为一个杰出诗人的敏感和生命体认，致力于传达洛尔迦的声音，他也以此为汉语中的洛尔迦"定了调"。像《梦游人谣》开头的这个主题句"绿啊，我多么爱你这绿色"，译得多好！既饱含感情，又使全诗获得了它动人的音调。这

------

　　① 洛尔伽：《洛尔伽诗钞》，施蛰存编、戴望舒译，作家出版社，1956。

是对声音奥秘的进入，是用洛尔迦的西班牙谣曲的神秘韵律来重新发明汉语。当然，这也是相互发明，如"在远方／大海笑盈盈／浪是牙齿／天是嘴唇"（《海水谣》），多么神异的画面，多么奇妙的韵律！一个来自汉语的"笑盈盈"，顿时赋予了一切以生命！

当然，不仅是音乐性，洛尔迦诗中那些奇异的意象和超现实主义式的隐喻，也令人迷恋，它打开了中国年轻一代对诗的感知和想象力，如"繁星似的霜花／和那打开黎明之路的／黑暗的鱼一同来到／……山象野猫似的耸起了／它的激怒了的龙舌兰""千百个水晶的手鼓，／在伤害黎明"（《梦游人谣》）等等。这一切，同样有赖于一位译者精确的把握和翻译，像"无花果用砂皮似的树叶／磨擦着风"，多么富有语言的质感！

北岛多次提到洛尔迦这样的诗句"黑橡胶似的寂静""细沙似的恐怖"（《西班牙宪警谣》）。即使是叙述性的诗，那语言的力量也令人战栗："她的浆过的短裙／在我耳朵里猎猎有声。"（《不贞之妇》）从此，这样的诗在中国年轻一代的耳朵里"猎猎有声"了——它不仅在当时的"地下文学圈"和知青中到处流传，在北岛、芒克、多多、方含、顾城等人的早期作品中，我们分明听到了洛尔迦的回声。

这就是戴望舒所译的洛尔迦。这样优异的翻译，使洛尔迦诗歌的魅力和汉语的神奇同时展现在中国读者面前。它成为唤醒中国年轻一代的不可抗拒的声音，也使他们如梦初醒般地体会到什么才是诗。我们知道，北岛、多多、芒克他们并非生来就是"现代派"诗人。他们的创作大都经历了从旧体诗、时代的主流诗歌和革命诗歌模式，到受外国浪漫主义诗歌影响下的青春抒情，到最后转向现代主义这样一个历程。他们在戴译洛尔迦诗歌中接受的，正是一种现代性的艺术洗礼。

至于多多在受奖辞中首先提到的波德莱尔，对他们可能产生了更为深刻也更为重要的影响。

多多所说的波德莱尔，毫无疑问，是女诗人陈敬容翻译的波德莱尔。虽然一些中国现代诗人和译者早就开始译介波德莱尔，但是陈敬容的翻译，包括刊登陈敬容译文的《译文》杂志1957年"波特莱尔专辑"（今通译波德莱尔），对多多、北岛他们那一代所起到的"开天眼"般的影响，已远远超过了此前一切的翻译。

为纪念波德莱尔《恶之花》初版100周年，《译文》1957年第7期以专辑形式刊出陈敬容选译的9首波特莱尔的诗，还刊登有苏联评论家列维克的《波特莱尔和他的"恶之花"》、法国著名诗人阿拉贡的《比冰和铁更刺人心肠的快乐——〈恶之花〉百年纪念》（该文由沈宝基译）。在后文中，阿拉贡像当年的雨果那样，极力为波德莱尔辩护并高度称赞其诗："只有波特莱尔能给我们这样的东西：'比冰和铁更刺人心肠的快乐……'"

这一期《译文》上陈敬容翻译的9首波德莱尔诗，曾以手抄本的形式在北京"地下文学圈"里流传。它也注定会在那个苦闷的年代激发起"新的战栗"（这是雨果对《恶之花》的盛赞，称它给法国诗歌带来了"新的战栗"）。在小说《波动》（1974）中，北岛就借主人公之口说:"我喜欢诗,过去喜欢它美丽的一面,现在却喜欢它鞭挞生活和刺人心肠的一面。"

显然,这来自波德莱尔的"比冰和铁更刺人心肠"的语言刺激和震撼,搅动了那一批中国年轻诗人的血液,引发和促成了他们更彻底的美学蜕变。

对此我们先来看多多的早期创作。在多多写于1972年的《当人民从干酪上站起》中,就有"八月像一张残忍的弓"这种强有力的隐喻(对照陈敬容翻译的波德莱尔《秋》一诗:"爱情,在它的岗位上张着命运的弓。");不只是意象创造上的启迪,在多多早年的一组情诗《蜜周》中,还有一种戏剧性对话体的插入:

    你的眼睛在白天散光

    像服过药一样

    我,是不是太粗暴了?

    "再野蛮些

    好让我意识到自己是女人!"

    走出树林的时候

    我们已经成为情人了

再来看波德莱尔《秋》一诗的片段:

你水晶似的明眸向我说：

"我对你有什么好处，奇怪的爱人？"

——乖些，别作声；一切都使我的心

激怒，除了原始野兽的真诚；

这不是一般手法上的借鉴，这是语言的亲密性的达成。至于多多《蜜周》最后那个惊世骇俗的结尾，也仿佛是出自波德莱尔的笔触："不错，我们是混账的儿女 / 面对着没有太阳升起的东方 / 我们做起了早操——"这种叛逆性的自嘲和对社会审美趣味的冒犯，明显带着一种波德莱尔式的挑衅意味。

所以多多会这样坦承："我在很早就标榜我是象征主义诗人，因为我读了波德莱尔，没有波德莱尔我不会写作。"[①]

波德莱尔之所以彻底唤醒了多多这样的年轻诗人，因为正如著名翻译家、诗人程抱一所指出的那样，在波德莱尔"颓废"的背后，是"懔然不可犯的决心：拒绝把生活空虚地理想化，拒绝浮面的欢愉与自足。他要返回到存在的本质层次，以艺术家的身份去面对真正的命运。如果生命包孕了那样多大伤痛、大恐惧、大欲望，那么，以强力挖掘进去，看个底细，尝个透彻。所以诗到了他手里，不再是浪漫似的幻想和怨叹，而是要把至深的经历、

---

① 凌越：《我的大学就是田野——多多访谈录》，《书城杂志》2004 年第 4 期。

战栗、悔恨、共鸣，用凝聚的形式再造出来"①。

除了陈敬容的译诗，《译文》上沈宝基翻译的阿拉贡的文章《比冰和铁更刺人心肠的快乐——〈恶之花〉百年纪念》中，也有若干很精彩的波德莱尔诗歌片段：

我们在路上偷来暗藏的快乐，
把它用力压挤得像只干了的橙子……

啊，危险的女人，看，诱惑人的气候！
我是不是也爱你们的霜雪和浓雾？
我能不能从严寒的冬季里，
取得一些比冰和铁更刺人的快乐？

我独自一人锻炼奇异的剑术，
在各个角落里寻找偶然的韵脚，

王佐良在《中国新诗中的现代主义——一个回顾》中，曾首先引证了王独清的名句"我从 Café 中出来 / 身上添了 / 中酒的疲倦"，但是多多他们对波德莱尔的感应，显然比 20 世纪 30 年代的诗人们要更深一层，"我们在路上偷来暗藏的快乐"，这似乎就是

---

① 雨果等著：《法国七人诗选》，程抱一译，湖南人民出版社，1984。

他们那时秘密接受到"创造之手的传递"时的一种写照，他们贪婪地榨取着他们读到的东西，"把它用力压挤得像只干了的橙子"；他们知道了还有一种"危险的美"，有一种"比冰和铁更刺人"的语言快乐；他们从波德莱尔那里感到的，不仅是一位"身上添了中酒的疲倦"的巴黎街头上的"游荡者"，更是一位集现代地狱的挖掘者和语言的炼金术者为一身的诗人形象——"我独自一人锻炼奇异的剑术"，不仅是多多独自一人，他和在同一个村子插队的芒克、根子（本名岳重）也一起锻炼着这诗艺的剑术！

而在这"白洋淀三剑客"中，芒克写现代诗较早，据多多在《被埋葬的中国诗人（1972—1978）》中回忆，在1971年夏季芒克就写出了令岳重大吃一惊的诗句："那暴风雪蓝色的火焰……"他后来的一些诗，显然受到过波德莱尔的影响，如《天空》(1973)中的"太阳升起来，/天空，/这血淋淋的盾牌"。而他的《十月的献诗》（1974）中的"那冷酷而又伟大的想象/是你在改造着我们生活的荒凉"，从某种意义上看，就像是献给波德莱尔的致辞。

当然，波德莱尔诗对根子和多多的影响要更深刻，他们也比芒克写得更"狠"。根子1971年夏写下的名诗《三月与末日》的首句为"三月是末日"，人们惊叹一位中国年轻诗人在那时居然写出了这样惊人的诗句，并由此联想到艾略特《荒原》一开头的名句"四月是最残酷的月份"，但根子和同代人在那时都无缘读到《荒原》（赵罗蕤在20世纪30年代译有《荒原》，但印量极少，且由于历史原因，在50年代后鲜有人能够读到）。显然，这与他读到的波德莱尔有关。我们来看陈敬容翻译的波德莱尔的《薄暮》的第一节：

> 迷人的黄昏到了，它是罪恶的帮凶；
> 像个同谋犯似的蹑足走来；天空
> 有如巨大的卧室慢慢合上，
> 人，心烦意乱，野兽般疯狂。

波德莱尔居然把"迷人的黄昏"与"罪恶的帮凶"联系起来，而根子的"三月是末日"同样是一种悖论修辞，并且通过这样的诗句，一下子在白洋淀春暖乍寒的三月打开了一个波德莱尔式的世界。

所以多多会在《被埋葬的中国诗人（1972—1978）》中这样总结根子的诗人形象："叼着腐肉在天空炫耀。"这其实也正是他自己的自画像。当然，对于波德莱尔，他们并不是简单的模仿，多多一开始的诗就那么"神似"于波德莱尔，我们只能说，在他自己的身上就带着一个波德莱尔，而陈敬容的翻译唤醒了他。

的确，波德莱尔的诗对多多这一代人是一种唤醒。他对社会和公众审美趣味的冒犯，他的审美"怪癖"和反讽意识，他对感官的狂热与对某种超验性的迷恋，他对语言的"震惊"效果的追求，都在多多等人的早期诗中有所反应。正是从波德莱尔这样的诗人那里，他们唤起了一种自我意识并形成了一种"现代的感受力"。

这样的影响，使他们彻底摆脱了那个时代那一套虚假的思想话语，"返回到存在的本质层次，以艺术家的身份去面对真正的命运"。

而对茨维塔耶娃、曼德尔施塔姆等俄苏诗人的了解，众所周知，北岛、多多那一代人是通过爱伦堡的《人·岁月·生活》。苏联作家、诗人伊里亚·爱伦堡于 20 世纪五六十年代解冻时期写下的这部长篇回忆录，在苏联《新世界》上连载后引起强烈反响。从1962 年 12 月至 1964 年 1 月，人民义学出版社陆续翻译了该回忆录的前 4 部，当然，是把它作为一份"供批判用的反面教材"（即"黄皮书"）"内部发行"的。在北岛的回忆中，他说他大约是在1971 年读到它的，"这套 4 卷本的回忆录，几乎是我们那代人的《圣经》"。

作为苏俄文学的历史见证人，爱伦堡回忆了他与曼德尔施塔姆、阿赫玛托娃、茨维塔耶娃、帕斯捷尔纳克等诗人的交往，这应是最吸引北岛、多多他们的地方。在追忆中，爱伦堡也不时引证了他们的诗（如曼德尔施塔姆《列宁格勒》一诗："……彼得堡啊，我还不想死——/ 你有我的电话号码。/ 彼得堡啊，我还有一些地址，/ 根据它们，我找得到死者的声音。"），这些诗歌片段也像种子一样落在了中国年轻一代的心中。通过这些生动的，也饱含情感的回忆，爱伦堡给人们带回了那些不朽的诗的声音，使普希金之后俄罗斯诗歌又一个神奇的、苦难而光荣的时代第一次展现在中国读者面前。

在对众多俄罗斯作家、诗人的回忆中，爱伦堡对曼德尔施塔姆、茨维塔耶娃的讲述最为亲密、吸引人并耐人寻思。这两位诗人在回忆录中各占两章:《生来不是蹲监狱的曼德尔施塔姆》《钟情而坚贞的茨维塔耶娃》。他对"可怜"的天才诗人曼德尔施塔姆"争取诗人的社会尊严和地位而进行的纯普希金式的、低级侍从的斗争"的回忆和讲述，让人读了感叹不已。爱伦堡同样是有勇气的，他甚至到流放地沃罗涅日去看望过曼德尔施塔姆并引用了多首诗人的流亡诗篇，他称曼德尔施塔姆生前"怕喝一杯未开的水，但是他身上却有真正的勇气，这股勇气陪伴了他一生"。在北岛后来富有英雄殉道精神的《回答》等诗中，难道就没有传来那来自冻土地上的永恒回声?

对于茨维塔耶娃这位天才性的女诗人，爱伦堡也生动地描述了她的性格和悲剧性命运。他引用了茨维塔耶娃这样的话:"我爱上了自己生活中的一切事物，但是以永别，而不是以相会，是以决裂，而不是以结合去爱的。"他还着重讲述了茨维塔耶娃与诗歌"复杂而痛苦"的关系，说她"始终怀疑艺术的权力，同时又离不开艺术"。他讲到有一次茨维塔耶娃对勃留索夫关于诗歌为词语与韵律的纯粹结合感到"愤怒"("词能代替思想，韵律能代替感情吗")，但同时"她又是诗歌的俘虏"，为此他引用了她这样的诗:"我知道维纳斯是手的产物，/ 我是手艺人——我懂手艺。"

不独是《人·岁月·生活》，1962 年，中国的《世界文学》编选了《爱伦堡论文集》，作为"参考资料"内部发行，集中也收入了爱伦堡写于 1956 年的《〈玛琳娜·茨维塔耶娃诗集〉序》（张孟恢译）。这一切，尤其是对早年的多多产生过影响。洪子诚教授在《〈玛琳娜·茨维塔耶娃诗集〉序〉：当代诗中的茨维塔耶娃》[①] 一文中，在比较多多与茨维塔耶娃的诗作时，就曾引出了爱伦堡在这篇序言中所列举的茨维塔耶娃 1913 年写的《我的诗……》中的片段：

我写青春和死亡的诗，

——没有人读的诗！——

散乱在商店尘埃中的诗

（谁也不来拿走它们），

我那像贵重的酒一样的诗，

它的时候已经到临。

现在，我们来看多多于 1973 年写的《手艺——和玛琳娜·茨维塔耶娃》一诗：

写青春沦落的诗

（写不贞的诗）

写在窄长的房间中

---

① 载于《文艺争鸣》2017 年第 10 期。

被诗人奸污

被咖啡馆辞退街头的诗

我那冷漠的

再无怨恨的诗

（本身就是一个故事）

我那没有人读的诗

正如一个故事的历史

我那失去骄傲

失去爱情的

（我那贵族的诗）

她，终会被农民娶走

她，就是我荒废的时日……

　　显然，没有爱伦堡在回忆录中对茨维塔耶娃的讲述和她关于"手艺"的诗、没有张孟恢的翻译所"传递"的茨维塔耶娃的"音节"和独特句式，就不可能有多多这首诗。洪子诚教授很敏锐，他指出张孟恢的译文是"我写青春和死亡的诗"，而后来谷羽、苏杭等人大都译为"我那青春和死亡的诗"，并这样指出："假设当年多多读到的不是这篇序言，而是另一种译法，《手艺——和玛琳娜·茨维塔耶娃》可能会是不同的样子。"

　　但是，多多这首诗，又具有了高度独立的意义。多多写这首诗是"和玛琳娜·茨维塔耶娃"而不是"致玛琳娜·茨维塔耶娃"。

他受到茨维塔耶娃的激发，但他同样具有一个天才年轻诗人的傲气，他这首诗显示的两者的关系也是平行式的。不仅如此，他这首诗还更多了些波德莱尔式的精神，他要比茨维塔耶娃写得"更狠"。茨维塔耶娃"写青春和死亡的诗"，他写"青春沦落的诗"；同样写诗人和诗歌孤独的命运，但在他那里还多了一种反讽的调子：他写的是被诗人自己"奸污"的诗。它是"冷漠的"，但又是"再无怨恨的诗"。而到了"我那失去骄傲／失去爱情的。／（我那贵族的诗）"，诗又回到与茨维塔耶娃的惺惺相惜（爱伦堡在回忆录中还曾引证过茨维塔耶娃这样的诗："啊，你是我那贵族的、沙皇的苦恼……"）。但是，更有分量也更耐人寻味的，是多多这首诗的结尾"她，终会被农民娶走"，在这里，诗人不仅回到了他的"立足之地"，也暗示了他要写的诗在这片土地上的命运。（这里还有一个和这句诗不无相关的细节，据多多讲，同和他、芒克等一起插队的知青中，就有一女知青嫁给了当地的农民。）

这就是多多这首诗，从与一位俄罗斯女诗人的对话开始，最后又回到了这片诗人所在的，也造就了他的土地。这显示了多多诗歌的另一面：一方面，同代人的诗中没有谁比他的诗更富有"异国情调"了，另一方面，正如他的很多诗（如《当人民从干酪上站起》）所显示，诗人又是一位"（中国）北方之子"。他对这片土地爱恨交加，他也从这片土地深处汲取了一种近乎神秘的能量。这也是多多这样的诗人既能充分接受外来刺激和影响但又能"自成一格"的根本原因（对此还要补充一点，茨维塔耶娃的《我的诗……》是一首抒情诗，而多多的《手艺——和玛琳娜·茨维塔耶娃》创造了一种很个人化的叙述语调）。

发生在 20 世纪 70 年代前后那些"严厉年月"里的，就是这种最隐秘的"创造之手的传递"。如用鲁迅在《野草》中的隐喻："地火"仍在运行。这个"地火"，就包含了多少年来翻译所积聚的语言的能量。正是这种影响，唤醒了那个年代的一批中国年轻诗人，他们不仅从中获得了自己的声音和语言，也使新诗现代性的历程被中断多年之后，又出现了令人激动的"新的转机"，或者说，在封闭了多年之后，中国现代诗歌又回到了"世界文学"的怀抱之中。

"吉他琴的呜咽 / 开始了。/ 黎明的酒杯 / 破了。/ 吉他琴的呜咽 / 开始了……"这是戴望舒译洛尔迦《吉他琴》的著名开头。就在这种奇异的声音中，那暗中涌流的一切，带动了一种被压抑的语言力量的复苏，又找到了中国的一代诗人。多多的名诗《春之舞》，虽然写于 1985 年，但也完全可以视为他们这早醒的一代的一份诗歌宣言：

雪锹铲平了冬天的额头

树木

我听到你嘹亮的声音

我听到滴水声，一阵化雪的激动：

太阳的光芒像出炉的钢水倒进田野

它的光线从巨鸟展开双翼的方向投来

巨蟒，在卵石堆上摔打肉体

窗框，像酗酒大兵的嗓子在燃烧

我听到大海在铁皮屋顶上的喧嚣

啊，寂静

我在忘记你雪白的屋顶

从一阵散雪的风中，我曾得到过一阵疼痛

…………

"雪锹铲平了冬天的额头""我听到滴水声，一阵化雪的激动"，在某种意义上，《春之舞》正宣告了一个新的诗歌时代的来临，因此我们会读到"巨蟒，在卵石堆上摔打肉体"这种惊人的意象，还有"窗框，像酗酒大兵的嗓子在燃烧"这种新鲜、强烈而又富有刺激性的比喻（"酗酒大兵"，这显然也是一个来自诗人早年读外国小说或诗歌得来的形象）……

而要谈到这"崛起"的一代，北岛著名的诗歌《回答》也绕不过去。该诗的初稿写于 1973 年 3 月 15 日，最初的诗题是《告诉你吧，世界》，据北岛同代人齐简回忆 [1]，诗的第一节原是这样的："卑鄙是卑鄙者的护心镜，/ 高尚是高尚者的墓志铭。/ 在这疯狂疯狂的世界里，/ ——这就是《圣经》。"后来经过多次修改，这一节诗定为："卑鄙是卑鄙者的通行证，/ 高尚是高尚者的墓志铭。/ 看吧，在镀金的天空中，/ 飘满了死者弯曲的倒影。"

"卑鄙是卑鄙者的通行证，/ 高尚是高尚者的墓志铭"，在我看来，这两句名诗很可能受到食指 1967 年写的《命运》一诗开头两句的影响，"好的荣誉是永远找不开的钞票，/ 坏的名声是永远挣不脱的枷锁"。至于改定后的后两句"看吧，在镀金的天空中，/ 飘满了死者弯曲的倒影"，显然也来自北岛早年对国外现代主义诗人的阅读。

好在北岛是一位敏感、冷峻、具有强烈艺术整合力的诗人。《回答》这首诗，既有着中国古典诗歌严谨对仗的功力（如开头两句），又有着早醒一代启蒙主义、英雄主义的色彩，也吸收了超现实主义、象征主义的艺术表现。它立足于北岛早期那种典型的"二元对立叙事"（诸如光明/黑暗、正义/非正义、人性/非人性等等），但相对于它的时代也恰如其分，并充满了悖论般的语言张力。更难得的是，北岛比他的许多同代人更能准确地感知他那个时代（如"镀金的天空"这个隐喻），更有概括力去命名一个时代（"卑鄙是卑鄙者的通行证，/ 高尚是高尚者的墓志铭"），也更具有一种先醒

---

[1] 参见齐简：《诗的往事》，选自《持灯的使者》，刘禾编选，广西师范大学出版社，2009。

者的悲愤、激越和"挑战"的力量。虽然诗中有"纵使你脚下有一千名挑战者，/那就把我算作第一千零一名"这样的"过于悲壮"，在今天可能让北岛自己有点难堪的诗句（这就是为什么他后来会否定这首诗），但在诗的最后，却透出了一种难得的先知般的穿透了深远时空的历史感和命运感，这便是这首七节诗的最后一节：

> 新的转机和闪闪星斗，
> 正在缀满没有遮拦的天空。
> 那是五千年的象形文字，
> 那是未来人们凝视的眼睛。

这就是北岛、多多他们那一代人。借助于"严厉年月创造之手的传递"，他们推动了、实现了中国诗歌的一次重大的"新的转机"，他们自己也来到了一个历史的临界点上。的确，不仅在当年，在今天，中国诗人们仍处在"五千年的象形文字"和"未来人们凝视的眼睛"的注视之下。

"生命也跳动在严酷的冬天"

——重读诗人穆旦

 无论怎么看，"现代性"都是"五四"以来中国现代文学和诗歌的最主要命题（当然，它同时也是一个艰难的命题），而这也正是诗人穆旦被"重新发现"以来被看重并被人们不断谈论和争论的一个原因。

 这是一种不断受挫，遭受到多种误读和审视，看上去也永不完成的"现代性"。在今天，穆旦已被视为杰出的现代诗人之一，被视为"中国诗歌现代化历程中一个带有标志性的诗人"（钱理群等著《中国现代文学三十年》）；穆旦已多少被"经典化"，对穆旦的研究也有多方面的拓展。但是，质疑声仍在，穆旦一生的创作世界中也还有很多有待厘清、有待重新认识的东西。更重要的，我们在今天怎样看穆旦？这样一位诗人对我们现在和未来的意义又何在？

穆旦"崛起"在一个民族危亡，但又充满了思想和精神激荡的年代（"七七抗战使整个中国跳出了一个沉滞的泥沼，一洼'死水'"，见穆旦评《慰劳信集》书评 ① ）。如果说穆旦代表了新诗对"现代性"的追求，他的"探险"几乎从一开始就突入到它的中心和前沿地带。他于 1945 年出版的诗集《探险队》的第一首诗为《野兽》（1937）："那是一团猛烈的火焰……它是以如星的锐利的眼睛，／射出那可怕的复仇的光芒。"这种充满生命锐气和能量的诗，不同于 20 世纪二三十年代诗坛那种感伤、沉闷、颓废的调子，也有力地突破了早期"象征派"或"现代派"的范围。说实话，穆旦对诗的追求，和当时也和今天的很多人仅仅把"现代主义"视同为某种"纯诗"的狭隘理解并不是一回事。

这当然首先体现在语言的锐意革新上。"要排除传统的陈词滥调和模糊不清的浪漫诗意，给诗以 hard and clear front（坚实而清澈的面向）"，这是穆旦晚年给杜运燮的信，可视为当年他们共同的追求。《春》（1942）一诗一开始就是"绿色的火焰在草上摇曳"，意象新奇，富有动感和活力；"如果你是醒了，推开窗子，／看这满园的欲望多么美丽"，奇异而又强烈，恰如袁可嘉所说"肉感中有思辨，抽象中有具体"，两者之间有一种极大的张力；"啊，光，影，声，色，都已经赤裸"，又以其敏锐的知觉，特意把光影声色分开，不仅突出了每一个意象独立的质地性，而且有一种锋利有

---

① 本文所引穆旦所有诗文及通信均出自《穆旦诗文集》（增订版）第 1、2 卷，人民文学出版社，2018。

力的现代主义式的语言质感。

至于诗人同年写下的《诗八首》，如放在新诗发展的脉络上看，其新奇、纯粹和玄奥更是令人惊异。王佐良就曾引证该诗的第一节，然后这样说："一种玄学式的思辨进来了，语言是一般口语和大学谈吐的混合。10年之隔，白话诗更自信了，更无取旧的韵律和词藻。"①

更令人感到陌异的，是这种诗歌语言并不是从传统诗意中蜕变而来的，却是"用钢铁编织起亚洲的海棠"（穆旦《合唱二章》）。像奥登一样，穆旦有意要把一些现代工业文明社会和战争时期的语言材料转化为诗。他吸收了大量"非诗"的、与传统诗意相异的词汇，其句法也具有一种更复杂的整合性。这就让有些人兴奋而有些人感到不适。好在这不是炫技或拼凑，而是从"善感的心灵"出发，而且还往往像王佐良所说的那样"用身体思想"："他的五官锐利如刀。"②

这样的语言文体，已被视为新诗"现代性"的一个标记（当然，它也成为争论的一个焦点），与此相关，是穆旦在写法和诗歌样式上的多种尝试。他的一些作品，如《防空洞里的抒情诗》《从空虚到充实》《蛇的诱惑 ——小资产阶级的手势之一》《五月》《赞美》《神魔之争》《小镇一日》《隐现》《森林之魅 ——祭胡康河上

---

① 王佐良：《论诗的翻译》，江西教育出版社，1992。
② 王佐良：《一个中国诗人》，英文稿原载伦敦杂志 *Life and Letters* 1946年6月号，中文稿载《文学杂志》1947年第2卷第2期，《穆旦诗集（1939—1945）》出版时被收为"附录"。

的白骨》，都突破了所谓"纯抒情诗"的限制，而把叙事、戏剧、文本拼贴、多声部对白和合唱等因素纳入诗的表现方式和结构中来。如在《五月》中，穆旦就采用了一种别出心裁的"正文"与"副歌"的对照："副歌"由5首旧体诗的仿作构成，"正文"则是一种穆旦式的诗，语言富有现代肌理和内在张力，高度浓缩到要爆开的程度，甚至有意识地用了一些充满暴力的军事用语和工业性比喻，极尽现实痛感和战争的残酷荒谬。这样，在"正文"与"副歌"之间，正好形成一种对照，并产生了强烈的思想艺术张力。

而这，就很难说是在简单模仿叶芝的"叠句"或艾略特的《荒原》了，而且也不是在"玩形式"，而是透出了自觉的写作意识和历史洞察力〔因而我很难同意诗人西川关于"穆旦的复杂（只）是修辞的复杂"① 这样的判断〕。就《五月》来看，穆旦不仅要找到有效的切入现实的写作方式，还要讽刺那种"你一杯来我一盏"式的对现实的逃避。《五月》这种辛辣的对"旧体诗"的戏仿以及"一个封建社会搁浅在资本主义的历史里"的诗句，透出的正是对新诗创作出路的清醒认识，并且和鲁迅的摆脱"瞒和骗""睁开眼看"的精神一脉相承。他正是以这种方式开始了一种更为艰巨的现代艺术历程。

穆旦的探索，总的来看，给新诗带来了一种更强烈、陌生、奇异、复杂的语言。这不仅和他对英语现代诗的接受有关，更和他

---

① 西川：《穆旦问题》，选自《艺术与跨界》（《中国学术》10年精选），刘东主编，商务印书馆，2014。

执意走一条陌生化、异质性的语言道路有关。可以说，他一生都在探索一种更适合他自己和现代知识分子的说话方式（"有时产生了怀疑……有时又觉得这正是我所要的"，见穆旦晚年给杜运燮的信），因而也不断招来了非议。我自己曾对穆旦做过多次"辩护"，我愿在这里再次重复："诚然，穆旦的语言探索也留下了诸多生硬、不成熟的痕迹，但是，如果说他的语言尚不成熟，那也是一种充满了生机的不成熟。他的不成熟，那是因为他在经历着一种语言降临时的剧痛和混乱。"①

不仅是创作，穆旦的翻译也是一种力求存异、求异的翻译，他以此抗拒着本土主流语言文化、审美习惯和文化趣味的"同化"。作家王小波在《我的师承》中就谈到查良铮（穆旦）所译的《青铜骑士》"是雍容华贵的英雄体诗，是最好的文字"，相比之下，另一位译者的译文就有点像"二人转"。而就我们这代人来说，更受益于穆旦在晚年所翻译的《英国现代诗选》，它不仅精确地再现了一种现代诗的质地、难度和异质性，而且给中国诗人带来了真正能够提升其语言品质的东西。如穆旦译《荒原》的这几句："我说不出话来，两眼看不见，我／不生也不死，什么都不知道，／看进光的中心，那一片沉寂。／荒凉而空虚是那大海。"这最后两句，其倒装的句法，西化的表达，就让我们想起了鲁迅所主张的"宁信而不顺"的"硬译"，而且把它推进到一个更为纯熟的语言境

① 王家新：《翻译与中国新诗的语言问题》，《文艺研究》2011年第10期。

界。如果有人嫌其"不顺"，一定要把它顺成"大海荒凉而空虚"会怎么样？它会一下子失去其语言的重心和力量！

那种不加深入、具体的分析，动辄以"欧化""翻译体""伪奥登风"甚至"伪汉语"来指责穆旦的论者，恐怕连鲁迅的《野草》也会一概否定。

穆旦并非没有中国古典的学养，但他却是个有着语言的历史意识的诗人。在《玫瑰之歌》中他就曾痛感"我长大在古诗词的山水里，我们的太阳也是太古老了"。这就是他为什么会刻意"求异"。我想不仅在中国，当任何一种古老的传统经受严重的内在危机，语言的生命变得衰竭和僵硬，这种变革就需要借助于外来刺激和翻译。英籍德语作家、诺贝尔奖获得者卡内蒂就曾这样说："语言发现它的青春源泉，在另一种语言中。"[1]

而那些指责甚至全盘否定穆旦的语言文体的论者，不仅缺乏语言发展的历史意识，其实也并不能把我们引向对诗歌的真正认识。什么是诗的语言？我在这里愿再次引用德勒兹的话，因为它一语道出了文学创造的奥秘："作家在语言中创造了一种新的语言，从某种意义上说类似一门外语的语言，令新的语法或句法力量得以诞生。他将语言拽出惯常的路径，令它开始发狂。"[2]

我想，这就是分歧所在。近一二十年来，伴随着国内的某种

---

[1] 伊利亚斯·卡内蒂：《钟的秘密心脏》，王家新译，《延河》2011年第4期。
[2] 吉尔·德勒兹：《批评与临床》，刘云虹、曹丹红译，南京大学出版社，2012。

文化氛围，在诗坛上对"翻译体"的嘲笑似乎已成风气，当年以异端面貌出现的一些诗人（如北岛等人），近些年也做起了"回归"的姿态。但是在我看来，如果说对"现代性"的追求曾构成了新诗向前发展最内在的驱力，我们今天依然需要保持诗歌的异质性和陌生化力量。我们为穆旦辩护，在很大意义上就是坚持这种语言探索的权利和历史必要性。

与穆旦的所谓"欧化文体""外来影响"相关，是有些人对他的文化身份的质疑。穆旦的确深受英国现代诗人的影响，但是他并不盲目。从整体上看，他在40年代的两部诗集已远远超出了一个年轻诗人的"模仿"或"学步"阶段；更重要的是，穆旦的创作置于现代世界的开阔视野和文学的"血液循环"中，但又始终是一种"面对中国"的写作。他的全部写作都在印证这一点。王佐良当然也看到了那时诗坛上对西方文学的一些"抄袭"现象，但他却这样指出："最好的英国诗人就在穆旦的手指尖上，但他没有模仿，而且从来不借别人的声音唱歌。他的焦灼是真实的。"（《一个中国诗人》）

当然，也有人不断引用王佐良在论穆旦时所说的"非中国性"，来为他们的责难做证，那就让我们再看看王佐良在《一个中国诗人》中的原话："但是穆旦的真正的谜却是：他一方面最善于表达中国知识分子的受折磨而又折磨人的心情，另一方面他的最好的品质却全然是非中国的。"王佐良是真正有洞察力的。他抓住了一个悖论。其实这里的"非中国"是有限定的，是指非传统中国的品质，这其实正是中国现代知识分子想要通过"凤凰涅槃"达到精神重生的一个结果。且不说穆旦，离开了这种"非（传统）中国性"，离开了巴黎留学期间所接受的精神和艺术洗礼，艾青能否写出他的《大堰河——我的保姆》？而在他描写抗战游行的名诗《火把》中，居然还冒出了"那耶稣似的脸"这一句，这又怎么解释？当然，在今天一切都需要反思，但是很显然，如果不跳出那个"自古以来便如此"的"紧箍咒"，五四新文学和新诗就不可能产生。如果说有"文化身份"这回事，那也是通过批判性的继承、转化、创造和改变而达成的重新肯定。

而我对穆旦的"现代性"追求进行辩护，还因为他的探索远不止于此。在中国新诗史上，穆旦被视为最具有现代主义性质的诗人，但他同时又是深具民族忧患和时代批判性的诗人。从上南开中学起，他对现实、时代和民族的命运就有一种深切的痛感和参与的热情。他需要找到进入现实的方式。他并不是那种为艺术而艺术的诗人。他也只有找到某种类似于奥登的更"现代"的方式，才能把强烈尖锐、矛盾复杂的现实经验带入到诗中，使写作成为一种对现代生活的艺术承担。

我曾多次指出新诗历史上的"二元对立话语"，把中与西、传统与现代、现实与艺术的关系视为（或发展成）一种对立的和不相容的关系，就形成了这种话语逻辑。而穆旦的艺术追求，几乎从一开始就突破了诗与现实关系上的二元对立。他所受到的现代主义艺术洗礼，没有使他偏于"纯诗修炼"的一端，而是帮他获得了一种面对现实的敏感和处理当下经验的能力。在评艾青诗集《他死在第二次》的书评（1940）中，他为艾青的诗拓展开一个更广大的世界而欣悦："我们终于在枯涩呆板的标语口号和贫血的堆砌的辞藻当中，看到了第三条路创试的成功。"因而不难理解，像穆旦这样一个充满了"对语言的爱"的纯粹诗人，会同时是一个最关注"公众世界"的诗人，或者干脆说，最具有"政治性"的诗人。在《五月》中，他就曾颇耐人寻味地写到现实"教了我鲁迅的杂文"，这使他的诗带上了政治嘲讽的笔触和强烈的社会批判意义。他没有因其"现代性"追求而淡忘苦难、矛盾的时代人生，他的写作向现实的全部领域敞开，举凡战争诗、时事诗、政治诗，甚至通货膨胀诗，他都能写来。也可以说，他使诗真正获得了对现实问题"发言"的能力。

这就再次涉及对"现代主义"的理解。一论及"现代主义"，在我们这里就有人只把它和文学的自觉性、新奇性、纯粹性、超越性等等联系起来。但是，这种现代主义和"政治性"就没有关联吗？恰恰相反。且不说叶芝、奥登这样的诗人，我们来看曼德尔施塔姆这位被布罗茨基称为"文明之子"的"最高意义上的形式主义者"，他中后期的诗，就处处充满了对政治、权力关系和"历史必然性"的洞见。

穆旦的创作，也需要扩展到这样的层面读解。忧国、强烈的现实关注、民主政治、社会批判、对时代有形和无形的"谋害者"的控诉（"而谋害者……/紧握一切无形电力的总枢纽"，《五月》），这构成了穆旦许多诗作尖锐而噬心的主题，只不过穆旦又是超越和独立的，正如王佐良所指出："穆旦并不依附任何政治意识。一开头，自然，人家把他当作左派，正同每一个有为的中国作家多少总是一个左派。但是他已经超越过这个阶段……"（《一个中国诗人》）。我们所看到的，是他始终坚持从一个独立的知识分子诗人角度来看世界，比如，他以身许国投入抗战，其牺牲精神令人动容，但他却从不写"服务于抗战"之类的东西，相反，我们在他的《旗》中却读到这样的诗句，"你渺小的身体是战争的动力，／战争过后，而你是唯一的完整，／我们化成灰，光荣由你留存"！

　　穆旦和他同时代诗人的创作，在袁可嘉于1946—1948年间发表的一系列评论中得到有力的总结。①袁可嘉的诗学阐发，正是以穆旦的诗为主要例证的。在《新诗现代化——新传统的寻求》中，他开篇即提出40年代以来"现代化的新诗"和政治的关系："绝对肯定诗与政治的平行密切联系，但绝对否定二者之间有任何从属关系。"袁可嘉这样说是有"背景"的，因为在那时正如女诗人陈敬容所说，新诗史上已有了"两个传统"："一个尽唱的是'爱呀，玫瑰呀，眼泪呀'，一个尽吼的是'愤怒呀，热血呀，光明呀'，结果是前者走出了人生，后者走出了艺术。"这就是为什么袁可嘉在坚持艺术独立性的同时强调诗歌"来自广大深沉的生活经验领

---

① 　这些评论后来结集为《论新诗现代化》，生活·读书·新知三联书店，1988。

域"。他要着力于建立的，是一种富有张力的诗学。在《诗的新方向》中，他就以穆旦为例，称赞穆旦"在现实与艺术间求得平衡，不让艺术逃避现实，也不让现实扼死艺术，从而使诗运迈前一步"。

而穆旦自己在那时倡导的"新的抒情"，也具有与此相通的意义。他的评卞之琳的书评《慰劳信集——从〈鱼目集〉谈起》（1940），就是一篇重要的诗论。20世纪30年代，可以说是中国新诗"去浪漫化"而转向"现代主义"的阶段，穆旦认为在徐迟提出"抒情的放逐"之前，卞之琳就"以机智（wit）写诗"，并且以《鱼目集》"立了一块碑石"。但是他对卞先生后来的《慰劳信集》并不满足："这些'机智'仅仅停留在'脑神经的运用'的范围里是不够的，它更应该跳出来，再指向一条感情的洪流里，激荡起人们的血液来。"为此他提出"新的抒情"，而"'新的抒情'应该遵守的，不是几个意象的范围，而是诗人生活所给的范围"。

穆旦的"新的抒情"，让我想起了叶芝的"血、理智、想象"相互交融的诗观，当然，更让人想起了袁可嘉的"有机综合论"。袁可嘉力图消解"二元对立"，对于新诗论争中的种种"对立项"，诸如反映论和表现论，社会性与个人性，政治性和艺术性，以及创作中的种种矛盾悖论，不仅有透彻的分析，也给出了诗学解决方案。他提倡"从机械的反映到有机的创造"，坚持认为诗是"有机综合的整体"，而20世纪40年代诗的"新倾向""最后必然是现实、象征、玄学的综合传统"（《新诗现代化——新传统的寻求》）。

对这种"综合传统"，他在《谈戏剧主义——四论新诗现代化》中也引用了瑞恰慈"包含的诗"与"排斥的诗"的说法，他当然倾向于"包含的诗"，因为"它们都包含冲突，矛盾，而像悲剧一样地终止于更高的调和。它们都有从矛盾中求统一的辩证性格"。

穆旦的创作，显然正属于这种"包含的诗"或"综合传统"。"在穆旦身上有几种因素在聚合"，王佐良当年就这样指出。有哪些因素在聚合？深沉的民族忧患与复杂的自我意识，现代的敏感与历史的负重，抒情、叙述、象征与形而上的思辨，等等，通过这种更具有包容性的整合，穆旦展现了他作为一位诗人的深广潜力，也使他和新诗史上的许多诗人区别开来。他和同时代"七月派"诗人的区别已很明显，与闻一多、艾青、卞之琳、冯至等前辈诗人相比，他也显示了如袁可嘉所说的"新倾向"。比如他称赞艾青《出发》一诗"那种清新的爱慕的歌唱"，但艾青的单线条式的表达，肯定不会使他满足，他自己怀着报国热情赴缅甸作战所写下的同题《出发》一诗，也和"浪漫的歌唱"没有一点关系："告诉我们和平又必须杀戮，/……知道了'人'不够，我们再学习 / 蹂躏它的方法…… / 智力体力蠕动着像一群野兽……"他称赞艾青描写抗战的《他死在第二次》一诗，而他自己的《森林之魅——祭胡康河上的白骨》，不仅有"你们的身体还挣扎着想要回返，/ 而无名的野花已在头上开满"这样的祭奠，还充满了对自然、历史、战争、人的生命意义的思索，他满怀悲痛，但又能把惨烈的牺牲纳入一个更高、更广大的视野中来观照。

总的来看，穆旦在创作上的锐意突进，不仅是广度上的，也是深度上和高度上的。他深入到自身的内在世界中，充分揭示了一个现代心灵的全部敏感性和矛盾复杂性，他还能跳出来，拥抱一个更广大的苦难世界；他不仅"用身体思考"（或者说"给语言一副新的身体"），还把反讽的心智与形而上的观照结合起来；他投身于现实而又不屈服于它的重力，他一直在他的诗中追问着，而且一直追问到那纠缠着他的"神魔之辩"……他就像叶芝在一首《雪岭上的苦行人》（杨宪益译）中所写的："追求着，狂索着，摧毁着，他要 / 最后能来到那现实的荒野。"

　　正因为如此，穆旦的同代诗人袁可嘉在《诗的新方向》中称他"是这一代的诗人中最有能量的、可能走得最远的人才之一"。

　　而这一切在今天呢？我想穆旦等诗人的探索和"现实、象征、玄学的综合传统"，不仅在那时提升了新诗的诗学品格和艺术表现力，对我们现在的诗学锻造仍深具意义。我甚至想，我们在今天不会像艾青、卞之琳那样写诗了，但是我们却可以一次次"重返穆旦"——那里并不完美，但却足够荒凉，那里，正昭示着一个诗人要抵达的"现实的荒野"！

　　然而命运却是，后来连穆旦自己也"回不去"了。我们知道的是，自 1953 年初归国后，除了几首给自己招来麻烦的诗，穆旦基本上停止了创作，他只能在翻译中"幸存"，直到多少年后，诗人的一颗诗心从漫长的痛苦和沉默中醒来，从一只"半饥半饱"、飞来"歌唱夏季"的苍蝇那里又开始了艰难的诗的"碰撞"或者说是

"飞翔"（见《苍蝇》一诗，1975）。这就是我们看到的诗人在生命的最后一两年里（1975—1976）写下的近30首诗。这些诗作水准不一，风格多样，但其中的一些杰作，如《智慧之歌》《冬》等，则让我们不能不惊异于一颗诗心的迸放和一个受难的中国知识分子在那个年代所能达到的成熟。

但是纵然如此，对于穆旦晚期诗歌的评价，还是有着一些分歧。原因是可能有部分诗作显得生涩（这和诗人刚刚恢复写作也有关），或是在整体上已不同于早年那个在诗艺上锐意进取的穆旦。黄灿然在《穆旦：赞美之后的失望》中就这样说："杰出的穆旦仍然是40年代的穆旦，青年的穆旦。50年代以后的穆旦已不是穆旦，而是查良铮或梁真，一个杰出的翻译家。"[①]

黄灿然这样评价，大概是出于"现代诗艺"的标准，或能否"保留住技巧的香火"的标准（他反复强调这一点）。因而他未能留意并接受穆旦晚期所发生的变化。的确有很多变化，如果说早期受到艾略特、奥登、叶芝等诗人影响，穆旦后来则也受到拜伦的重要影响，而这不仅体现在他晚期诗作的格律形式上，在晚年致巫宁坤的信中他就这样说："关于拜伦，我有了比较清楚的认识。他的辉煌之作不在于那些缠绵悱恻的心灵细腻的多情之作，……而是在于他那粗犷的对现世的嘲讽，那无情而俏皮的，和技巧多种多样的手笔，一句话，惊人，而且和20世纪的读者非常合拍，

---

① 黄灿然：《穆旦：赞美之后的失望》，选自《必要的角度》，辽宁教育出版社，2001。

今日读《唐璜》，很多片段犹如现代写出一般……称之为现实主义的诗歌无愧，而且写得多有意思！这里面的艺术很值得学习。"

这起码提示了晚年的穆旦已不为什么"现代派"或"纯诗"所限。从《苍蝇》这首他称之为"戏作"、实则感人至深的诗，到《退稿信》那样的荒谬、嘲讽之作（德国汉学家顾彬说他在翻译它时居然"哭了"），他什么都写，无所顾忌。从与杜运燮等人的通信来看，穆旦对当时的假大空诗歌嗤之以鼻，当他重新写作，在某些方面，他仍坚持或者说恢复了早年对"现代性"的追求，如"非诗意的词句""发现底惊异""诗思的深度""冲破旧套的新表现方式"等等，但同时，他也超越了任何"主义"，超越了那种对"新奇"的表面追求，风格也变得更为质朴。王佐良就指出穆旦的晚期诗融入了"古典的品质"。它所体现的，乃是穆旦对那些具有永恒价值、贯通古今的诗歌精神的领悟。

诗人黄灿然是在多年前写那篇文章的，如果他重读穆旦，看法也许会发生改变。要评价穆旦这样的诗人，我们最好不只是挑出几首诗和一些段落句子，还要把这一切放在他一生的精神和艺术历程中来看。如果这样，我们的感受就可能很不一样，如《智慧之歌》的首句"我已走到了幻想底尽头"，看似平淡直白，但结合到诗人痛苦追寻的一生来读，就可能会暗自惊心。艾略特在论叶芝时就曾引用叶芝这样"两行伟大的诗"，"原谅它吧，为了光秃秃的痴情 / 虽然我已年近四十九岁了"，然后这样评论："诗中讲出了他的年龄，这很重要。花了大半生的时间才得以如此坦率地说话。这是一个了不起的胜利。"①

　　而穆旦也在走向他自己的成熟，在付出了那么多代价后，他也学会了"得以如此坦率地说话"！就他那些质量上乘的晚期诗作来看，它们不像早年的诗那样刻意求新求奇，而是更为率性、质朴和悲怆，如那首《冥想》，在对人生的"冷眼回顾"中，就充满了前后对照："把生命的突泉捧在我手里，/ 我只觉得它来得新鲜……"，"生命的突泉"这一意象十分动人，使诗人在生命中所曾领受的神奇赐予重现眼前，有一种历历在目之感，然而又怎样呢？"但如今，突然面对着坟墓"（穆旦式的"突兀"！），"只见它曲折灌溉的悲喜 / 都消失在一片亘古的荒漠"。"曲折灌溉的悲喜"，这真是穆旦式的诗句，既具体又抽象，既悲又喜，既可见又不可见，但不管怎么说，它们都消失在一片荒漠——而它才是一种"亘古"的存在。

　　这真是感慨万千的领悟，是一个人晚年才能写出的诗，它不仅把"随时间而来的智慧"与一种反讽的艺术结合在一起，也与一种悲剧的力量结合在了一起。使读者无不受到震动的，更是诗的最后两句，"这才知道我的全部努力 / 不过完成了普通的生活"！这是一种怎样的"冥想"？它不仅出乎意外，有一种难言的苦涩，它也带出了一种更高的觉悟。

---

① 艾略特:《叶芝的诗与诗剧》，选自《朝圣者的灵魂：抒情诗·诗剧》附录，王家新编选，东方出版社，1996。

"人的一生从没有彻底完成过"[1]，但这也是一种完成，而且是那个年代很少有诗人能够达到的"完成"。

因此，我更赞同陈思和《中国当代文学史教程》中的评价：穆旦晚年的诗为那些年代"潜在写作"最优秀的作品。不仅优秀，甚至可以说是那个年代的一个"奇迹"。它们不仅体现了一种少见的独立和清醒，也真正体现了一种诗的回归。不管怎么说，有了这一批诗，一个诗人没有辜负苦难命运对他的造就了。

而从诗人的一生来看，不同于新诗史上一些"徒有早期"的诗人，穆旦后期的这一批诗，虽然水准不一，却使他拥有了对一个诗人至关重要的"晚期"。这样的"晚期"既可以和"早期"相互映照和呼应，也使他作为一个诗人的一生有了更根本的保证。我们看到，穆旦晚期在诗风上当然有很大变化，但是他又保持了前后期某种艺术上的可辨识性，更重要的，是保持了来自自身的生长力、蜕变力和再生力。奥登在《19世纪英国次要诗人选集》一书的序中提出"成为大诗人"的五个条件，而最后一条是"持续到老的成熟过程"，是在创作的不同阶段包括最后阶段，"总能写出不同于以往的好诗"。而这正是大诗人和一般优秀诗人的区别。我们不一定说穆旦就是奥登所说的"大诗人"，但有了这一批晚期诗作，他成了整个新诗史上最少见的一位能够在自己选定的艺术道路上贯彻到底，在艰难条件下依然生长（虽然也不无曲折），并达

---

[1]　参见穆旦译奥登诗歌《在战争时期·二一》。

到难得成熟的诗人。

而这样的"成熟"，在那个年代看似不可思议，对穆旦来说却是一种必然。这是一个终生献身于诗歌的诗人经历了长期磨难而又被命运所造就的结果。穆旦译过普希金的一首重要诗作《寄西伯利亚》，在 1957 年还曾写出《普希金的〈寄西伯利亚〉》一文：

> 在西伯利亚的矿坑深处，
> 请坚持你们高傲的容忍：
> 这辛酸的劳苦并非徒然，
> 你们崇高的理想不会落空。

可以说，穆旦的一生，尤其是自 1958 年至 1977 年初逝世前，他自己就一直生活在"西伯利亚的矿坑深处"！这就是为什么在晚年那样的日子里，他在与人通信时会再次附上该译诗的修订稿。"请坚持你们高傲的容忍"，他就这样一直忍受着、坚持着、劳作着！至于"辛酸的劳苦"，我不懂俄语，但我想在俄语原文或在任何外语中都不会有这样的表达，这样的翻译，融入了穆旦自己多么辛酸的身世！

这就是为什么在今天会有那么多人"默念"着这样一位诗人（"于是我感激地把它拿开，／默念这可敬的小小坟场"，《停电之后》，1976 ）。从穆旦晚后期的全部创作、翻译和身世中所产生的那种悲剧性的但也是近乎圣徒般的精神力量，我真的很难想象在其他任何同代作家和诗人那里感受到！

王佐良是异常敏感的，在《一个中国诗人》中，他从穆旦当年从缅甸撤退"从事自杀性的殿后战"，到对其诗作的解读，就曾指出在穆旦身上有一种难得的"受难的品质"。可以说，这注定了是一位悲剧性诗人。悲剧不仅在于其实际遭遇，更在于他对人生价值和意义的追寻和坚守，在于他那圣徒般的受难、奉献和牺牲。诗人西川从某种文化身份问题出发，在《穆旦问题》中对穆旦在早期诗中言说"上帝"感到不适："奇怪，他为什么不说'玉皇大帝'？"但我还是更认同王佐良对这个问题的看法："穆旦对于中国新写作的最大贡献，照我看，还是在他的创造了一个上帝。他自然并不为任何普通的宗教或教会而打神学的仗，但诗人的皮肉和精神有着那样的一种饥饿，以至喊叫着要求一点人身以外的东西来支持和安慰……"

而穆旦的晚期诗作之所以让我们深受感动，就在于他在经历了艰苦、真诚而荒谬的"知识分子自我改造"后（见他的日记），在几乎看透了一切并付出了一生代价后（见他那首对乌托邦理想进行审视的《妖女之歌》，1975），仍怀着王佐良所说的"那样的一种饥饿"！他的这一批晚期诗，不仅对他个人的一生是一种"交代"，具有墓志铭般的意义，它们的意义更为深广，那就是显现了一代知识分子漫长、曲折的心路历程。

诗人 1976 年 12 月在严重腿伤和大地震后的荒凉中所写下的《冬》，分为四部分，以下为第一部分的前两节：

我爱在淡淡的太阳短命的日子，
临窗把喜爱的工作静静做完；
才到下午四点，便又冷又昏黄，
我将用一杯酒灌溉我的心田。
多么快，人生已到严酷的冬天。

我爱在枯草的山坡，死寂的原野，
独自凭吊已埋葬的火热一年，
看着冰冻的小河还在冰下面流，
不知低语着什么，只是听不见。
呵，生命也跳动在严酷的冬天。

面对这样的诗，我们还能说什么呢？这是穆旦一生的最后一首诗，也是一个人最终所能抵达的生命境界。这里有对人生的慨叹，但也有知天命的坦然，有逼人的孤寂和寒气，但也有更凝神的倾听。"多么快，人生已到严酷的冬天"（那时穆旦在通信时还曾抄寄过杜甫的《赠卫八处士》，这也是他惊叹命运和时间力量的一种方式？），但他不仅到达了他的"现实的荒野"，也听到了小河还在冰下面流（"不知低语着什么，只是听不见"！）；他本来是来凭吊埋葬的岁月，但却同时听到了"生命也跳动在严酷的冬天"！这才是一个诗人抛开一切虚妄后所达到的"在场"，是更真实的自我回归——被寒冬里的一杯热酒所灌溉!

这种对自我的辨认、返归,对语言生命的进入,对穆旦来说,也在翻译中进行。翻译本来就是穆旦一生创作生命不可分割的重要一部分(他的 10 卷作品,翻译占有 8 卷),而诗人于 1973—1976 年间翻译的《英国现代诗选》,不仅把他的翻译生涯推向一个高峰,也与他晚年的创作构成了"对位"。这种"对位",才共同构成了一个诗人令人惊异的"晚期"。

对于穆旦的翻译,我已在《穆旦,翻译作为幸存》一文中做过论述。如果说在 20 世纪 50 年代他是作为一个"职业性译者"(即根据政治许可、出版和职业需要进行翻译),那么,到了生命最后几年翻译《英国现代诗选》时,又完全回到"作为诗人的译者"。1973 年,他得到一本周珏良转赠的从美国带回的《英国现代诗选》,在多年的迷惘,甚或自我怀疑后,他又听到了生命的呼唤。可以说,这是对自我的重新辨认,是一种历经了漫长的一生并付出巨大代价后所达到的"回归"。

因此,他在翻译时完全撇开了接受上的考虑。它们在那时不可能出版,甚至也没有了读者,他的读者只是他的翻译对象本身。这完全是一场黑暗中的生命对话。也正因为如此,他在翻译时展现的,完全是他作为一个现代主义诗人翻译家的"本来面貌"。他也无须再照顾本土读者的接受习惯了,他不仅有意选择理解和翻译难度最大,也最具有美学挑战性的文本来译,也完全是在用一种现代主义式的语言文体在翻译。《英国现代诗选》共收入译作 80

首，其中艾略特 11 首，并附译有布鲁克斯和华伦对《荒原》的长篇读解，由此可见所下的功夫；奥登 54 首，基本上囊括了奥登早期的主要诗作；叶芝虽然只有《1916 年复活节》和《驶向拜占庭》这两首，但都是翻译难度很大的名篇。

正因此，这部《英国现代诗选》的翻译，无论对穆旦本人还是对中国现代诗歌，都显示了它无比的重要性。他的倾心翻译，深深体现了他对他一生所认定的诗歌价值的高度认同和心血浇铸（这就是为什么他在后来会忍受着严重腿伤投入翻译）。从译文来看，纵然在很多的时候他也力不从心，但在那些出神入化的时刻，他已同语言的神秘的力量结合为一体，如对叶芝《驶向拜占庭》的翻译，其理解之深刻，功力之精湛，都令人惊叹，"除非灵魂拍手作歌，为了它的／皮囊的每个裂绽唱得更响亮"，正是在穆旦艰苦卓绝的劳作中，一个诗魂得以分娩、再生，当语言皮囊的每个裂绽唱得更响亮，用本雅明的话来表述，也是原作的生命得到"新的更茂盛的绽放"的时刻。

一颗苦难的灵魂并没有沉沦，他不仅通过翻译远渡重洋来到拜占庭那"神圣的城堡"里，也通过翻译达到了对苦难一生的某种救赎。如果说卞之琳先生晚年通过对叶芝《在学童中间》等诗的翻译，帮他摆脱了那种偏于智性和雕琢的诗风，穆旦晚年对奥登、叶芝等诗人的翻译，也找到了一种提升他、解放他、照亮他的力量。他在翻译《1916 年复活节》时，不仅以有如神助的韵律节奏，深刻传达出来自汉语世界的共鸣，他对这篇带有巨大悲悯和"招魂"意味的纪念碑式的作品的翻译，也比其他任何译本都饱含了一种让人泪涌的力量，或者说，他也把翻译本身带入了一个令人惊异，也更具有悲剧和牺牲意味的境地。阿赫玛托娃大概说过"翻译是两个天才之间的合作"的话，我想放在这里也正合适。穆旦的译文并不完美，甚至也有一些"硬伤"，但是我们去读吧，去比较不同的译本吧，我们终会知道：也只有穆旦这样的译者，才可以担当起对叶芝、奥登这样的伟大诗人和伟大作品的翻译。

这里不能不再次提及的，是穆旦对奥登《悼念叶芝》一诗的翻译，这真是一篇不朽的译作（虽然它并不完美）：从"他在严寒的冬天消失了"到"积雪模糊了露天的塑像"，译文一步步深入到悲痛言辞的中心，而到了"水银柱跌进垂死一天的口腔"，一个惊人的"跌进"（原文"sank"，"下沉、沉入"之意），不仅比原文更强烈，也给我们带来巨大的寒意和"死亡的绝对性"！"呵，所有的仪表都同意／他死的那天是寒冷而又阴暗"，也只有如此精确并饱含情感的译文，才能把这里的"仪表"变成带着我们内心震颤的语言的仪器！

而穆旦的这篇译作之所以影响了众多中国诗人和读者，不仅在于其深刻的感受力和语言创造力，还在于它出自一个诗人对自身命运的艰难辨认。正是在苦难的命运中，穆旦把这首诗的翻译，作为了一种对诗歌精神的寻求、发掘和塑造。从开头的悲痛哀悼，到最后他所译出的这样的名句"靠耕耘一片诗田／把诅咒变为葡萄园"，穆旦最终完成了，也献上了一首他自己迟来的伟大挽歌。

《英国现代诗选》为穆旦的遗作，它在诗人逝世后才被整理出版。但是，仅就目前我们看到的样子，仅就其中那些优异的、至今看来仍不可超越的译作，诗人已完全对得起他那被赋予的"才赋"，也对得起他所长久经受的磨难。他以这些心血浇铸的译作（还包括他在那时对《唐璜》译稿的整理，对普希金诗译稿的修订和补译），和他的创作一起，构成了一个诗人有着足够分量的"晚期"。

而这一切，如放回到那个特定时代，就显得更为难得和珍贵。在那个年代，绝大多数作家和诗人都基本停止了写作，而穆旦在那时的创作和翻译，不仅显现了莫大的精神勇气，也显现了一种罕见的"把诅咒变为葡萄园"的诗歌创造力。这使他的一生不仅是悲剧的一生，也是承担和不断奉献的一生。他在那种极其艰难和沮丧的境遇下对诗人自身职责的坚守，他对艺术独立和诗歌自身尊严的维护，他那在苦难中迸发的语言创造才赋，在很大程度上，都可以与流放时期的曼德尔施塔姆相比。他本来可以写得更多、更好，但却因心脏病突发离世。他留给我们的，只是无尽的苦涩和巨大的惋惜。

当然，由于一些超出个人的历史原因，如同他那一代一些中国知识分子，穆旦做出了自己最好的，但也显现了自身的某种局限或者说是宿命。在评价这样的前辈时，我们不仅要持审美尺度，还得持历史尺度，或者说，要有历史眼光和同情心。对穆旦的争论不会停息，对他的评价也会超出他本人，但是，这样一位诗人，在其早期充分体现了新诗对"现代性"的追求和成就，在其晚期又以这样的创作和翻译，向我们显现了这种"现代传统"中最根本也最珍贵的东西。他之所以"重要"，不仅因为在他身上体现了百年新诗和中国现代知识分子的全部历史，更因为他就处在那样一个最核心的位置上。"你给我们丰富，和丰富的痛苦"，这是《出发》一诗中的名句，现在我们真可以对穆旦本人这样说了。

说来也是，虽然在当下诗坛"大诗人"的称号满天飞，但人们却很少用它来称颂穆旦。庞德在一首致惠特曼的诗中说"你砍下的大树，现在是我们用来雕刻的时候了"，穆旦呢，当然不可能和惠特曼那样的具有世界影响的诗人相比，但他不仅留下了丰富多样的遗产和资源，也留下了即使在严酷的冬天也会永久跳动的生命——在通向未来的艰难途中，他仍会对我们时时产生激励。

在1945写下的《甘地》一诗中，穆旦有这样令人难忘的诗句："甘地以自己铺路，印度有了旅程，再也不能安息。"而穆旦自己和其他一些文学、诗歌前辈之于我们，之于面向未来的中国现代诗歌，可能也正具有了这样的意义。

由于生命猝然中断，也由于创作本身的某种不足，穆旦还被一些人视为"未完成的诗人"。但是，他对我们的意义也就在于"未完成"。我想，在历史上也只有为数不多的重要诗人可以为后人留下这种"未完成性"。正因为如此，穆旦不仅属于40年代，也不会永远停止在70年代中后期。在文学史上，有些诗人过去就过去了，但是穆旦却会不断地成为我们的"同时代人"。的确，对今天的我们来说，似乎没有其他任何中国现代诗人像穆旦那样深具"现实意义"了，比如他在《五月》中的那句"是你们教了我鲁迅的杂文"，在今天仍不断地被人们所引用。那么，这里的"你们"指的是谁？"鲁迅的杂文"又意味着什么？更重要的，是谁在发问？是穆旦吗，还是一位处在残酷而荒谬的40年代的诗人在提前为我们发问？总之，我们在今天面对穆旦，如用阿甘本在《何为同时代人》中的话来表述，那就是："这种考古学不向历史的过去退却，而是向当下我们绝对无力经历的那个部分的回归。"

论昌耀的"重写"及"昌耀体"

一

在一个关于"新诗百年"的访谈中，访谈者要我们说出几位最欣赏的诗人，我说出了昌耀，并这样给出了理由："昌耀的贡献不像冯至、穆旦那样全面，但在他的精神、语言和音调中都有一些很高贵的、苦难也不能磨灭的东西，仅仅一首他的《良宵》，就足以让我感到惭愧。"

的确，在昌耀的诗中，最感动我的就是这首了。我以前读昌耀的作品其实并不多，人们所称道的他的一些代表作如《斯人》《划呀，划呀，父亲们！》等，虽然有各自的意义，却未能把我完全抓住。但是《良宵》这首诗，我不仅一读就喜欢，而且一个卓然不凡的诗人从此出现在了我的面前。

　　这里还要如实说，我初次读到的《良宵》，是网上的通行版本（见百度"昌耀《良宵》"、豆瓣读书"昌耀诗歌选"等），现照录如下：

　　　　放逐的诗人啊

　　　　这良宵是属于你的吗？

　　　　这新嫁忍受的柔情蜜意的夜是属于你的吗？

　　　　不，今夜没有月光，没有花朵，也没有天鹅，

　　　　我的手指染着细雨和青草气息，

　　　　但即使是这样的雨夜也完全是属于你的吗？

　　　　是的，全部属于我。

　　　　但不要以为我的爱情已生满菌斑，

　　　　我从空气摄取养料，经由阳光提取钙质，

　　　　我的须髭如同箭毛，

　　　　而我的爱情却如夜色一样羞涩。

　　　　啊，你自夜中与我对语的朋友

　　　　请递给我十指纤纤的你的素手。

　　网上的这个版本没有写作日期，但从开头及内容来看，似为诗人的早期之作。如是，这首诗就更珍贵了。仅就这首诗来看，诗人没有辜负苦难命运的造就，这不仅为那个时代的"空谷足音"，

而且至今仍能对我们产生深深的激励。

但是，当我通读由诗人自己编定的《昌耀的诗》（人民文学出版社，1998），却发现该诗的第三句为"这新嫁娘的柔情蜜意的夜是属于你的吗？"接着还多出了这三句："这在山岳、涛声和午夜钟楼流动的夜 / 是属于你的吗？这使月光下的花苞 / 如小天鹅徐徐展翅的夜是属于你的吗？"

说实话，我本人更偏爱网上的版本，因为诗选版本多出来的这三句铺排过多，有"过度修辞"之嫌。此外，网上版本的"这新嫁忍受的"看似不通畅，充满歧义，但也更强烈，带着诗人内心的战栗，它其实也更为"昌耀化"。我不知网上的版本是否和昌耀本人有关系，为此我曾向昌耀生前好友、《昌耀评传》的作者燎原询问，看来是没有关系。我们只能以诗集中的版本为准。

而我之所以从网上版本谈起，因为这是我与昌耀诗歌"相遇"的真实经历，也正因为这种经历，我才注意到昌耀诗歌的"版本问题"和作品修改的重要问题，比如诗集中《良宵》这首诗的落款："1962.9.14 于祁连山"，那么，该诗及昌耀其他的早期诗，真的如诗人自己注明的那样，是写于那个年代吗？如果有修改，是否真的系原作或旧稿修改？尤其是这后一个问题，目前的一些研究都没有（或难以）给出明确答案。我们只知道在昌耀自己编选的《昌耀抒情诗集》（青海人民出版社，1986）中并没有《良宵》这首诗，它只是后来才出现在几部诗选中的。

作为昌耀研究的专家，燎原当然更早注意到这个现象："但当涉及如何看待昌耀早期的诗作——亦即他上世纪五六十年代的诗作时，我们却通过相关资料发现，除了写于 1957 年、导致他成为右派的《林中试笛》（两首）外，收入昌耀诗集中所有的早期诗作，都并非当年的原貌，都存在着 1979 年之后不同程度的改写；另外，即使他写作于 1979 年之后的诸多诗作，在收入此后的几部诗集时，也存在着改写、甚至是不断改写的现象。"①

历史上有很多"修改型"作家，但像昌耀这样的诗人，却很罕见。首先，这要归之于他对自己的"苛刻"。从他编定的几部诗集看，除了能修改的旧作，他几乎完全抛弃了早年曾发表的其他作品，如燎原所搜集到的组诗《高原散诗》、组诗《鲁沙尔灯节速写》《弯弯山道》等等，那些作品除了艺术上稚气，在本质上和那时的主旋律诗歌并无区别。而有些诗人，可能对此的"处理"就不一样。如多卷本《牛汉诗文集》（2010）中，就保留有一首歌颂斯大林的长诗，据编者刘福春讲这是牛汉本人坚持要收入的。而我能完全理解，这不仅和牛汉先生一贯的拒绝遗忘的立场一致，他还要以自身做证，让人们来看过去的那个年代是如何扭曲和浪费一个诗人的！

而昌耀呢，他的否定和重写也体现了另一种决绝。昌耀是在 1979 年 3 月平反后回到青海省文联的。他刊发于《诗刊》1980 年第 1 期的长诗《大山的囚徒》，是他重返诗坛的重要亮相，此后他进入了一个创造力勃发、思想和艺术都臻于成熟的时期。虽然在

---

① 王清学、燎原：《昌耀旧作跨年代改写之解读》，《青海社会科学》2008 年第 3 期。

"归来的一代"中，昌耀最为年轻（比如公刘、流沙河、邵燕祥、孙静轩等都比他年长），但他同样面对着怎样看待自己早期的问题。在这方面，他不只是更坚决，在我看来更重要的是，他还超越了那时的"伤痕文学"，把对历史的痛苦反思提升到了一个更高，也更具有本质意义的层面，而这是他的同代人中很多人都未能达到的。在他创作的后期，他真的如茨维塔耶娃在其《书桌》中所写到的那样："你甚至用我的血来检验 / 所有我用墨水写下的诗行……"

而这，已远不止是一个一般意义上的作品修改问题。除了燎原很早指出了这一点外，胡少卿在近期的论文中也认为这种改写"带有根本性，涉及语言风格、修辞手段乃至价值观的调整"[①]。问题还在于怎样看待这种现象。在我看来，昌耀对于自己早期作品的否定和彻底改写，完全体现了他对诗歌标准新的认定，也体现了他重写自己一生的意志和决心。他要以他成熟期所确立的"尺度"来严格考量自己。他不仅是重写旧作，他还要让那个一直带在他身上的年轻苦役犯重新出来说话，这就是诗集中那些落款为20世纪五六十年代，实则在我看来明显写于80年代，并且"属于80年代"的一些作品（而这正是很少有人指明过的）。如果说这是一个一生都在寻求"救赎"的诗人，重写旧作就是他自我救赎的一种方式。他要留下一个他自己可以接受，也可以面向未来的一生。纵然这给人们的研究带来了很大的难题，但在我看来这就是昌耀。

---

① 胡少卿：《评价昌耀诗歌的三个误区》，《中国现代文学研究丛刊》2017年第1期。

他最终要奉献的，是一部他用全部生命铸就的"命运之书"，而非一部面目混乱、良莠不齐的全集或选集。

诗人谢默斯·希尼有"诗歌的纠正"一说。我本人之所以肯定昌耀的这种重写，因为正是这种重写，他将自己置于了更严格也更伟大的诗歌本身的"纠正"之下，不仅大大提升了早期作品的质量，也使他超越了和他一同"归来"的那一代的很多诗人。

问题只在于我们的研究和评价。昌耀生前共出版过六部诗集：《昌耀抒情诗集》（青海人民出版社，1986）、《昌耀抒情诗集·增订本》（青海人民出版社，1988）、《命运之书》（青海人民出版社，1994）、《一个挑战的旅行者步行在上帝的沙盘》（敦煌文艺出版社，1996）、《昌耀的诗》（人民文学出版社，1998）、《昌耀诗文总集》（青海人民出版社，2000）。而人们对昌耀的研究和评价，大都是以这些诗集，尤其是以《命运之书》《昌耀的诗》《昌耀诗文总集》为依据的。

问题不只是不断的修改，更在于在昌耀后来编定的几部选集中，几乎一概抹去了修改的说明。比如在《昌耀抒情诗集》中，《这是赭黄色的土地》的落款为"1961年初稿 /1983.12.22 删定"，但在后来的诗集中只有"1961年初稿"的字样；《峨日朵雪峰之侧》最初落款"1962.8.2 初稿 /1983.7.27 删定"，后来只标注为"1962.8.2"，连"初稿"的字样也删去了。至于在《昌耀抒情诗集》中并没有出现的《良宵》《凶年逸稿》等诗，在后来的几部选集中，则分别只有"1962.9.14 于祁连山""1961—1962 于祁连山"

的落款，没有其他任何说明。

　　我们尊重诗人这样的最终落款，但问题是我们是否可以据此来对它们进行"历史评价"？从尊重历史和文学史研究的角度来看，我认为这是不可以的，也完全是不可靠的。但是实际上，我们在这方面已看到大量的、蔓延开来的混乱现象，且不说一些一般的评论和当代文学教材，在一些我们所看重的诗人和学者那里，也不时冒出一些不假思索的评语，胡少卿在《评价昌耀诗歌的三个误区》中已列举了一些："他早在 1957 年就写下了非同凡响的诗篇《高车》"（西川），"从早期的作品看，他即已背向诗坛，完全无视时人的写作而独辟蹊径"（林贤治），"昌耀的创作一开始就……卓然独立于时代的主流诗歌之外，显示出可贵的民间品格"（向卫国），等等；其实还有更多，甚至可以说比比皆是。这种出发点不错，但却在无意间造成"误判"的非历史化评价，在昌耀研究领域，甚至已到了"积重难返"的程度。

　　问题不仅在于对昌耀个人的评价，这还涉及对当代诗歌史的"重估"。这会是一个更严重的问题。凌越是一位很有阅历和眼光的诗人评论家，他以下这段关于昌耀和新诗史的论述，可能代表了很多人的"历史评价"①："新诗史上最初的三十年产生了一大批

───────────────

① 如胡亮对昌耀的称颂，也带有文学史评价的意味："自况性的《高车》，具有更为贵重而独异的气象。二十出头怎么啦？……昌耀就如那架高车……是的，他早已独翔于高昊；下面，再下面，乃是其他诗人的灌木丛，乃是美学的无边戈壁。"参见胡亮：《窥豹录：当代诗的九十九张面孔》，江苏凤凰文艺出版社，2018。

有着很高禀赋的诗人，可是到了五六十年代，他们要么搁笔，要么改弦更张将诗歌创作降格为一种廉价的宣传……在长达二十多年（50年代初到70年代中期）的新诗荒芜期，只有昌耀（或者还可加上黄翔和食指在60年代少量的创作）交出了自己作为独立诗人的合格答卷，使得作为整体的中国诗人在面对历史集体失语的时候不至于过分尴尬。"[①]

　　而这一切是怎么造成的呢？除了人们"只看"或"只信"诗人自己的"最终落款"，人们对燎原这样的研究者的提醒重视不够也是个原因（这也许和燎原关于昌耀旧作改写的论文只是于多年前发表在一家地方学术刊物上有关）。但是，即使是燎原本人，他很熟悉昌耀的作品修改情况包括对《高车》一诗的改写，但在后来的《昌耀诗文总集》代序中，也仍不免（或不自觉地）把它看成了20世纪50年代的作品："《高车》自然算不上昌耀最重要的诗歌，但它之于我们考察时年只有21岁的昌耀所显示的信息却是丰富的。……如果我们把它与同一时期作为主流诗歌的郭小川、贺敬之的《向困难进军》《三门峡歌》，以及同是抒写西北或云南边地风情的闻捷、顾工、公刘等诗人的诗歌相比照，就会发出这样的疑问：他的这种完全脱离了一个时代基本诗歌语境的语言方式，他之无视同时代的诗歌时尚，在对大地之美的追取中决不动摇的

---

　　① 凌越:《寂寞者的观察》，安徽教育出版社，2011。

自信，又是从何而来？"①

从何而来？实际上有更多的人也曾发出过这样的惊叹，而我认为：它只能从重写这个作品的昌耀而非早年的那个而来，从一种诗人直到在上个世纪80年代才获得的历史视野和美学追求中而来。我们当然肯定昌耀在当代诗歌中非同寻常的重要性，但是，他并非一个先知先觉的天才。他也不是那个大一统时代的"例外"。他那些收入诗集中的早期诗其实都是应该打上引号的"早期诗"。他的惊人的成熟，也是经过了历史"回炉"和淬炼才达到的成熟。青海诗人郭建强说昌耀"就像是一位被遗落的英雄时代的战士，却在一种错位的时空里，唱出了穿透'现时'的青铜之歌"②。他说出了很多人的印象。但是在研究和评价这样一位诗人时，我们还应持一种历史的眼光，同时还应具有一种考古学家般的发掘和甄别的技艺。

也只有如此，我们才能把对昌耀的研究和历史评价建立在一个更可靠的基础上，并从中获得一种更真实的历史感和种种切实的教益。以下，在燎原等人已做过的一些考察的基础上，我将再结合一些重写作品进行具体分析。我们会看到，正是在复归后的80年代，昌耀在思想和精神上摆脱了早年的盲从，获得了重审过去和自我的历史眼光；而在历经曲折和磨砺后，他也有了更为自

---

① 燎原：《高地上的奴隶与圣者（代序）》，选自《昌耀诗文总集》，青海人民出版社，2000。
② 郭建强：《谁的叹嘘：斯人在青唐——昌耀的西宁和西宁的昌耀》，《青海湖》2016年第11期。

觉的美学追求，有了进行"重写"的语言和艺术功力，以把一切都纳入如燎原所说的"有方向性的写作"中来。简言之，我在考察时进行判断和甄别所依据的，就是"历史视野"和"语言文体"这两点。自20世纪80年代初中期以后，昌耀形成了一种孤绝超拔、具有"新古典"性质的语言文体。正是这种具有高度辨识性的"昌耀体"，使他和他的同代诗人区别开来，也和他的早期诗风有了明显而深刻的区别。也正是以这种"昌耀体"，昌耀对其早期作品进行了彻底重写，以把他的一生都纳入这种非凡的美学追求和语言铸造中来。

二

以下，我们主要来看昌耀自己编定的《昌耀的诗》。这是首次在全国性出版社出版对其一生进行总结的诗歌选集，昌耀想必十分看重，每一首诗都落有写作日期，带有"编年史"性质。全书400余页，"早期诗"选了1955—1962年间的15首诗，1963—1979年间是空白（包括1979年复出后的《大山的囚徒》也未选），该选集以1980—1998年间的诗作为主干。这种编选本身，即体现了昌耀本人对自己一生的"重估"。

从所选15首"早期诗"的文本来看，昌耀几乎以自己成熟期的眼光、风格和笔力彻底改写了它们。它们都不是局部的修订，而是深度的、整体的刷新，或者借用一个印象式的说法，是在"一个完全不同于以往的时空调音试弦"①。

因此，它们的性质是"重写"，是"质的变化"，甚至是根据原有材料（而非"原作"）的新写。昌耀的早期，作为一个有才华的年轻诗人是无疑的，1954 年他就发表了以抗美援朝为主题的组诗，按照昌耀自己的说法，那时的他"诗运是亨通的"，而在这之后，他作为"放逐的诗人"也没有离开过诗（除了 1967—1977 那段长长的"意义空白"），而到了 1979 年复出后，正如燎原所说："一个 20 出头的青年人和一个经过人生苦难磨砺的 40 多岁的中年人，在人生感受、情感基调和美学趣味上，已绝对不可同日而语。所以，此前的那些旧作，已无法以原有的面目原封不动地出现；都必须在考虑到旧作既有时空信息的前提下，施之以现时艺术尺度的打磨修改，乃至改写或重写。"②

这当然是一个合理的解释。但问题是这些标有写作日期的"早期诗"，如《踏着蚀洞斑驳的岩原》（1961）、《荒甸》（1961）、《这是赭黄色的土地》（1961 初稿）、《良宵》（1962.9.14 于祁连山）、《峨日朵雪峰之侧》（1962.8.2）、《凶年逸稿》（1961—1962 于祁连山）等等，几乎无一能找到它们的原样，这就是说，它们并非通常意义上的旧作修改。它们只有一种可能：取自诗人劳教时期的笔记本。据燎原讲，诗人也的确有这样的笔记本。但从文体风格

---

① 郭建强：《谁的叹嘘：斯人在青唐——昌耀的西宁和西宁的昌耀》，《青海湖》2016 年第 11 期。

② 王清学、燎原：《昌耀旧作跨年代改写之解读》，《青海社会科学》2008 年第 3 期。

和文本的成熟度来看，那些保留下来的断片或草稿，如果有，也并不足以构成这些早期诗的"初稿"。因此，这些诗集中的"早期诗"，在我看来在实质上大都属于昌耀在 80 年代以后的作品，属于他对自己早年生命的重写。

如标有"1956.11.23 于兴海县阿曲乎草原"的《鹰·雪·牧人》："鹰，鼓着铅色的风 / 从冰山的峰顶起飞，/ 寒冷 / 自翼鼓上抖落。// 在灰白的雾霭 / 飞鹰消失，/ 大草原上裸臂的牧人 / 横身探出马刀，/ 品尝了 / 初雪的滋味。"它兼具古典诗的精髓和现代诗的质感，和 20 世纪 50 年代流行的"边地风情诗"包括昌耀自己在那时已发表的作品有本质的不同。它有一种寒彻而动人的美，句法也是昌耀后来才惯用的陡峭句法。诗人早年去过草原，可能记下过类似的印象，但从句法、意境和意象的惊人创造上看，它可被视为"重写"的作品。在那个年代的革命审美主调下，也很难想象他会对"大雪满弓刀"（唐代卢纶诗句）这样的古典意象做出如此别致的化用。这属于他在 80 年代以后才有的美学追求。

这种"重写"，当然首先是从那个时代的诗歌模式和陈词滥调中摆脱出来，以重新熔铸"独属于他的诗歌语言系统"（燎原语）。再如标明写于"1961"的《荒甸》一诗的最后三句："而我的诗稿要像一张张光谱扫描出——/ 这夜夕的色彩，这篝火，这荒甸的 / 情窦初开的磷光……"且不说"光谱扫描"这类当代新词，把荒甸上的磷光和"情窦初开"联系在一起，由此创造出一个新奇惊人的意象，对那时的任何诗人都是难以想象的。这恐怕只能出自诗人在多少年后经受了现代主义艺术启示后的"灵光一现"。

而标注有"1961"的《踏着蚀洞斑驳的岩原》一诗，则明显属于昌耀成熟期的文体风格。诗中的一些感受，可能出自早年的经历，但该诗作为一个语言整体，则完全体现了诗人后期那种经历了岁月磨砺的凝重、峻峭和陌异的风格，而他自己在早年也有过的那种"投身火热生活"的高亢诗风完全不见踪影了："踏着蚀洞斑驳的岩原 / 我到草原去……"诗一开始即显示出一种如同化石般坚硬、苍凉、斑驳的语言质地；"斜扫过这金属般凝固的铸体， / 消失于远方岩表的返照， / 遁去如骑士"，极其凝重而又玄奥高古；"在我之前不远有一匹跛行的瘦马。 / 听它一步步落下的蹄足 / 沉重有如恋人之咯血"，也有一种锥心之疼和文白交杂的句法张力。一个那个年代的年轻诗人，无论具有怎样优异的禀赋，都不可能写出如此"老道"的诗的。显然，这种重写完全置换了全诗的"修辞基础"，诗人把他的早年挪到他现在才奠定的语言基础上来了。

更比较明显的"重写"，是那首曾被很多人高度评价的《高车》。这首诗在《昌耀抒情诗集》中注明有"1957.7.30初稿 / 1984.12.22删定并序"，但在后来的几部诗集中，只保留有"1957.7.30初稿"的落款。但是，这是根据当年的"初稿"所修改的一首诗吗？人们曾找出数首昌耀当年描写青海风物的诗相对照，但并无本质的联系。"高车"，其实就是青海的大木轮车，这应是诗人在后来才给出的全新命名（燎原在《昌耀评传》中就曾指出在昌耀诗中有不少这样的独特"命名"，如在《山旅》中把二牛抬杠的木犁称为"琵琶犁":"美丽的琵琶犁有如惊蛰的甲虫扒开沃壤 / 在春雪里展翅……"等)。在 20 世纪 50 年代,诗人可能曾写过或留意过大木轮车,但经过"1984.12.22 删定并序"的这首《高车》,已是一首全新的诗。诗前小序略去,以下为该诗正文:

> 从地平线渐次隆起者
> 是青海的高车。
>
> 从北斗星宫之侧悄然轧过者
> 是青海的高车。
>
> 而从岁月间摇撼着远去者
> 仍还是青海的高车呀。
>
> 高车的青海于我是威武的巨人。
> 青海的高车于我是巨人之轶诗。

　　显然,《高车》这首诗体现了昌耀后期才明确具有的那种"把大地提升为神话和史诗"的创作试图。它来自早年的印象,但属于他在多少年后才确立和展开的诗学追求。它的重写,让我想起了诗人《巨灵》(1984)中的诗句:"我们不断在历史中校准历史。/……我们得以领略其全部悲壮的使命感 / 是巨灵的召唤。"它的明显带有"新古典"性质的文体，也不是早年那个还满口说着时代口号和"大白话"的年轻诗人所具备的，而是体现了诗人在80年代以后才有的那种"回到青铜"的语言诉求。

而由九个片段构成的《凶年逸稿（在饥馑的年代）》，因只注明"1961—1962于祁连山"，而被很多人视为昌耀的"早期力作"，或是称它代表了昌耀"早期诗歌的最高成就"[1]，有的高校教材还认为它"摆脱了60年代的通行模式"，并这样提醒学生："与同一时期的诗歌如'政治抒情诗'等进行比较，以领会昌耀诗歌创作的独特性。……在大多数有类似经历的作家停止创作的时候，昌耀不仅坚持创作，而且保持了良好的创造力，并没有因为时代或经历的酷烈而丧失发现诗意的能力。"

但是，作为诗歌文本，这首诗同样不可能是写于那个年代。标题中含有"逸稿"的提示，但是，从现有的样子来看，它不是被保存的残稿断片，而是风格成熟、文脉贯通、精心制作的作品。从它惊人的标题"凶年逸稿"到副标题"在饥馑的年代"；从"中午，太阳强烈地投射在这个城市上空 / 烧得屋瓦的釉质层面微微颤抖"这样的精微感受，到诗中一些明显的政治隐喻；从全诗统一的老道成熟的风格到"啊，美的泥土…… / 生活当然不朽"这样一个带着反讽音调的结尾；等等，都不可能是那个年代一个年轻诗人写的。如果说诗人1979年复出之初的《大山的囚徒》还带

---

[1] 程一身：《钟声回到青铜——昌耀诗歌导读》，选自《钟声回到青铜——昌耀诗选》，程一身编选，河南文艺出版社，2018。

有很强烈的"喊冤"性质的申诉,《凶年逸稿》中这种"静观"和"冷处理"的风格,显然是经过了更长久经验沉淀和反思过滤的产物。

　　人们是不大可能完全摆脱那个时代强大的话语钳制的,事实上,昌耀作为一个有才华的年轻诗人,在那时即使偶有"出位之思"或美学上的偏离,但总的来说,仍不脱那个年代的"如来佛手掌"。他也远不是顾准那样的独立思想者。他那时的才华性质也不能用"桀骜不驯的艺术个性"之类来形容。燎原曾把《凶年逸稿》和昌耀同期写下的诸如《鼓与鼓手》(1961)那种和时代基调相一致的高亢的集体主义抒情("咚咚的鼓点 / 是我们民族的笑声啊!")相比较,经过这种对比,我们更会判定它们并非出自同一诗人同一时期之手。《凶年逸稿》中那种对饥饿年代的隐曲书写、反讽的语调,都到了触犯禁忌的程度,应该说,那时的昌耀还没有如此的艺术勇气和能力,即使他冒出了一些大胆的念头,也不可能表达得如此老练和成熟。实际上,那个"因饥馑而恍惚"的年代,那种日复一日的苦役折磨,它给人们造成的也只能是"痴呆"——这是苏联女诗人阿赫玛托娃在描写她自己的时代真相时常用到的一个词。实情也的确如此,从《昌耀诗文总集》所收入的更多的一些早期作品来看,昌耀自1962年以后至1967年间的断断续续的创作已明显呈现出一个思想迟钝、创造力弱化的过程,而在此后至1977年,整整10年间,他甚至什么也没有留下来。昌耀之所以成为我们现在看到的昌耀,完全应该归之于20世纪80

年代对他沉睡的心智和创造力的巨大唤醒。

因此，作为"一首完整的诗作"，《凶年逸稿》不可能写于那个年代。在这一点上，燎原也特意提醒过人们，"这样一首重要的诗作，直至1988年《昌耀抒情诗集·增订本》出版时，尚未收入其中"，这就意味着诗人到了很晚才着手整理他"不甘轻易放弃"的那些残稿碎片，"于是，经过审慎的权衡思考后，便采取了一个一揽子处理的方式，在'凶年'这个统摄性题旨下，将这些断章碎片集合起来，实施了一次使之一体化的深度加工整合。因此，直到1994年，它才在昌耀新出版的《命运之书》中亮相"①。

但是，燎原这样解释，也只是出自他的"猜想"。昌耀的笔记本上是否留有一些"足够的"和《凶年逸稿》这首长篇力作有关的"断章碎片"，这仍是一个很大的问题。而我的"猜想"是：这首诗只能视为诗人对那个年代的追忆，对他那时的饥饿和劳役经验的提取和历史审视。他也只有拉开时间的距离，才能使那个年代得以清晰地呈现。因此，很可能并没有那些"断章碎片"（如果有，也会仅仅只是一些诗的原始材料），但是，只要有了"1961—1962"这样的"记忆码"（Remembering Dates，这是法国哲学家拉巴尔特在谈论德国犹太诗人策兰时运用的概念②），他就可以将他的记忆片段调动起来，并统摄为一个整体。所以最后我们只能说，

---

① 王清学、燎原：《昌耀旧作跨年代改写之解读》，《青海社会科学》2008年第3期。

② Philippe Lacoue-Labarthe: *Poetry as experience*, Translated by Andrea Tarnowski, Stanford University Press, 1999.

昌耀的这首重要诗作，是对那个"饥馑的年代"的追忆、见证和纪念。他在祁连山下那些痛苦的日子不能白白度过。"说吧，记忆"，这是纳博科夫一部作品的名字，而我认为这也正是《凶年逸稿》这部作品的产生。

同样，就文本而言，落款为"1962.9.14于祁连山"的《良宵》一诗也不可能写于那个年代。据传记材料，1958年，昌耀在被打成"右派"后遣送到湟源县日月山下劳动改造，被土伯特（藏族）人贡保收留。贡保全家对这个"戴罪"的年轻书生甚善（"良知不灭的百姓"，《慈航》）。3个月后，昌耀因顶撞当地领导被押往看守所。1962年，经过三年强制劳改，他被转到祁连县劳教农场就业。1965年，他重新找到贡保一家。贡保临终前嘱托儿女把他当作亲人相待。1973年，昌耀与贡保的三女儿成婚，入赘贡保家中。昌耀在《慈航》中曾特意写到了"良宵"（见第10节"沐礼"），描述了那场按土伯特风俗所举行的神圣婚礼，该节的第一句为："他是待娶的'新娘'了！"

因此在我看来，《良宵》一诗很可能就是诗人在创作长诗《慈航》（1980—1981）时的副产品（或出自其他起因）。只不过在这首短诗中，角度变了，长诗中的男主人公变为了一个孤独的抒情诗人："放逐的诗人啊／这良宵是属于你的吗？……"显然，从诗人1962年间的真实处境来看，这样的描述只属于想象，这些美丽、动情的诗句，如用一个说法，不过是"生之痛"与"文之悦"的象征交换，"放逐的诗人"只能以这种爱的想象来抚慰自己痛苦、孤独的灵魂。

但是这首诗之所以重要，在我看来，更在于它远远超出了一般意义上的爱情诗。如果说《凶年逸稿》侧重于对时代的见证，《良宵》则转向了诗人自身的命运，"放逐的诗人啊……"这样的开头，不仅一下子确定了诗的音调，也把写这首诗的人和千百年来诗人的根本命运联系在了一起——如屈原、杜甫，如昌耀所熟悉的流放中的普希金，等等。可以说，《良宵》一诗对"放逐的诗人"这种身份的认领（它已远远超出了最初"大山的囚徒"这类自我描述），不仅确定了自身的命运，也将自己归属到更伟大，也更不甘沉沦的那一类。

也正因为这种归属，诗人接下来来了一个干脆的"不"和一连三个"没有"，"不，今夜没有月光，没有花朵，也没有天鹅"，对浪漫的想象做了否定。只不过紧接着的"我的手指染着细雨和青草气息"，却又显示了否定之中的肯定。诗人承受着放逐和劳役，但他并没有诅咒，因为他知道"诗人本是'岁月有意孕成的琴键'"（见昌耀《诗人写诗》，1996），也因为他同时也在成为高原之子、自然之子，这使他有可能接受大地的全部赠予："但即使是这样的雨夜也完全是属于你的吗？／是的，全部属于我。"在这样的问答中，是一个诗人自信、顽强、不无豪迈的回答。一个能够从容接受命运的全部馈赠的人才可以这样回答，一个能够承受苦难的更高傲的诗人才可以这样回答（对此还可以参见诗人晚期的《给约伯》一诗："不要诅咒，地必长出荆棘和蒺藜。"）。正因为如此，诗人接下来会这样描述自己："但不要以为我的爱情已生满菌斑……"经历了难以想象的生死折磨，却又能在空气和阳光中获得新生，其语言也具有现代的新鲜质感，如菌斑、摄取养料、提取钙质（显然，这也是在20世纪80年代后才可能出现在诗人笔下的语言）。"我的须髯如同箭毛"，这样的自画像多少有点出人意料，但又出自必然。在昌耀那里，其实一直有一种对"力"的崇拜，也只有一个野性、强悍的自然之子可以与命运抗衡，才可以与他要创造的一个苍劲、野莽的诗性宇宙相称。

而接下来却又有了转折，"而我的爱情却如夜色一样羞涩"，这种夜色般的羞涩和难以表白的爱，不仅显现出强悍生命的内面，也给下文做出了铺垫："啊，你自夜中与我对语的朋友 / 请递给我十指纤纤的你的素手。"就这样，在一种想象的对话中，"被动"的回答最后化为了主动的祈求，不仅强化了全诗的情感，也显现了最终的神秘：这个"自夜中与我对语的朋友"是一种怎样的存在？没有面容，也没有身份的点明，我们最后听到的只是诗人的祈求，"请递给我十指纤纤的你的素手"。

这最后一句，显然出自古诗中的"纤纤擢素手"（《古诗十九首·其五》），用到这里再妥帖不过。这是成熟时期昌耀对古典的纯熟化用。那么，全诗最后这个显现出来的对话者，我们已可以更多地揣摩了：这不仅是一位满怀友情的对话者和安慰者，她也可被视为"作为汉语诗歌的缪斯"。全诗由放逐生涯中对爱情的渴望，最后转向了这种对诗人命运和诗神庇护的更高吁求。

显然，这样的诗只能出自诗人后来对自身命运的回溯和书写。很可能，正是出自某种"应该有"的逻辑，诗人落下了"1962.9.14于祁连山"这样的写作日期和地点。

而这是可接受的吗？是的。布罗茨基也曾谈到阿赫玛托娃作品的时间落款问题，而这恰恰是"一个比较混乱的问题"："她总是从生活中的各处汲取。……她也会用笔记本记录各种片段……很可能是在翻阅这个笔记本的时候，她发现了一些时间相对久远的诗句，然后她可能会说这些诗句'冒了出来'……纯粹从文体来看，是难以确定她诗歌的写作年代的。"对此，布罗茨基举出《为什么我们的世纪比以前更糟》一诗，落款是 1919 年，"不过事实上，很难说它写于什么时候……它可以属于任何时代"。"你可以找到踪迹的是那种感伤的年代感，也就是，她情绪的辩证和发展。在这方面，她达到了最大的深度。但在许多情况下，事物从最初就出现在了她的脑海里，而它们的精神却应该属于更晚些的时代。"[1]

昌耀的绝大部分收入诗集的"早期诗"，我认为也正可以这样理解："事物从最初就出现在了她（他）的脑海里，而它们的精神却应该属于更晚些的时代。"而这应归之于他在生命后期所达到的非凡的精神成熟，归之于如胡少卿所说的那种在他的同代诗人中罕见的"自我更新"能力。就在我完成此文初稿后，我读到朋友发来的胡少卿的文章，在常德昌耀诗歌研讨会期间（2018 年 11

---

[1] 布罗茨基：《布罗茨基谈阿赫玛托娃》，选自《没有英雄的叙事诗：阿赫玛托娃诗选》，王家新译，花城出版社，2018。

月 16—19 日），我又读到李曼的会议论文《改写的诗学》，该文对《群山》一诗的分析也很说明问题。《群山》最初发表于《湘江文艺》1979 年第 12 期，原诗 13 行，但收入《昌耀诗文总集》时被修改、压缩为这 5 行："我怀疑：／这高原的群山莫不是被石化了的太古庞然巨兽？／当我穿过大山峡谷总希冀它们猝然复苏，／抬头啸然一声，随我对我们红色的生活／作一次惊愕地眺视。"其他的修改就不用说了，这最后两句，完全是对原诗"抬起头来，／啸然一声，／对我们红色的生活／作一次惊愕的眺视。／而后，／和我们一同欢呼"所做出的具有改变全诗性质的变动，正如李曼所指出："删掉了'和我们一同欢呼'，那'惊愕的眺视'便有了歧义，完全可以从两个不同甚至相反的角度去解读。"

这首重写的《群山》因其在诗文总集中的最终落款为"1957.12.7"，也被人们想当然地当成诗人早期的另一首"惊人之作"，但是，它只能被视为是诗人后期对历史所做出的重写。诗人抓住了古老的巨灵般的大自然与红色的当代历史猝然相遇的那一刻，它的"惊愕"是在对历史的审视中所产生的，而当年，年轻热情的诗人不过是在随着集体"一同欢呼"。它的定稿后的语言文体显然也属于后来才具备的"昌耀体"，也只有在诗人后期的诗艺铁砧上，才能锻造出如此的"铁一般铮铮的灵肉"！（见昌耀诗《寄语三章》）

这种昌耀式的生命重写，使未来跳入过去，也使早年所萌动、所压抑的一切得以在后来破土和成熟，或是发生了质的变化。这种重写使诗人的创作生命得以刷新、提升，成为一个有其自身逻辑的重构的整体。这种重写，重铸了一个诗性的多重交叠的时空，但它并非迷宫。如果我们能够持一种历史的眼光，也完全能够避免给我们的研究和评价带来一些混乱。总之，通过以上考察和其他大量阅读，我基本同意这样的判断："昌耀年轻时代成长于社会主义政治抒情诗的环境之中，他本人早期写作也是典型的集体主义诗歌。"[①]这就是说，他早年的创作从总体上并没有"超出"他的时代。昌耀的惊人在于他后期的创作及其"重写"，正是这种相互贯穿的创作和重写，使他成了在整个中国当代诗歌史上都很罕见的能够"超出"时代限制的杰出诗人。

三

昌耀对其早期创作的"重写"，已构成一个不容忽视、需要我们认真对待的现象。我之所以首先从这里入手，除了提醒更多的研究者和评论者注意到这个问题，也意在通过这种考察，更深入和确切地把握昌耀的全部诗歌锻造和美学建树及其未被充分揭示的意义。

在中国当代诗歌史上，昌耀最重要和独特的，在我看来，是他形成了一种卓越的和他的生命和美学追求相称的文体，这种孤

[①] 胡少卿：《评价昌耀诗歌的三个误区》，《中国现代文学研究丛刊》2017年第1期。

绝超拔、沉雄遒劲、具有"新古典"性质和青铜般色调的文体，我们可以称之为"昌耀体"①。正是这种"昌耀体"使他成为一种强有力的语言存在。这种"昌耀体"当然不限于一般意义上的个人风格（"请将诗艺看作一种素质"，请记住昌耀自己的这句话），而是和他的精神人格、美学追求和创作实践（包括对早期的重写）密切地联系在一起。它不仅有着它独具的词汇学，修辞运作方式，意象系统，还有着它统摄性的精神风骨。更重要的，是有着足够的语言作品作为支撑。他在 20 世纪八九十年代的全部创作，把这一切提升到可以从多种角度进行探讨和研究的高度。

"昌耀体"的显著标志，正如人们看到的，首先来自他高度自觉的与汉语言古典传统的接通，由此给我们的"新诗"带来了汉语本身的血质、底蕴、调性和文白之间的语言张力，带来了一个"文明之子"②才具有的那种崇高感、历史感和文脉贯通之感，也形成了他那时而苍劲姿纵，时而雍容华贵，时而高峻幽秘的文体风格。

我相信，这也绝不只是我一个人的看法。诗论家胡亮就曾这样精彩地描述过他对昌耀的语言文体的印象："他大量启用古字古词，粗粝，嶙峋，滞涩，狰狞，惊悚，硬语盘空，而又能透出个人的呼吸和血肉。如此讲究到极致，精雕细刻，穷物尽相，甚至

---

① 在中国诗歌史上，有着"老杜体"等说法，当代诗人西川在 20 世纪 80 年代也曾称他自己的诗学追求为"西川体"。

② "文明之子"，这是布罗茨基对曼德尔施塔姆的一个"说法"，参见 Joseph Brodsky: "The Child of Civilization", *Less than One*, Farrar Straus Giroux，1987。

连每个小局部都会有生动的乐感和画面感。比如'鬈甲',望之可见鬃毛;又如'翙翙',听之可闻翼声。……字词对诗意的跟进,亦如'一百头雄牛噜噜的步武'……"他甚至这样感叹昌耀:"将汉语带向神鬼莫测的葳蕤!"[①]

的确,这让人不能不惊叹:在一个早已与古典传统相断裂或脱节,并日趋平白粗浅松散的中文语言环境里,昌耀是怎样形成这样一种孤绝超拔的文体的?这简直是一个谜!而这种"昌耀体"对我们的汉语诗歌乃至语言文化又具有怎样的意义?

昌耀1936年生于湖南常德一个大家族,常德(古称"武陵")在历史上本来就是一个文脉昌盛之地,昌耀从小受到良好的传统诗文启蒙教育。他14岁考上了文艺兵,参加抗美援朝受伤后转回河北荣军学校得以继续读书,后来到青海从事文秘和编辑工作。即使在劳教期间,他也读了《毁灭》《铁流》等小说,歌德、聂鲁达、惠特曼、普希金、勃洛克等外国诗人作品,还有《古文观止》《文心雕龙》等古典文学,直到这些书在1966年被强行收缴焚毁,尤其是《文心雕龙》被没收,曾气得昌耀"直跺脚"!(见燎原《昌耀评传》)

而这些积淀在生命和记忆深处的传统语言文化因素,在20世纪80年代被唤醒,并被昌耀有机地整合进了他的写作之中。80年代的中国大陆诗坛本来就有一种"文化热"、一种"史诗风",台

---

① 胡亮:《窥豹录:当代诗的九十九张面孔》,江苏凤凰文艺出版社,2018。

湾诗坛以"文白相融"为显著特征的诗也被适时介绍了进来。同时，新诗史上被"重新发现"的李金发等诗人（据青海的朋友讲，在昌耀的藏书中就有李金发诗选），法国诗人圣-琼·佩斯磅礴、古典的诗风，塞内加尔诗人桑戈尔对非洲历史神话和土著文化的开发，等等，我想这一切都曾作用于昌耀在那时的文体取向和美学追求。如果说同为湖南籍的年轻一代诗人张枣那时的《镜中》（1984）有一种对"新古典"的刻意追求，对昌耀而言，这一切则好像是从他的童子功和文化基因中自然而然带出来的。当然，这一切，更和他自觉地要"用他自己的血，黏合两个世纪的脊骨"[①]的艰苦卓越的诗学践行有关。从1979年写下的还带有明显"新中国诗人"诗风痕迹的《大山的囚徒》，到1980—1981年间创作《慈航》，正是凭着深厚的功底和有意识的探索实践，昌耀回到了他心目中的"汉语"，初步完成了他在语言文体上的"痛楚嬗变"。的确，《慈航》及随后的作品是一个从通行的"中文"诗风"回到青铜"的突破性标志，也是"昌耀体"形成的重要标志。

也许正是在《慈航》之后，昌耀不能再忍受他早年的那种语言方式和诗风了，在以上我们对一些重写作品的文体对照分析中，便可清晰地看出这种变化的轨迹。李曼在其论文中也曾举出《船，或工程脚手架》这首重写之作对1956年旧作《船儿啊》的具体改写，如把"多雨的日子"改为"濛濛雨雾"，把"不愿离去"改

---

① 这里借用了曼德尔施塔姆《世纪》一诗中的著名诗句。

为"淹留不发",等等。而这种改变,在我看来不单是词汇上的,也是整体句法和诗学性质上的,诗评家程一身借用昌耀的一句诗"钟声回到青铜"来命名由他编选的一本昌耀诗歌精选[①],便体现了他对昌耀后期诗歌语言某种整体上的敏锐洞察。的确,从早期作品那种高亢、浅白,并无多少个人独特语感的时代通行诗风,再来看《慈航》以后的作品,这种"昌耀体"的形成和确立,借用一个说法,对一个诗人的创作甚至具有了某种语言"变容"的意义。

已故诗人骆一禾是很敏感,很富有前瞻性眼光的,在1988年他即指出:"比较1964年以前的诗作与1979年以后的诗作,古语特征在昌耀先生的作品里得到了一再的发展:其运用规模越来越大。由是促使我视为一种有意味的形式,实质上,一种特殊的形式因素的引入,本身意味着精神上的一次层进,是诗歌构造总体上的需要,而不是一种装饰。"[②]

骆一禾不仅抓住了昌耀诗歌的"古语特征",把它视为"一种有意味的形式",也把它纳入诗人的精神递进和诗歌构造上来阐述。的确,它不仅限于"古语"的吸纳,更关涉对汉语言的重新发现、"回到青铜"的宏伟美学目标、铸就一种和命运相称的诗性人格的全部努力。也正是以这种艰巨的语言锻造,昌耀后期的诗和大陆新诗史上及台湾诗坛上一些诗人对古典的类似追求有了显著

---

① 昌耀著、程一身编选:《钟声回到青铜——昌耀诗选》,河南文艺出版社,2018。

② 骆一禾、张玞:《太阳说:来,朝前走——评"一首长诗和三首短诗"》,《西藏文学》1988年第5期。

区别。

在中国新诗史上，针对白话新诗流于平白松散的弊端，李金发采用了文白夹杂的句法，其奇崛的诗风富有语言张力，但很多时候也的确流于"佶屈聱牙"；卞之琳等诗人也有意识地运用了文言句法，如卞先生《道旁》一诗中的"骄傲于被问路于自己"，废名就曾点出它看上去"很别扭"，但却正是"《论语》的文法"①。台湾一些诗人在现代诗运动后重返古典，运用文言重新整合现代汉语，也恰好书写了他们的文化"乡愁"，只是某些流于仅用古典趣味和辞藻来装饰的作品，其实已丧失了汉语本身的血质，给人以"木乃伊"的感觉。

而昌耀的语言追求，纵然也不是没有问题，但和那些伪古典或仿古典有本质的区别。它不仅体现了一种文白之间、书面语与口语之间的张力，更重要是，它被赋予了真实的，有时甚至是令人惊异的生命。这里如实说，即使像卞之琳这样的大家，有时也还存在着一个"化欧""化古"化得并不够到家的问题（比如穆旦就认为卞先生用老夫子气的笔调翻译拜伦有点"笔调不合"②）。但是在成熟期的"昌耀体"中，古老的构词、意象和文言句法的运作，不仅显现出真实生命的有力吐纳，而且显得突兀而又自然；对此，本文已引证过的很多诗句就已很能说明问题，再比如"雪堆下面

---

① 冯文炳（废名）:《谈新诗》，人民文学出版社，1984。
② 穆旦与萧珊的通信，参见《穆旦诗文集》（增订版）第2卷，人民文学出版社，2018。

的童子鸡就开始／司晨了"(《雪。土伯特女人和她的男人及三个孩子之歌》），一个"司晨"（而不是"报晓"），一下子使诗的上下文都发生了意蕴上的延伸和某种奇异的变化，真是再好不过！

这一切，恰如骆一禾所指出的："昌耀所大量运用的、有时是险僻古奥的词汇，其作用在于使整个语境产生不断挑亮人们眼睛的奇突功能，造成感知的震醒……"这正是昌耀的成功之处，或创造性的卓越体现。当然，昌耀诗歌的"文言化"，有时也显得过重，这在他的晚期诗作中尤为明显，给人以过于涩滞之感，但总的来看，这种"昌耀体"与诗人内在的秉性、人生的历练、美学上的全部追求都十分相称。对昌耀本人而言，也只有经由这样富有人文历史底蕴、沉雄而又峭拔、"内陆高迥"般的文体，才能显现他独特的心魂、志向、生命风貌及内在张力。

昌耀给董林的信是一份重要文献。对"极具高古之意的诗歌语言如何修炼"这个问题，他如此回答："功夫不在于修辞本身，而在于'修行'。我个人的确采用过一些文言句式作为自己的诗歌语言，即便如此也不可能只是辞章之事……再者，我是试图在'现代'意义上使用这种文言及其句式。至于你所称的'高古'，我想，绝不意味着'仿古''复古'，我宁可理解为你指语言创造所能达到的一种极致，一种苍茫的历史感，一种典雅境界，一种哲理化的抽象，一种余韵流响，而这些确实是我所追求的。"[1]

---

① 昌耀：《昌耀诗文总集》，青海人民出版社，2000。

昌耀自己已讲得很清楚了。他的"昌耀体"不可能"只是辞章之事",它关乎人生的"修炼",而且也只能在"现代"意义上来调用传统遗产。我们看到的昌耀,正是这样一位贯通古今而又立足于他自身存在的诗人。而我们还会看到,这种"昌耀体"不仅和人格修炼、对古典的吸纳、对"现代史诗"的追求密切相关,还和诗人对青海历史地理和多民族交杂的语言文化资源的吸收和整合有重要关系。在坎坷多艰的命运和当下的衰败中,他不仅要执意回到古典的光荣,他还受到青藏高原那片天地的祝福("我从白头的巴颜喀拉走来。/ 白头的雪豹默默卧在鹰的城堡,目送我走向远方",《河床》)。我们知道,昌耀是因为对西部的神往而来到青海的,年轻时代因诗罹难前,他曾参与青海民歌的收集和整理(读了燎原的《昌耀评传》我才知道,"花儿与少年"这种命名原来就是昌耀给予的!),放逐到日月山下后,他被土伯特族家收留并成为其"义子",这种自我与"他者"的交融,也使他这个汉族知识分子发生了重要变化,不仅如燎原所指出,"获得了一种通灵式的,与大自然进行秘晤私语的诗歌能力"[1],而且如诗人自己所说,他被供奉在了一座"心灵的祭坛"前。当然,昌耀诗的主体仍是汉语言文化主体,但却多了一份神圣感、仪式感,他的诗人身份,多少还有了一种古老祭司、"半神之子"(郭建强语)、"托钵苦行僧"(这是昌耀曾经的自称)的意味,而这些大都是其他汉族诗人所不

---

[1]　燎原:《昌耀评传》,作家出版社,2016。

具备或很难具备的。与此同时，青藏高原的神话历史、宗教信仰、地貌气候、动物植物等等，也都明显作用于"昌耀体"的形成。或可说，昌耀诗歌的地质学、气象学、博物学、考古学，正好对应于青藏高原一带的景观；他语言的锋刃，不仅"品尝了"它"初雪的滋味"，散发出一阵奇寒，也带上了它或雄奇或苍凉或险峻的全部赠予。

而这种种元素、矿藏和文脉资源，都被昌耀有机地整合进了他的语言创制之中。让人佩服的，正是他那沉雄博大的生命吐纳和强劲的语言整合力。纵观百年新诗，这种语言文体的熔铸，也是很少有诗人能够做出的最为可贵，也最具有持久意义的奉献。

这里，我还想指出，这种"昌耀体"的形成，同样受益于中国新诗对"现代性"的追求。这可能是很多人都没有意识到的一点。昌耀在 20 世纪 80 年代回归诗坛的年代，正是多年的禁锢被打破，一个民族的精神诉求被重新唤起，充满了思想激荡的年代。在多年的中断之后，人们又恢复了对"现代性"的追求，文坛诗坛甚至兴起了"现代主义热"。昌耀有幸赶上了这个伟大的开放年代，他的创造力不仅被激发，他也以他自己的特有方式加入了对"现代性"的追求。[①] 如此，他的创作生命才得以被刷新和激活。他的"昌耀体"的形成，在很大程度上就是 20 世纪 80 年代时代精神和

---

① 其实，昌耀很早就对"现代诗"有一种敏感，如落款为"1957.7.25"的《边城》一诗，就是一首明显的洛尔迦式的诗："边城。夜从城楼跳将下来 / 踯躅原野。——拜噶法，拜噶法，/ 你手帕上绣着什么花？/（小哥哥，我绣着鸳鸯蝴蝶花。）……"

文学思潮作用下的产物，或是说，它显现了"诗歌现代性的多种维度"（见李少君在常德昌耀诗歌研讨会上的论文）。这也就是为什么与"归来的一代"中那些只停留在"伤痕文学"和"批判现实主义"层面的诗人相比，昌耀的诗更具有现代质感，也更能够被年轻一代所认同的重要原因。

但是，昌耀在他生命的后期，又超越了任何主义。他回到了一个更坚实的自己，回到了"诗言志"这个中国诗的根本传统，同时他又"从空气摄取养料，经由阳光提取钙质"。20世纪80年代是他创作的最佳时期，通过一系列创作和重写旧作，他展开了宏大、错综的追求，也真正体现了如奥登所说的一个"大诗人""持续成熟的过程"。当然，他受益于时代对他的激发，但也带上了一些问题。他在那时的有些作品过于昂扬，但内在蕴藉不够。90年代以后日趋内敛，思想深度加深，也更多带上了反讽的调子，但却不是那样遒劲有力（尤其是大量的散文诗，削弱了"昌耀体"那种特有的章法力量）。凭他的功力和晚期对人生的至深体验，他本可以写出更多更重要的作品，但死亡却过早地带走了这位诗歌赤子。

但不管怎么说，诗人留下了他最好的也经得起时间考验的诗，他所呕心沥血锻造的"昌耀体"，不仅在美学追求和语言文体上独树一帜，也还会对汉语诗歌的拓进、对年轻一代的写作继续产生激励和启示。年轻的诗评家张光昕就曾这样动情地讲："昌耀的一生，走完了中国20世纪里大半个时代征程，在赞美了那么多的'父亲们'之后，他自己也终于成为我们的父亲。……（他的诗）会留下来，留在中国人的语言中，变成这种语言的一部分。"[1] 是的，昌耀的诗歌将留存下去，它不仅见证着我们民族的苦难，更彰显出我们语言的光荣。他的一系列高贵、苍劲、幽秘的杰作，他那青铜般的语言文体，都将一再向人们昭示什么是时间和苦难都无法磨灭的东西。

---

[1] 张光昕:《昌耀论》，作家出版社，2018，第261页。

"真实的手"与"真实的诗" ①

两三周前我在给复旦的青年诗人王之瓜的《在洞头》一诗里，引用了张枣的一句话："既然生活失败了，诗歌为什么要成功呢？"那是张枣一篇谈"元诗"的文章，谈到最后，他突然冒出了这句话。说实话，这是张枣所有诗文中让我最受震动的一句话。

现在我又想到了这句话，其实对我来说，"失败"这个词都不足以形容。我们在座的一些诗人，已在诗歌的路上走了40年了，多多要更早。但又怎样呢？我们现在眼看着数代人这么多年的努力被埋葬。我们不知已回到一个什么年代了。所以那首《在洞头》写到最后也只能"流泪"（当然，是在心里流泪）："我们流泪，听着大海的冲刷声。"

---

① 该文根据 2019 年 7 月中旬在清华大学青年作家工作坊"变革中的当代诗歌"论坛上的发言整理。

所以我们要承认失败，甚至是"惨败"。胡桑谈到诗人的自我装置化问题，说一些人对"元诗装置"有点过于迷恋。的确如此。这次请来参加工作坊的青年诗人都不错，照外人看来大都属于"学院派"，即使你们自己否认。因为你们大都处在这个时代某种学院知识气候下，写诗也都比较注重修辞和技术。我这不是说你们，不过最好还是破除对"元诗"的迷信，在今天，那已成为一套让人昏昏欲睡的"诗歌行话"了。你们应该早过了这个学艺的阶段。

我并不否认"元诗"这个概念本身。其实这是我们在20世纪80年代要解决的根本问题，也就是要从多年"工具论""反映论"的强权支配下摆脱出来，重建一个诗歌本体、语言本体。这一段我在写关于策兰的一本书，策兰在诗中写"来自一棵树，也来自围绕它的森林"，可以说，这就是策兰的"诗观"。我在今天仍会强调这个"一棵"，因为它构成了诗的本体。这是一棵使诗得以立足的树，否则一切都免谈。只不过我从来不用"元诗""先锋"这类概念。我自己的写作当然也一直包含了对诗歌、语言和写作本身的追问与思考，但这不应成为一种刻意的姿态。我至今仍感谢80年代现代主义对我们的洗礼，我也会永远坚持艺术本身的自律性，即使它在与他律性的社会发生纠缠的时候。但是这一切，都只是问题的一个方面。

另一方面呢？这里先从技艺问题说起。我当然也看重技艺，一个诗人在成长的过程中必得经过严格的技艺训练。上次的座谈中我也说了，即使在大师的身上也"带着一个学徒"，塞尚就说过在他年老的时候才知道怎样画天空。我们的一生也都得不断地聆听语言对我们的教诲。洪子诚老师、在座的张桃洲教授等人都专门探讨过"手艺"问题，也值得探讨。但是策兰却说过这样一句话："只有真实的手写真实的诗。"不知你们是否留意过，或是否引发过你们的思考？

这也就是歌德在对其一生回顾时所说的"诗与真"的问题。没有"真"做担保，一首诗即使写得再有技巧，会不会有持久的生命力？它能否站得住？

再看看我们今天，我们能否用一双消费时代的手、小资调调的手、人工智能时代的手、无关人生痛痒的手，写出这种真实意义上的诗？

之前和大家在一起谈诗时，我还引了美国女诗人简·瓦伦汀的两句诗："别去倾听词语，它们只是一些你言说之物的小小形状。/它们只是杯子如果你口渴。但是你并不口渴。"你们现在的技术都不错了，起点也比我们年轻时要高，但问题是：你们在写作时究竟是否感到了"口渴"？

我记得当时这样问时我重复了两遍。因为很可能，这正是当今这个时代最要命的问题。是啊，什么都有了，写作上也训练有术了，但你们是否感到了"口渴"？

上次我们还谈到鲁迅的《呐喊》，其实这部小说集中并没有一篇题为"呐喊"的作品。鲁迅为什么要这样？是不是他视他的创作为那个黑暗年代不得不发出的呐喊？没有那种历史真实作为担保，他的作品在今天是否还有生命力？

在座谈中王东东谈到了刘勰。我记得刘勰在《文心雕龙》里就批评过某一时期的诗风，认为是"比风日盛，兴义消亡"。这就是说，"兴"永远是第一义的，你得有这种生命内在的真实感发才行，不然真的会导致诗歌之死了。

诗是语言与心灵的相互寻找，写作也总会遇上一些很严峻的时刻。就我个人而言，我很感谢20世纪80年代末我们所经历的一切。那种震撼，真如叶芝的诗所说，"既然我的梯子移开了／我必须躺在所有梯子开始的地方"，如用你们现在的术语讲，我们以前所借助的"元诗装置"或梯子移开了，它不管用了，或失效了，不能应对我们写作中更重要，也更内在的问题了。它被"命运之手"无情地挪开了。

在我近年写的一组诗《狄欧根尼斯的灯笼——献给曼德尔施塔姆》中，也还有着这样一节：

> 见习期结束了，你终于明白：
> 只有以一个瘸子的步态，
> 才能丈量这坎坷的大地。

的确，"见习期"结束了。我们由此才真正进入我们作为一个诗人的命运。西川谈到奥斯维辛展览馆里那4吨犹太人的头发。

我没有去过奥斯维辛，但我参观过慕尼黑附近的达豪集中营，看得我两眼发黑，喉咙梗硬，想哭都哭不出来……

为什么会这样？因为它和我们自己也太有关了。西川还谈到他在印度看到孔雀在垃圾堆里找食时的观感，感到他自己"过了一个坎"。为什么他会看到而别人没有看到？显然也和他自己的内在经历有关。

"过了一个坎"也可能就是过了"纯诗"那个"坎"吧。苏丰雷还提到阿多诺那个"奥斯维辛之后写诗是可能的吗"的论断。不管怎么看，在奥斯维辛之后，还有什么"纯诗"吗？你这样写还写得下去吗？从古希腊以来，人们一直认为哲学的起源是惊奇，但到了阿多诺，哲学的起源可能不再是惊奇，而是恐怖了。

这就是说，恐怖成了奥斯维辛之后哲学的缪斯。

这里如实说，我写于30年前的《瓦雷金诺叙事曲》就是这样的产物。正是那种真实的"无人可以援手"的恐惧，使我在那个冬夜里写下了这首诗。

所以说，在那些日子里，我们都经历了一场深刻的"语言的自我批判"，经历了"否定之否定"那样一种艰难的诗学历程，最后在诗与现实、艺术与伦理之间达到了一种如李海鹏在他的论文中所说的"辩证装置"。不然我们就很难重新开始。

问题是，这种危机感也不是一时的，它会不断地纠缠着我们。"既然生活失败了，诗歌为什么要成功呢？"张枣的确很敏感。他也有他的矛盾，有他对现实的痛感。但是他的写作有点往后撤了。

他未能充分正视、发掘他的矛盾，也不能有效地重建一种富有张力的诗学，不能从危机中有一个新的开始。所以他后来干脆就不写了，或写不下去了。

张枣有语言天才，但很可惜，他还不是阿多诺所说的那种"批判性的天才"（这是阿多诺对晚期贝多芬的形容）。也可以说，"元诗装置"是个好东西，但它还必须把对自身的批判和反思也时时包含在内，不然它不会成就一种伟大的艺术。

我曾提到张枣对我讲的最后一句话："家新，我是江郎才尽了。"那是在他逝世几年前，在一次聚会的大阳台上，他端着酒杯对我重复了两遍。一个这么有才的人最后这样讲，我们真得好好想一想。

海鹏讲到"汉语性"。张枣在这一点上也限制了自己。他只谈"汉语之甜"。其实真正伟大的艺术都是酸甜苦辣，悲喜交集的，像我们杜甫的诗。单讲"汉语之甜"就限制了审美的幅度和深度，回到传统的文人趣味，感官愉悦，而很难应对现实，并对我们的灵魂讲话了。

我们在谈"技术"时还引了黄庭坚的名句"桃李春风一杯酒，江湖夜雨十年灯"，可以说很"工"，但是杜甫的"但觉高歌有鬼神，焉知饿死填沟壑"，不仅很工，而且"有神"了，他真是进入了一个悲喜交集的境地。或者说，他的诗绝不仅仅是辞章之事，而是和他的全部生命体验贯通为一体了。

晓渡谈到现在的一些诗都太光滑，翟永明也认为缺乏一些

"危险"的东西。前两天在喝酒时我对海鹏、陈翔也谈到"玫瑰"应该有"刺"："你们能不能给我来根刺？"你们来那么一句，让我受点震动和刺激，感受到你们对世界、现实的态度，那可能更是一种诗的能力了。

作为一个诗人，我当然很尊重张枣。关于张枣的第一篇评论还是我在1987年写的，题目就叫"朝向诗的纯粹"。张枣的诗写到最后，写得很精致，也写到一个极致，写到可成为年轻人"范例"的程度。但他写不下去了。这种写作，可能缺乏来自自身的生长力和自我批判、变化的能力。问题在什么地方？"生活失败了"，但是难道杜甫的生活就不失败吗？

欧阳江河提到"晚期风格"。这个概念我们还是要慎用。且不说年轻诗人，在我们这里谁能够进入这个"晚期"？卞之琳先生不能进入奥登的晚期，冯至也不能进入里尔克的晚期。北岛嘛，早就是那个样子了。

"晚期风格"不是一个时间概念。它是一种"特殊的成熟性"，不同于古典风格的圆满、和谐。其实，阿多诺的"晚期风格"是"否定性"的，它始于矛盾、困境和对已"完成"的不满意，始于贝多芬那样的"批判性天才"。它意味着从危机中重新开始，重建与语言的紧张关系，甚至是自我颠覆，是一种如阿多诺所说的"灾难般"的成熟……

诗歌即这样一条艰途和远路。希望在座的年轻诗友多一些耐心，也更多一些勇气，有时也需要从某种圈子和风气中跳出来，像策兰那样，真正有勇气走上一条"远艺术"的路。

何谓"天才"？维特根斯坦说："天才就是依靠勇气去实践的才能。"

好，就说到这里，谢谢。

附：

在洞头
——给王子瓜，一位年轻诗友

当一具失踪多年的尸体从一个中学的

操场下、从一堆乱石下挖出来，

暴露在氧化的空气中，

我们在一个临海的山坡上谈诗。

我们谈着两代人的区别和联系，

谈着张枣和他的"万古愁"（现在它听起来

怎么有点像顺口溜？）

谈着那过去的被埋葬的许多年……

这是在中国东海，一个叫洞头的半岛上，

大海一次次冲刷着花岗岩石，

在我们言词的罅隙间轰鸣。

我们谈着诗，好像什么也没有发生。

我们谈着诗，而礁石上的钓者

把他的鱼钩朝更远处抛去。

我们谈着未来和我们呼吸的空气，渐渐地

那压在一具尸骨上的巨石

也压在了我们心上。

谈着谈着，我竟想起了张枣的一句话：

"既然生活失败了，诗歌为什么要成功呢？"

我们都不说话了。我们能听到的

唯有大海的冲刷声。

我们流泪，听着大海的冲刷声。

"以歌的桅杆驶向大地"^①

保罗·策兰（Paul Celan，1920—1970），20 世纪下半叶以来在世界范围内产生最重要、持久影响的德语犹太诗人。

策兰原名安切尔（Antschel），1920 年 11 月 23 日生于泽诺维茨（Czernowitz）。泽诺维茨原属奥匈帝国布考维纳（Bukowina）首府，是个有 600 多年历史的以德奥和犹太文化为主要基础的文化名城。策兰出生两年前奥匈帝国瓦解，该城划归罗马尼亚，1940 年以后被并入苏联乌克兰共和国，改名为切尔诺夫策（Chernovtsy）。

策兰的父亲为木材经纪人，母亲曾在托儿所工作。策兰的父母都有着正统的犹太教哈西德教派（Hassidic）的背景，"这是一个

---

① 该文为《〈灰烬的光辉：保罗·策兰诗选〉·译序》，王家新译，广西师范大学出版社，2021，收入本集时有少许改动。

每周都自觉点亮安息日蜡烛的犹太家庭"。

策兰从小受到良好教育，最初上德语学校，后来转入希伯来语学校，也学罗马尼亚文，但他们在家里只说标准德语。在热爱德国语言和文学的母亲的影响下，策兰6岁时就会背诵席勒的诗，青年时期开始用德语写诗。这种对德国语言文化身份的认同，使他们后来对德国人施加于他们的一切都毫无准备。

1938年11月策兰遵父母之命前往法国图尔读医学预科，次年夏天回乡探亲期间，因战争爆发，改在泽诺维茨大学读罗曼语文学。1940年，根据《苏德互不侵犯条约》，布考维纳地区被并入苏联乌克兰共和国，这样，策兰又学起了俄语。1941年6月，德国侵入苏联，成为德国轴心国的罗马尼亚的军队进入泽诺维茨，德国党卫军部队跟进，具有数百年历史的犹太教堂被焚毁，犹太人遭到大肆迫害。1942年6月，德军进驻泽诺维茨，4万多名犹太人被强行驱逐到隔离区（后被分批押送到集中营），策兰显然有一种灾难的预感，6月27日那天，他力劝父母和他一起躲到朋友为他找的一个藏身之地，但父母却是一种听天由命的态度。次日策兰回到家里时，父母已在纳粹的"夜间行动"中被带走。

接下来，策兰父母被押送到已被德国占领的乌克兰布格河东的米哈依洛夫卡（Michailowka）集中营。策兰自己被纳粹劳动营强征为苦力，在远离家乡的地方修筑公路和桥梁。就在当年秋冬，噩耗相继传来：先是策兰的父亲在集中营里死于斑疹伤寒，后是他的母亲因为丧失劳动能力被纳粹枪杀，据传脖颈被子弹洞穿。

这就是如奥斯维辛的幸存者、匈牙利犹太作家凯尔泰斯·伊姆莱（他也是策兰诗歌的译者）所说的那种"决定性事件"——一个让人不能逼视的黑洞，它决定了策兰的一生。

1944年2月，劳动营解散，策兰回到故乡，但是，他已丧失了一切。世世代代生活在泽诺维茨的犹太人一大半惨遭屠杀，该城也被苏联乌克兰共和国重新接管。他的"冬天里的童话""夏天里的童话"（他后来曾在诗中这样回忆他的故乡），成了一个"鬼魂之乡""乌有之乡"，成了他在余生中时时会以"有些神经质的手指"痛苦摸索的"一幅童年用的地图"。（见策兰毕希纳奖获奖演说《子午线》）

因而策兰会告别故乡，于1945年4月前往罗马尼亚首都布加勒斯特谋生。在朋友的帮助下，他在一家出版社找到一份俄语翻译工作，并开始以"Celan"（这在拉丁文里有"隐藏"或"保密"的意思）亦即"策兰"作为他本人的名字。1946年，他翻译的莱蒙托夫的《当代英雄》出版后受到欢迎。1947年，他的《死亡探戈》（即《死亡赋格》）等德文诗作被译成罗马尼亚文发表，同时，他也将卡夫卡的《在法的门前》等作品译成了罗马尼亚文。但到了1947年12月，罗马尼亚国王被迫退位，新政权正式成立，幸存的犹太人和政治异己受到大肆迫害，策兰不得不再次选择了一条逃亡的艰辛道路，目标是维也纳——他自己"童年时代的北极星"。

而这种选择对策兰来说，还关涉到一个语言问题。德国纳粹杀害了他的父母，这使他从小就讲的德语成了"凶手的语言"。但是，他已别无选择。他已同这种语言长在了一起。他也只能用这种语言写诗并"说出他自己的真实"。这也就是他为什么会冒险偷渡到维也纳——一个可以讲德语但却不是德国人的地方。

在维也纳，策兰凭着他的德语和优异的诗歌才能，很快就认识了著名超现实主义画家埃德加·热内和其他一些诗人、艺术家。策兰很早就受到超现实主义的影响（他一生的创作也都带着这种艺术特征），在为热内的画册所写的《埃德加·热内与梦中之梦》中，他这样宣称：

> 我想我应该讲讲我从深海里听到的一些词，那里充满了沉默，但又有一些事情发生。我在现实的墙上和抗辩上打开一个缺口，面对着海镜……[1]

这还是策兰第一次发表他的艺术观。他在维也纳受到了赞赏，不仅在杂志上发表了组诗《骨灰瓮之沙》，他的第一本诗集的出版也在筹划中（后来因印刷错误太多被策兰本人要求撤回，未再发行）。但对他来说更重要的，是认识了正在维也纳大学读哲学博士的敏感而富有文学天赋的英格褒·巴赫曼。这种相遇对策兰来说无疑是一种重要的生命激发，如他在写给巴赫曼的《花冠》一诗中所说，"是石头开花的时候了"。

---

[1] 保罗·策兰:《保罗·策兰诗文选》，王家新、芮虎译，河北教育出版社，2002。

但是，作为难民，策兰不能久留在盟军管制下的维也纳，他不得不走得更远——巴黎。巴黎，不仅是他热爱的波德莱尔、马拉美、阿波利奈尔、海涅、里尔克生活过的地方，还是他的舅舅生活并接待过他的地方（后来他舅舅作为法国犹太人被押送到奥斯维辛并死在那里）。1946 年在布加勒斯特，策兰就曾写有《法国之忆》一诗："和我一起回忆吧：巴黎的天空，硕大的秋水仙花……"

1948 年 7 月 5 日，策兰从维也纳登上了开往法国的列车。作为一个异乡人，策兰在巴黎度过最初艰难的几年后，于 1951 年 11 月认识了后来的妻子、法国版画家吉瑟勒（Gisèle de Lestrange）。吉瑟勒生于贵族之家，从小受到严格的天主教教育。纵然她的父母很难接受一位犹太人，但吉瑟勒不为偏见左右，一年后和策兰成婚。接下来，策兰有幸获得了著名的巴黎高师德语文学讲师教职。如果他用法语写诗，他会成为一位法国诗人。但是，命中注定他只能成为一个用流亡者的德语写诗的犹太诗人。

而德国也迎来了这样一位注定会改变其文学地图的诗人。1952 年 5 月，策兰在巴赫曼（那时她已成为一颗文学新星）的力荐下参加了西德四七社在尼恩多夫的文学年会。四七社为战后德国最重要、最有影响力的作家社团。在参加该年会后，策兰又应约在斯图加特出版了诗集《罂粟与记忆》，其诗歌天赋很快引起注意，尤其是《死亡赋格》一诗，在德语世界产生了人们未曾意料到的重大影响。正是这首具有强烈震撼力的力作，奠定了策兰在战后德语诗坛的重要位置。

《死亡赋格》之所以产生如此的影响，除了诗本身的思想艺术力量外，显然还在于诗背后的重大历史，亦即对犹太人的大屠杀。这就是为什么这首诗引起了世界性关注的重要原因。它不仅在战后德语文学中具有标志性意义，多少年来它也一直伴随着人们对历史的哀悼、追问和反思。也正是在这个意义上，有人认为《死亡赋格》"是一首——也许可以说，是唯一的一首——世纪之诗"①。

但是我们又要看到，策兰的诗不仅是对"奥斯维辛"的反响。虽然他的一生都是犹太民族苦难的哀悼者和铭记者（在《数数杏仁》的最后，他甚至发出了"让我变苦／把我数进杏仁"这样的神圣誓约），但他拒绝让别人来"消费"他的痛苦。《死亡赋格》问世后的广泛反响，也引起了他自己的愧疚，并意识到自身创作中潜在的危险。就在《罂粟与记忆》出版后不久，他就曾写下了这样的诗句："无论你搬起哪块石头——／你都会让那些／需要它保护的暴露出来""无论你说出哪个词——／你都有欠于／毁灭"（《无论你搬起哪块石头》）。

这就是为什么策兰后来的创作会发生明显的，甚至令人惊愕的变化。在《死亡赋格》之后，他要求一种"更冷峻的、更事实的、更'灰色'的语言""不美化，也不促成'诗意'"的写作（《对巴黎福林科尔书店问卷的回答》，1958），要求有更多的"黑暗"、"断裂"和"沉默"进入他的诗中。在《带上一把可变的钥

---

① 沃夫冈·埃梅里希：《策兰传》，梁晶晶译，倾向出版社，2009。

匙》中，他要求自己变换言说的方式，在《在下面》一诗中他甚至这样说："而我谈论的多余：堆积出小小的 / 水晶，在你沉默的服饰里。"

这样的诗不仅显现了罕见的艺术深度，也给策兰的创作带来了一种新的开始。巴赫曼在 1960 年 2 月法兰克福的讲座中，就曾很敏感地谈到策兰创作的演变："词句卸下了它的每一层伪饰和遮掩，不再有词要转向旁的词，不再有词使旁的词迷醉。在令人痛心的转变之后，在对词和世界的关系进行了最严苛的考证之后，新的定义产生了。"①

巴赫曼之所以说"令人痛心"，因为这是要付出代价的，这甚至意味着某种决绝的自我否定。我曾探讨过策兰的"晚嘴"（"Spätmund"，见 1955 年《收葡萄者》一诗）一词，这显示了策兰作为一个诗人对自身创作高度自觉的历史定位。他的后期创作，就是一种在荷尔德林之后的，尤其是在"奥斯维辛"之后的"晚嘴"的言说——这在后来甚至演变成了某种更艰难的"喉头爆破音"。

在《罂粟与记忆》之后，策兰又出版了诗集《从门槛到门槛》（1955）、《言语栅栏》（1959）、译诗集《奥西普·曼德尔施塔姆诗选》（1959）等，获得了不莱梅奖等多种德语文学奖，在德语世界产生了更广泛、深刻的影响。在 1960 年的一封信中，移居在瑞典

---

① 转引自沃夫冈·埃梅里希：《策兰传》，梁晶晶译，倾向出版社，2009。

的德语犹太女诗人奈莉·萨克斯就称策兰为"我们时代的荷尔德林"了。①

但是，针对策兰的攻击也在升级，这正如策兰自己在收入《言语栅栏》中的《声音》一诗中所写：

> 一种来自绞刑架树的声音，
> 晚木和春木②在那里
> 变换和交换它们的年轮。

这就关涉人们所说的"戈尔事件"（Goll-Affäre）。策兰到巴黎一年后，认识了超现实主义前辈诗人伊凡·戈尔（1891—1950）。戈尔本人很看重策兰，他请策兰将他的诗译成德文，并在遗嘱中将策兰列为戈尔基金会的5位成员之一。但是，戈尔逝世后，戈尔的遗孀克莱尔对策兰的译文很不满，认为带有太多的策兰本人的印记，并阻止出版策兰的三卷本译作，这使他们的关系布下了阴影。策兰的《罂粟与记忆》1952年在西德出版后引起广泛关注和高度评价，这在克莱尔那里引发了强烈嫉恨，从1953年8月起，她就把指控策兰"剽窃"的信件及相关"资料"不断寄给德、奥、英、法的众多作家、评论家、出版社、报纸杂志和电台编辑，她

---

① 《保罗·策兰、奈莉·萨克斯通信集》（*Paul Celan? Nelly Sachs: Correspondence, Tanslated by Christopher Clark, The Sheep Meadow Press, 1995, p.24.*）
② 晚木（Spätholz），指树木晚生的木质；春木（Fruehholz），为早生的木质。

列举了一些策兰诗作与戈尔 1951 年出版的诗集中相似的句子和段落，但实际上，《罂粟与记忆》的绝大部分诗作均出自策兰 1948 年在维也纳出版的诗集《骨灰瓮之沙》（后因印刷错误太多被策兰本人要求撤回，未再发行），而且策兰也将这本《骨灰瓮之沙》送给过戈尔本人。克莱尔的指控是很恶毒的，手法也很卑劣（比如她提前了戈尔一些诗的写作日期），目的是摧毁策兰的诗和人本身。①

这样，关于策兰"剽窃"的传闻不胫而走。更可怕的伤害还在后面：1960 年 3—4 月，慕尼黑一家新创办的诗刊以"爆猛料"的架势发表了克莱尔的信，并在编者按中声称拒绝"舔策兰先生的屁股"。这种"爆猛料"一时间取得了效应，几家西德报刊不加任何验证和辨别，就直接引用了这些诽谤性的东西。

对这种恶意攻击和诋毁，巴赫曼、恩岑斯贝尔格、瓦尔特·延斯等著名德语诗人、作家、批评家都曾撰文对策兰做了有力辩护，德国语言和文学学院、奥地利笔会都一致反驳对策兰的指控，正是在克莱尔的信公开发表后，德国语言和文学学院于 1960 年 4 月底开会，决定将该年度的毕希纳文学奖授予策兰。

但是，伤害已经造成。使策兰更难以承受的，是这种指控与在西德死灰复燃的新反犹浪潮的"同步性"。1957 年他在波恩大学朗诵时，反犹分子就曾在教室黑板上写下恶毒的标语。1959 年圣

---

① 罗马尼亚裔著名法国哲学家齐奥朗（Emil Cioran）在回忆策兰的文章中也称"某位诗人的遗孀出于文学上的嫉妒，在法国及德国发起了一场卑鄙得无法形容的攻击策兰的运动"。（Paul Celan: *Selections*, Edited by Pierre Joris, University of California Press, 2005., p.208）

诞夜，科隆新建的犹太会堂被涂上纳粹标记和反犹标语，令世人震动。在这种氛围下，策兰视克莱尔等人的行径为反犹阴谋的一部分，而这并不能都归结为偏执多疑，克莱尔在其公开信中就称策兰当年到巴黎后怎样给他们讲其父母被杀害的"悲惨传奇"，这真是一个恶毒的字眼，好像对犹太人的大屠杀是被编造出来似的！

　　在承受伤害的同时，策兰的反应也日趋极端了。虽然他本人并没有正式出面反驳对他的诋毁，一种深深的无力感，还有尊严，使他不屑于参与其中，但他却由此加重了大屠杀的幸存者们常见的那种被追逐妄想症。他本人曾试图与之达成和解的德国，也再次成了"一片恐怖的风景"。他也不得不重新打量这个世界。在给朋友沃尔曼的信中他这样说："此事根本不再是关于我和拙诗的问题，而是关系到我们全体尚能呼吸的空气。"在信的边缘他还这样写下："人所不愿见到者，终究是诗。然而诗还是有的，因为荒谬……"[①]

　　"然而诗还是有的"，因为这是一个一直顶着死亡的"逆光"写作的诗人。克尔凯郭尔曾言："至于我，年轻时便被赐予肉中刺。若非如此，早已平庸一生。"这种"肉中刺"对策兰来说，意义同样如此。在那些带着伤害生活的年月，策兰不仅要竭力"靠近我们的七支烛台，靠近我们的七朵玫瑰"（这是策兰在那时送给妻子吉瑟勒的曼德尔施塔姆译诗集上的题词），他的创造力也有了更令人惊异的激发。在自杀前的 10 年里，除了大量翻译的作品，策兰

---

① 转引自李魁贤：《德国文学散论》，台北三民书局，1994，第123—124页。

创作出版了诗集《无人玫瑰》(1963)、《换气》(1967)、《线太阳群》(1968)、组诗《转暗》(1968),此外还有3部生前编定的诗集《光之逼迫》《雪部》《时间家园》在1970年死后陆续出版。在这些晚期诗歌里,策兰以罕见的艺术勇气,把他的创作推向了一个令人"震慑"的境地。意大利著名诗人安德烈·赞佐托就曾这样谈到策兰:"他把那些似乎不可能的事物描绘得如此真切,不仅是在奥斯维辛之后继续写诗,而且是在它的灰烬中写作,屈从于那绝对的湮灭以抵达到另一种诗歌。策兰以他的力量穿过这些葬身之地,其柔软和坚硬无人可以比拟。在他穿过这些不可能的障碍的途中,他所引起的炫目的发现对于20世纪后半期以来的诗歌是决定性的。"①

正是由于这样的创作,策兰置身在了20世纪后半期欧洲诗歌最核心、最重要的位置。我们首先来看《无人玫瑰》,这是策兰具有重要转折意义的一部诗集。1960年前后,因为"戈尔事件"的深重伤害和战后西德的反犹浪潮,策兰不得不重新思考和调整他与德语文学的关系。他"换气"的方式之一便是翻译俄罗斯犹太裔诗人曼德尔施塔姆。他不仅更多地转向对自身希伯来精神基因的发掘,他还要转向一个"朝向东方的、家乡的、反日耳曼的家园"(约翰·费尔斯蒂纳语),用他在向茨维塔耶娃致敬的《带着来自塔露萨的书》一诗中的一个词来说,他还要执意于成为德语诗歌的一

---

① Andrea Zanzotto: *For Paul Celan*, *Paul Celan: Selections*, Edited by Pierre Joris, University of California Press, 2005, p.209.

个"偏词"。

"偏词",就像策兰所杜撰的"晚词"（Spätwort）一样，策兰把"Neben"（在旁边的，邻近的，紧靠的，分支的，并行的，补充的）和"Wort"（词）拼在一起。策兰创造了这个复合词，不仅将语言陌生化了，也恰好和他在《带着来自塔露萨的书》诗前所引的茨维塔耶娃的"所有诗人都是犹太人"的精神完全贯通。

正是以《无人玫瑰》为标志，策兰开始摆脱了海德格尔为德语诗歌制订的以荷尔德林为中心的"主教路线"（这是诗人、剧作家布莱希特的一个讽刺性说法）。对此，著名作家库切在一篇论述策兰的文章中也看得很清楚："他已从与里尔克和海德格尔的亲缘关系中成熟长大，在卡夫卡和曼德尔施塔姆那里找到他真正的精神先人。"

因此，纵然策兰的晚期诗歌深邃、丰富而又难解，但我们仍可以从"晚词"和"偏词"这两个角度来读解其诗学意义。

我已多次谈论过策兰的"晚词"。可以说，策兰对现代诗歌最具有冲击力和启示意义的，便是他对"晚词"的实践。在策兰的后期，他坚决地从一切已被滥用的文学语言中转开（如约翰·费尔斯蒂纳所说"早年悲伤的'竖琴'，让位于最低限度的词语"[1]），他不仅无所顾忌地利用德语的特性自造复合新词，还转而从陌生的"无机物"语言中去发掘。在他的后期诗作中，比比皆是地质学、

---

[1] John Felstiner: *Paul Celan: Poet, Survivor, Jew*, Yale University Press, 2001, p.98.

矿物学、晶体学、天文学、解剖学、植物学、昆虫学的冷僻语言（据传记资料，在他生命的最后他还在看一本法文地质学书）。似乎这些石头的语言，残骸的语言，灰烬的语言，对他来说就是奥斯维辛之后唯一"可吟唱的残余"（"Singbar Rest"，这是策兰一首后期诗的题目）。

而策兰这样做，如阿多诺所称，不仅以"晚词""重构出从恐怖到沉默的轨道"[1]，其诗学意义也在于"给语言一副新的身体"（如德里达在谈策兰时所说[2]）。伽达默尔对此也看得很清楚，他这样描述策兰后期诗作："这地形是词的地形……在那里，更深的地层裂开了它的外表。"[3]

正因为如此，策兰的诗会成为西方"后现代诗"包括"语言诗"的一个源头［移居美国的乌克兰诗人伊利亚·卡明斯基就称策兰创造了一个"策兰尼亚"（"Celania"）的语言国度］。不过，如果不能进入策兰诗歌黑暗的内核，人们从他那里学到的很可能就是些皮毛。

也可以说，策兰对"晚词"的实践与他的"晚期风格"密不可

---

[1] T. W. Adorno: *Aesthetic Theory*，Translated by C.Lenhardt，Edited by Routledge and Kegan Paul，1984，p.444.

[2] Jacques Derrida: *Sovereignties in Question, The Poetics of Paul Celan*，Edited by Thomas Dutoit and Outi Pasanen, Fordham University Press，2005, p.106.

[3] Hans-Georg Gadamer: *Gadamer on Celan: "Who am I and Who are you?"and other Essays*，Translated by Richard Heinemann and Bruce Krajewski, State University of New York Press，1997，p115.

分。"晚期风格"本来是阿多诺在论贝多芬时提出的一个重要概念。在阿多诺看来,"晚期风格"有异于古典风格的圆满、和谐、成熟,它体现了一种"特殊的成熟性",它首先是"危机的产物",它始于一种"批判性的天才",始于对"完成"的不满意。这样的"晚期风格""本质上是批判性的",它甚至是自我颠覆、断裂、解体的结果。

深受阿多诺影响的萨义德也曾专门论述过晚期风格,认为它是"一种放逐的形式",是伟大的艺术家在他们的后来"生出(的)一种新的语法"。[①]它不是古典意义上的和谐,而是不妥协、紧张和"难以解决的矛盾",在人们期盼平静和成熟时,却碰到了固执的,也许是野蛮的挑战。显然,策兰晚期的成熟,也正是这种"苦涩的""扎嘴的"成熟,是阿多诺意义上的"灾难般"的成熟。[②]

而与这样的"晚期"相关联,还有一个不能不谈到的"疯癫"问题。策兰后期由于精神重创,多次被强制送去接受精神治疗。但是我们看到,即使在"疯癫"时期,他的"喉头爆破音"依然在唱,甚至是他的创作更富有爆发力的时期。更让人惊异的是,即使在"赤裸裸展现身心失禁"之时,他写下的很多诗依然是"精确无误"的。我们不得不说,在这样的"晚期"里,策兰的很多诗已

---

① 艾德华·萨依德:《论晚期风格——反常合道的音乐与文学》,彭淮栋译,麦田出版社,2010。

② 阿多诺说:"在艺术史上,晚期作品是灾难。"参见阿多诺:《贝多芬:阿多诺的音乐哲学》,彭淮栋译,联经出版事业股份有限公司,2009。

和德里达所说的那个"语言的幽灵"结合为了一体。

这是策兰的"晚词"和"晚期风格"。在策兰的后期,他还要以他的"偏词"从德语诗歌版图中偏离(在我看来,这不限于偏离海德格尔式的"主教路线",还有马拉美以来的那个"纯诗"传统,策兰曾告诉一个朋友,他把瓦雷里的长诗《年轻的命运女神》翻译出来,就是为了获得"批判这种艺术的权利")。正因为要摆脱西方人文美学的"同一性"和"主宰语法",策兰后来创作会朝向"人类之外",朝向"未来北方的河流",朝向一个语言的异乡。"人类之外 / 那里依然有歌 / 在唱"(《线太阳群》),这里的"人类之外",在彼埃尔·乔瑞斯看来,就是"在传统的人文主义美学的范畴之外"。策兰是决绝和有勇气的,他那首献给曼德尔施塔姆的哀歌《西伯利亚》,通篇皆是由地质学、矿物学的语言构成的"史前般"的意象。诗人要去辨认的,是"早先的星座",是"乌鸦之天鹅"这样一种奇异的造物;而在"那千年——色泽之岩石"中,"我也 / 露出铜绿 / 从我的唇上"。更为惊人的,是该诗的结尾:"那里,我躺下并向你说话,/ 以剥去皮的 / 手指。"

这是怎样的一种诗?恐怕连兰波、马拉美都难以想象了。

从艺术上看,这样的诗本身就是一种"去人类化"的产物。"去人类化"或"去人类性"为西班牙美学理论家加塞特在《艺术的去人性化》中提出的一个重要概念,它意味着对西方人文美学传统的摆脱。高度推崇策兰的乔治·斯坦纳也认为在一切伟大艺术中都包含了某种"去人类化"的"奥秘","它引领我们回到我们未曾到过的家"①。

正因为如此，德里达称策兰创造了一种"移居语言"（migrant language）。这还使我想到了德勒兹和伽塔利所说的"解辖域化"。在他们看来，卡夫卡将德语带入了意第绪语的空间，就是一种"解辖域化"。比起卡夫卡，策兰的创作更是如此。他所运用的，是一种"非身份化的德语"，一种"德语之外的德语"。他的诗歌语言，是一种"偏词"，是一种"混合诗韵"。最后这一切，正如乔瑞斯所说："他创造了他自己的语言——一种处于绝对流亡的语言，正如他自身的命运。"②

对此，我们不妨再来看两个例证。且不说像《西伯利亚》这样的充满了"无机物"的新鲜语言和惊人意象的诗，在策兰那些因"戈尔事件"而写下的充满激愤的诗中，也显现了因深重伤害所激发的惊人的语言创造力。在这些诗中，他真如德勒兹所说的那样"将语言拽出惯常的路径，令它开始发狂"。③如《一首骗子和小偷的小曲……》中的"塔木德树"（它由犹太教法典《塔木德》和"树"合并而成），和那一声怪怪的"嗨—呀"。再比如《呼喝开花》中的"刑庭—诗人"，原文为"Feme-Poeten"，它其实为一

① 乔治·斯坦纳：《斯坦纳回忆录：审视后的生命》，李根芳译，浙江大学出版社，2012，第90页。

② Pierre Joris: *Introduction, Paul Celan, Breathturn*, Translated by Pierre Joris, Sun and Moon Press, 1995, p.43.

③ 吉尔·德勒兹：《批评与临床》，刘云虹、曹丹红译，南京大学出版社，2012。

个双关语，是奇妙的"雌雄同株"："Feme"在德语中指诸侯时代王室法庭和私设的刑庭，但这里的"Feme"又会让人马上想到英语中的女性（策兰在该诗中多次混杂使用了英语和法语），所以"Feme-Poeten"也可译为"女诗人"——这显然指向了那个恶毒的克莱尔（克莱尔也以诗人自居，和丈夫伊凡·戈尔多有合作）。而该诗的诗题为"Huhediblu"（诗中也出现有"hühendiblüh"），其实也是策兰杜撰的词，它带着嘲弄的语气和某种接近于"开花"的含义，诗中也多处写到"开花"，且译为"呼喝开花"（这样译时，我甚至联想到中国古代官吏出行时"呼喝开路"一说）。

像策兰这样的充满了"语言癫狂"的诗，妙就妙在它无法翻译和难以翻译。它是策兰"在现实的墙上和抗辩上打开（的）一个缺口"，也是他对海德格尔式的"主教路线"的逃离。正如德勒兹所言，这样的语言创造"并非另一种语言，也不是重新发现的方言，而是语言的生成他者（devenir autre）……是占优势的谵妄，是逃离支配体系的魔线"。①

的确，在20世纪下半叶的诗人中，有谁比策兰更有艺术勇气和语言的颠覆力和创造力，或者说比他更"极端"的呢？几乎没有。我们说策兰是一位突入现代诗歌最核心地带的诗人，这不仅在于他的创作深刻体现了时代"内在的绞痛"，也因为他这种卓绝的语言和诗学实践。

---

① 吉尔·德勒兹：《批评与临床》，刘云虹、曹丹红译，南京大学出版社，2012。

这也就是为什么有那么多当代诗人（包括中国诗人）会为策兰的诗所吸引的重要原因。在斯坦纳看来，斯蒂文斯的诗纵然高超玄妙，但那仍是从"阿波罗的（理性）竖琴"上发出的声音，但在策兰那里，他们遇到了一种真正的"外语"，一种真正属于异质性的东西。或者说，策兰的诗，无论我们怎样去读，它都属于"语言的异乡"。很可能，这就是策兰最独特的意义所在。

当然，我们还可以从其他角度来看策兰。策兰经常在诗中写到"手"，在致汉斯·本德尔的信中也称"只有真实的手写真实的诗"。策兰自己的全部创作也证实了，他的写诗的手是一只痛苦的手，也是一只一直在寻求着真实的手（在他离世一年多前给儿子的信中，他也这样说："也想想诗歌，想一想那种总是在寻求真实的诗歌，我将帮你去发现它。"）同时，这只写诗之手又是一只炼金者之手（"沉默，如熬炼过的金子，在 / 炭化了的 / 手中"，《炼金术》），是一只精通现代诗歌的技艺而又充满了高度独创性的"创造之手"。

而让我本人深受感动的，这更是一只自始至终以"被践踏的草茎"（《带着来自塔露萨的书》）来写诗的手。我想，这也是策兰自己从他悲惨死去的母亲那里领受到的神圣嘱托，他要以被死亡和暴力所践踏的"草茎"写诗，要使那些受害者、沉默者和牺牲者通过他发出声音。别的不说，我们来看策兰的长诗《港口》。这首诗以乌克兰黑海城市敖德萨为背景，1941 年 10 月，大批犹太人在那里被屠杀，但这首诗写到最后，竟出现了这样的诗句：

——那时汲井的铰链，和你一起

　　哗哗在唱，不再是

　　内陆的合唱队——

　　那些灯标船也舞蹈而来了，

　　从远方，从教德萨。

　　这真是一首动人的招魂歌。它不仅具有追忆、哀悼、复活的多重色调。这是苦难中的庆典，穿透了生与死。说实话，当年我翻译到这里时，几近泪涌。

　　正因为如此，策兰在很多人心目中有了一个远远超出一般诗人的位置。我曾访问过柏林著名的犹太博物馆（由犹太建筑师丹尼尔·里柏斯金设计），它的黄颜色老馆与外表为银灰色锌皮的新建筑体，马上就让我想起《死亡赋格》："你的金色头发玛格丽特/你的灰烬头发苏拉米斯。"这是有意设计的吗？肯定。在新馆后面，就专门设有"保罗·策兰庭院"。我想，这比任何国家的"先贤祠"更能显示一个诗人在一个苦难民族心目中神圣而不可冒犯的位置。

　　现在，让我们回到诗人生命最后的日子：1969 年 9 月底至 10 月中，策兰第一次访问了以色列。对策兰来说，耶路撒冷之行是朝圣之旅，带有精神回归的性质。策兰与早年故乡的女友伊拉娜·施穆黎（Ilana Schmueli）的重逢，也再次激发了他的创作激情，使他在命运把他夺走之前，用他的"孩子气的希伯来语"（伊拉娜·施穆黎语①）发出了"Hachnissini"（收留我）的声音（《结成杏仁的你》）。

当然，策兰的耶路撒冷之诗不仅富有激情，也显现了那些酷热的沙子之夜对一个诗人的全部"索取"（见《我们，就像喜沙草》）。

回到巴黎后，策兰的精神病症再次加重，被迫进行治疗。1970年4月19日深夜，策兰因无法克服的精神创伤在巴黎米拉波桥上投塞纳河自尽。

这消息当然令人震惊，但又必然：他不过是一再推迟它的到来。乔瑞斯也谈到这一点："策兰认为他自己在大屠杀之后的生活只是一种不恰当的补充（supplement），他母亲的死似乎才更接近于真实。"因而策兰的"孤儿意识"和死亡意识都是绝对的。作为一个"幸存者"，一个生命仅仅是死亡的补充的人，对策兰来说，那就是"作为一个应该死去的人"。②

的确，在奥斯维辛之后，一切都被"死亡大师"所收割，而"戈尔事件"所带来的深重伤害，也加速毁坏了他的生活。所以策兰后期的全部写作，现在看来，都无非是在深重危机中与死亡的搏斗：诗人已勉力坚持到了他生命的最后。用巴赫曼的话来说："他已经在强迫运送的途中淹死。"这里的"强迫运送"，指的就是

---

① 《保罗·策兰、伊拉娜·施穆黎通信集》(*The Correspondence of Paul Celan and Ilana Shmueli*, Tanslated by Susan H.Gillespie, The Sheep Meadow Press, 2010.)

② Pierre Joris: *Introduction, Paul Celan: Selections*, Edited by Pierre Joris, University of California Press, 2005, pp.22-23, p.30.

对犹太人的"最后解决"。巴赫曼完全有理由这样认为。

但策兰的生与死、策兰的悲剧性命运、策兰的那些谜一样的诗，都还有待于我们更充分地去认识。读了他的诗，了解了他那作为"幸存者、犹太人、诗人"的一生，我们也可以认为：他可以在米拉波桥上那样"展翅"了。他的全部创作已达到了语言所能承受的极限，他的创伤也变得羽翼丰满了。他结束了自己，但也在更忠实的程度上完成了自己。

"那是春天，树木飞向它们的鸟"（《逆光》[1]）—— 现在，我也简单谈谈我的翻译过程。自1991年秋与策兰第一次相遇，我在这条艰辛而又充满激励的路上已走了近30年了。

那时在中国，策兰的诗只有二三首被译成中文，也几乎无人提到策兰的名字（在这之前最有影响的只是荷尔德林和里尔克），但我读到一本企鹅版策兰诗选（英译者为米歇尔·汉伯格）后，便完全被他的诗和命运吸引住了。当然，这和我们那时所经历的一场历史重创也深刻有关。我读到这样令我震动的诗句："你曾是我的死亡：/ 你，我可以握住 / 当一切从我这里失去的时候。"还有：

　　那是一个

　　把我们抛掷在一起

---

[1] 保罗·策兰:《保罗·策兰诗文选》，王家新、芮虎译，河北教育出版社，2002。

使我们相互惊恐的

巨石世界，太阳般遥远
哼着。

　　我深感惊异。从此这样的诗日夜都在我的头脑里"哼着"。于
是我从中译了三十余首，给朋友们看了，受到称赞，但我并没有公
开发表这些译作的念头（除了在当时的民刊上刊出）。我只是深感
庆幸，感到我终于找到了一位可以用我的一生来读的诗人。1991
年冬，在去国前夕，我还写了一篇译后记："我深感自己笔力不达，
但是，当我全身心进入并蒙受诗人所创造的黑暗时，我渐渐感到
了从死者那里递过来的灯。"①

　　正是这些"从黑暗中递过来的灯"，照亮了我此后在异国他乡
的日子。1993 年在伦敦期间，我还曾就《带上一把可变的钥匙》
一诗写过文章，策兰对苦难内心和语言内核的抵达，那种从词语
间显现的"痛苦的精确性"，都给了我以更内在的和持久的撼动。

　　就像"不肯愈合"的伤口，策兰是一位读了就不能放下的诗
人。这就像诗人多多有一次对我讲的：是你在翻译策兰吗？不，
是他在要求你翻译他！因此，1997 年秋至 1998 年春我在德国斯图
加特"孤堡学院"（Akademie Schloss Solitude）做驻留作家期间，

––––––––––––––––––

① 该译后记发表于《诗林》1992 年第 2 期。

我又开始了翻译策兰。

那时我主要翻译了策兰的长诗《紧缩》和几十首短诗。除了汉伯格的译本外，我又有了彼埃尔·乔瑞斯所译的策兰的《换气》。策兰生前曾说这是他迄今写下的最有诗意，同时也是最难理解的一部诗集。的确，很难理解，我在那时的翻译，恰如策兰自己的诗句所说："我们交换黑暗的词。"（《花冠》）但这又的确是"最有诗意"的一部诗集。该诗集的开篇即是"你可以充满信心地／用雪来款待我"（《你可以》），多好啊！

那时我还写下了一篇介绍策兰生平和创作的文章《从黑暗中递过来的灯》（后来经修订作了《保罗·策兰诗文选》序文）。正因为这些译作和介绍文章，策兰的诗渐渐受到更多中国诗人和读者的关注。2001年春夏，出版策划人楚尘先生到北京找到我，提出要出版策兰诗选，我同意了（我本来并没有出版的想法，因为我还想对这些译文再"磨一磨"，并尽量多译一些）。

因为我的翻译主要依据的是英译，为了更接近原文，再次访德期间，我请我在斯图加特认识的移居德国多年的芮虎先生依据德文原诗对我的一些译作进行校勘，并请他直接从德文译出一些策兰的散文和获奖演说。2002年7月，我们翻译的《保罗·策兰诗文选》由河北教育出版社正式出版，收有103首诗和策兰最主要的散文、获奖演说辞和书信。

这是策兰第一部译成中文的作品集。从各方面看，它出版后受到了很大关注和欢迎，5000册很快全部售完。对此我也感到惊讶，怎么会呢？但后来当我看到许多读者在网上谈论策兰，许多很优秀的诗人（比如多多）告诉我他们把这本策兰诗文选读了无数遍，甚至还有一些诗人写诗献给策兰，我也明白了：继荷尔德林和里尔克之后，策兰对中国诗人的写作也开始产生实质性的影响了。

只是我知道这部译作的出版过于仓促，所收录的译作也不够全面。因此，2007年秋冬，我在美国纽约州柯尔盖特大学做驻校诗人期间，我又陆续购买了策兰《雪部》的英译本、美国斯坦福大学教授约翰·费尔斯蒂纳的《策兰评传》和他编译的《策兰诗文选》等。在纽约州上部的那一场场大雪中，我重又回到策兰这里来了。

2008年回国后，我也一直没有放下这种阅读和翻译。我又请朋友从美国带回了策兰诗歌的其他英译本和《伽达默尔论策兰》的英译本以及一部策兰研究文集，并从首都图书馆复印了德里达关于策兰的讲演和访谈录的英译本、策兰生前的朋友彼特·斯丛迪的《策兰研究》的英译本等等。我也由此给自己定下了一个更高的标准，那就是把翻译建立在研究的基础上。约翰·费尔斯蒂纳的《策兰评传》对我全面了解策兰有很大帮助，德里达、伽达默尔等人关于策兰的论述和解读对我也很有触动和启发。伽达默尔解读的21首策兰诗作，大部分我已译过，正是借助于他精深的解读，我对这些译文又进行了修订。

这一切，也加重了我作为一个策兰译者的责任感。2009年2

月，我的策兰翻译计划再次得到了德国"孤堡学院"艺术基金会的支持，我又到那里住了一个月。在德国期间，我请芮虎先生对我新译的一些诗作进行了校勘。此外，在德国新出版的巴赫曼与策兰的通信集也为我们提供了大量重要资料。正是在这期间，我们决定着手翻译这部重要的通信集，经过数年努力，它得以在中国出版并受到广泛关注。[1]

而在这之后，除了新译并修订已译出的策兰诗作，我主要从事对策兰的研究和解读，写有《雪的款待：策兰诗歌解读》《阿多诺与策兰晚期诗歌》《也谈策兰与"诗歌的终结"》《在你的晚脸前》《喉头爆破音：英美诗人对策兰的翻译》《从"晚期风格"往回看：保罗·策兰对莎士比亚十四行的翻译》等10多篇研究文章，近期还完成了一本《死亡赋格：策兰诗歌解读》。

就这样，阅读、翻译和研究策兰，于我已近30个年头，而2020年，就是诗人逝世50周年和100周年诞辰的年头。编选这部带有纪念性质的策兰诗选，对我个人来说则带有某种总结的意味。我从已译有的380多首诗中选出了近360首诗，并参照德文原诗和不同英译本及研究资料对它们进行了逐一的修订。我有某种如释重负之感。不过，能"了断"吗？恐怕不能，我甚至由此还想起了策兰生命最后阶段的诗句："结成杏仁的你，只说一半，/依然因抽芽而颤抖。"（《结成杏仁的你》）

---

[1] 策兰、巴赫曼：《心的岁月：巴赫曼、策兰书信集》，芮虎、王家新译，中国人民大学出版社，2013。

是的，"依然因抽芽而颤抖"。这部诗选是多年来心血投入和反复打磨的产物，但我不能说它就此终结了我对策兰的阅读和研究。这里，我也要再次感谢芮虎先生和其他朋友的大力帮助，感谢众多诗人和读者多年来的激励和期待。一位诗人曾运用策兰《带着来自塔露萨的书》中的一个隐喻来评价我的翻译："作为一个诗人译者，他在一种最深刻的生命辨认中侧身而行，并以他精确而又富有创造性的翻译，让我们在汉语世界里听到了'那船夫的嚓嚓回声……'"①这一切也加重了我作为一个译者的责任感。我力求把翻译建立在一个深刻和可靠的基础上，力求在"忠实"、"准确"和"创造性"之间保持一种张力，力求使这些译文能经得起多方面的严格考量。纵然如此，我只能说我译出的是"我心目中的策兰"。我也一再深切地感到了我作为一个译者的局限。

行文至此，我也愿在这里引出一首策兰以科隆的犹太人被屠杀的事件为背景的《在踩踏的》一诗。它是策兰对苦难历史的转化，有一种奇异的带着疼痛的再生感，而它也正可以用来作为这么多年来我翻译策兰的写照。的确，我们经历了太多太深的"词的黑暗"，也经历了无数的障碍、挫折和翻译的磨难，但现在，是到了"绽开——／气孔眼睛，／蜕去疼痛的鳞，在／马背上"的时候了。

是的，翻译也是策兰常写到的命定的牺牲、献祭和复活，而

---

① 张桃洲编选：《王家新诗歌研究评论文集》，东方出版中心，2017。

策兰的创伤至今也仍内在于我们的身体。在策兰晚期那首《以歌的桅杆驶向大地》的诗里（伽达默尔曾这样解读它，"它从一开始就转变成另外一种事故。它是天国里的船只失事"，而这意味着"所有希望的粉碎"），在经历了致命的历史重创之后，诗人转而要"进入这支木头歌里"，并用牙齿"紧紧咬住"。诗人最后对自己说的是："你是那系紧歌声的 / 三角旗。"这是怎样的一位诗人！他要系紧的"歌声"，我们在今天还要尽我们全部的生命去系。

一次"特殊时期"的旅行

> 我们走在地狱的屋顶上
>
> 凝望着花朵
>
> ——小林一茶

2020 年 1 月 24 日，也就是除夕那天，我们全家按原计划从北京登上了飞往巴黎的航班。回想起来，这真是我一生中最不寻常的一次旅行。

近 17 年前，也就是在 2003 年，我们在北京经历了一个 SARS 横行的春天。我们都没想到的是，历史竟在重演。

就在我们走的头一天，武汉市宣布封城，大批市民和外地人纷纷连夜出逃。说实话，我们自己也有一种避难的感觉。

我们在飞机上严严实实地戴着口罩。我们乘坐的是国航 933

班次，机上大都是中国人，一个个神情严肃。我也无心看书，如此难熬、紧张的 11 个小时！

但是没想到，到达巴黎机场时，并没有想象中的那种体温检测。排到边检窗口时，我发现两位女边检官，一位连口罩也未戴。因此，一出来进入到大厅，我发现妻子和两个儿子都把口罩摘下来了，"来法国了还戴什么戴"！是的，我们呼吸到另一种不同的空气了！

巴斯卡尔，一位从事中国戏剧翻译和戏剧交流的老朋友，这一次我们全家就住在她位于蒙帕纳斯的一座五楼上的小公寓里（她自个儿则住进她的工作室）。由于时差，我们到达巴黎时，为当地 24 日傍晚，她为我们准备了一顿丰盛的除夕年饭，第二天，就开车带我们逛巴黎：埃菲尔铁塔、凯旋门、香榭丽舍大街、塞纳河上最华美的亚历山大三世桥、米拉波桥，以及我想去的与巴黎圣母院隔河相对的莎士比亚书店……

来后我们得知法国已有两例确诊。中国国内的情况当然更加严重。世界一片恐慌。我妻子一来就要为国内的亲戚朋友买口罩，路边小药店早已脱销，巴斯卡尔为此带我们去巴黎最大的三层楼的药店，但是，那里也没有了。

可以想见，我们的心情并不轻松。我在心里甚至还有着某种愧疚感。24 日上午临行前，我在微信朋友圈里贴了一张五六位北京记者抵达汉口火车站的"战地留影"。我这个湖北人不能为劫难中的家乡做什么，但我必须向这些冒着生死风险的新闻人致敬。处在一场巨大的恐慌和迷雾之中，我们也只有从他们那里可以得知到一些"真相"。

而莎士比亚书店是另一个世界，去的人也多；从那里出来后，我隔河望向修复中的巴黎圣母院，除了尖顶被烧塌外，从外表看它似乎没有经过那场可怕的冲天烈焰。它在静静地忍受它的创伤。它周边的河岸上，桥头边，仍不时传来一阵阵欢声笑语。而我能说什么呢？我们自己的噩梦才刚刚开始。我们也不可能轻易就摆脱了。

好在现在已不同于早年的"非典时期"，在一个网络时代，我们有可能把整个世界随时带在身上。在法国的那些日子，我一有时间就在紧张地刷微信。

不出所料，一些"加油诗""抗疫诗"很快就出现了。我也曾多次收到约稿。但是我没有写。面对如此可怕、如此不可思议的灾难，我有的，只是一种无能感、羞愧感。

多少年来，我们都在同一个巨大的怪物搏斗。所谓现实的发展，也不断超出了我们的理解。SARS 期间，我曾彻夜阅读加缪的《鼠疫》并写了一篇随笔文章。但是今天看来，加缪对人类"与黑死病天使的角斗"的讲述仍过于温和。现实之诡异和恐怖程度，恐怕超出了任何人的想象。

历史上的几次重大事件，曾对我的写作起到了某种重要作用。

那么这一次呢？走在香榭丽舍大街上，我想起米沃什曾写有一首《路过笛卡尔大街》，我们呢？我们是否还能发出声音？我们那些惯有的诗学"武器"是不是也有点失效了？

没有诗，除了泪和焦虑。我们已被凶猛异常的现实逼到一个死角。在那几天，我想读到的也不是诗，而是财新、三联周刊记者们的现场报道。他们才是时代最需要的见证者和报信人。它们不是诗，它们只用实事讲话，但也恰好让我想起了米沃什对诗的定义：对真实不懈的追寻。

塞纳河上的米拉波桥。对很多法国人来说，它可能首先是诗人阿波利奈尔的米拉波桥，在我的大学时代，我也曾很动情地背诵过闻家驷先生的译文：

> 塞纳河在蜜腊波桥下扬波
>> 我们的爱情
>> 应当追忆么
> 在痛苦的后面往往来了欢乐

而到后来，对我而言，它永远变成了策兰的米拉波桥。这不仅因为策兰在他生命的最后因无法克服的精神创伤从那里投河自尽，还因为他早在一首《带着来自塔露萨的书》的长诗中就写到这座桥，在诗的后半部分，随着诗的节拍，那久久压抑的冲动出现了：

> 来自那座桥
>
> 来自界石，从它
>
> 他跳起并越过
>
> 生命，创伤之展翅
>
> ——从那
>
> 米拉波桥……

　　了解了策兰的一生，尤其是他的死，再来读这样的诗，真是令人战栗。对这位一直带着致命伤害生活的诗人，米拉波桥成了他最终的选择，成了生死之界，"创伤展翅"之所在！似乎走到这一步，他所一直忍受的创伤也变得要破茧而出了。

　　我难忘翻译这首诗时受到的震动，当然我更惊异于诗人最后跨出的那一步。1970年4月19日深夜或20日凌晨，策兰从他在米拉波桥附近独居的寓所出走，家人和朋友们到处寻找不果，直到5月1日，诗人的尸体在塞纳河下游被人发现。他是怎样"失踪"的，在什么地点，以什么方式？如果读过他写于1962年的这首诗，难道就不会明白吗?!

　　我们来到米拉波桥的时候，正值巴黎金色的黄昏。我们先是从桥头下面的河岸上眺望那座有着天使雕像守护的绿黄色大铁桥，然后才走到桥面上。而当我俯身在桥栏上，当我望向那把一个诗人带走的缓缓流动的神秘河水，这里如实说，我真不敢更多地往下看！

策兰离开我们已整整半个世纪了，但是他那些写于奥斯维辛灰烬中的诗，在我看来，比很多创作都更能深切地表现我们这个时代，也更能突入到我们"内在的绞痛"之中。这次出来，因为时差，更因为日夜关注国内那揪心的一切，我的时间都有些颠倒了，我不禁念叨起《死亡赋格》中那悲怆的有着奇特时间顺序的主题句："清晨的黑色牛奶我们傍晚喝 / 我们正午喝早上喝我们在夜里喝 / 我们喝呀我们喝。"一代代的苦难循环，我们被迫喝了又喝的"黑色牛奶"！我们何时能有个了结?!

这也就是为什么这次全家旅游主要选择了法国。今年 4 月 20 日，是策兰逝世 50 周年纪念，为此我再次翻译和修订了策兰诗选。以前我曾在德国访问过许多与策兰相关的地方，科隆的王宫街、柏林的安哈尔特老火车站、位于弗莱堡附近的策兰与海德格尔"对话"的托特瑙山等等；而这次来巴黎，也正是为了寻访策兰的遗迹，如米拉波桥、"卫墙广场"，尤其是策兰最后安歇的墓地——可以说，这已是我多年的夙愿了。

巴黎郊外的蒂埃公墓。与巴黎著名的安葬着众多名人显贵的拉雪兹神父公墓、蒙帕纳斯公墓相比，蒂埃公墓是一处平民墓园，离市区也比较远，所以我没听说有哪一位中国人访问过策兰墓地。

策兰为什么被安葬在蒂埃？是因为他出生几日即夭折的长子福兰绪安葬在这里。策兰投河自尽被发现后，于1970年5月12日安葬在福兰绪墓旁。看到我拍的策兰墓地照片后，有人在微信留言说感到很心酸，但这也正合乎策兰的身份。虽然在策兰生前任教的巴黎高师已标有"策兰教室"的标志（那里还标有"德里达教室"等等），但在法国有多少人知道策兰？作为一个用德语写作的犹太诗人和流亡者，策兰永远是个异乡人、边缘人。再说，策兰生前几乎已对人类世界绝望了，他要唱出的是"人类之外的歌"，他怎能容忍自己的墓碑用来向世人展览？

　　我们就这样来到了蒂埃公墓。在墓园外的花店买了三束洁白的菊花后，我们来到公墓的第31区寻找。第31区很大，墓碑也大都是平躺的，很不好找。我们分头去找，找了有十多分钟吧，结果还是我一转身，首先发现了策兰墓地。我妻子连说我和策兰"有缘"，那就姑且这么说吧。

　　辽阔、安静、荒凉的蒂埃墓园。我们是在一个雨后的阴晴不定的下午去的，还刮着阵阵冷风。平躺的青色大理石墓碑上，只刻有这一家三口的名字和生卒年份（策兰的妻子、法国版画家吉瑟勒1991年逝世后也安葬在这里）。没有任何装饰，墓碑上只撒有一些石头子，可能是犹太人或是了解犹太民族习俗的访问者放下的。按照中国的扫墓习俗，我的妻子和我分别用手掌扫了一遍墓碑，最后我把手放在了策兰的名字上面。我不知道我们这样能否安抚一颗永恒痛苦的灵魂，但在那一刻，我的手都有点颤抖，我也似乎感到了那来自地下的，并且一直在等待着我们的东西。

没有墓志铭。整个犹太民族的苦难、20世纪的黑暗历史、那些死亡也不能磨灭的诗篇就是策兰的墓志铭。

也许，正是这样的"域外旅行"给我提供了另一种进入我们自己现实命运的方式，或者用阿甘本的话来说，以此来向我们"未曾在场的当下回归"，甚至是向"当下我们绝对无力经历的那个部分的回归"。

我们逃避了吗，或能逃避吗？一次半个月的旅行，整个过程兴奋而又揪心。岂止是揪心和悲痛，我们还不得不痛苦地目睹着手机屏幕上的一切。围城了，管控了，整个国家都进入到阿甘本所说的"例外状态"，但又不例外，它不过是我们自身命运的一次可怕的暴露。

我们不能做什么，但是我们必须发出声音。良心的刺痛，从未这么尖锐。而作为一个所谓的诗人，我对自己担心的，也正如陀思妥耶夫斯基早就说过的那样："我只怕我配不上自己所受的苦难。"

这真是悲喜交集的旅行！当我们开着从巴黎租的车，在美丽的法国乡村公路上漫游，也许，我那位开着"鄂"字牌货车的湖北老乡还在高速公路上流浪，四处被拒，找不到一个休歇处……我又该怎样描述我们的法国南方之行？那难以想象的美，要让人流泪的美！望向车窗外，我不禁想起了米沃什在一首诗中所引用的小林一茶的诗句："在这人世间／我们走在地狱的屋顶上／凝望着花朵。"

孩子们是体会不到这些的。行至一个无人的有着交界标志的开阔坡顶上时，他们下了车，一个个在风中欢呼和蹦跳了起来！美和自由是一种拯救吗？是的。正是那些美丽的生命花朵，使人们有了在地狱里行走的希望和动力。

"南下"的第一站，是荷兰语中国文学翻译家马苏菲所在的法国东南部勃艮第地区的一个村子。我早同马苏菲见过，她和比利时的伊歌等人曾创办过一份译介中国文学的杂志《文火》，这次她听伊歌讲我来了法国，便邀请我们去她的村子看看。她也很想翻译一本我的诗。马苏菲为莱顿大学的博士，她居然辞去教职，来到法国偏远的乡下定居，这真是让人赞佩。她已翻译出版了莫言、张爱玲等人的小说，商禽、陈黎、夏宇等人的诗选和一部中国古诗选，现在正在翻译一部杨牧诗选。

我们靠着谷歌导航，钻山沟穿密林爬高坡，终于摸黑开到了马苏菲的家。一座半山坡上的老房子，雨雾中的朦胧灯火使它显得格外温馨。马苏菲已为我们准备好了晚餐，我们喝着勃艮第地区有名的葡萄酒，谈诗，谈中国，而她的小女儿在一边温顺地听着。我的妻子连连赞叹：这小女孩看上去怎么那样美呀，真像是从维米尔的画中走出来似的！

第二天，我们起早散步。雨后薄雾中的宁静山村，小教堂尖顶，乳白炊烟，草地间的泉水声，马厩里的喷息声，山坡上一道道劈柴堆成的长长围墙……真像是塔可夫斯基电影中的风景！而这，不正是我自己早就想过的生活？为了这种看上去最简单的"按照自己内心生活"的愿望，我们又付出了或将要付出怎样的代价？想到这里，我还想起小林一茶那首俳句有着另一个译本，那是周作人近百年前译的："我们在世上，边看繁花／边朝地狱行去。"究竟哪一种译法更好呢？我把自己也问住了。

　　法国中南部重镇里昂，古老而又现代的里昂。望着那一道道弯弓似的钢铁桥梁，我不由得想起了策兰曾在这里写下的诗句，"一条弓弦／把它的苦痛张在你们中间"。而这一次来法国寻访策兰，寻访凡·高，寻访夏尔，不正是因为有这样一条弓弦张在了我们中间？

　　普罗旺斯小城阿尔勒，凡·高的阿尔勒（Arles，过去译为阿尔，海子就曾称凡·高为"阿尔的瘦哥哥"），我很久以来就神往的地方。2月1日夜，我们终于入住在靠近阿尔勒的一个民宿里：村子里的狗汪汪叫着，一座带小花园和木头楼梯的老房子，而上空是硕大的繁花似的星空……

　　这真是凡·高的土地和风景：带车辙的乡村路，一棵棵青色火焰般的赤柏，掩映在围篱中的安谧农舍……第二天清晨，当一抹柠檬黄的晨光镀亮窗沿，我们就赶快出去散步。我生怕错过这最初的金子一般的光。待走到一家带围栏的花园前，望着2月清寒中那棵有着黑色躯干和赤裸枝条的桃树（或是杏树），我几乎要流泪了：这不正是凡·高画过的那种湿润的、带有日本风格的树吗?!

1888年早春2月，凡·高从巴黎来到阿尔勒。他还没有见到普罗旺斯强烈的太阳和色彩，却遇到了冰霜和法国南部强劲的寒风。在他最初画下的画中，就有一幅《玻璃杯中花朵盛放的杏树枝》，那是他作为一个贫苦的人对生命的强烈礼赞。

我们就这样走在凡·高的阿尔勒。当年他住过和画过的"黄房子"现已不在（它毁于"二战"末期的战火），但"夜晚的露天咖啡座"还在，夜空上方的金色星辰还在。生长过向日葵的田野还在。阿尔勒的精神病院还在（现被称为"凡·高医院"），庭院中他画过的那三棵倔强不屈的老树还在。这个割掉自己耳朵、被小镇上的人们视为"疯子"的人其实是个工作狂：在阿尔勒近1年3个月的时间里，他画了约200幅油画、100幅素描和水彩。他的生命在熊熊燃烧。

不用说，因为凡·高，阿尔勒早已成为一个艺术圣地。但是在我看来，在这之后凡·高的"圣雷米时期"同样重要。1889年5月，凡·高在弟弟提奥的担保下从阿尔勒入住圣雷米精神疗养院，这一住就是一年。在那里他有了自己的工作室，并获准外出画画。他的圣雷米时期的《鸢尾花》是那样美丽动人，像一首从苦难中迎风绽放的诗（该画1987年以4900万美元的"天价"拍卖），而《星夜》则显示他进入了一个怎样的如痴如醉的创造境界！有人敢于这样来描绘星夜吗？那蓝色夜空里一团团硕大的、金色的星辰涡流，那个痛苦燃烧的、围绕着自身旋转的生命宇宙……

疯了吗？是的，也只有进入这种疯狂，一个艺术家才能把自己和那种非凡的创造精神结合起来。因此，看了阿尔勒还不够，我们又开车去了圣雷米。我对妻子和两个儿子开玩笑说：那才是我最想待的地方，我们先去踩踩点！

山脚下古老的圣雷米精神疗养院（它的附近还有一座古罗马时代竞技场和浴池的废址），它的背后是波浪般奔涌的山头，大门口是两排蓬勃、扭曲的松树（好像它们仍在与狂风搏斗）和一片幽灵般发灰的橄榄树林，这一切，都愈来愈像是凡·高的画了。遗憾的是，我们去时，圣雷米精神疗养院由于维修不开放。我们只能看看周边凡·高当年作画的景点，只能透过高高的围墙看院内的那些参天大树。"疾病是一所修道院，有着自己的清规、苦行、静谧和灵感"（加缪），但是，那里面就没有生命最强烈的呐喊吗？

1890 年 5 月 16 日，凡·高告别圣雷米，在里昂火车站与弟弟提奥会合，前往奥维尔小镇，直到两个多月后他逝世。这么说，这位看上去满脸沧桑、目光锐利的艺术圣徒，实际上只活了 37 岁。这是多么惊人的生命！他开枪自杀前在奥维尔创作的那幅强烈迸放的《麦田上的鸦群》，我曾在阿姆斯特丹的凡·高美术馆久久地观看过：是的，这就是它了！当最后的时刻到来，他可以把自己献出去了！

遗憾的是，这次由于时间仓促，我们未能到奥维尔去看凡·高和提奥并排的墓地，未能去看那汹涌的麦地和黑色天使般的鸦群，去倾听那一声枪响所传来的回声……写到这里，我也想起来了，早在 20 世纪 80 年代中期吧，我还曾写过这样一首诗：

从闹市里出来

心情抑郁地走上街头时，城市消失了

红色的峡谷在楼群间展开

丝柏于风中晃动

远处走来了摇摇晃晃的凡·高

这自然是幻觉

在向日葵砍到的地方，矗起了广告牌

但是谁能阻止凡·高向我走来

谁敢嘲笑这个可怜的疯子

当他穿过这个钢筋混凝土的世界

他又将画些什么

鸦群又在麦地上低低地盘旋

风把苦艾酒的气味吹来

是时候了！凡·高

你和我最终只能选择田野

一声枪响之后

我看见你的手，青筋暴胀

伸向泥土

似要紧紧攥住那最后的爱

是的，"你和我最终只能选择田野"。也正是这种命运，从一开始把我们与凡·高联系了起来。而这一次的寻访，不过是再一次的生命的自我辨认。

这次在法国南部，我还有机会访问了诗人勒内·夏尔（1907—1988）的故乡，位于沃克吕兹省索尔格河畔的伊尔。

可以说，在战后法国诗人中，夏尔是我最珍爱的一位。在早年，读他的诗是我进入"早行者的黎明"时所经受到的"第一个寒战"，在今天，阅读和翻译他，我仍时时感到一种出自血液上的呼唤。因为这种喜爱，我曾试着翻译过夏尔的一些诗。此外，策兰和夏尔的关系也一直吸引着我。我知道海德格尔生前最看重策兰和夏尔这两位诗人，他曾特意访问夏尔在法国的家乡，和诗人一起伴着夏日的蝉鸣讨论赫拉克利特的残篇，就是在那里，"古希腊再一次焕发出青春"；参加讨论的人还这样写道："罗纳河在流淌……我们又开始了残篇的讨论，神秘山脉偃卧于我们的背后，这就是勒班克的风景，谁要是找到了去那里的路，谁就是众神的客人。"

没想到，这次我们真的成了这片土地上"众神的客人"！伊尔为一个河流贯通的古镇，早就听说它有着"普罗旺斯的威尼斯"之称，但到了那里，其河水的清澈仍令我惊异（这就是夏尔为什么会写出"你止痛于河水下的流速"这样的诗句！），而一道道拦水坝所造成的河水落差，也让我再次感到"语言急流对我们的冲刷"。从古镇上望出去，远处苍茫绵延的红褐色山脉，不仅使这片土地多了几分险峻和坚硬，也使它更像是一个摇篮。诗人曾在《宣告一个人的名字》中这样描述过故乡对他的造就：

那时我 10 岁。索尔格河将我收留。太阳歌唱着一个个时辰，在河水智慧的钟面上。……但是，是什么样的轮子，在这个盯着看的孩子心里旋转着，比那带着白色火灾的磨轮转得更强劲、更迅疾？

索尔格河上巨大的磨轮仍在转动，热闹的周末老货市场沿着河岸一溜儿摆开。就在一座桥头边上，我参观了一座夏尔曾工作和生活的带内院的大房子，现在那里是一个艺术馆，仍摆放着夏尔的许多作品集和传记书籍，我在那里还发现一本新出的策兰和夏尔的通信集（1954—1968），我要买，但他们找不开零钱，只好作罢。

天色已晚，我忽然想到夏尔的墓地，便发短信给巴黎的方佳璐（她正在译我的一些诗），她很快回信说上网查了，伊尔有两处墓园，但不确定夏尔安葬在哪个墓园。我们就先到镇子边上最近的墓园去找，但是墓园那么大，还分为新旧两部分，怎么找？找了近 20 分钟，我正要放弃时，大儿子王岸发来短信："找到了！"这真是难以置信啊（原来，他上网查看夏尔墓地的照片，发现其背后有围墙和平房屋顶，他就径直朝那里找去……）

不同于策兰墓地，夏尔的墓地古朴、庄重、尊贵（夏尔生于当地望族之家）。只是看上去许久无人光顾，墓边只有带刺的灌木，墓碑也生满了青苔，上面作为墓志铭的一句诗更是难以辨认，我拍下照片后发给方佳璐，她放大后才能看清，原来这是一句我们很多中国诗人都熟悉的夏尔的名句：

我们居住在闪电里，闪电处于永恒的心脏。

这句诗本身就像一道闪电，不仅泄露了"天启"的秘密，也为我们再次照亮了夏尔作为一个诗人的一生！

我满怀激动，家人们也有一种欣欣然的感觉。寂静的、安眠着一位诗魂的墓地。高大的带华美树冠的松树。金色的、绯红色的黄昏。有了这样的诗人和诗，即使在墓园里，我们也可以起舞了！

这也就是为什么我们需要伟大的文学。它不仅是"见证"，还给我们提供一种精神力量和人生的超越性。像夏尔的诗，哪怕只有只言片语，也往往会给我们一种如庞德所说的"在伟大作品面前突然成长的感觉"，尤其是在我们感到绝望、沮丧或空虚的时刻。

薰衣草田，葡萄园，清澈的急流和耀眼的白垩石山。那两天，我们开车多次穿越夏尔家乡一带。当我们沿着海滨行驶，那巨大的白色盐山的光芒，马上就使我想到了夏尔的诗句，"肩扛着现实，他在盐库守着波涛的记忆"。我们还访问过一个山上石头城（因其陡峭突兀，又被称为"空中之城"），山顶上的狂风刮得我们站都站不住，我恍然想起我还翻译过夏尔的一首短诗："严霜使你缩成一团，/ 人比任何灌木燃烧得更炽烈；/ 冬天的长风悬挂起你。/ 石头房顶，一座僵硬教堂的 / 断头台。"诗人写的是旺纳斯哥，他家乡一带的一个山上城堡，在历史上曾经为防御要塞。而在我们访问的这个山上石头城的小广场上，也矗立着一尊游击队战士的雕像。我知道"二战"期间夏尔曾投入抵抗运动，为当地游击队首领。他是否也持枪来过这里？是的，肯定。

这就是为什么我会敬重夏尔这样的诗人。他的诗，有一种直接进入灵魂的力量，而他的人生，也为他的诗做出了最真实可靠的担保。他为我们铸造了一种光辉的"知行合一"的诗性人格。这也是为什么我要向那些在这次疫情中挺身而出、发声和做事的作家诗人和学者致敬（虽然我自愧我什么也没做）。真正的诗，不单是写在纸上，它也必定是最真实、深刻的生命实践，是开花、舞蹈，但也是流血和流泪。

南方之行的最后一站，诗人瓦雷里（1871—1945）的家乡塞特和海滨墓园。"我们怎么老是看墓地啊？"小王朱嘀咕着。但是，当我们驱车攀上那面陡峭的临海山坡，当我们步入那个有着层层叠叠的墓碑、高耸的十字架和苍翠松柏的墓园，而正午的地中海整个展现在面前时，我们每个人都受到震撼了。这真是我一生中看到的最为壮观的古老墓园。它不仅体现了死亡的庄严和静谧，也体现了有限对无限的敞开，人对永恒的眺望和回归！

显然，瓦雷里为家乡的无上荣光。墓园上方有瓦雷里纪念馆

（很遗憾，因为我们去时是周一，不开放），墓园入口和墓园里也专门有诗人名字"Paul Valery"的指示箭头，在诗人庄重的墓碑前还摆有一条长椅，供访问者们在那里凭吊和沉思。正是在这个面向大海的墓园入口处，我们让还在上初三的王奂朗诵了从手机上找出的《海滨墓园》：

> 这片平静的房顶上有白鸽荡漾。
>
> 它透过松林和坟丛，悸动而闪亮。
>
> 公正的"中午"在那里用火焰织成。
>
> 大海，大海啊永远在重新开始。
>
> 多好的酬劳啊，经过了一番深思，
>
> 终得以放眼远眺神明的宁静！

这是卞之琳先生的翻译，我从上大学起就熟悉它。《海滨墓园》为瓦雷里一生的巅峰之作，其博大精深，非一般译者可以传达，但是卞先生的翻译是多么精湛有力！在海滨墓园重读，我更加惊异于它所透出的强烈透彻的语言之光，它那在每个字词和意象上所达到的"钻石般的绝对"，它在我们的汉语中所发出的隐秘共鸣和交响！

"多好的酬劳啊，……终得以……"虽然我自己远远没有达到这种智者的澄明，我们每天都还处在国内疫情的深重阴影下，但我仍喃喃地重复着它。最后，我们来到山头的灯塔和巨大的白色十字架下的观海平台上，眺望港口城市塞特的全貌和地中海的闪光。这一次我感到我不是一个人在眺望了，而是和半山坡下那些世世代代的死者一起，甚至是和无限的生者、死者和将来者一起眺望。是的，这里是造就了一位伟大诗哲的故乡，这里也正是为加缪所一再赞颂的温和、高贵、充满诗性正义和光辉的地中海文明。我从手机上知道北京在下雪，我们早上来的近百里外的阿尔勒也有点春寒料峭，但在这里，一簇簇向海的桃花已经盛开了。

而从法国南部回巴黎后，回国前，我们又在巴斯卡尔的小公寓里住了两天。我们也想更多地了解蒙帕纳斯这一著名的艺术家和知识分子街区。

邻近的蒙帕纳斯公墓，这回我已去过两次。作家莫泊桑、音乐家圣桑、诗人波德莱尔和查拉、剧作家尤奈斯库、哲学家萨特和波伏娃、作家杜拉斯、新浪潮女导演瓦尔达都安葬在这里，还有法国前总统米特朗，等等。

我没想到的是，我和很多中国诗人喜欢的秘鲁诗人巴列霍（1892—1938）也安葬在这里。巴列霍生前曾在西班牙和法国流亡，他的名诗《白石上的黑石》，令人惊诧地预示了他的死亡："我将在大雨中的巴黎死去，/ 那一天早已走进我的记忆。/ 我将在巴黎死去——而我并不恐惧……/ 塞萨尔·巴列霍死了，每一个人都狠狠地 / 捶他，虽然他什么也没做。/ ……他的证人有星期四，手肘骨，/ 寂寞，雨，还有路……"

很巧的是，我们访问巴列霍墓地（去法国南方前），正是一个下雨天，而且恰好是星期四（1月30日）。我们是来为一个诗人的命运做证吗？当我这样想时，撑起的雨伞上落下的雨声也更大了。而我眼前的墓石上，还放有一面已淋湿的秘鲁国旗，那一定是他的同胞们不远万里带来的……

　　孤独、苦难和奋斗……不仅是巴列霍，蒙帕纳斯一带还曾聚集了无数的法国和来自世界各地的作家、艺术家，而巴斯卡尔就是这一历史的见证人。巴斯卡尔的父亲是一位有名的电影摄影技术专家，她从小就生活在这里。那几天里，她给我们翻看记录着蒙帕纳斯历史的书，她带我们去看邻近的萨特和波伏娃的故居，她说从小她母亲每天带她在家门口咖啡馆用早餐时，总能看到一个老头坐在邻桌的角落里，那时她想"这个老头怎么这么丑啊"，后来才知道那就是萨特！

　　我们没进那个咖啡馆，虽然每天我们都从它前面经过，虽然每天我也在思索着"存在与虚无"。我们只是请巴斯卡尔带我们去参观了邻近的雕塑大师阿尔贝托·贾科梅蒂（1901—1966）的工作室纪念馆。我爱那些黏土、青铜材料、锈迹斑驳的调色板，我爱那些完成和未完成的、迈开细长腿准备行走的各种瘦削人物。我还在那里买了一个带有贾科梅蒂人物形象的茶杯，此刻，它正在我的桌子上冒着热气！

　　罗丹的披着睡衣的"巴尔扎克"仍矗立在蒙帕纳斯的街头（巴斯卡尔告诉我们，有一次她路过这里发现它没有了，后来才知道它被运到上海展览去了）。不过，俄裔法国雕塑家奥西普·扎德金（1890—1967），属于这一次我自己的发现。在蒙帕纳斯一带，我多次见到他的雕塑。扎德金不仅是将"立体主义"首先运用于创作的雕塑家，其作品也具有强烈的抒情风格，如卢森堡公园里的"纪念诗人保尔·艾吕雅"，诗人手持竖琴，像是古希腊神话歌手俄耳甫斯的转世。不过，鉴于艾吕雅的后期，我倒是更认同于策兰的态度。1950 年，捷克诗人卡兰德拉因反斯大林主义被判绞刑，法国诗人布勒东曾找身为法共党员的艾吕雅出面救援，但遭到艾吕雅的拒绝，从此策兰也与艾吕雅疏远了。这也显示了"左岸"（塞纳河左岸，包括蒙帕纳斯）一带的艺术家和知识分子在后来的分野。

蒙帕纳斯的另一个传奇人物，当属意大利画家阿梅代奥·莫迪利亚尼（1884—1920）。1910 年春天，彼得堡诗人古米廖夫携新婚妻子阿赫玛托娃到巴黎度蜜月，"到处展览他妻子的长脖子"。那时还一文不名的莫迪利亚尼为俄罗斯女诗人的风采所吸引，提出为她画肖像，女诗人不仅答应了，两人后来还有了更多的秘密。第二年春天，阿赫玛托娃独自一人再赴巴黎，她也有了 16 幅以她为模特儿的素描。只不过那些天才的素描在动乱年代几乎全部丧失，只有一幅保存了下来。我曾在彼得堡阿赫玛托娃纪念馆看过那幅珍贵的素描——阿赫玛托娃曾称那是她"唯一的家产"！

因此，在卢森堡公园里散步时，我不禁在想哪条长椅上他俩曾坐过。人们说他们曾坐在那里一起用法语背诵魏尔伦等诗人的作品，人们说那时巴黎多雨（现在也多雨啊），他俩见面时莫迪利亚尼总是撑着一把又大又破的黑雨伞……

多么浪漫的相遇，多么浪漫的巴黎！这是 2 月 6 日的傍晚，从卢森堡公园出来后，老朋友刘耘请我们去咖啡馆"喝一杯"（按巴黎人的习惯，晚餐前见面时总要喝点什么），当她点的葡萄酒和法国奶酪端上来后，当我们举杯，望着卢森堡公园上空那令人陶醉的金色黄昏，我想，下辈子也在蒙帕纳斯租一间小公寓，试一试艺术家的生活吧。

但是，也就在当晚，好像当头挨了一棒似的，当我们在卢森堡公园附近的街区闲逛，我们从手机微信上得知"吹哨人"李文亮"最终"离去的消息。这是真的吗？他才 34 岁啊……在那一刻，我感到我身边的妻子的声调都变了，说话都变成一种哭腔了！

这真是悲痛的一刻，但是我也感到这还是"逆转的一刻"，是注定会被我们的历史标记的一刻。而这一次的旅行，甚至可以说我们的一生，把我推向了这一时刻。

这是一个为我们备受折磨并罹难的人。他那戴着大口罩的形象在巴黎华灯初上的夜空升起。他那圆睁的不甘的眼睛，不仅显示了病毒恐怖的程度，也显示了一个人的良知受到怎样的煎熬！

不用说，那一夜，我和成千上万的人一样难以入眠。正是那一夜，我决定不再延迟回国。我们的原定回程机票是 2 月 8 号，本来也想推迟（因疫情航空公司也可以免费改期）。国内也有朋友来信劝我们不要现在回去，要我们避一避，甚至说钱不够他给我们汇来。巴斯卡尔说她的公寓我们想住多久就住多久，伊歌也从比利时来信替我们担心，要我们多留一留……

说实话，我心里也很矛盾。我何尝不想在美丽的巴黎留下。我也知道回去后会被隔离 14 天，而且春节后返城潮有可能带来更大的疫情扩散危险。但又怎么样？在这里越多留只能使我越不安。我们是"那里"来的人，我们迟早得回去啊。

那就回去吧。我知道回去后什么也不能做。我们甚至连"挺身而出的凡人"也谈不上。但是，也正是在那样的时刻，我想起了阿赫玛托娃《安魂曲》那个伟大的开篇题记：

不，不是在异国天空的穹窿下，
也不是在陌生羽翼的庇护下——
我是和我的人民在一起，
就在那里，在他们蒙受不幸之时。

就这样，2020 年 2 月 9 日凌晨，我们乘坐中国民航，从巴黎回到了寒冷的、灰蒙蒙的北京。大街上空无一人，我们拉着行李箱，路边的残雪仍有些坚硬。在单位大门口等待进入许可等了一个多小时后，我们终于回到了家里，拉开窗帘，阳台上的一盆花开了。我不知道妻子买的是什么花，但是，它开了。

作为"同时代人"的杜甫

　　杜甫再次来到我们中间并成为我们的"同时代人",这大概应是20世纪90年代前后的事,这就像冯至在"七七事变"后携家人随校从上海辗转内迁,在颠沛流离的路上发现了杜甫一样。这里是一首冯至在那时写下的诗:"携妻抱女流离日,/始信少陵字字真;/未解诗中尽血泪,/十年佯作太平人。"

　　我们也经历了这样的历史命运。否则,杜甫在那时有可能还会被我们错过。

　　而在这同时,经历了20世纪80年代现代主义洗礼的一代诗人,在一种文化焦虑中,在那时也不得不思考自身的写作身份问题。也正是在这种情形下,"过去"被重新引入现在,"父亲"回到了我们中间。

　　"父亲"会回来的,但往往是在被我们"遗忘"之后。但这不会是一种简单的"继承"的关系，而是在一种新的历史条件和视野下所重建的多重文脉关系，是对家谱的重新编撰。当传统对我们重新开口说话的时候，也正是中国诗歌打开它新的一页的时候。

在我 20 世纪 90 年代初中期的《伦敦随笔》中有这样一节：

> 在那里母语即是祖国，
>
> 你没有别的祖国。
>
> 在那里你在地狱里修剪花枝
>
> 死亡也不能使你放下剪刀。
>
> 在那里每一首诗都是最后一首，
>
> 直到你从中绊倒于
>
> 那曾绊倒了老杜甫的石头……

德国汉学家顾彬很认真，他在翻译这组诗时曾特意问"那曾绊倒了老杜甫的石头"是什么意思，我回答说："石头就是石头。不过，你也可以理解那是一个中国诗人的'大限'，或命运……"他点点头，不再问了。

在这之后的几年，在我于德国写下的组诗《孤堡札记》（1998）中还专门有这样一首：

> 在起风的日子里我又想起你
>
> 杜甫！仍在万里悲秋里做客，登高望北

或独自飘摇在一只乌篷船里……

起风了，我的诗人！你身体中的

那匹老马是否正发出呜咽？你的李白

和岑参又到哪里去了？

茅屋破了，你索性投身于天地的无穷里。

你把汉语带入了一个永久的暮年。

你所到之处，把所有诗人变成你的孩子。

你到我这里来吧——酒与烛火备下，

我将不与你争执，也不与你谈论

砍头的利斧或桂冠。

你已漂泊了千年，你到我这里来吧——

你的梦中山河和老妻

都已在荒草中安歇……

    对这首诗解读不是我要做的事情，不过有两点：一是"你把汉语带入了一个永久的暮年"，这个"永久的暮年"和我本人在《文学中的晚年》（1997）中的一些想法有关。我一直认为在中国传统中有一种"时间诗学"，像赵翼的"赋到沧桑句便工"，杜甫的"庾信文章老更成""庾信平生最萧瑟，暮年诗赋动江关"，等等，都指向了这一点。"老更成""暮年诗赋动江关"，这是杜甫对庾信的赞颂，实际上这往往是他自己才达到的艺术境地。杜甫后期的诗，几乎每一篇都"赋到沧桑"，甚至令人一篇读罢头飞雪。这正是我本人推崇杜诗的重要原因。我也想借助于这种推崇，与早先20世纪80年代以来的那种"青春抒情""先锋实验"告别，以把时间和历史的维度引入到我们当下的诗学探讨中，为诗歌确立一种更为"可靠"和"永久"的尺度。

二是这是一首招魂之诗，安魂之诗，但诗中也有想象的对话和"争执"。争执什么呢？"父亲"有什么让我们不满足的吗？在同一组《孤堡札记》的另一首中，我还写有"为了杜甫你还必须是卡夫卡"这一句。这一句诗曾引起人们注意，直到最近还有人撰文谈论。但不管怎么说，这就是我们的历史命运。我们这一代人，不仅处在如诗人多多所说的"两排树"之间，也注定会在一个更广阔的、跨语言文化的"世界文学"的语境下写作。这就像冯至当年，对杜甫的发现使另一个伟大的生命尺度为他展现出来，但他并没有抛开那种德国式的"存在之诗"，而是在创作中把歌德、里尔克与杜甫结合为一体，把对苦难人生的深入与超越性的观照结合为一体。我们在今天更得如此。

今年4月7日，在英国疫情最严重的时日，BBC播出了专题纪录片《杜甫——中国最伟大的诗人》。这个纪录片在中国国内也再次引发了杜甫热。说实话，我对这个纪录片有很多不满足，但著名老演员伊恩·麦克莱恩的朗诵，却完全抓住了我，当他读完最后一首诗的最后两句，"I have achieved nothing / and my tears fall like rain."，在那一刻，我真感到杜甫就活现在我的面前！

我们在今天怎样重新进入杜甫的世界？这也让我再次想到了美国诗人肯尼斯·雷克斯罗斯。谈起杜甫，雷克斯罗斯总是心怀感激："如果说以赛亚是最伟大的宗教诗人，那么杜甫就是所有非宗教诗人中最伟大的。但对我来说，他的诗歌却是唯一能够经受时间的考验留存下来的宗教。你必须怀有人们所说的'敬畏生命'的态度，才能理解他的诗。"

是的，"敬畏生命"，这才是我们进入杜诗的起点。正因为如此，冯至在《十四行集》中对杜甫才有这样的动情赞颂：

> 你的贫穷在闪烁发光
> 像一件圣者的烂衣裳，
> 就是一丝一缕在人间
>
>
> 也有无穷的神的力量。

与此相关，为什么自宋以来杜甫一直被尊崇为"诗圣"？英文版《杜甫传》的作者洪业先生在《我怎样写杜甫》中借梁启超的"情圣杜甫"一说这样来解释："所谓诗圣应指一个至人有至文以发表其至情。"

我觉得这样说还不够到位。把个人的命运、民族的苦难转化为泣血的诗篇，使诗文上升到为天地立心、为生民代言的崇高地位，这才是杜诗在一个"非宗教"的世俗文化范围内所达到的神圣性。在他的诗中，是语言与生命的合一，美学和伦理的合一，悲剧与史诗的合一。即使是"朝扣富儿门，暮随肥马尘"这样的充满心酸的诗句，也有一种令人战栗的力量。这使一个诗人在一个民族的心目中获得了神圣而不可冒犯的位置。

如按当今的话来说，杜甫不仅是大地之子，时代之子，还是我们这个民族最为精英、高贵的文明之子。他一生为生民立命，与大地上的一切生灵血肉相连，其悲怆、仁爱和深厚的同情心几乎无人能比；他感时忧国，生逢乱世却满怀济世之心，于颠沛流离中守望和见证，并把民族的苦难上升到悲剧和史诗的高度（有了杜甫，谁敢说我们就没有悲剧和史诗?！）他自觉地也是天然地把自己置于传统的深远文脉之中，不仅以"文学的历史之舌"讲话，也重新锤炼、整合和提升了这个传统，把汉语言的诗性力量推向了一个令人惊异的程度。

布鲁姆在《西方正典》中曾说对西方人来讲，"上帝之后就是莎士比亚"。杜甫对我们恰恰具有了同样的意义。杜甫全部的创作对我们来说就是地平线，就是怀抱，就是一个天地世界，就是我们民族整个的苦难和光荣。他的存在，对我们是一种永久的庇护。

的确，这是我们的幸运，有了这样一位我们一生也难以穷尽的伟大诗人。多年来，人们也在不断试图去发现杜甫的丰富性和启示性，试图不断去激活和扩展对他的认知（比如诗人柏桦就曾从"烂醉是生涯"这个角度来看杜甫）。但我们更需要做的，是能够进入杜诗坚实、深厚的内里。正如"诗言志"为中国诗的根本诗训，绝不仅仅只是表面上的那些意象一样，而杜甫正是最能深刻体现这一伟大传统的诗人。杜甫的诗，无一不通向这一"文心"所在。他的"书怀"，他的"艰难苦恨"，深化了中国诗的主体性，也总是带着如叶嘉莹所说的"感发的力量"、顾随所说的发自生命内里的"热"与"力"。

人们盛赞杜诗的技艺，这是理所当然的，但我们只有首先从这里，才能进入到杜诗和中国传统更根本的内里，也由此进入到诗的创造本源。我读过美籍华人学者高友工、梅祖麟的《唐诗三论》，他们试图对杜甫等人的诗进行一种结构主义的、新批评派式的分析，但我想杜诗的"技艺"，已是形式主义批评很难应对的了，因为杜诗绝不仅仅是辞章之事，也因为杜诗不仅很"工"，而且"有神"，充满了如通鬼神般的创造性。因此，即使像雷克斯罗斯这样的杰出译者，其对《赠卫八处士》的翻译，也未能把"昔别君未婚，儿女忽成行"的"忽"字传达出来。那种"儿女已成行"之类的翻译或解读，是无法与"忽成行"相比的。也可以说，正是这一个"忽"字，使老杜成为老杜！

雷克斯罗斯可说是当代英诗中的杜甫知己，他所选译的杜诗，大都是富有深刻、沉痛生命体验的诗，他由此进入了一个苦难的但又富有创造力的心灵。只是他的"进入"和"体认"可能还不够。不过，即使是我们，面对杜甫那些悲喜交集、出神入化的诗，除了赞叹，谁又敢说自己进入了多深呢？

李白的很多诗堪称天才之诗，但他还有不少诗不免让人心生疑惑。但是杜甫的诗，一首一首，或者说一步一步大都带着真实可靠的力量（就像冯至说的那样"字字真"）。杜甫正是那种我所说的"可信赖"的诗人的典范。当然，不仅是可信赖的，还是令人惊叹的。有人说"安史之乱"造就了杜甫，这有道理，但显然也过于夸大（实际上在"安史之乱"之前，杜甫已写出了《自京赴奉先县咏怀五百字》等伟大作品），我们只能说，民族的深重危机和苦难，个人的天赋、遭遇、命运和意志力，几千年文明那不死的力量一起合力造就了这样一个诗魂。布罗茨基在《哀哭的缪斯》中曾宣称阿赫玛托娃的诗将永存，"因为语言比国家更古老，格律学比历史更耐久；实际上，诗几乎不需要历史，所以它需要的是一个诗人"。所幸的是，我们这个民族正拥有了像杜甫这样的一个伟大诗人。

杜甫写于"安史之乱"期间的名句是"国破山河在"。而杜诗就是这样一种"在"。它也将与世世代代不灭的山河同在。这种"在"，也是一种天地良心的"目睹"。我想，已很难想象有哪一个国度的诗人具有如此的力量了！

这样一位诗人也在永远等着我们。近两年前，我有幸获得了一个以李杜之名的诗歌奖，去甘肃天水（即古秦州，杜甫曾在那里写下《秦州杂诗二十首》《梦李白二首》《天末怀李白》《月夜忆舍弟》等名篇）期间，我写下了这样一首诗：

访东柯谷杜甫流寓地

千秋万岁名，寂寞身后事。

——杜甫《梦李白·其二》

雨后，一条泥泞的黄土路，

几个流鼻涕的男孩和一个

含笑的豁牙大妈在村口

好奇地望着我们。

想必当年也是这样，

哪里来的野老，拖家带口，

每走一步都在喘气！

（人们现在说那是在"吟诗"！）

但那时的一轮山月知道他，

一只偷食的鸬鹚和他上山采药时的

连翘、五味子、鬼箭羽

也都认得他。

这里有一口古井，井口已被封死，

但如果你在这里住下来，

住到"苦柏可餐"的时候，

就能听到当年的回声。

穷途的诗人，大难不死的诗人，

你真的来过这里吗？

羌笛声声，吹皱了破碎的山河，

而大地仍在接纳。

雨后的鹧鸪会忍不住歌唱，

夜空有时也蓝得可怕。

那时你的左臂枯瘦，右肩疼痛，

能不忆起你的骨肉兄弟？

而在阅尽又一个迟暮后，你蓦然回首——

是不是李白又要找来了？

（"恐非平生魂"呐）

啊，诗人，你仍在那座茅屋里

吞声而哭，续写你的秦州杂咏吗

或是已翻山越岭而去，在一只

飞来凤凰的引领下？

而我们也来得太晚了。我们

什么也没有看见。

我们也只能对那几个野男孩笑笑，

和豁牙大妈拉几句家常话，

然后乘坐旅游大巴离去。

和多年前的《孤堡札记》相比，该诗显然充满了更多的反讽意味和更具体的生老病死、骨肉沉痛之感（"那时你的左臂枯瘦，右肩疼痛"）。我想"还原"一个更真实的杜甫，想更真切地抵达到历史的现场。但是，纵然如此，诗中仍指向了一种神话般的力量，那就是"飞来凤凰"对一位穷途诗人的"引领"。

这出自我近 10 年前在访问河南巩县杜甫诞生地时读到"七龄思即壮，开口咏凤凰"（《壮游》）时所受到的震动。一个孩童，开口即咏凤凰诗，这是多么令人惊异！这就是文明的神秘传承和造就。从此他也处在这种神话之翼的庇护和祝佑之下了，虽然他一生悲摧多艰，临死也不可能见到"凤凰"的一丝影子。

这就是杜甫。在他的诗中，我们作为一个中国诗人的命运发生了，有一种神话般的力量发生了。

因此，在天水写下的这首诗，仍是一份对诗人命运的认领，也是对一种精神馈赠的获取。至于诗中的"而在阅尽又一个迟暮后"，这出自杜甫自己的"他乡悦迟暮，不敢废诗篇"（见夔州时期的《归》）。有了杜甫这样一位生来属于诗、终生奉献于诗（"诗是吾家事"）的圣徒般的存在，我们还敢轻易地谈论诗，还敢轻易地放弃和荒废吗？不可能。

九重门，十扇窗，珍贵的诗歌光线……[①]

最初知道简·赫斯菲尔德，是通过我的译者朋友、美国诗人乔治·欧康奈尔（中文名字"乔直"）和史春波。最初读到这位美国女诗人的诗，也是通过史春波的翻译：

> 我想要的，我以为，只有少许，
>
> 两茶匙的寂静——
>
> 一勺代替糖，
>
> 一勺搅动潮湿。

[①] 该文为简·赫斯菲尔德《十扇窗：伟大的诗歌如何改变世界》（杨东伟译、王家新校）中译本序言，刊于《上海文化》2020年第11期，该书已由广西师范大学出版社2022年出版，出版时该文的标题和内容有所变动。

不。

我要一整个开罗的寂静，

一整个京都。

每一座悬空的花园里

青苔和水。

寂静的方向：

北，西，南，过去，未来。

它钻进任何一扇窗户

那一寸的缝隙，

像斜落的雨。

悲痛挪移，

仿佛一匹吃草的马，

交替着腿蹄。

马睡着时

腿全都上了锁。

——《我只要少许》

一位杰出的、令人喜爱的诗人出现在我的面前。我也理解了波兰"诺奖"获得者女诗人辛波斯卡为什么会说"这是一位非常贴近我内心的诗人"，美国著名诗人罗伯特·品斯基为什么会称简·赫斯菲尔德为"一个依然让人惊讶的大师"。

正因为这种认同和喜爱，我在与乔直和史春波交流时常提起简·赫斯菲尔德。乔直说我还应读读她的诗论集《九重门：进入诗的心灵》(*Nine Gates: Entering the Mind of Poetry*)，说那都是些"伟大的散文"（我还很少从乔直那里听到他对一位美国同行这么高的评价）。不仅如此，乔直还从他的住地香港给我复印了一本《九重门：进入诗的心灵》寄来。结果这本诗论集成了我们的研究生课程的重点阅读文献之一。的确，阅读这些"伟大的散文"，这是引领学生"进入诗的心灵"的最佳途径。那里面的大部分篇章，我都组织学生们翻译过并在课堂上讨论过。其中我们译的《秘密二种：论诗歌的内视与外视》发表在《上海文化》后，也引起了许多诗人、读者和出版人的关注。

也许，这就是人们所说的"缘分"。2015 年夏天，简·赫斯菲尔德由美方推荐来中国参加一个环境和生态保护的国际性会议，住在王府井饭店。我和诗人蓝蓝与她相约在王府井见面。虽是第一次见面，但却"一见如故"。简掩抑不住她的兴奋，但又带着几分尴尬（作为一个修道者和质朴的人，却被安排住在如此豪华的饭店）。没想到的是，她还为我带来了厚厚一大沓（四份）新出版的《美国诗歌评论》，因为上面刊有一个由乔直和史春波翻译的我

的诗歌小辑和美国著名诗人罗伯特·哈斯（简和他也是朋友）对我
的诗作的评论。我很感动，仿佛"看到了"行前她是怎样匆匆去书
店购买并把它作为一份礼物的情景！

　　更珍贵的礼物，是她送我的她在当年新出版的诗集《美》以及
印有她的《平凡的雨。每一片叶子是湿润的》一诗的诗歌明信片。
回到家后，我很快就把这首诗译出来了：

　　　　一朵丢勒蚀刻的

　　　　草丛中的蒲公英

　　　　它的花冠

　　　　完成于最初的绽放

　　　　尚未进入第二次

　　　　这些也会最终弯曲向大地

　　　　漂泊

　　　　写着家信

　　　　被友好的马和驴子送过山脊

　　这样的诗真让人不胜喜爱。它单纯（并非简单）、清新，满怀

着谦卑和爱，意象如蚀刻般醒目，字里行间又有很大的跳跃，并留下了回味空间。它写于人生的漂泊途中，但又寄期望于某种生命的对话。它的结尾尤其令人亲切，甚至使我想起了陆游的诗句"此身合是诗人未？细雨骑驴入剑门"。

我不知道简是否读过陆游这首诗，但我多少已了解她。她这首诗，是一首向丢勒这样的艺术家致敬的诗，也是向她所热爱的中国和日本古典诗歌致敬的诗。正因为这样的艺术存在，她自己内心中"每一片叶子是湿润的"。她在风雨漂泊中坚守着人类之爱。

这也成了简·赫斯菲尔德在美国诗坛的一个特殊标记：因为她早年在普林斯顿大学毕业后前往旧金山专心修习禅宗多年的经历，因为她的诗所融入的这方面因素，因为她的身体力行和知行合一，她在美国往往被视为一个佛教徒诗人，"一位杰出的诗人和一位被授命的佛教徒"（a splendid poet and an ordained Buddhist），"此外还是持久耐读的散文和有影响力的翻译和选集的作者"，这些，就是散见于美国报刊上对她的评介。

简的朋友、曾长期执教于伯克利的波兰诗人、诺贝尔文学奖获得者米沃什同样赞赏简的禅宗修为，不过他并没有把她标签化："对所有受苦的生灵深切的同情心……正是我在简·赫斯菲尔德的诗歌中要赞美的一点。她诗歌的主题是我们在其他人中的平凡生活，以及我们与地球带给我们的一切的持续相遇：树木，花朵，动物和鸟类。在很大程度上取决于我们是否可以以这样的方式珍惜每一刻，以及我们是否能够以与我们带给人们的相等的友善来回应猫、狗和马。她的诗歌以高度敏感的细节阐明了佛教徒正念的美德……她是我的加州诗人同行中杰出的其中一位。"

米沃什是对的。简·赫斯菲尔德的创作深受禅宗和中国、日本古典诗学的影响，而又融入了最敏感、复杂的现代心智，或者说贯通了西方传统的内省和启示性。她的诗，扎根于她自己的生命经验，正如她自己所说："感性在蜂巢一般复杂而精致的意识结构下榨出它的汁液，如同橡树连带着那攫住石头的树根，枝叶、橡实和雪的重量，从而生长成为它自身。"（《秘密二种：论诗歌的内视与外视》）

不管怎么看，简·赫斯菲尔德身上和创作中的中国和日本因素仍让我感到亲切。这就是为什么当我带的博士生杨东伟在康奈尔大学访学期间译出这部《十扇窗：伟大的诗歌如何改变世界》（*Ten Windows: How Great Poems Transform the World*）初稿后，我首先校看和修订的，就是第三章《通过语言观看：论松尾芭蕉、俳句及意象之柔韧》。我们知道庞德等人对中国古诗的翻译，刷新和激活了我们对自身传统的理解。简自己译有日本俳句集《俳句之心》（*The Heart of Haiku*），那么，她是以怎样一副眼光来看芭蕉，她又是怎样来翻译的呢？

芭蕉最广为人知的俳句为"古池塘，／青蛙跃入，／水声响"。诗人好像从宇宙的无限寂寞中醒来，为我们听到了这一声绝响。表现类似主题的还有"静寂，／蝉声，／入岩石"。不过，如果芭蕉的俳句仅止于表达如此的内容和意境，也不免单调了一些。再说，像王维的"泉声咽危石",不是更具有语言难度也更绝妙吗？

好在在简的倾心翻译和热情介绍中，我们读到：

> 鱼店前，
> 鲷鱼之齿龈，
> 让人寒冷。

> 老矣：
> 海苔中的砂粒
> 硌坏了牙齿。

> "暮晚，海边
> 野鸭声，
> 微白。"

> 即使在京都，
> 听到布谷的叫声，
> 我也思念京都。

我深感喜悦，一种发现的喜悦。芭蕉这样的创作，正如简为我们所指出的那样："他将这种简短轻快的诗歌形式转变成能够承载情感、心理和精神启示的容器，让俳句能抒写动人、广阔、复杂

和全新的经验""即使是最简短的诗歌形式，也能拥有无限宽广的
翼展。……都跨越了广阔、多变与精确的心灵地形和现实地形。……
它们革新、扩展和强化了经验与语言的边界"。

的确如此，简的译解，不仅译出了芭蕉俳句的"现代质感"或
生命本身的质地，而且在禅宗式的"顿悟"背后，还译出了诗人的
同情、悲悯和时间经验。这里如实说，我自己曾有一段时间对禅
宗非常着迷，但后来就有点厌倦了，因为许多禅宗公案在我看来
有点类似于人们所说的"脑筋急转弯"，脱离了生存本身的难度和
真切体验，成了某种"智力竞赛"了。但是在芭蕉的"出位之思"
背后，却是诗人多年的修为和体悟，或者说，是诗人叶芝所说的
"随时间而来的智慧"：

> 年终之思：
>
> 一个夜晚，
>
> 有贼来访。

读到这首我更惊异了。这才是真正的大师，或者说，只有在
这样的大师的晚年才会"有贼来访"！

松尾芭蕉的俳句，这些年我也陆续读过一些，而简的这篇，
在我看来是关于芭蕉的最好的一篇。她不仅揭示了芭蕉创作的精
华，而且结合其人生和精神经历，为我们勾勒出一个真切的、可
感而又可叹的诗人形象。芭蕉一生贫困，也安于贫困，当学生为

穷困潦倒的他送来大米后，他写下了这样一首俳句：

我很富裕：
五升旧米
过新年。

简注意到芭蕉一生都在修改他的俳句，并敏锐地指出："他的写作常常朝向一种自我的减缩。"后来修改这首俳句时，芭蕉改变了第一人称的开头，变为：

春始：
五升旧米
过新年。

这种修改以及简对之的提示都很重要，因为它显现了一种朝向"无我"或自我牺牲的人生历程。其实，这也正是简自己一生的修为要朝向的方向。耐人寻味的是，简还特意介绍了芭蕉在这之后的另一首俳句，"他似乎又想起了那只装米的厨房葫芦，不过这葫芦似乎已经空了"：

我唯一的财产：
世界，

变轻的葫芦。

什么是得救？也许这就是。正如简所指出的，这样的诗指向了一种"存在的自由与轻盈"。

这样的译介和阐述，正可以使我们从中洞见简自己的一生。她不会只从诗歌审美、写作技艺的角度来介绍芭蕉这样的诗人，因为她自己的写作就是一种和她自身的深切存在和生命探求须臾也不能脱离的艺术。1973年，她初次发表作品并展露才华后，她的一个惊人选择即是放下诗歌创作和人世浮华，独自长途驱车从东海岸到加州卡梅山谷一座荒野中的禅院入住修行。她后来的解释是："如果我不能更多地理解做人的意义，我在诗歌上也不会有太多作为。"

这就是简·赫斯菲尔德让我也让很多人肃然起敬的一点。

有趣的，还在于翻译。也许，像波德莱尔、庞德等诗人一样，简生来就把一个译者携带在了自己身上（这也是我特别赞赏的一点）。更值得留意的是，不同于一般译者，这是一位"作为诗人的译者"。作为诗人的译者并不简单意味着比学者译者或职业译者译得更"大胆"、更富有"创造性"。这里面有着更多也更深刻的东西，甚至可以从诗歌存在本体论的层面上来探讨。

在《秘密二种：论诗歌的内视与外视》中，简已列举了美国诗人译者萨姆·哈米尔（Sam Hamill）对李白《山中问答》（"问余何意栖碧山，笑而不答心自闲。/ 桃花流水窅然去，别有天地非人间"）的英译：

I make my home in the mountains

You ask why I live in the mountain forest,

And I smile, and am silent,

And even my soul remains quiet:

It lives in the other world

Which no one owns.

The peach trees blossom.

The water flows.

我住在山间

你问我为何生活在山林间，

我微笑，并且沉默，

而我的灵魂也闭口不答：

它住在无人能拥有的

另一个世界。

桃花开了。

水在流。

对照原诗，我们可以明显感到其差异和变化，其西方视野的融入（我与"我的灵魂"），其对重心点的强调（"桃花开了。/水在流。"），等等。也许有人会从"忠实"的角度挑刺，但是，这个英语中的李白不是同样很潇洒吗？"它住在无人能拥有的 / 另一个世界"这样的译解不是更耐人寻味吗？

美国著名诗人译者、曾翻译过王维的艾略特·温伯格在一次访谈中指出："一种翻译既有来处也有去处。大多数学者翻译的问题是译者知道原文的所有含义，但却不知道译文要去哪里——也就是目标语言的当代文学语境。"[①]

这就是问题所在。对于庞德的翻译所引起的争议，诗人帕斯也曾这样评价："庞德的译诗是否忠实于原作？这是一个毫无意义的问题——正如艾略特所说，庞德'发明'了'英语的汉语诗歌'。从中国古诗出发，一位伟大的诗人复活并更新了它们，其结果是不同的诗歌。不同的——却又正是相同的（Others：the same）。"

简也走在庞德当年所开创的道路上。她举出了哈米尔对李白的翻译，她显然很赞赏。她自己所翻译的芭蕉等人的俳句，在翻译过程中，我们都对照其他一些从日文中直接翻译的译文看了，的确有很大差异。

对此，我们且看简翻译的小林一茶的那首著名俳句《在这人世间》。我本人最早注意到这首俳句，是在米沃什的一首诗《读日

---

① 艾略特·温伯格：《谈中国诗的翻译》，《上海书评》2018 年 3 月 11 日。

本诗人一茶》中："在这人世间 / 我们走在地狱的屋顶上 / 凝望着花朵。"（"In this world / we walk on the roof of Hell / gazing at flowers."）后来，我又读到周作人的译文："我们在世上，边看繁花 / 边朝地狱行去。"这里的"诗眼"都为"凝望"或"看"，两种译文各有侧重，但它们都保有了原诗中那种带着诗人内心战栗的观看。

我们来看简的译文（见该书第九章《诗歌、变形与泪柱》）：

We wander

the roof of hell,

choosing blossoms.

我们漫游在

地狱的屋顶上，

挑拣着花朵。

看到这里，我颇感意外，但又兴奋，因为这打开了另一种读解，甚至可以说从原诗中产生了另一首诗。我们来看简自己是怎样具体读解的：

美解开了痛苦的盔甲。如我们所见，出人意料的震惊打开了心灵的壁垒。……在最好的和任何能感动我们的艺术中，其内部某处都蕴藏着勇气和眼泪的知识。这些润滑剂般的知识可能隐藏极深，储存在地下洞穴中，就像伊斯坦布尔的巴西利卡蓄水池。……它的 336 根地下梁柱是从早期罗马庙宇中抢救而来；其中一根由于其表面雕刻的图案被称为泪柱（Column of Tears），据说触摸它会带来好运。一首诗中蕴藏眼泪的部分可能并不显眼，但却尤为重要且不可或缺。它可能是数百种元素中唯一的支撑性元素，可能是声音中的一个音符或是小如逗点的裂隙。但它就在那里，立在隐藏的水中，同时支撑着世界的穹顶，而我们就栖居在这世界之中，并能在其中自由穿行。

这样的阐述和隐喻的运用极其精彩。简曾称芭蕉的"碗""一直敞开着"，她也从一茶这首俳句中发现了那支撑着它的隐藏的"泪柱"；因为她找到了这样的内在支撑，她的翻译也可以"在其中自由穿行"了，或者如她在第五章《除不尽的余数：诗歌与不确定性》中所说，召唤出那"无法携带的剩余"（"Uncarryable Remainders"）："即使在地狱中，这首诗也能通过它那混合着荒谬、痛苦和脆弱的卓别林式步态向前推进""正是弯腰挑取花朵这一意外而柔美姿势的加入，唤起了一种潮润的怜悯，同时将铁环般的陈述转化成了一首可辨认的音乐之诗"。

无论是创作还是翻译，能触摸到这样的"泪柱"是幸运的。一首诗获得了它的支撑，也获得了它真实感人的生命。我自己 10 年前《塔可夫斯基的树》一诗的最后两句是"除非它生根于 / 泪水的播种期"，说实话，当全诗这样结束时，我自己也有点激动，好像它出其不意地触及了生命和艺术最古老、内在的奥秘。是的，一切伟大的艺术，无不生根于"泪水的播种期"。这也是我最认同简·赫斯菲尔德的地方，虽然她的写作，又以女诗人中少见的精确和克制见称。在该书第二章《语言在清晨醒来：论诗的言说》中，她就曾引述了当维吉尔引导但丁在地狱中穿行时这样的告诫："如果想要看得真切，就不允许怜悯。"

现在，让我简要介绍一下简·赫斯菲尔德的这部诗论集。在《九重门：进入诗的心灵》中论翻译的一章前，她曾引用了钦定版《圣经》前言中著名的一句话："翻译是这样一门艺术：可以打开窗让光线进入，可以打破外壳，使我们可以吃到果仁。"而她的这部诗论随笔集，正具有"打开窗让光线进入"的效应。它再次令人钦佩地展示了简·赫斯菲尔德深广的视野、敏感的心智，从更多角度对诗歌进行阐述和引导的非凡能力。

在《九重门：进入诗的心灵》中，简分别探讨了诗歌与专注的心智、诗歌的"原创性"、诗歌的内视与外视、诗歌与记忆、诗歌心智的"迂回性"、诗歌的翻译、诗歌所创造的阈限（或临界）生命状态、诗歌中的阴影与光明等问题，通过这"九重门"，引导读者进入诗的心灵（也即中国传统文论所说的"文心"），进入诗歌创造的内在奥秘和起源。

而在这部《十扇窗：伟大的诗歌如何转变世界》中，简从诗的眼光、诗的言说、日本大师的俳句、诗歌与隐藏、诗歌与不确定性、文本细读、诗与惊奇、美国现代诗歌中的美国性、诗歌的变形与"泪柱"、诗的奇异延伸与悖论等角度出发，重在考察伟大的诗歌如何"改变"（transform）世界，或者说我们如何通过阅读诗歌和创作诗歌，来认识自己并实现我们生命的可能性。

首先我要说，"诗人论诗"在英美已是一种现代传统，但一位女诗人在这方面如此投入并创建一个如此完备、迷人，甚至为我们一时所难以穷尽的诗歌认知世界，这实属罕见。

在这两部诗论集中，简把诗人的热情和敏感与学者的见识与严谨同时结合于一身。诗人罗莎娜·沃伦（她是著名诗人、新批评派代表性人物罗伯特·佩恩·沃伦的女儿）在代表美国诗人学院授予简"2004年杰出成就奖"授奖辞中的话，同样适合用来评价简的随笔写作："赫斯菲尔德阐述了一种感性的哲学性艺术""她的诗看似简单，但并非如此。她的语言纯净透亮，构成了一种静谧的形而上学的自然谜语。赫斯菲尔德的诗歌以逐字逐句的、意象性的语言，同时带来神秘和日常，为反应和变化清理了空间。它们引起了道德意识，并建立了微妙的平衡"。

的确，如同简自己的诗，她的诗论随笔也属于一种"感性的哲学性艺术"。它们大都由诗人对诗歌听众或在大学写作班的讲稿整理而成。它们有娓娓道来的亲切，有具体透彻的分析，当然，还不时给人带来智力的挑战和提升。它们从切身感受出发，文字中跳动着火焰和冰块，洋溢着一种探究精神，但它们却远远有别于一般学者的学术探讨，甚至，它们不仅更感性，也更睿智，更能给我们带来启示。在第五章《除不尽的余数：诗歌与不确定性》中，她就引证并阐述了惠特曼的这样一首诗：

当我听那位博学的天文学家的讲座时

当我听那位博学的天文学家的讲座，
当那些证明、数据一栏一栏地排列在我眼前时，
当那些表格、图解展现在我眼前要我去加、去减、去测
　　定时，
当我坐在报告厅听着那位天文学家演讲，一阵阵热烈的
　　掌声响起时，
很快地我竟莫名其妙地厌倦起来，
于是我站起来，悄悄溜了出去，
在神秘而潮润的夜风中，一次又一次，
静静地仰望星空。

　　而她自己要做的，就是既借助于前人的经验和知识，但又能打破那些呆滞、乏味的体系，引导读者"出去"，像惠特曼那样"在神秘而潮润的夜风中，一次又一次，／静静地仰望星空"。在本书的作者序言中，她这样对读者说：

这也是一种视野的改变。进入一首好诗，一个人的感觉、味觉、听觉、思维和视觉都会发生改变。如果我们不能被艺术的存在和它的神秘之手改变和拓展，那为什么还要求艺术进入生活呢？渴望更多就在我们身边——更广阔的范围，更深、更丰富的感觉；更多的联想自由，更多的美；更多的困惑和更多的兴趣摩擦；更多的棱镜似的悲伤，更多无法抑制的喜悦，更多的渴望，更多的黑暗。在了解自我存在和他者存在时，会有更多的饱和度和渗透性，更令人惊讶的能力。如果没有艺术我们也能存活，那么艺术的存在就扩展了我们生命的总和。通过逐一改变自我，艺术也改变了自我所创造和分享的外部世界。

多年前，当我还是一个大学生时，我从《罗丹艺术论》中抄下了大师这样的话："要点是感动，是爱，是希望、战栗、生活。在做艺术家之前，先要做一个人！"今天，当我读简的这部诗论集，我又想起了这样的话。

此外，我还想说，除了令人值得信赖的眼光、心智、感受力、判断力，简让我多少有些惊异的，是她那广博、敏锐而又贯通的视野和阅历。她对欧洲传统和欧洲现代诗歌，对自惠特曼、狄金森以来的"美国家谱"，对东亚古典诗歌和文化，似乎都有一种如数家珍之感。她不像一般的美国诗人，她完全超越了地方性和某一种传统限定，而以歌德所说的"世界文学"作为了自己的背景。

比如，在她的《九重门：进入诗的心灵》中我们读到东德诗人、剧作家布莱希特的《我，幸存者》：

> 我当然知道：这纯属运气
>
> 在那么多朋友中我活了下来。但昨夜在梦中
>
> 我听到有人这样谈论我："适者生存。"
>
> 于是我痛恨起我自己。

以及保罗·策兰的诗：

> 你曾是我的死亡：
>
> 你，我可以握住
>
> 当一切从我这里失去的时候。

她能关注到这样的诗人和诗，我在瞬间感到我们又近了一步。在《十扇窗：伟大的诗歌如何改变世界》中，除了济慈、霍普金斯、庞德、奥登、拉金、默温、斯奈德、毕晓普、希尼、吉尔伯特等英语现当代诗人，又多次谈到米沃什、卡瓦菲斯、佩索阿、辛波斯卡、阿米亥、斯威尔等人的诗。日本古典诗歌，除了芭蕉、一茶，她还特意举到并阐述了日本平安时期的女诗人和泉式部（987—1048）的一首短歌（见第五章《除不尽的余数：诗歌与不确定性》）：

这里的风虽然

刮得猛烈——

但月光

也从这间破房子

屋顶的木板间漏下

　　记得布罗茨基当年的朋友、诗人耐曼在回忆录中曾称布罗茨基"以一种独特的方式形成了自己的独一无二性",他"就像他歌颂过的猛禽一样,知道该往哪儿瞧才能找到猎物"。简·赫斯菲尔德也正是这样一只高度敏感的诗歌猛禽。这是一个优秀诗人必不可少的重要品质。他/她正是以此不断打破原有视野,刷新和拓展自己的。

　　同样重要的,是简在"广阔、多变与精确的心灵地形和现实地形"之间相互打通和转化的能力,比如她在济慈的"反天才"(anti-talent)、"消极能力"(Negative Capability)与禅宗修行和东方诗学之间所建立的联系。而这也正是简最看重的方法论:"重要的是,当我们以诗的方式言说和观看时,事物就会以相互联系和扩展的方式被言说和被观看。"

　　岂止是方法,简就是这样的人。多少年的修为,在她身上我起码看到这相互联系的几点:超凡的佛学冥想(同时结合了形而上之思),对他者的深切关注、对世上一切生灵发自生命内里的

"体认"和同情心（如前文所引述，这是米沃什在她的诗歌中最看重的一点），跳出自我进入万物、化身万物的诗性能力。简就是这样一位把自己"准备"好了的诗人。在阐述和泉式部那首诗时，她就这样指出："和泉式部的诗提醒读者：只有内外通达，万事俱备，月光之美和佛教徒式的觉醒才会降临到一个人身上。渗透必须持久而非暂时。如果坚固的自我防卫之家被攻破，我们不会知道将会有什么进入""重要的就是从傲慢中退出，站在乐于接纳和倾听的角度，获得一个既脆弱又裸露的位置"。

这也就是济慈的"消极能力"、艾略特的"非个人化"诗学、中国古典诗学的"无我"以及相关的"静故了群动，空故纳万境"吧。而简·赫斯菲尔德不仅把它们融入了自己的生活和创作，也赋予了它们以艺术伦理的维度。

也正是读了这样的"伟大的散文"，我们再次感到了"伟大的诗歌"之于我们的意义。我们为什么写诗读诗？因为这对我们是一种更深层的唤醒，通过习诗，我们不仅认识自我，还得以"转化"我们自己，以朝向更有意义的生命，还得以投入到"天地造化"之中，领受到那种"恩典般"（这是简在谈霍普金斯时用到的一个词）降临的时刻。简言之，成为一个为天地万物和人类文明所祝福的生命：

去年秋天经霜的浆果还结在一棵树上，
春天已在另一棵树上温柔地开了花，充满希望。

从这扇窗子望出去的风景

几乎和 10 年前一样，甚至 15 年前。

但今天早晨却像是

一幅更清晰更幽暗的自画像，

仿佛当我睡着的时候，某个伦勃朗或勃鲁盖尔

曾穿过花园，神情坚毅。

这是简·赫斯菲尔德自己的一首诗《火棘与李子》（舒丹丹译）。梦与醒，内与外，有形与无形，自我与他者，长时间的准备和领受，自然万物和伟大的艺术对我们的"渗透性"（Permeability，这是简的一个关键词，在这部诗论集中她多次运用）……这首诗我已多次读，每次读都像是第一次领受到那些珍贵的光线！

是的，简·赫斯菲尔德就是这样一个开窗者，是一个"伟大诗歌"的领受者、翻译者、转化者、赞颂者。这都是她身上最重要的品质。她永远是谦卑的，满怀敬畏的。她把一个艺术学徒永远带在了自己身上。我想对她自己来说，与其说这本书是一部诗论集，不如说是一部学艺录，因而在本书的作者序言的最后她会这样说："30 年来对这些问题的持续关注和探索也让我获得了快乐，也给予了我一种更接近目的地之感，然而我也深知这个目的地的中心地带永远无法被描绘和抵达。"

而这，也使我再次想起了《九重门：进入诗的心灵》中《秘

密二种：论诗歌的内视与外视》最后那个动人的结尾："一首好诗开始于更清晰的视野与更多元的写作技巧；但另一部分真正的诗感只能从越来越放弃的自我和越来越多的世界中获得。我不知道有任何处方来指导我们这样做。或许这正是世界为我们所做的，对我们所做的，而无论一个作家怎样抵抗或是挣扎。从婴儿一般的将自我视为世界全体的稚嫩篇章，到少数一些作家和艺术家晚期作品所显现的成熟，无论是欢笑、悲伤、平凡或浓烈，生活始终指引着我们。我们无数次地在那些伟大的作品中听到这样的低语：看啊——奇迹，奇迹……而后，即便是这低语，也淹没在更大的协奏中。"

是的，"真正的诗感只能从越来越放弃的自我和越来越多的世界中获得"。

是的，"即便是这低语，也淹没在更大的协奏中……"

为了我们语言的光荣 [①]

尊敬的"昌耀诗歌奖"评委会、组委会：

谢谢你们将这样一个以诗人昌耀崇高之名的诗歌奖授予我，不用多说，我把它视为一份光荣，一种前行的激励。

在我的一生中，我虽然没有经历昌耀那样酷烈的身心摧折、不义的放逐和苦役生涯，但我很早也领会了作为一个诗人的"天命"。因此，当我读到昌耀的"不要诅咒，地必长出荆棘和蒺藜"，我本能地和他站在了一起。和这样的诗人站在一起，就是加入献祭的一族，就是能够在冰天雪地之中担当起"司晨"之命，就是接受命运的全部馈赠而去锻打"铁一般铮铮的灵肉"……

如今，我已在诗之长途上走了 40 多年了。我也深知昌耀为什

---

① 本文为第三届"昌耀诗歌奖"获奖感言。

么会说诗人是"岁月有意孕成的琴键"。岁月的确"有意",但还要看你是怎样的一块材料。这里我想起昌耀的一段经历:即使在作为一个"大山的囚徒"期间,他也在秘密研读一些中外经典,直到那些书被强行没收,尤其是《文心雕龙》被焚毁,曾气得他"直跺脚"!命运之手,在今天看来也大有深意,因为它的剥夺即是赠予,因为它找到了这样一位知道如何"加倍回报"的诗人!

我们是有幸的——作为一个诗人,我们理应只谈我们怎样"有幸"。我们的确有幸,因为我们生在一个璀璨的有着数千年人文垂范的汉语国度,同时我们又经历了一次伟大的向世界文学的开放。诗人存在的意义,从不在于他经历了什么,而在于他创造了什么;而我们向昌耀致敬,不仅在于他能够化苦难为诗篇,而且奇迹般重新熔铸了汉语青铜般的风骨和质地,甚至还带来了屈原、杜甫的作品中才有的那种神圣感。他可以向往和描摹他心目中的"紫金冠"了:

> 我不能描摹出的一种完美是紫金冠。
> 我喜悦。如果有神启而我不假思索道出的
> 正是紫金冠。

这是一顶"秘藏"于人世的紫金冠,是诗人行走和仆卧在狼荒之地才能看到的"希望之星",是他有如神助"在昏热中向壁承饮到的那股沁凉",是以一代代的精魂和非凡功力才能熔铸的紫金

冠。这也是一顶令任何"剑柄"迟钝并足以和时间抗衡的紫金冠。它不可劫掠，高峻而又冷寂，让一个诗人为之献身而又不可拥有。"昌耀的诗歌将留存下去"，我自己在一篇文章中曾这样写道，"它不仅见证着我们民族的苦难，更彰显出我们语言的光荣。他的一系列高贵、苍劲、幽秘的杰作……都将一再向人们昭示什么是时间和苦难都无法磨灭的东西"。

不错，我这样说，是致敬，也是对我们自己的期望。我们因而只能颠簸向前，为了我们语言的光荣，为了那顶遥遥在目而又"不可穷尽"的"紫金冠"。

谢谢大家。

"青山已老只看如何描述" [1]

——昌耀的"晚期"

在我看来，昌耀生前最后 10 年（1989—2000）的写作，显然构成了他创作生涯中一个比较殊异的"晚期"，因为这不是一般的延续，因为和他的早中期相比，他最后 10 年的创作显然发生了某种重要、深刻，甚至令人惊异的变化。

这种"晚期"的提前到来或猝然到来，与某种生命重创有直接而深刻的关系，具体讲，这指的是那一年重大的历史震撼和他年轻的挚友骆一禾之死给他带来的震撼。在如此的悲痛之下，昌耀几乎是直接地进入了他的"晚期"。1989 年 7 月 12 日，昌耀满怀着"隐忍"写下了他的纪念文章《记诗人骆一禾》，该文最后引用了骆一禾生前来信中的壮烈诗句："我愿我的河流上／飘满墓

---

[1] 该文据 2020 年 9 月在西宁纪念昌耀逝世 20 周年座谈会上的发言扩展和整理而成。

碑……"同年夏天，他还写下了悼骆一禾和另一位年轻诗人的沉痛篇章《浮云何曾苍老》：

浮云何曾苍老，

岁月仅只是多积了一份尘埃。

我们却要固执地寻求试金石，寻求奥学玄旨。

世间自必有真金。

而当死亡只是义务，

我们都是待决的人侠。

浮云是永远的过客。

一切的繁复修辞都脱落了，血的内核突现，伴随着惨痛、沉哀的觉悟，几乎令人不忍卒读。同年，昌耀还应《留在世上的一句话》的诗集约稿写下了这三句短诗《仁者》：

人生困窘如在一不知首尾的长廊行进，

前后都见血迹。仁者之叹不独于这血的真实，

尤在无可畏避的血的义务。

其"血的真实""仁者之叹"，其逼人的"血的义务"，都不由得让我们想起了这诗的作者一生想要追随的鲁迅，尤其是《野草》前后期的鲁迅（实际上，昌耀也是在他的"晚期"重新发现鲁迅

的，对此可参见《野草》对他后期散文诗的至深影响）。不管怎么说，他从此就走在了这条"前后都见血迹"的路上了。骆一禾死后半年多，1990年年初，昌耀还写有《在古原骑车旅行》一诗，但这不是逍遥游，却正是"为了忘却的纪念"，昌耀写下了这句在我看来属于他一生中最令人动容的名句：

理解今人远比追悼古人痛楚。

这即是一个诗人后期创作的艰难重启，或者说，是他的"晚期风格"的显现。如果拿他1989年10月中下旬重访日月山下劳教旧地归来后写下的长诗《哈拉库图》与他20世纪80年代初中期的《慈航》《河床》《内陆高迥》等"代表作"相比，几乎判若两人所作。诗人的20世纪80年代当然相当辉煌，那是他重归诗坛、创造力大大激发的年代，他也有幸赶上了那一个充满了思想激荡的燃烧年代。他的大量的充满了高亢调子的作品，如《划呀，划呀，父亲们》，在很大程度上就是那个年代时代精神的产物。然而，到了"悲凉之雾，遍披华林"（鲁迅评《红楼梦》语）之时，他还会那样写吗？在《哈拉库图》中，我们读到的是：

城堡，这是岁月烧结的一炉矿石，
带着黯淡的烟色，残破委琐，千疮百孔，
滞留土丘如神龙皱缩的一段蜕皮在荒草

常与牧羊人为伴。

是在秋季，满坡疯长的狼舌头，

在霜风料峭中先后吐露出血色，

太阳奇冷莫测已灼痛访古旅游者的细皮嫩肉……

…………

豪气不再，光荣不在，当年在此地期间被土伯特族家收留并成为其"义子"，在后来的长诗《慈航》中写下"在善恶的角力中 / 爱的繁衍与生殖 / 比死亡的戕残更古老、/ 更勇武百倍"的那个诗人已恍若隔世，现在他只能这样感叹："时间啊，令人困惑的魔道……/ 我每攀登一级山梯都要重历一次失落。"

但这却是"幸运的失落"，因为这使一个诗人回到他更真实的命运中来，他也终于从他多年所依循的艾青式的"时代号手"这一诗人角色中摆脱出来，转向了他自身的存在困境和精神难题，转向了灵魂的拷问与自赎。虽然他的笔调仍带着某种史诗性，但他从早先的宏大的史诗追求转向了存在的寓言。他的创作更个人化、私语化了，他转向了存在论意义上的诗篇，写下了像《卜者》《极地居民》《象界（之一》《意义空白》等诗。他的诗人形象也变了，在《一百头雄牛》（1986）中还豪迈地称颂"一百头雄牛噌噌的步武"的诗人，现在却成为"将军的行辕"中一匹"拒食的战马"（《怵惕·痛》，1992）。

"拒食"，这让我们想起了卡夫卡的"饥饿艺术家"。是的，荒诞作为一种存在论，在昌耀的晚期甚至成了他创作的一个内核。他也不得不处在一种巨大的荒谬感中写作（20世纪90年代以来全社会的商业化进程，也加剧了他的这种荒谬感，这一切，直至延伸到他生前的最后一首散文长诗《一个中国诗人在俄罗斯》中）。他面对的一切，更荒诞离奇，也更不可言说了。在《象界》中，他甚至在他的"昌耀体"中嵌入了这样一长节"童谣"：

故事故事当当
猫儿跳到缸上
缸扒倒，油倒掉
猫儿姐姐烙馍馍
馍馍呢？狼抬掉
狼呢？进山了
山呢？雪盖了
雪呢？化成水
水呢？调成泥？
泥呢？拌成墙
墙呢？猪毁掉
猪呢？一榔头砸死了
猪头顶门扇
猪耳朵抹掉碗
猪尾巴扫案板

猪蹄脚架掉火

古瑟古瑟当当

昂哀窕岛冈桑

那是在一个大雾的早晨。后来

太阳出来，大雾消散，原来我是垂立在人海。

童谣虽隐约可闻，时我已恍兮惚兮似解非解。

我们重又体验苍老。我们全角度旋转自己的头颅。

世界如此匆忙。

    说实话，这样的诗不仅更具有张力，也更辛辣，更令人惊异，更震动人心。它也是一个诗人真正进入"晚期风格"的标志。它体现了阿多诺在谈"晚期风格"时所说的那种在伟大作品中才可见出的"灾难般"的成熟。

    昌耀的最后 10 年是很艰难的，他遭遇了一场场外在的和内在的"灾难"。但这正好也造就了他，因而他会在《痛·怵惕》(《怵惕·痛》的姊妹篇）的最后这样写道："神说：赤子，请感谢恶。"人们有时会遗憾昌耀在 20 世纪 80 年代的创作缺乏"批判性"，的确，以他的苦难经历，如果他多一些质疑和追问，他可能会取得更重要的成就，或更对得起他自身的命运。从这个意义上，他在后期转向内省和自我拷问，不仅是一种必要的"弥补"，也让一个诗人的一生有了更重的分量。

我们还应看到，作为一个"为人生"的、视自己的全部创作为"命运之书"的诗人，在昌耀的后期，他还不能不触及一些更内在的、纠缠和折磨他的人生问题、信仰问题。他的《给约伯》《僧人》《拿撒勒人》等等，都是这方面不可忽视的篇章。正是阅读昌耀的这些作品，我曾有感而发，写下了一首《在昌耀的诗中》，该诗第一部分是"在昌耀的诗中"，第二部分是"在昌耀后期的诗中"：

　　　　天色未明，依然是那座屋脊。
　　　　青藏高原弯弓般的形体何以变成
　　　　陀思妥耶夫斯基的地下室，
　　　　这是一个痛楚的谜。
　　　　失落的鎏金宝瓶。扼腕者。
　　　　哈拉库图之夜的灌溉。
　　　　拂晓，当山垴如巨灵腋下的首级，
　　　　他肩负犁铧走过去，但又与
　　　　山坡上那个穿长衫的拿撒勒人错过，
　　　　这同样是一个谜。

　　　诗中的"陀思妥耶夫斯基的地下室"，据昌耀的传记作者燎原讲，昌耀在20世纪90年代曾很兴奋地向他推荐陀思妥耶夫斯基的《地下室手记》，这曾使他为之诧异。但现在我们不会诧异了。"拿撒勒人"，则出自昌耀1991年写下的一首很奇特的短诗《拿撒勒人》。如果我们知道耶稣即那个"来自拿撒勒的人"，我们就进入昌耀在那时所深刻经历的人生矛盾和精神困境中了。"当山坳如巨灵腋下的首级"，则出自《哈拉库图》中的"山坳此刻赫然膨大如一古代武士的首级"，但却是一种改写，我把昌耀中期"史诗追求"中的"巨灵"也写了进来，但它的"腋下"夹着的，却是牺牲者、朝圣者的"首级"。人们去体会吧。

这即是我所体会到的昌耀的"晚期"，它显得有点突兀和诡异，但又出自必然。耿占春在《作为自传的昌耀诗歌》一文的最后说"昌耀终于把个人的际遇变成了非个人的、具有末世论背景的诗歌"。我赞同这一点。如果把这种蜕变和他 20 世纪 80 年代创作的主要基调相比较，即可现出某种很痛楚的"中断"、生死裂变或者说"晚年变法"的性质，这甚至还伴随着某种无情的自我审视、自我否定意味。人们喜欢引用昌耀散文诗《苹果树》（1990）中的最后一句"山巅一只假肢开着苹果花"。这究竟是在说什么？或者，这是无端冒出来的一个想象吗？

我们应该知道，阿多诺所谓的"晚期风格"，首先就包含了一种"否定"，一种自我的颠覆和批判性，否则一切都无从谈起。

在这个意义上，昌耀是诚实的，也是有着决绝的勇气的。奥登关于"成为大诗人"的五个条件，现在已广为人知，其最后一条是，大诗人是一个"持续到老的成熟过程"。昌耀的"晚期"之所以重要，也正在于他体现了上几代中国诗人中还很少见的"持续到老的成熟过程"。只不过这种成熟不是自然而然的顺序演进，不是风调雨顺的成熟，而是对自己生命的又一次决绝的"重写"。

这种"重写"，在我看来，昌耀至少有两种方式，一种是着重于自我追问、审视、盘诘，也即"地下室手记"式的写作，为此他频频采用了散文诗的形式，他可能觉得这种形式更适合于思想的表达，他也有这种表达的深切诉求。他的这类写作，自有其深度、强度、生命态势，其间也时时见出心智运作之诡异。但是，这种思想手记式的写作也带来了一些问题，那就是缺乏形式感，艺术限度意识不够，流于散文化，"人生解决之道"的迫切要求大大盖过了在文体风格和美学上的追求。另一种写作，是继续他那种在80年代已趋于成熟的"昌耀体"的进一步淬炼，并多有艺术拓展。他在1990年写下的《紫金冠》，可以说成为他一生的人文美学理想的结晶，全诗如下：

> 我不能描摹出的一种完美是紫金冠。
>
> 我喜悦。如果有神启而我不假思索道出的
>
> 正是紫金冠。我行走在狼荒之地的第七天
>
> 仆卧津渡而首先看到的希望之星是紫金冠。
>
> 当热夜以漫长的痉挛触杀我九岁的生命力
>
> 我在昏热中向壁承饮到的那股沁凉是紫金冠。
>
> 当白昼透出花环。当不战而胜，与剑柄垂直
>
> 而婀娜相交的月桂投影正是不凋的紫金冠。
>
> 我不学而能的人性醒觉是紫金冠。

我无虑被人劫掠的秘藏只有紫金冠。

不可穷尽的高峻或冷寂唯有紫金冠。

　　这是一顶昌耀要以他的一生来熔铸的紫金冠。阅读该诗，并对照他早中期的代表作之一《高车》，我们可看出诗人在艺术追求上的惊人跨越。写作《紫金冠》的诗人已从时代中抽身而出，进入"不可穷尽的高峻或冷寂"之中。他要对抗的，是时间本身；他要追求的，不再是那种已靠不住的"宏大叙事"，而是那顶出自他的全部人生和艺术而又"不可穷尽"的"紫金冠"。这里多说一句，现在的一些年轻诗人和批评者爱把"元诗"挂在嘴上，比起昌耀的"紫金冠"，显得是多么苍白！最让我本人感动的，是这一句"我在昏热中向壁承饮到的那股沁凉是紫金冠"，不仅是感动，比起那种"抽象中有肉感"的现代诗，也更令我惊异！

　　这就是昌耀在他的晚期给我们展现的追求，孤绝、艰难而又令人起敬。他最后的这 10 年，在创作数量上不如前 10 年，所谓广被接受的"好诗"也可能不如前 10 年，因为大量的散文诗，创作面貌也显得有些芜杂，但却十分重要和珍贵。它成为诗人一生创作生命的压舱石。如上所述，它是某种"晚年变法"，是对生命的又一次更深刻的"重写"，还体现了其在晚年对一生进行更高的艺术总结的试图，虽然由于种种原因，如婚恋变故，病痛折磨，功力难济，过早离世，他的晚期也是一个未完成的晚期。但是，他的"晚期"已在，这本身就是某种完成，就是对很多中国新诗诗人的"宿命"的超越。

在中国现代新诗的曲折历程中，诗人冯至曾体现了一种难得的觉悟。在1936年发表的《里尔克——为十周年祭日作》中，他在谈到德国18世纪末期浪漫派诗人们的"悲剧"后这样说："他们只有青春，并没有成年，更不用说白发的完成了。但是里尔克并不如此，……也就是在从青春走入中年的路程中，里尔克却有一种新的意志产生。"

冯至谈到的那种德国浪漫派诗人们的"悲剧"，显然也是很多中国新诗诗人的悲剧。冯至本人所渴望的"白发的完成"，由于历史的和个人的原因，他自己到底也没有最后实现。昌耀的"晚期"的意义，我们也应从这样的历史视野中来看。

最后，让我们回到昌耀在1990年1月写下的《极地居民》。这是一首谜语一般的诗。该诗的最后，在接着"一切平静。一切还会照样平静"之后，是这两句："一弹指顷六十五刹那无一失真。/青山已老只看如何描述。"现在读来，真令人惊心！诗人不仅预示了自己的一生（他后来果真只活到六十四五岁！）而且对之泰然自若，似乎在这弹指间，一切已进入到"青山已老"那种中国古典大师般的境界了。

的确，"青山已老"，昌耀晚期的创作本身，在很大程度上已进入如老杜所说的"老更成"（"庾信文章老更成"，杜甫《戏为六绝句·其一》）的境地。它更为孤绝，但也更为成熟和可靠。它"老更成"了。它在一个混乱的年代为我们彰显出汉语诗歌更为恒久和伟大的尺度，虽然它也留下了诸多遗憾和不满足。

是的，"青山已老"，就看我们"如何描述"。

翻译的发现

——关于白居易的一首诗

10 年前的一个初春，我应邀在意大利古老的大学城博洛尼亚讲学和朗诵，活动刚结束，学生们的欢迎声还未停，一位当地的诗人即上前来问我为什么只讲到李白、杜甫而没有提到白居易，因为蒙塔莱特别推崇他的诗。"是吗？"我笑着问他。这我可真没有想到。

我没有提到白居易，究其原因，可能在于我觉得他的大部分诗过于"平易"，不合我们这一代经过了现代主义艺术洗礼的诗人的志趣。记得七八年前我们访问白居易在洛阳龙门石窟斜对面的墓园时，一位诗人朋友甚至还不愿在墓碑前合影："我认为我的诗就是比他的写得好！"

"是吗？"我又笑了，"也许他有些诗没有你写得好，但他那些写得好的诗呢？"

我这样说，是指《长恨歌》《琵琶行》《赋得原上草送别》《卖炭翁》等名篇。我们大多数人对白居易的了解也不过如此。不管怎么说，我们自身中有很多东西都有碍于我们去发现这样一位诗人。

对这种忽疏，直到我读到由王佐良先生翻译的美国诗人詹姆斯·赖特关于白居易的一首诗时才有所警觉。作为一个从西南联大出来的诗人和杰出译者，王佐良在"文革"之后对英美现代诗的译介，尤其是对受到中国古典诗歌和超现实主义影响的美国"深度意象"诗人罗伯特·勃莱、詹姆斯·赖特的"发现性翻译"，一直使我和许多中国诗人受惠。现在，我们来看他翻译的赖特这首《冬末，越过泥潭时，想到了古中国的一个地方官》：

> 白居易，落发纷纷的老政客，
>
> 何苦徒劳呢？
>
> 我想起你
>
> 惴惴不安地进入长江三峡，
>
> 纤夫拉着你的船逆流而上，
>
> 送你去忠州城里，
>
> 混一个什么官差使。
>
> 我猜想，你到达时，
>
> 天已黑了。

但现在是 1960 年，又快到春天了。

明尼阿波利斯城的大石头，

造成了我独有的沉沉暮色，

也有纤绳和激流。

元稹在哪里？你的好友在哪里？

大海在哪里？那曾经溶化了整个中西部的

无边寂寞的大海？明尼阿波利斯又在哪里？

我什么也看不见，除了那株可怕的

经冬而愈黑的大橡树。

你在山那边找到孤零人的城市了吗？

还是紧握着那条磨损了的纤绳的一头，

一千年都没有松手？

　　这样的诗，一读就让人难忘，让我们不仅对原诗和原诗人，也对如此优异的翻译和译者充满了感激。为此，我甚至还找来了原诗对照阅读：

As I Step Over a Puddle at the End of Winter, I Think of an Ancient Chinese Governor

And how can I, born in evil days

And fresh from failure, ask a kindness

of Fate?

—Written A.D. 819

Po Chu-i, balding old politician,

What's the use?

I think of you,

Uneasily entering the gorges of the Yang-Tze,

When you were being towed up the rapids

Toward some political job or other

In the city of Chungshou.

You made it, I guess,

By dark.

But it is 1960, it is almost spring again,

And the tall rocks of Minneapolis

Build me my own black twilight

Of bamboo ropes and waters.

Where is Yuan Chen, the friend you loved?

Where is the sea, that once solved the whole loneliness

Of the Midwest? Where is Minneapolis? I can see nothing

But the great terrible oak tree darkening with winter.

Did you find the city of isolated men beyond mountains?

Or have you been holding the end of a frayed rope

For a thousand years?

原诗题目很长，带有某种叙述和交代性，本身就很像是一些中国古诗的诗题。诗前引诗，王佐良未译，如译出来就是："生于恶魔的日子，又新经历了一场惨败，我怎能向命运要求恩惠？——（白居易）写于公元 819 年。"

不过，纵然如此，我还是惊讶于王佐良对诗本身那高度练达而又富有创造性的翻译。在谈到对赖特诗作的翻译时，王先生自己曾说："我的译文尽力保持这些令人惊奇的比喻，即磨损了的绳子和怒放的花朵。"① 不仅是令人惊奇的比喻，译文全篇都给我们带来了一种语言的刺激，"落发纷纷的老政客""何苦徒劳呢？""混一个什么官差使"等等，这种洗练的、活生生的口语与"那株可怕的/经冬而愈黑的大橡树""明尼阿波利斯城的大石头，/造成了我独有的沉沉暮色"这类意象相结合，使全篇的译文有了一种独具的张力和味道。

王佐良之所以翻译得好，在我看来，更在于他对"语感"的敏感和出色把握，"作为一个译者，我总觉得有一件事忽略不得，即原文的口气"②。在老一代翻译家中，很少有人关注诗歌的语感、口气和音调问题，但是我们来看王佐良的翻译，"何苦徒劳呢？"一

---

① 王佐良：《论诗的翻译》，江西教育出版社，1992。
② 同①。

句充满同情心的劝慰，一下子为全篇定了调！

正是以这样的语调，一个译者有了最重要的前提："理解之同情。"而这也正是另一位中国古典诗歌杰出的译者、美国诗人雷克斯罗斯对翻译的主要看法，在一篇《诗人作为译者》的讲演中他声称："把诗歌译成诗歌是一种饱含同情的行为——以一个人自己来体认另一个人。"他之所以一再推崇美国诗人、中国古诗的译者宾纳，是因为宾纳所译的元稹写给亡妻的《遣悲怀》"是最好的美国诗歌之一。这首诗传达出了宾纳对原作者写作心境的强烈体认，这种体认感压倒了一切"。

在王佐良那里，在赖特那里，我们都可以真切地感到这种发自生命内里的"同情"和"体认"，以及由此产生的感人的抒情力量："元稹在哪里？你的好友在哪里？""怅望千秋一洒泪，萧条异代不同时。"（杜甫《咏怀古迹五首》），人们往往会发出这样的感叹，但正是以这样的"同情"和"体认"，自我进入了他者，生命织进了彼此，过去与现在相逢，千年前那条"磨损了的纤绳"又被握在了今人的手上！

这也就是为什么一位美国当代诗人何以被中国古典诗歌和白居易所吸引，显然，他从中体认到的，是作为一个诗人的共同命运。他所发现的，不是一个闲适的白居易，也是一个身处逆境的白居易。那么，他读到的，是哪些白居易诗的英译？他又是在什么背景下写这首诗的呢？

从赖特这首诗来看，诗中描述的，是唐代诗人白居易逆江而上，到忠州（今重庆忠县）赴任的情景。这就需要我们了解一下。

白居易（772—846），祖籍山西太原，生于河南新郑，元和年间任左拾遗及左赞善大夫。元和十年（公元815年），藩镇势力在长安公然刺死宰相武元衡，白居易上表吁请严缉凶手，这被视为"擅越职分"；而且，白居易平素多作讽喻诗，也令朝中权贵不悦，因而被贬为江州（现江西九江）司马。司马为刺史的助手，属于变相发配。对他被贬后的郁抑心情，我们完全可以从他在江州所作的著名歌行体长诗《琵琶行》中体会出："同是天涯沦落人，相逢何必曾相识！"

元和十四年（公元819年），看上去似乎是"时来运转"，白居易奉诏由江州司马任忠州刺史，这不能不说是一次"升迁"。虽然作为"远郡"的忠州，地处偏僻荒蛮山区，难有作为，但他还有什么可选择？"忠州好恶何须问，鸟得辞笼不择林。"（《除忠州寄谢崔相公》）

白居易的一些重要诗篇，包括赖特所读到的，都是在由江州沿江而上赴忠州的旅途中写下的。此行之重要，白居易的弟弟白行简一路陪同，途中，他们还意外地与元稹在西陵峡（宜昌附近的西陵峡现存有"三游洞"）相遇。一路"一千三百里"，沿途的名胜古迹，一个个先贤浮现的面孔，尤其是凶险艰辛的三峡水路，使他经历的宦海浮沉、人生荣辱、困厄乖舛的命运一一再现，成了他的"存在的地形学"。他写下的一系列诗篇，也都带上了他的身世之感和前所未有的力度，如《初入峡有感》：

上有万仞山，下有千丈水。苍苍两崖间，阔狭容一苇。

瞿唐呀直泻，滟滪屹中峙。未夜黑岩昏，无风白浪起。

大石如刀剑，小石如牙齿。一步不可行，况千三百里！

苒蒻竹篾笺，欹危楫师趾。一跌无完舟，吾生系于此。

常闻仗忠信，蛮貊可行矣。自古漂沉人，岂尽非君子。

况吾时与命，蹇舛不足恃。常恐不才身，复作无名死！

    我不能确定赖特读了白居易哪些诗的译文，就诗前引诗"生于恶魔的日子，又新经历了一场惨败，我怎能向命运要求恩惠"来看，很可能就是该诗最后四句的意译！

    我之所以全文引出这首诗，不仅因为它是赖特所依照的背景，也因为我刚刚从奉节归来（虽然现在的长江三峡因为葛洲坝蓄水，江面上升 100 米，像湖水一样波平浪静，它早已不再是杜甫或白居易时代的那个凶险如虎的三峡了），我真是感到它写得真切刻骨。而白居易写了《初入峡有感》这首力作还嫌不够，继而又作有《夜入瞿唐峡》一诗。李白的《朝发白帝城》被称为"天下第一快诗"，那是他的天才和遇赦后狂喜心情的写照，实际上千里江陵是不可能"一日还"的。对一路跋涉、战战兢兢的白居易来说，由初入峡到最后"夜入瞿唐峡"，他才得以感受到命运的全部威力。瞿塘峡为三峡中最西边、最险要的一个峡，那也是杜甫所说的"众水会涪万，瞿塘争一门"（《长江二首》）、"险过百牢关"（《夔州歌十绝句》)之所在：

> 瞿唐天下险，夜上信难哉！
> 岸似双屏合，天如匹帛开。
> 逆风惊浪起，拔篙暗船来。
> 欲识愁多少，高于滟滪堆！

瞿塘天下险，何况是在夜里逆水而上！"岸似双屏合，天如匹帛开"，两岸山崖在夜色中像屏风一样向内合拢和挤压，接下来一个"开"字，又在遮天蔽日之中透出一线光亮，它同时也更加反衬出这峡中的漆黑和莫测。这一开一阖、充满明暗对比的一联，历来为人们所称道，但我本人更惊异于接下来的"逆风惊浪起，拔篙暗船来"。"拔篙暗船来"堪称是全诗最为惊人的一笔。我不由得想起6年前我在南京陪两位美国诗人夜访扬子江的经历，那时我曾写下这样一首诗：

幽灵船
——给哈斯和布伦达，纪念我们的一次访问

南京城外
夜色中的扬子江
黑沉沉的江面上

一艘接一艘驳船驶过

（是一些运沙船吗）

没有灯光

没有马达的突突声

我们都不说话

也说不出话

好像是李白他们知道我们来了

一艘艘幽灵船从我们面前无声地驶过

在那个漆黑的细雨夜，眼望着一艘艘"幽灵船"从我们面前寂静无声地驶过，甚至连因江边路滑差一点跌溜进江里的诗人马铃薯兄弟也不吱声了。

不过瞿塘峡里的"暗船来"更令人心惊，它不仅传达出舟行峡中的诡异氛围，也暗示了命运的明枪暗箭。据传民间也有一种迷信习俗，凡船行至险处，皆保持静默和敬畏，"瞿塘滩上有神庙，尤至灵验。刺史二千石经过，皆不得鸣角伐鼓。商旅上水，恐触石有声，乃以布裹篙足"（《水经注》）。而这是为什么？怕惊动水底的神龙怪兽？

因而诗人最后会发出这样的感叹："欲识愁多少，高于滟滪堆。"古来多少民歌作者、舟子和诗人都曾咏叹过这个巨兽般的"滟滪堆"！它立于两岸逼仄、涡流湍急的瞿塘峡口中间，成了多少过往船楫的生死关和葬身之地！这里顺带说一声，因为有碍航道，滟滪堆已于 1959 年被炸掉，但是，命运之凶险和诡异，从此就被消除了吗？也许，它潜藏得更深了。

这就是白居易的三峡之旅，一段逆流而上的人生之旅的艰辛记录。它成为诗人创作的一次重要转折，在赖特这样的诗人看来，它也成了人的命运的更深刻的写照。而我本人，因为赖特的诗，也因为白居易的这些三峡诗，更真切地触及一位诗人的脉搏和心跳，同时感受到他那种"言直而切""用常得奇"的大家风格。

不管怎么说，我们得感谢翻译的发现。一位美国诗人关于白居易的书写和王佐良的优异翻译，不仅促使我们重新发现传统，它们其实也重塑了中国古典诗人的形象，并使我们在今天得以审视自身。他们的书写和翻译，不同于一般的文化猎奇和描摹，而是在同情中有审视，在追怀中有对话，比如诗一开头的"What's the use？"（直译为"这有什么用呢？"），赖特就是这样以一位西方诗人的个人视角来看志在儒家的"济世"却又苦于在仕途中挣扎的中国古诗人的，而王佐良的翻译"何苦徒劳呢？"又平添了一丝中国现代知识分子的苦涩，至于接下来的"混一个什么官差使"，这原诗字面上没有的"混一个"，不仅有些无奈，也显示了对权力和历史的某种超越。

但纵然如此，他们的书写和翻译都深深体现了上文所说的"理解之同情"。《冬末，越过泥潭时，想到了古中国的一个地方官》，王佐良把原诗的"Puddle"（水洼）译为"泥潭"，显然意在强化诗人处境的艰难；而到了第一节的末尾"我猜想，你到达时，/天已黑了"，又显现了一个重要时刻：奉诏赴任的诗人迎来的不是升迁的荣耀，而是人的命运的真正显现。作为一个"萧条异代不同时"的诗人，赖特不仅把投向古中国的视线拉回到自身，从事一种蒙太奇式的并置和切换，更重要的，是从一个更大的超越性视角来反观人的存在及其悲剧性（为此他还给了一个新的身份"isolated men"，王佐良译为"孤零人"），由此来书写世事沧桑和命运的力量。最后，这一切都化为了"千年一问"：

> 你在山那边找到孤零人的城市了吗？
> 还是紧握着那条磨损了的纤绳的一头，
> 一千年都没有松手？

这种询问是当下的，也是超越时空的。一切都化为了一种共同的恒久的命运。王佐良的翻译也真是好，"一千年都没有松手"，他把原诗的"握着"（holding）译为"没有松手"，并且把它放在了全诗的最后！

也正是这样的书写和翻译，让我们对一切都要刮目相看了。它刷新了我们的眼睛，也激活了我们的读解。的确，一切正如美国诗人罗伯特·克利利所说："我们将在语言中沉睡，如果语言不用它的陌生性来唤醒我们的话。"

翻译：重新开始的诗 ^①

——以雷克斯罗斯对苏轼的翻译为例

肯尼斯·雷克斯罗斯的《中国诗百首》第一部分为 35 首杜甫的诗，第二部分是宋代诗词的选译。雷克斯罗斯对杜甫的翻译，我已有专文探讨，现在我们来看他对苏轼的翻译。

在《中国诗百首》的"序言"中，雷克斯罗斯这样介绍说：

> 第二部分是宋代诗词的选集，……和我翻译的杜甫诗相比，这些译诗有的更忠实于字面，更多的则自由无拘。我希望它们在所有情形下都能忠实于原作的精神，同时是有效的英文诗（valid English poems）。我要说，宋代诗歌，虽然远不如杜甫时期的唐诗那样紧密结实，却提供了更多的自由空间。

---

① 该文由研究生现代诗学课程课堂讲解和讨论而成。

显然，雷克斯罗斯对宋代诗词的翻译与他对杜甫的翻译不大一样。他对杜甫的高度尊崇决定了他的翻译。他曾满怀感激地说："如果说以赛亚是最伟大的宗教诗人，那么杜甫就是所有非宗教诗人中最伟大的。但对我来说，他的诗歌却是唯一能够经受时间的考验留存下来的宗教。你必须怀有人们所说的'敬畏生命'的态度，才能理解他的诗。"因此，他对杜甫的翻译力求忠实，力求进入到杜诗的内里，达到最大程度上的"感同身受"。

　　而在翻译苏轼等宋代诗人的诗词时，雷克斯罗斯显得更为自由，如他所说的，既忠实于原作精神又不拘泥于原文。而无论对每一首诗作怎么译，译文本身最后应该是"有效的英文诗"——这大概就是雷克斯罗斯的"落脚点"。

　　想必很多美国诗人翻译家都会这样做。艾略特·温伯格就曾这样说："一种翻译既有来处也有去处。大多数学者翻译的问题是译者知道原文的所有含义，但却不知道译文要去哪里——也就是目标语言的当代文学语境。"

　　首先，我们来看雷克斯罗斯对苏轼的名作《念奴娇·赤壁怀古》的翻译：

　　　　大江东去，浪淘尽，千古风流人物。故垒西边，人道是，三国周郎赤壁。乱石穿空，惊涛拍岸，卷起千堆雪。江山如画，一时多少豪杰。　　遥想公瑾当年，小乔初嫁了，雄姿

英发。羽扇纶巾，谈笑间，樯橹灰飞烟灭。故国神游，多情
应笑我，早生华发。人生如梦，一尊还酹江月。

THE RED CLIFF

The River flows to the East

Its waves have washed away all

The heroes of history.

To the West of the ancient

Wall you enter the Red Gorge

Of Chu Ko Liang of the

Days of the Three Kingdoms. The

Jagged peaks pierce the heavens.

The furious rapids beat

At the boat, and dash up in

A thousand clouds of spray like

Snow. Mountain and river have

Often been painted, in the

Memory of the heroes

Of those days. I remember

Long ago, Kung Ch'in newly

Married to the beautiful

Chiao-siao, shining in splendor,

A young warrior, and the other

Chu Ko Liang, in his blue cap,

Waving his horsetail duster,

Smiling and chatting as he

Burned the navy of Ts'ao Ts'ao.

Their ashes were scattered to

The four winds. They vanished away

In smoke. I like to dream of

Those dead kingdoms. Let people

Laugh at my prematurely

Grey hair. My answer is

A wine cup, full of the

Moon drowned in the River.

赤壁

江河向东奔流

浪涛卷走了所有

历史中的英雄。

朝向古城墙的西边

你进入三国时代

诸葛亮的赤色峡湾。这些

锯齿状的山峰刺破天穹。

狂暴的激流拍打着

船舷，千重飞沫，就像

白雪。山峰与河流

常被描画，在这些追慕英雄的

日子里。我记得

在很久以前，公瑾

新娶美丽的小乔，英姿焕发，

这位年轻的武士，和另一位

诸葛亮，戴着蓝色冠帽，

挥舞着马尾拂尘，

一边笑谈着，一边

让曹操的舰队焚毁。

它们的灰烬被撒向

四面的风中。它们消失在

烟雾里。我喜欢梦游于

这些逝者的王国。就让人们

嘲笑我早生的

白发吧。我的回答是

一杯酒，斟满

月光，沉浸在江水中。

在我们的研究生课程中，雷克斯罗斯译诗的回译由柏玉美同学初译，我做了校译。我要求同学们尽量按原英译"直译"（即依据原文的句法和用词，不增不减不改变，不妄自意译）。柏玉美同学感叹雷克斯罗斯的翻译："就仿佛看见从古炉中抽出的重新淬炼的镆铘宝剑，绽放出奇异的光芒。这种奇异感，可以说就是俄国形式主义文论中'陌生化'所带来的效果。"

这种兴奋之情，让我再次想起了奈莉·萨克斯对策兰翻译的曼德尔施塔姆的赞颂：

> 再一次，曼德尔施塔姆——从亲人们的眼窝深处而来。你是如何使他从黑夜里现身，带着他所有语言的风采，依然湿润，还滴着它来自的源泉之水。奇妙的事件。变形——一种新的另外的诗和我们在一起了。这是翻译的最高艺术。[①]

的确，这样的创造性翻译，可以说从原诗中产生了另一首诗。雷克斯罗斯够"大胆"的了，比如说，原诗并未写到诸葛亮，但他竟然将"诸葛亮"放了进来，这可能是因为他了解《三国演义》中赤壁之战的主人公正是诸葛亮，此外，对于西方的一些读者，比起"周瑜"，他们可能更了解那个神话般的"诸葛亮"。雷克斯罗

---

① Paul Cela and Nelly Sachs: *Correspondence*, Tanslated by Christopher Clark, The Sheep Meadow Press, 1995, p.16.

斯本人所推崇的杜甫等中国诗人，也都曾用诗篇怀念过这位先贤。所以他要通过翻译，把西方读者带入"三国时代 / 诸葛亮的赤色峡湾"。

比起原诗，译文的差异是很明显的，但也是耐人寻味的。"你进入三国时代 / 诸葛亮的赤色峡湾"，这里的"你"，显然是原诗没有的。这是诗中的"我"对自己的观照（译诗后面又回到了"我"），比原文多了一重视角。我们要留意到译作中这种人称的变化和视角的调换，因为这使"跳出自我"，使一种自我的审视、观照和生命对话成为可能。

至于具体翻译，苏轼的《念奴娇·赤壁怀古》为一首千古名作，这对任何翻译都构成了挑战，怎样在英文中创造出一首堪与原诗"相称"的诗来，这是雷克斯罗斯不得不面对的难题。比如说原诗中"乱石穿空，惊涛拍岸，卷起千堆雪"这样的名句，令人惊叹，汉语的表现力达到了一个极致。对此，雷克斯罗斯把"乱石穿空"翻译成"锯齿状的山峰刺破天空"，这就比较成功，它同样有一种奇突有力的感觉，如同"将一幅宋元水墨山水转化为一幅哥特式的油画"，而又恰切地呈现了赤壁山势的险峻。

当然，读英译并对照原诗，我们肯定也有许多不满足的地方。如"大江东去，浪淘尽，千古风流人物""江山如画，一时多少豪杰""羽扇纶巾，谈笑间，樯橹灰飞烟灭"这些句组，都为名句，在汉语中已传诵千年，很难想象有任何英译能够传达出它们独特的味道和警句般的效果。雷克斯罗斯已做出了他最好的。如果说他译出的只是一首"有效的英文诗",还不是一首语言大师的杰作,那可能并不尽是译者本人的问题。

那么,问题在什么地方呢?

谈起翻译,诗人雪莱曾这样说:"想要把诗人的创作复制到另一种语言中去,就好比把一朵紫罗兰扔进坩埚,还想发现原先色泽和香味的法则,都是痴人说梦。植物必须从种子里重新抽芽,不然就不会开花,这就是我们所背负的巴别塔的诅咒。"①

雪莱的感叹,自然会唤起很多人的共鸣。不过,就翻译而论,即使进入到"种子里重新抽芽",它开出的,也可能不是同一种花。中国自古就有"淮南为橘,淮北为枳"之察,同一种树,"橘生淮南则为橘,生于淮北则为枳,叶徒相似,其实味不同。所以然者何? 水土异也"(《晏子春秋·杂下之十》)。

正是出于对"水土异也"这种语言文化和语境的差异以及语言的历史命运的觉悟,本雅明在《译作者的任务》中提出了他的翻译观。本雅明有着过人的思想洞察力,又翻译过波德莱尔的诗,深知翻译的甘苦。他这样强调:"如果译作的终极本质仅仅是挣扎着向原作看齐,那么就根本不可能有什么译作。原作在它的来世里必须经历生命中活生生的东西的改变和更新,否则就不成其来世。"②

---

① 转引自包慧怡:《巴别塔的诅咒——诗歌翻译中的解谜与成谜》,《上海文化》2010 年第 3 期。

② 瓦尔特·本雅明:《译作者的任务》,选自《启迪:本雅明文选》,张旭东、王斑译,生活·读书·新知三联书店,2008。

也许只有这样，人们才有可能把"巴别塔的诅咒"变为祝福。

不独是本雅明，许多杰出的诗人译者都曾看到这一点。帕斯捷尔纳克在翻译莎士比亚期间曾写道："除非译文与原文的联系比通常情况更紧密，否则翻译是没有意义的。文本之间的对等转换无法保证翻译的价值。这种翻译无法达到它们所承诺的水准。原文苍白的复制品不了解它们试图反映的对象的本质特征——它的内在力量。为了使译文达到其目的，它必须通过更为真实的方式与原文联系起来。"①

墨西哥著名诗人帕斯的翻译观从本文前的引语即可以鲜明地看出。他蔑视那种陈旧僵化的也是可疑的"忠实"观，因为在他看来"翻译是一种类比的艺术，是寻找对应的艺术。一种阴影和回声的艺术，用不同的文本创作出一首与原作相似的诗"②。

我之所以引证这些诗人译者的看法，是因为翻译（包括雷克斯罗斯对苏轼的翻译）的得与失、局限与突破，也只有在这样一个现代诗学的背景下才能得到有效的考察。

里尔克并没有专门谈过自己的翻译观，但从他 1924 年 2 月 15 日给他的波兰文译者的《杜伊诺哀歌》的复印件上特意写下的这些诗句中，我们可以看到他的翻译观以及他对翻译的"祝福"：

---

① 转引自 Larissa Rudova: *Understanding Boris Pasternak*, University of South Carolina Press, 1997, p.118。

② 奥克塔维奥·帕斯：《论诗歌的翻译》，赵振江译，《诗刊》2014年第3期。

幸福的人知道：

在所有文字后面，不可言说者站立；

而从那个来源，无限地

向着欢乐跨越，而我们——

自由的桥梁，

用不同的石头建造；

因此总是，在每一样喜悦中，

我们凝视着什么是纯粹的独一和连接。

以这样一首诗的"赠予"，里尔克把他的译者从"背叛"的诅咒中解放出来。而诗人自己其实也是译者，从那"不可言说者"出发，"无限地 / 向着欢乐跨越"。从"纯粹的独一"到相互区分的世界，他恰切地运用了"自由的桥梁"这一隐喻。而这座跨越和连接的桥梁，"用不同的石头建造"。里尔克寄期望于翻译，也给了他的译者以祝福和充分的信任。

雷克斯罗斯对中国古典诗歌的献身性翻译，其贡献和意义也要这样来理解。他"用不同的石头建造"，他也为英语读者通向中国古典诗歌建造了一座足够可靠的桥。

吸引我的还在于，雷克斯罗斯对苏轼这首诗的翻译，还体现了一种自觉的"在场的诗学"。看得出，他意在通过翻译重建一种历史情境，引领读者回到一种诗的"现场"。诗开头部分原文字面上没有的"你进入……"（"you enter..."），即点明了这种诗学试图。

也许，他正是以此来向中国古典诗学致敬。在《中国诗百首》的"注释"中，他就这样指出："诗歌情景本身，是几乎所有时期中国古诗的一个重要元素。"他在接受钟玲的采访时也说："我认为中国诗对我的影响，远远大于其他的诗。我自己写诗时，也大多遵循一种中国式法则。"而这种中国式法则就是要表现具体的场景、行为及诉诸五官的意象，并创造一种"诗的处境"。

对于翻译的"在场"，法国诗人、翻译家博纳富瓦曾有过专门的论述。他的诗学观，可以说就是一种"在场"的诗学观："诗歌存在的理由是超越再现、分析、套话，也就是超越关于一切知识的一切话语，抵达时常被观念盗走的感性存在的即时性。"[1]这种"感性存在的即时性"即是他所说的"在场"。

博纳富瓦的这种诗学观，与中国古典诗学相通，也完全可以用来阐述雷克斯罗斯这样的译者的翻译。翻译诗，就是通过翻译重新确定诗的"在场"。博纳富瓦认为翻译只是重新开始的诗。在进入原诗的"文心"所在、体验原诗的创作过程之后，根据自己的经验，在自己的语言中重新构建诗的"在场"。

重新构建这种"在场"，在博纳富瓦看来，也即是"重塑诗与时间的关系。发生这种情况是因为翻译实际上总是被置于在现在

---

[1] 转引自伊夫·博纳富瓦：《声音中的另一种语言·译者序》，许翡玎、曹丹红译，广西人民出版社，2020。

的语境之中"。

而雷克斯罗斯的翻译正是这样,他不仅把苏轼英语化了,当代化了,也致力于创造一种当下的"在场"。我们看到,在他的这首译作中,没有过去时,一切都变为现在时。高山与大河,英雄人物与诗中的叙述者,历史场景与当下,一切都历历在目,出现在一个可进可出的诗的空间中。他重塑了时间。他像庞德那样,把中国古典诗的法则带入到当代英语诗的创造之中。

苏轼的诗词,雷克斯罗斯翻译有25首,数量之多仅次于杜甫,可见他对苏轼的喜爱和看重。这些译作都值得细细阅读和研究,都值得对照原诗和译诗,像乔治·斯坦纳所说的那样,看一个译者如何"信任""进攻""吸收"一首诗,看他如何凭借洞察和"补偿",在忠实原诗与自由创造之间达到一种新的动态的平衡。限于篇幅,我们再来看其中的一首译作,因为它体现了雷克斯罗斯那过人的眼光和惊人的创造力,我相信,它也会对我们的翻译观再次带来冲击。

首先,它会告诉我们什么是"翻译的发现"。苏轼留下有2700百多首诗,近300首词和大量的散文作品。除了那些流传的名篇外,即使中国的读者,也对苏轼的其他诗词不甚了了,但雷克斯罗斯居然发现了这首诗:

薄薄酒二首

薄薄酒，胜茶汤；

粗粗布，胜无裳；

丑妻恶妾胜空房。

五更待漏靴满霜，

不如三伏日高睡足北窗凉。

珠襦玉柙万人相送归北邙，不如悬鹑百结独坐负朝阳。

生前富贵，死后文章，百年瞬息万世忙，

夷齐盗跖俱亡羊，不如眼前一醉是非忧乐都两忘。

薄薄酒，饮两盅；

粗粗布，著两重；

美恶虽异醉暖同，丑妻恶妾寿乃公。

隐居求志义之从，本不计较东华尘土北窗风。

百年虽长要有终，富死未必输生穷。

但恐珠玉留君容，千载不朽遭樊崇。

文章自足欺盲聋，谁使一朝富贵面发红。

达人自达酒何功，世间是非忧乐本来空。

    这首诗显然不属于苏轼的上乘之作，很少有人注意到，一般的苏轼诗选也不会选入。很可能它也属于"戏作"，它那混合了民谣俗语形式的文体，也可能会让一些人不适。但是让我们来看雷克斯罗斯的翻译：

The Weaker the Wine

"The weakest wine is better than warm water.

Rags are better than no clothes at all.

An ugly wife and a quarrelsome concubine

Are better than an empty house."

The weaker the wine,

The easier it is to drink two cups.

The thinner the robe,

The easier it is to wear it double.

Ugliness and beauty are opposites,

But when you're drunk, one is as good as the other.

Ugly wives and quarrelsome concubines,

The older they grow, the more they're alike.

Live unknown if you would realize your end.

Follow the advice of your common sense.

Avoid the Imperial Audience

Chamber, the Eastern Flowery Hall.

The dust of the times and the wind of the Northern Pass.

One hundred years is a long time,

But at last it comes to an end.

Meanwhile it is no greater accomplishment

To be a rich corpse or a poor one.

Jewels of jade and pearl are put in the mouths

Of the illustrious dead

To conserve their bodies.

They do them no good, but after a thousand years,

They feed the robbers of their tombs.

As for literature, it is its own reward.

Fortunately fools pay little attention to it.

A chance for graft

Makes them blush with joy.

Good men are their own worst enemies.

Wine is the best reward of merit.

In all the world, good and evil,

Joy and sorrow, are in fact

Only aspects of the Void.

酒越淡

"最淡的酒也比温水好。

破布总比没衣服强。

一个丑妻和一个爱争吵的妾

也胜过任何空房。"

酒越淡，

就越容易喝两杯。

长袍越薄，

就越容易穿两套。

丑和美是对立的，

但是当你喝醉的时候，

一个和另一个一样好。

丑陋的妻子和爱争吵的小妾，

她们越老也就越相似。

如果你觉悟到自己的结局那就

听从你心中常识的建议。

避开皇家的讲坛

大厅，和朝东的花堂。

时代的尘埃和北风都刮过去了。

一百年是很长的一段时间，

但它最终会走到尽头。

同时，成为一具富贵的尸体

或一具贫穷的尸体

都谈不上有更大的成就。

玉石和珍珠放在

显赫死者的嘴里

以保藏他们的身体。

它们对他们没什么用处，但千年后，

它们养活了他们的盗墓人。

至于诗文，只是它对自己的报偿。

幸运的傻瓜们很少注意到这一点。

移花接木这类机会

就使他们兴奋得脸红。

好人是自己最难对付的敌人。

好酒是最好的美德奖赏。

在这个世界上，善与恶，

喜与悲，其实都只是

虚空的一面。

艾略特称庞德"为我们这个时代发明（invent）了中国诗"。
雷克斯罗斯对苏轼这首诗的翻译，也正带有这种"发明"的性质。

苏轼的这首诗不是名诗，但是雷克斯罗斯的翻译把它变成了一首杰作。这不能不说是一个奇迹。雷克斯罗斯作为一个杰出的诗人和译者，也在这首译诗中有了惊人的展现。

首先，雷克斯罗斯把原作《薄薄酒二首》变成了一个整体，他对第一首并未全译，而是把其中的前几句"薄薄酒，胜茶汤；/粗粗布，胜无裳；/丑妻恶妾胜空房"作为诗前引诗标出，别出心裁，也十分醒目，并避免了与正文重复。这堪称是大手笔。它体现了一种深入本质、抓取原作精华和生命的方式。有人曾这样称庞德的翻译："即便他只掌握了极为有限的一点细节，他也能领会原作者的核心思想，因为他有一种特殊的能力，我们也许可以称之为过人的洞察力。"对雷克斯罗斯的翻译，我们也完全可以这样来评价。

我们再来看译文的正文，它在原文第二首（或第二节）的基础上展开，它同样有大胆的取舍，有一定程度上的改写，既忠实于原文精神，又以其超越性的译笔，创造了很多精彩的让人印象深刻的名句，如把"丑妻恶妾寿乃公"译为"Ugly wives and quarrelsome concubines, / The older they grow, the more they're alike."（"丑陋的妻子和爱争吵的小妾，/她们越老也就越相似。"）把"富死未必输生穷"译为"it is no greater accomplishment / To be a rich corpse or a poor one."（"成为一具富贵的尸体/或一具贫穷的尸体/都谈不上有更大的成就。"）令中国读者陌生和感到惊异的，是"尸体"这样的隐喻。它不仅更具体，有一种语言的可见性和物质性，也更醒目，更具有一种警策的效果。

至于"但恐珠玉留君容，千载不朽遭樊崇"，雷克斯罗斯译为"They do them no good, but after a thousand years, / They feed the robbers of their tombs."（"它们对他们没什么用处，但千年后，/ 它们养活了他们的盗墓人。"）这和原诗的意思有一定差异，"樊崇"本为西汉末年农民起义赤眉军首领，但雷克斯罗斯却忽发奇想，代之以对千年后"盗墓人"的想象，很幽默，和全诗的主调很吻合，而又恰好体现了那种苏东坡式的旷达和对生与死的洞观。

对该诗最后几句的翻译，也可见出雷克斯罗斯的功夫：把"文章自足"译为"As for literature, it is its own reward."（"至于诗文，只是它对自己的报偿。"），比原句更耐人寻思。至于原诗的"达人自达酒何功"，可称为名句，表现了诗人本来的旷达，但译者最后还是把它归之于酒，因为借酒起兴又回了酒，不仅有一种全诗结构上的循环，还由感官的慰藉上升到美德的层面。同样精彩的，是对全诗结尾一句"世间是非忧乐本来空"的翻译，它混合了诗人的愤激、旷达与无奈，只是这类表述在中国古诗中已太多，也易被读者滑过，雷克斯罗斯不惜用了三句来表现这一句："In all the world, good and evil, / Joy and sorrow, are in fact / Only aspects of the Void."（"在这个世界上，善与恶，/ 喜与悲，其实都只是 / 虚空的一面。"）这几句更有分量和力度，而且具有了一种钻石般多棱面的立体效果。也只有以这样的结尾，才能使全诗站住。

总的来看，这首诗的翻译，充分展示了雷克斯罗斯过人的眼光、卓越的心智和惊人的艺术手腕。它不仅胜过了对《念奴娇·赤壁怀古》的翻译，重要的是，正是以这样的翻译，他使苏东坡成为苏东坡，在西方读者眼目中，树立了一个愤激旷达、老当益壮、智慧而又亲近的中国古典大师的形象。通读全译诗，元气充沛，起伏跌宕，他不仅翻译出了苏诗的精神，也活脱脱带出了一个诗人的形象！

而这个诗人形象，恰好又成为两个诗人的天然融合。雷克斯罗斯早年在美国中、西部到处漂荡，当过农业工人、疯人院看守，一身兼具古典与民间气质，其诗影响过许多"垮掉派"诗人，甚至有旧金山诗人"教父"之称。他的老当益壮和率真超迈，可能更适合翻译苏轼这种"晚期风格"的诗，翻译时更能达成一种心照不宣的默契，也更能展现他"随时间而来的智慧"和艺术功力——如果说有什么翻译的奥秘，它最终会归结到这里。

"被弃置在心的山上"

——关于"新发现"的三首冯至译里尔克诗

2020 年 10 月，四卷本《冯至译文全集》由上海人民出版社出版，卷一《守望者之歌》为译诗卷，其中里尔克诗歌部分基本依照了 1999 年河北教育出版社出版的《冯至全集》第九卷"集外译诗"的编选，收录有 18 首冯至译里尔克诗。《冯至译文全集》的出版令人欣喜，有助于人们全面欣赏和研究冯至先生的译文，遗憾的是，仍有 3 首完整的冯至译里尔克诗作未能收入集内。

众所周知，冯至译里尔克作品（除诗之外，还包括《给一个青年诗人的十封信》、散文《山水》、小说《马尔特·劳利得·布里格随笔》片段），无论对冯至本人还是对中国现代诗歌都十分重要，因而我们有必要注意到这 3 首未被收入到译文全集中的译作。

其中一首，完整出现在冯至发表在《世界文学》1989 年第 1 期上的《我和十四行诗的因缘》一文中。这首《呼吸，你看不见的诗！》（"Atmen, du unsichtbares Gedicht！"），为里尔克晚期代表作《致奥尔弗斯的十四行诗》下卷中的第一首，它当然十分重要，冯至的译文如下：

> 呼吸，你看不见的诗！
> 不断用自己的存在
> 纯净地换来的宇宙空间。平衡，
> 在平衡里我有节奏地生存。
>
> 唯一的波澜，它
> 渐渐形成的海是我；
> 一切可能的海，你最节约，——
> 空间的获取。
>
> 空间的这些地方有多少已经
> 在我身内。有些风
> 像是我的生育。
>
> 你认识我吗，空气，你曾充满我身内的各部位？
> 你一度是我言语的
> 光滑的外皮、曲线和叶片。

冯至是从他本人"和十四行诗的因缘"的角度引译出这首诗的，看来这首诗在他心中已萦绕了多年；显然，这首更为自由的"冲破（了）十四行的格律"①的十四行诗，对他当初大胆采用十四行体这种诗体形式起到了重要的激励作用，其精神和诗学启示意义在他的《十四行集》中也时时可见。在《我和十四行诗的因缘》中他就这样颇有感触地说："诗人认为，人通过呼吸与宇宙交流，息息相通，人在宇宙空间，宇宙空间也在人的身内。呼吸是人生节奏的摇篮。这使我想到《庄子·刻意》中有这样的话，'吹响呼吸，吐故纳新，熊经鸟申'，意思是说，熊在攀登、鸟在飞翔时最能感到呼吸的作用。"

但这首译诗后来并没有收入《冯至全集》的"集外译诗"卷，这可能是和冯至先生虔敬地认为他"没有能力翻译这首诗，只能把诗的大意和形式用中文套写下来"②有关（实际上，我们如对照该诗原文和其他几种中译，就会发现冯先生的译文还是相当精湛和富有生气的），或是全集编者认为该译诗已出现在冯先生的文章中，不必再挑出来收入。

至于另外两首未收入《冯至全集》《冯至译文全集》的里尔克译诗的情况则是这样：这两首诗均和冯至译其他8首里尔克诗发表于《文聚》1943年第2卷第1期。《文聚》为西南联大文学社团"文聚社"的刊物和西南联大师生的主要文学阵地之一，冯至曾

---

① 冯至：《我和十四行诗的因缘》，《世界文学》，1989年第1期。
② 同①。

在上面发表过自己的十四行诗，里尔克也是该刊的一个译介重点，除了冯至译作外，卞之琳和冯至夫人姚可崑也曾在该刊上发表过与里尔克有关的译文。

《文聚》1943年第2卷第1期目录页印有冯至《译里尔克诗十二首》，正文标题则为《译里尔克诗十首》，实际上也是10首，它们为《豹（在巴黎植物园中）》《Pietà》《一个女人命运》《只有谁……》《纵使这世界……》《爱的山水》《在惯于阳光的街旁……》《被弃置在心的山上……》《这并不是新鲜》《诗人你做什么……》。

这10首诗除了《在惯于阳光的街旁……》《被弃置在心的山上……》，其余8首经冯至先生修订，与他新译的里尔克《秋日》《爱的歌曲》两首诗和小说《马尔特·劳利得·布里格随笔》（摘译）一并收录于1980年出版的《外国现代派作品选》第一册上集中。而这可能就是后来的《冯至全集》的编者未能将这两首收入的主要原因。但我们应考虑到《外国现代派作品选》为精选，每位入选诗人的篇幅宜有限，如果由冯至先生生前来编选他自己的译文"全集"，他会不会将这两首译诗经过修订收入？我想很可能会的。

现在我们来看这两首被两种"全集"遗漏的里尔克译诗。《文聚》杂志现在所存不全，国家图书馆仅藏第1卷部分期数，另有缩微胶卷较全，但不甚清晰。根据国家图书馆所藏《文聚》第2卷第1期缩微胶卷，现兹录遗漏的两首译诗如下：

在惯于阳光的街旁……

在惯于阳光的街旁，在那
空洞的断树干里，它久已
变成水槽，一层水轻轻地
在里边更换，——我平息我的
焦渴：从手腕边向自身内
吸取水的清爽，水的根源。
饮，我觉得太多了，太明显；
但是这期待的姿态
把明亮的水引入我的意识。

所以，如果你走来，我平息我，
我只要双手的一个轻抚
不管是在你青春的肩头，
不管是在你胸前的突起。

被弃置在心的山上……

被弃置在心的山上，看，那里多么小，
看，语言的最后的村庄，高一些；
但是也多么小，还有情感的

一座最后的庄院。你认得出吗?

被弃置在心的山上。石岩

在手底下。这里也许

开一些花;在静默的峭壁

一棵无知的草歌唱着开花。

但是有知的人?啊,他起始知道

现在却沉默了,被弃置在心的山上。

也许有些,有些安稳的山兽

怀着健全的意识在这里徘徊,

轮替,停留。还有安全的大鸟

飞绕群峰的纯洁的拒绝。——但是

不安全,这里在心的山上。

　　这两首遗漏的里尔克译诗,首先由我指导的研究生朱思婧同学在从事冯至先生的诗歌翻译研究时,在对史料进行仔细考证和梳理时发现,近期又由博士生方邦宇同学多次去国家图书馆,据所藏《文聚》杂志和缩微胶卷做了进一步的确证。说实话,读到这两首遗漏的里尔克译诗我很兴奋,它们不仅更为全面地呈现了冯至先生对里尔克诗歌的翻译,而且对我们今天仍有着启示性的意义。

　　尤其是《被弃置在心的山上……》("Ausgesetzt auf den Bergen des Herzens")这首诗很重要。它为诗人在第一次世界大战爆发之后所作，1919 年发表，属里尔克的后期之作（冯至当年在《文聚》上包括这首诗和其他 4 首诗的后面曾注明"《晚年的诗》1913—1926"）。有的研究里尔克的专著中曾提到这首诗。[1]更让我兴奋的，是我一直在翻译和研究的德语犹太诗人保罗·策兰生前编定死后出版的最后一部遗作《时间家园》（Zeitgehoeft），其集名就受到里尔克这首诗的启示！据研究资料，策兰在阅读海德格尔时曾记下"时间庭院"（Zeithof）这个词，在一首诗中也运用过这个意象，但在他生命的最后，"时间庭院"演变成了"时间家园"（Zeitgehoeft，也可译为"时间农家"）。在我看来，策兰是在一个"后奥斯维辛"的意义上重新回到了里尔克这首诗："被驱赶、暴露在心的山坡上。看，那里多么不起眼，/看：那词语的最后村庄，更高处，/还是那么渺小，但那是最后的/感觉的农家……"[2]

"时间"均为里尔克和策兰的重要诗学维度，贯穿在他们创作中的一个主题，便是穿过时间的寻找和终极性追问。里尔克写出那首诗，带着第一次世界大战对人类文明和诗人创作所造成的重大威胁这种背景，策兰的"被驱赶、暴露在心的山坡上"的"时间家园"，显然是他作为"奥斯维辛"的幸存者的最后一种坚守；而冯至为什么会选出里尔克这首诗来翻译，看来和他在 20 世纪 40 年代初期避住在昆明市郊外的山下、不时承受着空袭警报的生存

---

① 见朱迪思·瑞安：《里尔克，现代主义与诗歌传统》，谢江南、何加红译，上海人民出版社，2011。

② 参见保罗·策兰：《灰烬的光辉：保罗·策兰诗选》，王家新译，广西师范大学出版社，2021，第 465 页关于"时间家园"的介绍。

和创作状况也不无关系，甚至可以说，这首译诗也完全可以视为他自己在那时的精神境遇的某种写照。

至于冯至对里尔克这首诗的具体翻译，我们不妨先来看原诗：

Ausgesetzt auf den Bergen des Herzes. Siehe, wie klein dort,

siehe: die letzte Ortschaft der Worte, und höher,

aber wie klein auch, noch ein letztes

Gehöft von Gefühl. Erkennst du's?

Ausgesetzt auf den Bergen des Herzens.

Steingrund

unter den Händen. Hier blüht wohl einiges auf;

aus stummem Absturz

blüht ein unwissendes Kraut singend hervor.

Aber der Wissende? Ach, der zu wissen begann

und schweigt nun, ausgesetzt auf den Bergen des Herzens.

Da geht wohl, heilen Bewußtseins,

manches umher, manches gesicherte Bergtier,

wechselt und weilt. Und der große geborgene Vogel

kreist um der Gipfel reine Verweigerung. – Aber

ungeborgen, hier auf den Bergen des Herzens…

对照原诗，我们会发现冯至在翻译时下了很大功夫，他的译文大致上是很"忠实"的,诗的节奏把握和一些细节处理也比较好。诗一开始的"Ausgesetzt",有暴露、丢弃、驱赶、排出的含义,冯至译为"被弃置在心的山上",比较恰当,且合乎中文的接受语境,这就如同在《呼吸,你看不见的诗!》一诗中,他把"Manche Winds/sind wie mein Sohn"("有些风/像是我的儿子")译为"有些风/像是我的生育"一样。

当然,读这首译作也有些不满足,比如对那"最后的感觉的农家"强调不够,因为这是诗中的一个重心所在。译文中"安全的大鸟"和最后一句中的"不安全"都是忠实于原文的,但该诗中的"geborgene",还含有"受庇护"的意思。该诗是里尔克给他视为知己的德国女画家露·阿尔贝特-拉察德的赠诗之一,它暗含了一个艺术家创作的世界与充满威胁的现实世界之间的紧张关系。如果对之体会得更深入一些,翻译时的处理可能就会更确切和精细一些。

当然,这是冯至先生早年的译文。如果他后来要重新发表这首译作,按照他的习惯和严谨态度,他或多或少会对初译进行修订的。

冯至对里尔克诗歌的翻译,最完美也最有影响的,当属《秋日》《豹》等诗。但是,他的其他里尔克诗歌译作,也都有着它们的意义。甚至他的文章中的某些里尔克诗歌片段,也当为我们所珍惜,如他写于 1943 年的《工作而等待》一文中所引译的里尔克的几句诗"……他们要开花,/开花是灿烂的,可是我们要成熟,/

这叫作居于幽暗而自己努力"。自我在上大学时读到后,多少年来它就一直是我的"座右铭"。再比如写于 1936 年的《里尔克——为十周年祭日作》一文中所引译的《致奥尔弗斯的十四行诗》中的一首诗中的这几句:

> 苦难没有认清,
>
> 爱也没有学成,
>
> 远远在死乡的事物
>
> 没有揭开了面幕。

这样的片段对我们来说也是弥足珍贵的。就这节诗来看,一方面是深切的悲哀和无望,另一方面却又是不可遏止的从大地上升起的赞颂(这一节诗接下来是"唯有大地上的歌声 / 在颂扬,在庆祝")。它是哀歌,又是赞歌;是对人世苦难的揭示,更是对天意的充满感激的领受。这样的诗,每次读都使我受到感动。它让我们意识到什么才是伟大的艺术。

如我以前曾在文章中所写到的,冯至对里尔克作品的译介,在中国新诗史上构成了"一个精神事件"。[①] 它给我们带来了一种德国式的"存在之诗",一种为中国新诗的发展所需要的精神尺度和语言。就对里尔克诗作的具体翻译而言,冯至在 1936 第 1 卷第

---

① 王家新:《翻译与中国新诗的语言问题》,《文艺研究》2011 年第 10 期。

3 期《新诗》杂志"里尔克逝世十周年祭特辑"上发表的里尔克译诗六首和《里尔克——为十周年祭日作》一文，奠定了里尔克诗歌在中国传播和接受的坚实基础，他在 1943 年《文聚》上发表的 10 首里尔克诗歌（包括之前翻译的 6 首），进一步扩展了中国诗人对里尔克诗歌世界的认知。多少年的时代风雨后，冯至在晚年又回到早年的爱，他不仅为《外国现代派作品选》新译了《秋日》等佳作，而且在后来又尝试选译了里尔克《致奥尔弗斯的十四行诗》54 首中的 8 首（不包括他在《我和十四行诗的因缘》中所译介的那一首），发表于 1992 年《世界文学》第 1 期。

如同戴望舒对洛尔迦的"发现性翻译"，冯至对里尔克的译介所做出的历史性贡献，是任何后来的译者也取代不了的。虽然人们可能还有某种不满足，比如冯先生对里尔克诗歌的翻译还不够充分，尤其是对其晚年重要作品《杜伊诺哀歌》和《致奥尔弗斯的十四行诗》基本上还未涉猎或是进入不够（冯至曾在后来称他对它们"没有搞懂"[①]），但是，就已做出的贡献和深远影响而言，在中国新诗史上，冯至对里尔克的译介不仅具有开拓性，也具备了较充分的"经典性意义"。这就是我们不应放过他的每一首译作的原因。

最后我还想说，冯至一生不同阶段对里尔克的译介，其特殊

---

① 叶廷芳在《缅怀冯至先生》中回忆了他约冯先生撰写介绍里尔克专章长文的情形，说冯先生一再不能交稿，"我又往后推 3 个月。最后我去要稿时，他却抱歉地说：'叶廷芳，我跟你说实话：里尔克的后期作品我并没有搞懂。'"（《文汇报》，2005 年 9 月 16 日）

意义还在于它伴随着新诗的历史发展和一个诗人的成长、成熟过程。无论是作为一个诗人还是一个译者，冯至先生都是很诚实的。他深知译事之难和自身的局限，声称自己很难胜任对里尔克诗作的翻译（见《我和十四行诗的因缘》），"但是有知的人？啊，他起始知道/现在却沉默了，被弃置在心的山上"。他译的这几句里尔克的诗，也恰好能道出他的这种"心曲"。正因为对一种伟大的并充满难度的诗歌持如此虔敬的态度，无论是他那些优异的翻译，还是还不够成熟、尚待打磨的译文，都会让我们肃然起敬，并对我们朝向"心之山"的攀登产生持续的激励。

"在那条线上"：《死亡赋格》及其翻译

    去年 11 月份为德语犹太诗人保罗·策兰 100 周年诞辰，诗人的代表作《死亡赋格》问世也近 70 年了。现在看来，该诗不仅在当时具有重大的时代意义和强烈冲击力，在战后德语文学和整个世界文学中具有标志性意义，多少年来它还一直伴随着人们对历史的哀悼、对现实的追问和反思，同时还伴随着人们对它不断的翻译。据了解，在众多新出版的纪念和研究策兰的文献中，就有德国评论家和编辑托马斯·思帕尔（Thomas Sparr）的一本关于《死亡赋格》的"传记"。

    现在，就让我们重温这"20 世纪最不可磨灭的一首诗"（美国诗人罗伯特·哈斯语）：

死亡赋格 [1]

清晨的黑色牛奶我们傍晚喝

我们正午喝早上喝我们在夜里喝

我们喝呀我们喝

我们在空中掘一个坟墓躺在那里不拥挤

住在那屋里的男人他玩着蛇他写

他写当黄昏降临到德国你的金色头发呀玛格丽特

他写着步出门外而群星照耀着他

他打着呼哨唤出他的狼狗

他打着呼哨唤出他的犹太人让他们在地上掘个坟墓

他命令我们给舞蹈伴奏

清晨的黑色牛奶我们夜里喝

我们早上喝正午喝我们在傍晚喝

我们喝呀我们喝

住在那屋里的男人他玩着蛇他写

他写当黄昏降临到德国你的金色头发呀玛格丽特

你的灰烬头发苏拉米斯我们在风中掘个坟墓躺在那里不

　　拥挤

---

[1]　选自保罗·策兰：《灰烬的光辉：保罗·策兰诗选》，王家新译，广西师
范大学出版社，2021。

他叫道朝地里更深地挖呀你们这些人你们另一些唱呀
　拉呀
他抓起腰带上的枪他挥舞着它他的眼睛是蓝色的
更深地挖呀你们这些人用铁锹你们另一些继续给我演奏

清晨的黑色牛奶我们夜里喝
我们正午喝早上喝我们在傍晚喝
我们喝呀我们喝你
住在那屋里的男人你的金色头发玛格丽特
你的灰烬头发苏拉米斯他玩着蛇

他叫道把死亡演奏得更甜蜜些死亡是从德国来的大师
他叫道更低沉一些拉你们的琴然后你们就会化为烟雾升
　向空中
然后在云彩里你们就有座坟墓躺在那里不拥挤

清晨的黑色牛奶我们在夜里喝
我们在正午喝死亡是一位从德国来的大师
我们在傍晚喝我们在早上喝我们喝你
死亡是一位从德国来的大师他的眼睛是蓝色的
他用铅弹射你他射得很准

住在那屋里的男人你的金色头发玛格丽特

他派出他的狼狗扑向我们他赠给我们一座空中的坟墓

他玩着蛇做着美梦死亡是一位从德国来的大师

你的金色头发玛格丽特

你的灰烬头发苏拉米斯

　　该诗创作于 1945 年前后，奥斯维辛的焚尸炉的灰烬尚未完全
冷却的日子，1947 年译成罗马尼亚文在布加勒斯特一家刊物初次
发表时题为《死亡探戈》。我曾在德国马尔巴赫的德国现代文学档
案馆里看过 "Todestango"（《死亡探戈》）一诗的打印稿，它带有
策兰的签名，被标明为 "1945 年"。策兰创作这首诗，除了他父
母死于集中营、他自己曾被纳粹劳动营强征为苦力的直接经历外，
可能还受到一幅照片的启发，那幅照片于 1942 年拍于离策兰家乡
不远的 Janowska 集中营，一群带着狼狗的纳粹军官让犹太人站成
一圈，命令他们手持各种乐器演奏 "死亡探戈"（该照片原片现存
于耶路撒冷一档案馆）。

　　1952 年，收入在西德出版的诗集《罂粟与记忆》时，这首诗
被策兰改为 "Todesfuge"（《死亡赋格》）。而这一改动意义重大。
它不仅把集中营里的迫害和屠杀与赋格音乐联系起来，而且把它
与整个德国文化及其象征联系了起来，因而对读者首先就产生了
一种震惊作用。可以说，这是策兰在面向 "第三帝国" 的 "金色头

发"和"大师"们时发出的第一声控诉。

全诗艺术地再现了集中营里犹太人的悲惨命运，对纳粹的邪恶本质进行了暴露。诗的第一句就震动人心："清晨的黑色牛奶我们在傍晚喝。"这一句在后来反复出现，有规则变化，成为诗中的主题句。令人惊异的是"黑色牛奶"这个悖论性隐喻，说别的事物是黑色的人们不会太吃惊（策兰早期在闻知父亲死讯后就写有《黑色雪片》一诗），但说奶是黑色的，就成大问题了。这不仅因为奶是洁白的，它更是生命之源的象征。但在死亡的集中营里，它却变成了黑色的毒汁！它所引起的不仅是对纳粹的控诉，还具有了更深广的生存本体论的隐喻意味。最起码，从策兰的一生来看，他都一直生活在"黑色牛奶"的诅咒之下。

"牛奶"是怎样变成"黑色"的，所谓高度发达的德国文化怎样成了"野蛮"的同谋，这一切都让人不能不去追问。同样关注大屠杀问题和策兰诗歌的法国犹太哲学家莱维纳斯（E. Levinas）认为"语言的本质是一种质询"，在整个《死亡赋格》中，就包含了这种悲愤的质询和批判性的反讽。

回到"黑色牛奶"这个主题句，它在诗中反复出现，不仅产生了一种咒语般的语言力量，它的奇特的时间顺序也应留意，"清晨的黑色牛奶我们傍晚喝 / 我们在正午喝早上喝我们在夜里喝"，这里不仅有时间的颠倒，按照约翰·费尔斯蒂纳在策兰评传[1]中的提

---

[1] John Felstiner, *Paul Celan: Poet, Survivor, Jew*, Yale University Press, 2001.

示，这里面还有着《旧约·创世记》的反响："上帝称光为昼，称暗为夜。那里还有傍晚，还有早上：第一日。"而策兰对之的模仿可谓意味深长。这种模仿使"奥斯维辛"与一个神示的世界相对照，从而产生了更强烈的震撼力。这"清晨的黑色牛奶""我们"在傍晚喝正午喝早上喝在夜里喝，"我们喝呀我们喝"，这就是神的惩罚吗?!

至于"死亡是从德国来的大师"，自该诗问世后，已成为到处传播的名句。"大师"（Meister）既指精湛的能工巧匠，也指杰出艺术家、艺术巨匠，而"从德国来的大师"不仅擅长艺术，也擅长虐待人和杀人（"他用铅弹射你他射得很准"），重要的是，他拥有绝对权力，"他打着呼哨唤出他的狼狗/他打着呼哨唤出他的犹太人""他命令我们给舞蹈伴奏"！的确，阿多诺所说的"文化与野蛮的辩证法"（即所谓的"文化"也会导致"野蛮"，并转化为"野蛮"），在此已发展到它不可理喻的"最后阶段"！

我们再来看诗中对赋格艺术手段的精心运用。赋格音乐一般由数个音组成的小动机胚胎构成主题，在此过程中它运用对位技法，使各部分并列呈示，相应发展，直到内容充足为止。巴赫的赋格音乐具有卓越非凡的结构技巧，它构成了欧洲古典音乐的高峰。而策兰的《死亡赋格》第一、二、三、五段都以"清晨的黑色牛奶……"开头，不断展开母题，并进行变奏，形成了富有冲击力的节奏；此外，诗中还有着"地上"与"空中"、"金色头发"与"灰烬头发"的多种对位，到后来"死亡是一位从德国来的大师"

也一再地插入进来，一并形成了一个艺术整体，层层递进而又充满极大的张力和冲击力。读《死亡赋格》，真感到像叶芝的诗所说的那样"一种可怕的美已经诞生"！

说《死亡赋格》有一种"可怕的美"，一是指集中营里那超乎一切语言表达的痛苦和恐怖居然被转化成了音乐和诗，一是指它在文明批判上的"杀伤力"：它以这种"以毒攻毒"的方式对已被纳粹所毒化了的德国文化进行了有力的批判和攻击。

至于"他"命令我们"把死亡演奏得更甜蜜些"等等，这不仅是当年在集中营里发生的实情，也暗含了一种更古老的"历史对位"：《旧约》中就记载有当犹太人被掳到巴比伦的时候，他们被迫唱起《锡安之歌》给征服者作乐。因此，对熟悉《旧约》的读者，他们在读《死亡赋格》时，"巴比伦之辱"就会起到一种"同声作用"！

赋格音乐最主要的技法是对位法，《死亡赋格》中最重要的对位即是"你的金色头发玛格丽特"与"你的灰烬头发苏拉米斯"。玛格丽特，是在德国家喻户晓的歌德《浮士德》中女主人公的名字。苏拉米斯，在《圣经》和希伯来歌曲中多次出现，在歌中原有着一头黑色秀发，她成为犹太民族的某种象征。这里我们还要注意到，在《死亡赋格》原诗中，策兰不是用"grau"（灰色）来形容苏拉米斯的头发，而用的是"aschen"（由 Asche 而来的形容词，意为"灰，灰烬，遗骸"）。这一下子使人们想到集中营里那冒着滚滚浓烟的焚尸炉，熟悉德国文化的读者，可能还会联想到格林童话中那位被继母驱使，终日与煤灰为伴的"灰姑娘"！

"aschen"（灰烬）这个词的运用，本身就含着极大的悲痛。诗的重点也在于两种"头发"的对位，诗人着意要把两种头发作为两个种族的象征。与此相对应，诗中的"他"和"我们"也都是在对这两种头发进行诉说，"他写当黄昏降临到德国……"，这里的主体是集中营里的纳粹看管，"他"拥有一双可怕的蓝色眼睛和一个种族迫害狂的全部邪恶本性，但这并不妨碍他像一个诗人那样"抒情"，他抒的是什么情呢——"你的金色头发呀玛格丽特"，这里不仅有令人肉麻的罗曼蒂克，在对"金色头发"的咏叹里，还有着一种纳粹式的种族自我膜拜。他们所干的一切，就是要建立这个神话！

正因为如此，两种头发在诗中的对位有了不同寻常的意义，"你的灰烬头发苏拉米斯我们在风中掘个坟墓躺在那里不拥挤"，这里的主体变成了"我们"，被迫喝着致命的黑色牛奶，被迫自己为自己掘墓，承受着暴虐和戏耍而为自身命运心酸、悲痛的"我们"。从这里开始的对位一下子拓展了诗的空间，呈现了诗的主题，使两种头发即两种命运相映衬，读来令人心碎。

当然，除了对位手法的运用，策兰还在这首诗中整合了很丰富的叙事性和戏剧性的元素，并把它们纳入了抒情和音乐的框架，从而形成了一个复调式的、多声部的艺术整体。这首诗甚至可以作为一个小型诗剧来上演。它那强烈、悲怆而持久的艺术力量，也不会因为"时过境迁"而削弱或消失。大半个世纪过去了，这首诗仍是一首非同凡响的杰作。

诗的背后是千千万万个亡灵的悲剧合唱队，创作《死亡赋格》的策兰也不单纯是个抒情诗人。他的这首力作，不仅艺术地再现了犹太人的苦难命运，深深触及历史的伤痛，而且将上帝也无法回答的种族问题提了出来，因而具有了更深刻悲怆的震撼力。诗的最后，又回到了赋格艺术的对位性呈示：

你的金色头发玛格丽特

你的灰烬头发苏拉米斯

在诗中交替贯穿出现的，到最后并行呈现了。这种并列句法，这种两种头发的相互映照，使人似乎感到了某种"共存"的可能，但也将这两者的界线和对峙更尖锐地呈现了出来。这种并置，如费尔斯蒂纳用一种悖论的方式所表述，是"一个不调和的和弦"。它的艺术表现到了它的极限。

但全诗最后的重心却落在了"你的灰烬头发苏拉米斯"这一句上，诗人以此意犹未尽地结束了全诗（策兰自己在朗读这最后一句的"Shulamith"时，有意在"Shulami"后面稍微停顿了一下，最后以一个吐出的"th"，结束了全诗）。苏拉米斯，带着一头灰烬头发的苏拉米斯，象征着德国的死亡大师不可抹掉的一切，在沉默中永远地显现在人们目前。它也将在每个读到它的人那里留下深长的回音。

这就是《死亡赋格》这首诗。纵然这首诗在后来成为诗人的一个标签，并被人们滥用，策兰本人甚至因此拒绝一些选家把它收入诗选中，但这并不影响它的重要。《死亡赋格》问世后广被接受，受到高度评价，但不时也会冒出一些刺耳的声音，批评家君特·布吕克尔发表在《每日镜报》上的文章就称策兰的《死亡赋格》等诗作"缺乏实体的可感性，即使通过音乐性来弥补也无济于事"。策兰对此就极其愤怒，他在1959年11月12日写给巴赫曼的信中说：

> 《死亡赋格》对我来说至少也是：一篇墓志铭和一座坟墓。无论谁对《死亡赋格》写了那些，像布吕克尔这种人所写的那些，都是对坟墓的亵渎。
>
> 我的母亲也只有这座墓。①

"我的母亲也只有这座墓"，《死亡赋格》对策兰本人来说具有了如此的意义！不仅如此，对于整个犹太民族的苦难和人类历史，它也有着纪念碑式的重大意义。无论我们反省过去，或是面向未来，都不可能绕过它。这是一首超越具体历史而又永远属于我们这个时代的诗。

接下来，我谈谈对《死亡赋格》的翻译。我是1991年夏秋读

---

① 策兰、巴赫曼：《心的岁月：策兰、巴赫曼书信集》，芮虎、王家新译，中国人民大学出版社，2013。

到一本企鹅版策兰诗选的，英译者为米歇尔·汉伯格。我那时试着译了30余首策兰的诗，主要是其中后期诗作，并不包括《死亡赋格》这首名诗。这可能也和我自己对翻译的要求有关：立足于发现，而不是跟着名诗或名诗人去转。（策兰当然"有名"，但在那时的中国，几乎无人提到策兰的名字，最有影响的只是荷尔德林和里尔克。）

我那时的翻译是"作为阅读的翻译"，也没有想到要发表或出版。除了少数朋友，这只是我个人的"私密"。我要求自己的，只是更深地进入策兰的诗歌。在最初译出策兰的那一批诗的一年后，1993年年初在伦敦期间，我在诗片段系列《词语》中写下有这样的和策兰不无关系的片段：

你只有更深地进入到文字的黑暗中，才有可能得到它的庇护：在把你本身吞食掉之后。

甚至诗歌也不存在：存在的只是那在黑暗中发光的声音的种子。

我想，我们也只有这样，才可以去翻译或谈论策兰。

话再回到《死亡赋格》，要研究和翻译策兰，这首诗就不可能放过。那时在中国大陆，策兰的诗只有少许几首被翻译，这其中就包括钱春绮译的《死亡赋格曲》。我很尊重钱春绮先生对德语诗歌的译介，他的翻译也让我们受益。但是他对这首名诗的翻译，首先是《死亡赋格曲》这个诗题，我说不出什么感觉。我只是感到这样译不太合策兰的句法和用意。"Todesfuge"为策兰自造的复合词，即把"Todes"（死亡）和"Fuge"（赋格）拼在一起，让这两个词相互对抗，又相互属于，从而再也不可分割。它成为打在德国历史和文化上的一道语言烙印。如果译成"死亡赋格曲"或"死亡的赋格"之类，那就削弱了，甚至消解了这种"命名"的性质和力量。

对策兰这首名诗，英译中也有"Fugue of Death""Death's Fugue""Death Fugue""Deathfugue"这几种不同译法，我认同最后一种译法。我自己译为《死亡赋格》（见《保罗·策兰诗文选》）。应该说，这是中译中最早采用了这种译法。

其实我也是一直这样来译策兰的。如我从策兰诗中所译的"晚嘴""晚词""偏词""晚脸""疯碗""无人玫瑰""乌鸦之天鹅"等等。策兰经常在诗中毫无顾忌地打破惯常语法自造复合词和新词，我要求自己忠实于策兰的这种独特句法、构词法和语言风格，因为这就是策兰的秘密所在。这不单是显示了他特异的"词语糅合力"（"陌生与更陌生的相结合"），这显示了他作为一个德语的清算者、搏斗者和语言革命家对自身语言法则和句法的建立。

这里我也想起了我的随笔集《在你的晚脸前》（2013），在发稿前编辑来信，说出版社领导希望我换一个书名，因为"晚脸"太难懂了。我坚持未换。我这样做，其实也受到一些英译者如皮埃尔·乔瑞斯（Pierre Joris）、约翰·费尔斯蒂纳的激励。他们的翻译不如有的译者那样"流畅""可读性强"，但这正是他们的可贵之处。他们没有迎合一般英语读者的阅读习惯，而是坚持提供一种"策兰式的"（Celanian）的诗。可以说，他们要做的，不是把策兰的诗译成"通行的英语"，而是译成策兰自己的语言。

据传记材料，一次在德国朗诵期间，策兰给他的法国妻子写信时这样说："我不确定我写作的德语在这里，或是在其他任何地方会有人说。"那么策兰的语言究竟是一种什么样的语言？策兰的语言颠覆和创造对于我们今天的诗歌有何启示意义？这就是我作为一位译者必须去深入了解并在翻译中尽力去揭示的。

与此相关，《死亡赋格》整首诗在语言形式和节奏上也很特别，它不仅是多声部的融合，而且也不"断句"，这给阅读和翻译都带来了难度。钱春绮先生也许是为了照顾中文读者的阅读习惯，在诗行中加上了标点符号或人为地把它隔开，如：

> 清晨的黑牛奶，我们在晚上喝它
>
> 我们在中午喝它，我们在夜里喝它
>
> 我们喝　喝
>
> 我们在空中掘一座坟墓　睡在那里不拥挤
>
> 一个男子住在屋里　他玩蛇　他写信
>
> 天黑时他写信回德国　你的金发的玛加蕾特
>
> 他写信　走出屋外　星光闪烁　他吹口哨把狗唤来

但这样做并不合适，读起来也很别扭。为了不破坏原诗中的那种音乐般的冲击力，并尽力传达原诗的语感和节奏感，我没有照顾人们的阅读习惯，而是采用了一种不断句的译法。

当然，问题并不仅仅如此，问题还在于"语感"。这首先需要一个译者反复、细心地去体会原诗的语气。"我们喝呀我们喝"，如照原文直译，应译为"我们喝我们喝"，正是根据我对全诗"语感"的体会，我在中间加了一个"呀"，同样，在"他写当黄昏降临到德国你的金色头发呀玛格丽特"等句子中，我也加上了原文中没有的这个语气词。我希望它们都能恰到好处地传达出原诗的语调和语感。

语感太重要了。比如有的译本，"你的灰发苏拉蜜滋哟""他用铅弹打你打得可准了"，说实话，读来都让人有点"哭笑不得"。北岛是一位我很尊敬的对诗歌翻译也曾有着重要贡献的诗人，我曾同他商榷过策兰及《死亡赋格》的翻译问题[①]，比如我们的译文是"我们在空中掘一个坟墓躺在那里不拥挤"，而他把它译为"躺着挺宽敞"！当然不能说这完全不对，但是原诗的那种反讽的、悲怆与控诉交加的"语感"哪里去了？

看来德里达所说的"确切的"翻译，不只是一个词语的精确性问题，这恐怕首先还是一个"发音"和语调的问题，不然整个翻译

---

① 王家新：《隐藏或保密了什么》，《红岩》2004 年第 6 期。

都会"走调"。如借用德里达在《"示播列"——为了保罗·策兰》中的一个隐喻,翻译,也正处于"示播列"与"西播列"之间。①我们能咬准那个致命的、决定性的发音吗?

法国著名哲学家齐奥朗在谈到策兰对他的《解体概要》的翻译时这样说:"策兰,一个视词语生死攸关的诗人,将这种态度同样用在了翻译的艺术上。"②我想,这也应是对我们每一个译者的要求。

当然,我的翻译中也有强调,强调从原诗出发,如《赞美诗》的最后"以紫词染红/的花冠,我们所唱的/越过,啊越过/那刺"。我最后要强调的就是"那刺",因为对策兰的一生来说这都是个太重要的意象。而在《死亡赋格》的翻译中,我强调的就是头发本身,"他写当黄昏降临到德国你的金色头发呀玛格丽特",北岛认为我们的译文过于散文化,他译为"他写信当暮色降临德国你金发的玛格丽特",看起来更"精练"了一些,但是原诗中对"金色头发"的强调没有了,诗的重心也变了。实际上,策兰要突出要呈现的不是别的,就是"你的金色头发"以及"你的灰烬头发",诗人着意要把它们(而不是她们)作为两个种族的对位性象征。与此相对应,诗中的"他"和"我们"也都是在对头发进行诉说(这

---

① 示播列(Schibboleth),见《旧约·士师记》12:5—6:基列人战败以法莲人,在渡口抓捕以法莲人,叫他说"示播列",以法莲人咬不准发音,说"西播列",便被拿住。后来,人们将"示播列"比喻为通行暗语。

② E. M. Cioran: "Encounters with Paul Celan", in *Paul Celan: Selections*, Edited by Pierre Joris, University of California Press, 2005.

正如策兰在另一首诗《曼多拉》中这样写："犹太人的卷发，你将不会变灰。"），而不是对人（玛格丽特、苏拉米斯），人只是这两种不同头发、不同命运的载体。但在北岛的译文中，这一切都变了（当然不是他有意的）。此外，北岛及其他人译文中的"他写信……"不仅过实，也大大缩减并限制了原诗的意味，原诗就是一个"写"（"schreibt"，英译"writes"），难道那个纳粹看管就不是在"写诗"甚或毫无目的、想入非非地乱写吗？的确，就像阿多诺的"文化与野蛮的辩证法"所揭示的那样，集中营里的纳粹很邪恶，但这并不妨碍他们会像一个诗人那样"抒情"，在很大的程度上，他们就是被纳粹所利用、所毒害了的德国浪漫主义文化的一个产物！

　　收入《保罗·策兰诗文选》中的《死亡赋格》译文我并不满意（从"创造性翻译"的角度看，这的确不是我满意的译文）。我最初依据的版本为汉伯格的英译本，后来又参照了德文原诗和费尔斯蒂纳的英译本进行了修订。几处主要的修订有："他命令我们开始表演跳舞"修订为"他命令我们给舞蹈伴奏"，虽然音调上要弱一些，但更合乎全诗的"剧情"，同时也更有意味一些，因为原诗中并没有写到具体的舞蹈者。这真是一场无形而又恐怖、可怕到无法形容的"死之舞"！

　　"他用子弹射你他射得很准"，则修订为"他用铅弹射你他射得很准"。看起来一字之差，但也重要。这样修订更忠实于原文，也出自我观看安塞姆·基弗作品时的留意。基弗作为战后成长起来的满怀负罪感的德国艺术家，深受策兰诗歌的影响和启迪，他的许多作品都直接或间接与策兰有关，如《你的金色头发，玛格丽特》《你的灰烬头发，苏拉米斯》系列；他作于1989年的《罂粟与记忆》，也直接取自策兰的诗集《罂粟与记忆》。这件雕塑作品由一架铅制的飞机构成，干枯的罂粟花茎夹在机翼上的铅书堆中，或是从飞机内伸出。"铅"成了这部作品的最重要元素。对此也请想想策兰《白杨树》中的那句诗："我母亲的心脏被铅弹撕裂！"

最主要和显目的修订，正如人们已注意到的那样，是将"你的灰色头发苏拉米斯"（这也是人们通常所译）变为"你的灰烬头发苏拉米斯"。程一身在书评中称"一字之差，惊心动魄"，称"这个修改更忠实，也更能传达一个译者内心的战栗"[①]。他看得很准。

但是，收入在《灰烬的光辉：保罗·策兰诗选》中的这个最新版本，也不可能是一个"终极版本"。《死亡赋格》需要不断重读，其翻译也值得一再探讨。其不同的英译本中，我最赞赏费尔斯蒂纳的译本。著名作家、诺贝尔文学奖获得者库切曾在《纽约时报·书评副刊》发表过一篇谈策兰的长文《在丧失之中》（"In the Midst of Losses"），这样的标题一语双关，既指向策兰作为一个大屠杀幸存者的命运，也指向了翻译中的丧失。库切在文中比较的美国译者主要有费尔斯蒂纳、乔瑞斯、波波夫和麦克休，"费

---

① 程一身：《保罗·策兰，将灰烬的现实转化为光辉的词语》，《新京报·书评周刊》2021年1月22日。

尔斯蒂纳是一位令人敬畏的策兰学者",库切如是说,这也是许多人的同感。费尔斯蒂纳所著的策兰评传《保罗·策兰:诗人、幸存者、犹太人》在美国和世界上已很有影响。他对策兰的翻译建立在研究的基础上,也具有相当的权威性,而且他比一般的学者更具有诗的敏感和语言功力,因此库切会觉得"在费尔斯蒂纳和波波夫(以及)麦克休之间很难选择。对策兰所设置的问题,波波夫、麦克休发现的解决方案有时有一种耀眼的创造性,费尔斯蒂纳也有自己辉煌的时刻,最突出的是在他所译的《死亡赋格》里,在这首诗里英语最终被德语盖过"[1]。

库切所说的,是《死亡赋格》中"你的金色头发玛格丽特""你的灰烬头发苏拉米斯"以及"死亡是从德国来的大师"这几句"主题句",它们在费尔斯蒂纳的译本中以英语形式出现后,以后均以德语原诗再现,并一直延伸到诗的最后,最终"定格"在那里。据我有限的视野,这在翻译史上可以说是一个创举。但我相信英语读者不仅会接受这种奇特的译本,这也会给他们带来更强烈、丰富的感受。

《死亡赋格》全诗有 7 节,为表示费尔斯蒂纳的特殊处理,我把其译文中后面 3 节中的德语部分标注为黑体:

Black milk of daybreak we drink you at night

---

[1] J. M. Coetzee: "In the Midst of Losses", *The New York Review of Books*, July 5, 2001.

we drink you at midday and morning we drink you at evening

we drink and we drink

a man lives in the house your goldenes Haar Margareta

your aschenes Haar Shulamith he plays his vipers

He shouts play death more sweetly this Death is a master from

    Deutschland

he shouts scrape your strings darker you'll rise then as smoke

    to the sky

you'll have a grave then in the clouds there you won't lie too

    cramped

Black milk of daybreak we drink you at night

we drink you at midday Death is a master aus Deutschland

we drink you at evening and morning we drink and we drink

this Death is ein Meister aus Deutschland his eye it is blue

he shoots you with shot made of lead shoots you level and

    true

a man lives in the house your goldenes Haar Margarete

he looses his hounds on us grants us a grave in the air

he plays with his vipers and daydreams der Tod ist ein Meister

    aus Deutschland

dein goldenes Haar Margarete

dein aschenes Haar Shulamith

在接受从乌克兰移居到美国的年轻诗人伊利亚·卡明斯基的访谈《专注——灵魂的天然祷告》①中，费尔斯蒂纳这样说："这带给我的成就感不亚于选集本身。当人们聆听诗歌时，对我而言，重要的是捕捉它的韵律和感情的强度，无论人们是否听得懂德语，他们仍可以被带入其中，听到诗歌如何激烈、如何戏剧化、如何在加强，与策兰的相遇带着记忆由此实现。"

的确，这造成了与策兰在英译中的一种奇迹般的意外相遇。费尔斯蒂纳这样对卡明斯基介绍说："有一天我突然领悟，因为诗歌与赋格音乐相似，是反复的，而某些词句在这首诗的进展过程中反复出现了四次。我想，为何我不在它第一次出现时翻译它，第二次出现时开始带回德语，第三次时再绕一点点，最后一次就让它完全用德语的方式呈现。这灵感带着启示的力量，虽然这样说有些不谦虚，只是我突然意识到，我已经得到一个关于翻译的启示。为什么这样说？因为只有这一首，如此反复，我便能够展现策兰自己所关注的'子午线'——它始于德语，进入放逐与流亡，又疏远英语，最后返回德语。这同时带来两件事情：给予读者原文的感觉，至少这是翻译应做之事；把诗歌带回策兰的母语，这

---

① 该访谈《专注——灵魂的天然祷告》目前仅在 "In Posse Review" 网站发表。见 https://mp.weixin.qq.com/s/LyDDLoiHDIlEt8UUJellRw。

在实质与事实上，是纳粹对策兰的野蛮剥夺……百分之九十九的人大概都认为这样译是个好主意。但也有人这样想过'哦，看起来他已经忘记去翻译了'。"

费尔斯蒂纳谈得很幽默，但他真正道出了一个"关于翻译的启示"！而这源于他对策兰、对原作与译作关系的深刻体悟。"子午线"本是策兰毕希纳文学奖获奖致辞的标题，"它始于德语，进入放逐与流亡，又疏远英语，最后返回德语"，费尔斯蒂纳别出心裁的翻译，也恰好在这个意义上标出了它的轨迹。

当然，费尔斯蒂纳的译本还会给人们带来其他的感觉和启示。卡明斯基后来在《那种唤醒我们的陌异：关于母语，父国和保罗·策兰》一文中也谈到费尔斯蒂纳对《死亡赋格》的英译："在我的个人阅读里，这是 20 世纪伟大的翻译之一。但是'翻译'这个词，在我看来，是有误导性的。这样的翻译（或者说，在此意义上，任何伟大的翻译）都不是一面镜子。人们欣赏费尔斯蒂纳交织在英语中的对德语词语的萦绕性使用，而这种令人震动并且强有力的语言并置，在策兰的原诗中并没有发生。"

的确，这样的语言相遇和相互映照，这种"唤醒我们的陌异"，是由杰出的译本提供的。这就是为什么说翻译是一门独立的艺术，优秀的译文具有原文不可替代的价值。有时它甚至比原文更能"唤醒"我们。卡明斯基接着说："翻译，无论多么忠实，都是虚构。那么，为什么费尔斯蒂纳用德语是一个好的决定呢？因为费尔斯蒂纳的译文，只是当我们被陌生的外国语实际上的悲剧意义唤醒的时候，才产生了更强的震撼力——它给了英语读者成为他者的经验，一个从语言中疏离的声音。意识到这点，也就清楚地看到：一种成功的翻译，甚至一种非常'忠实的'翻译，都不需要模仿原文。需要被翻译的，伊文·博兰（Eavan Boland）说，是诗人的创作经历。"[1]

从原文到中英译文，从奥斯维辛到巴黎、纽约、曼德尔施塔姆的"西伯利亚"（见策兰《西伯利亚》一诗），从策兰到我们，从诗的"换气"到更深地回到其内在起源，一条"子午线"贯穿了这一切！而无论谁阅读或是翻译策兰，都如同另一位策兰的译者、美国诗人罗斯玛丽·沃尔德罗普所说，这都意味着"把他的存在放置在那道线上"[2]。

---

[1] Ilya Kaminsky: "Of Strangeness That Wakes Us, On mother tongues, fatherlands, and Paul Celan", *Poetry*, January 2013.

[2] Rosemarie Waldrop: "Introduction", in *Paul Celan: Collected Prose*, Translated by Rosemarie Waldrop, Carcanet Press, 2003.

“亲爱的阴影”①

——叶芝与我们

一

W. B. 叶芝（1865—1939），现代爱尔兰著名诗人、剧作家，1865 年 6 月 13 日生于都柏林，父亲为画家。3 岁时全家迁往伦敦生活多年，1981 年叶芝在都柏林上中学，后在美术学院学习绘画，其间开始发表诗作，并对神秘主义产生浓厚兴趣，1889 年出版诗集《乌辛之浪迹及其他诗作》，许多诗作就取材于爱尔兰神话传说的“大记忆库”。

1889 年，叶芝认识了女演员茅德·冈，一位热衷于爱尔兰民

---

① 该文为《叶芝作品集》（上下卷）编者序文（王家新编选，北京联合出版公司即出）。

族独立事业的神秘而充满激情的女性。茅德·冈对叶芝的一生都具有重要意义，叶芝曾多次向她求婚，均遭到拒绝，尽管如此，他们仍保持着密切联系。1896 年，叶芝结识了剧作家奥古斯塔·格雷戈里夫人，并和她及其他作家、艺术家共同发起了"爱尔兰文艺复兴运动"。1904 年年底，叶芝和剧作家约翰·辛格一起参与重建了都柏林艾比剧院，使该剧院成为爱尔兰文艺复兴的重要阵地。

叶芝在这一时期创作出版有诗集《苇丛中的风》（1899）、《在那七片树林里》（1904）、《绿盔及其他》（1910），在一首《随时间而来的智慧》的诗中他宣称"虽然枝条很多，根却只有一条；/ 穿过我青春的所有说谎的日子 / 我在阳光下抖掉我的枝叶和花朵；/ 现在我可以枯萎而进入真理"（沈睿译）。1913 年，叶芝在伦敦结识了美国诗人埃兹拉·庞德，并在这位"文学助手"的促动下，在创作上转向一种更坚实、敏锐的现代主义，这种风格上的变化体现在诗集《责任》（1914）、《柯尔庄园的野天鹅》（1919）中。1917 年 10 月，叶芝与乔治·海德·利斯结婚，婚后他买下了巴列利塔作为夏季住所。这座残破而神秘的塔堡及塔内旋梯，成为他诗歌中的重要意象和象征。

在 20 世纪 20 年代前后，叶芝无可避免地受到他的国家以及整个世界动荡局势的影响，"一切都四散了，再也保不住中心"（《基督重临》），这句广被引用的诗，体现了他对一个混乱的、充满了各种冲突的时代的敏感和痛楚。1916 年爱尔兰复活节起义失败后，他写下了史诗般的挽歌作品《1916 年复活节》。1921 年，爱尔兰获得自治，次年，叶芝被选入爱尔兰参议院。1923 年，因为"以其高度艺术化且洋溢着灵感的诗作表达了整个民族的灵魂"，叶芝荣获该年度诺贝尔文学奖。

1925 年，叶芝出版了神秘学著作《灵视》，他构造了一套超验的象征主义体系，因为他相信他自己和他的民族拥有一份"灵视的天赋"。在其后期，他以一种罕见的"雄鹰之心"和创造激情（他曾说过在他年轻时他的缪斯是老的，而当他年老时他的缪斯变年轻了），对心灵和诗歌进行重新整合。其晚后期诗集《麦克尔·罗巴蒂斯与舞蹈者》（1921）、《塔堡》（1928）、《旋梯及其他》（1933）、《新诗》（1938），把他的后期创作推向了一个率性、坚实而雄浑的境界。

晚年的叶芝身体衰退，1938 年在腺瘤手术后到法国休养疗治，1939 年 1 月 28 日在法国曼顿逝世。收入在他最后一部诗集《最后的诗》（1939）中的一首以亚瑟王传说为主题的诗作《黑塔》，充满了一种海风狂吹、令"老骨头"不停战栗的力量。诗人在法国逝世后，他的遗体先是被爱尔兰军舰隆重接回爱尔兰安葬，后依照诗人遗愿，于 1948 年 9 月被移葬在故乡斯莱戈郡，其墓志铭是晚年作品《本布尔本山下》的最后结尾："对生，对死 / 投出冷冷一眼 / 骑士，向前！"

二

叶芝是一位深刻影响了数代中国诗人的诗人，在中国现代诗歌的历史进程中，我们都可以感到他或隐或显的"在场"。

叶芝对 20 世纪 40 年代穆旦等中国诗人的影响已被充分注意到，而对于我们这一代在 20 世纪 80 年代前后上大学的文学青年来说，袁可嘉等人主编的《外国现代派作品选》所产生的影响，怎么说也不过分。我自己就是从那上面第一次读到瓦雷里、里尔克、叶芝、艾略特、奥登等诗人的。最初的相遇往往最珍贵，尤其是袁先生所译的叶芝诗，让我看到了那颗照耀我的星。

在袁先生所译的叶芝诗中，深深影响了我的是《当你老了》《柯尔庄园的野天鹅》这两首。一读《当你老了》，我就意识到这样的诗已"提前写出了"我自己的一生！《柯尔庄园的野天鹅》所体现的高贵、明澈和精英的气质，还有那种挽歌的调子，也深深打动了我，"我见过这群光辉的天鹅，/ 如今却叫我真疼心"，可以说，这样的阅读对于我甚至具有了某种"创伤经验"的性质。

如果说叶芝早期带有一种感伤、朦胧的诗风，他后来的诗不仅闪现着"随时间而来的智慧"，也变得更坚实，更有个性了。到了现代主义兴起的时候，叶芝说他在庞德的帮助下"从现代的抽象回到明确而具体的所在"。《柯尔庄园的野天鹅》就印证了这一点。它对我们告别青春期写作以及此后的艺术转变都产生了深刻的影响。

正因为读了这样的诗，我们必须像叶芝说的那样"在生命之树上为凤凰找寻栖所"。1992 年我初到伦敦，一去我就寻访叶芝当年的踪迹，并买来了叶芝的诗集、散文集及回忆录阅读。也正是在伦敦那些艰难而孤独的日子里，我写下了这样一首诗《叶芝》：

> 我再一次从书架上取下你的书
> 端详你的照片；
> 你诗人的目光仍洞察一切，
> 使人忍不住避开。
>
>
> 我投向大街。
> （我们在逃避什么？）
> 你终生爱着的一个女人
> 也仍在这个城市走着，
> ——你写出了她
> 她就为此永远活着。
> 在英语里活着，
> 在每一道激流和革命中
> 活着。
> 她属于尘世。
> 但她永不知道她那双
> 　　激情的，灰蓝色的眼睛
> 属于天空。

这就是命运！

这已不是诗歌中的象征主义，

这是无法象征的生活。

折磨一个人的一生。

这使你高贵的目光永不朝向虚无。

于是你守望着整个大地

——像一道投向滚滚流放的目光，

像承受一种最噬心的火焰，

像是永不绝望的绝望。

　　诗写得比较简单一些，但这就是我在那时的心境。在伦敦北部居住期间，每次到住地附近的"林边公园"露天地铁站等车，看到那些冬日的黑色树梢和飞掠起的鸦群，我都想起叶芝《寒冷的苍穹》那个著名的开头：

　　突然间我看见寒冷的为乌鸦愉悦的天穹

　　那似乎是冰在焚烧，而又生出更多的冰。

　　在巨大的寒意中，诗人不仅瞥见了为乌鸦愉悦的天穹，而且似乎还看到了"冰"在天穹深处"焚烧"而又"生出更多的冰"，这真是写出了一种天启般的景象！

关于此诗，据说是叶芝闻讯茅德·冈与他人成婚，在精神上经受重创后所作，但无论创作背景如何，这样的天穹不仅具有彻骨、超然之美，它更是一种对诗人的激发。它会唤起我们生命中一种"更高认可"的冲动。

我一次次默念着这样的诗，因为它使我走出令人沮丧的现实。我们感激叶芝，因为这是一位永不屈服于人世的平庸和无意义的诗人。"智者保持沉默，小人们如痴如狂"，这又是他的一句曾"刺伤"过我的诗。但是，也正是在时代的混乱中，他写下了《1916年复活节》等众多伟大诗篇。我自己难忘在翻译叶芝晚期《雕塑》一诗时所经受的激励。诗人首先从受惠于毕达哥拉斯黄金分割律的大理石雕塑开始，进而反思整个人类文明的历史，最后又回到了给诗人以终生影响的1916年复活节起义，至此，一种"烈士暮年，壮心不已"的境界出现了：

> 当皮尔斯把库弗林传召到他的一边时，
> 什么样的步伐穿过了邮政总局？什么智力
> 什么计算、数字、测量，给予了回答？
> 我们爱尔兰人，诞生于那古老的教派
> 却被抛置在污浊的现代潮流上，并且
> 被它蔓延的混乱狂暴地摧残，
> 攀登入我们本来的黑暗，为了我们能够

去追溯一张用测锤量过的脸廓。

皮尔斯和库弗林都是殉难的英雄，邮政总局为起义事发点。在事过多年之后，叶芝再次为这次历史事件所迸发的光辉所笼罩。如同诗中所写，这已是一个为任何智力、计算和测量都无法解答的精神事件。正是这次起义，使爱尔兰民族精神达到一个"英雄的悲剧"的高度。饶有意味的，是"攀登入我们本来的黑暗"一句中的"攀登"(climb) 一词，它有力地逆转了"坠入黑暗"之类的修辞成规，也只有置于这样的"高度"和尺度下，一个诗人才有可能"追溯一张用测锤量过的脸廓"，亦即显现出为伟大文明和信仰所造就的生命。

叶芝最终达到了这样的肯定，这使他的诗超越现代的混乱和无意义而向"更高的领域"敞开。这正是他非凡的力量所在。因此艾略特会这样感叹：叶芝在"已经是第一类(指非个人化)中的伟大匠人之后，又成为第二类中的伟大诗人"。

这些，对我们都曾产生了重要的激励。1994 年年初我从伦敦回到北京，命运仍没有变，只不过它变得更荒谬了：一个全民"下海"的时代席卷而来，这不禁使我想起了叶芝的那句名句："变了，全变了：一种可怕的美已经诞生。"(《1916 年复活节》) 诗人们不得不在一个边缘上坚持或放弃，甚至，我们不得不在自己身上经历着人们所说的"诗歌之死"。

但是，也正因此，我要感谢像叶芝这样的诗人，是他们帮助我们从时代的暗夜中一直走到今天。1995 年，我应约编选《叶芝文集》，除了联系一些译者外，我自己也翻译了 20 多首叶芝的诗。叶芝后期诗歌中所体现的那种"精神英才的伟大劳役"，再一次深深地搅动了我：

> 坟墓里死者依然笔直站立，
>
> 而风从海边阵阵刮来，
>
> 他们战栗，当狂风咆哮，
>
> 老骨头在山冈上战栗。

在翻译这首《黑塔》时，我所经受的身心战栗真是难以形容。它告诉了我什么是一个诗人"黑暗而伟大的晚年"，什么才是我们历尽生死才能达到的境界。它也使我感到，正是像叶芝这样的顽强不屈的"老骨头"的存在，使现代诗歌"英雄的一面"在今天依然成为一种可能。

当然，随着时间的进程，我们还不断从叶芝诗中发现新的东西。在我早年的印象中，叶芝是一个激情、痛苦而高贵的抒情诗人，但后来我还感受到了一个"在两个极端之间走过一生"的叶芝，一个严格无情的自我分析家，一个不断进行自我争辩的反讽性形象。而他后期诗歌中的力量，往往就来自这种矛盾对立及其相互的撕裂和撞击。歌德当年曾说过"爱尔兰人在我看来就像是一群猎狗，穷追着一只高贵的牡鹿"，而叶芝对此甚为欣赏，并在日记中用来加以自嘲。然而，在这样的反讽中我们感到的是"随时间而来的智慧"而非意义的消解，是一个诗人所达到的精神超越而非角色化的自恋。叶芝的诗之所以能对我们产生真实的激励，就因为他在坚持"溯流而上"、锻造一个永恒世界的同时，始终伴随着这种深刻而复杂的自我反省意识。

重要的是，叶芝就像他自己所写的那样："但人的生命是思想，虽恐怕 / 也必须追求，经过无数世纪，/ 追求着，狂索着，摧毁着，他要 / 最后能来到那现实的荒野……"（《雪岭上的苦行人》，杨宪益译）。这种彻底的艺术精神对我们后来的写作也产生了深深的激励。如他晚期的名诗之一《长腿蚊》，全诗有三节，描述历史或神话，而每一节的最后都是"像一只长腿蚊在溪流上飞行，/ 他的思想在寂静中移动"。欧阳江河在一篇文章中就谈到了长腿蚊这种寂静的意象对北岛后期诗的启示（见欧阳江河《初醒时的孤独》），无独有偶，翟永明的《我策马扬鞭》一诗也化用了叶芝的诗句："在静静的河面上 / 看呵，来了他们的长腿蚊。"这个最后被引来的长腿蚊，和诗中的"我策马扬鞭"骤然间也构成了一种张力。

这就是晚年的叶芝对我们的启示。他的诗独具的力量来自一种不懈地"为凤凰找寻栖所"的努力，也来自一种人生矛盾的相互撕裂和冲撞。他一直坚持对一个永恒世界的塑造，而又始终以现实和心灵的苦汁为营养。在他后来的诗中，他愈来愈深入地涉及人生的难题和矛盾。我曾在一篇文章中借他的《马戏团动物的逃弃》中的诗句"既然我的梯子移开了 / 我必须躺在所有梯子开始的地方，/在内心那肮脏、破败的杂货店里"来描述 20 世纪 90 年代以来经历了一场历史震荡后的中国当代诗人们的写作。我想这就是历史的"造就"：它移开了诗人们以前所借助的梯子，而让他们跌回到自己的真实境遇中，并从那里重新开始。

<h2 style="text-align:center">三</h2>

以上谈到叶芝对我个人和我们这一代人的影响。这里，还需要谈谈卞之琳、穆旦、袁可嘉、王佐良、杨牧等前辈诗人的翻译。因为不经过他们那优异的翻译，叶芝就有可能被我们错过，也不可能对我们产生如此深刻的作用。

穆旦是一位始终把叶芝带在自己生命中的诗人。他在 20 世纪 40 年代初创作的《一个民族已经起来》等饱含民族忧患并带有复调性质的诗篇，显然就受到叶芝《1916 年复活节》的巨大感召和影响，而他在生命最后时期对叶芝、艾略特、奥登等诗人的翻译，不仅体现了一个饱受磨难的诗人对"早年的爱"的回归，也再次把自己"嫁接到那棵伟大的生命之树上"。穆旦晚期《智慧之歌》《冬》等诗中所包含的"叶芝式的诗思"和"叠句"的写法，我们都已了解。但我想，重要的还不在于具体的写法，在于他从叶芝那里学到的，不仅是把随时间而来的智慧与一种反讽的艺术结合在一起，同时也与一种悲剧的力量最终结合在了一起。穆旦晚期的翻译和创作，成为他生命最后的一道最令人惊异的光辉。

这里且只说翻译。穆旦对奥登的名诗《悼念叶芝》的翻译，不仅饱含了他自己对一位伟大诗人的感情，而且把这种翻译本身变成了一种对诗歌精神的发掘和塑造。说实话，很多中国读者心目中的叶芝的"诗人形象"，就来自穆旦这篇卓越的译作。至于叶芝自己的诗，穆旦译有《1916年复活节》和《驶向拜占庭》。穆旦对《1916年复活节》这篇纪念碑式的力作的翻译，有一种巨大的让人泪涌的力量，那是一般的译者很难达成的：

> 太长久的牺牲
>
> 能把心变为一块岩石
>
> 呵，什么时候才算个够？
>
> 那是天的事，我们的事
>
> 是喃喃念着一串名字
>
> 好像母亲念叨她的孩子
>
> 当睡眼终于笼罩着
>
> 野跑了一天的四肢
>
> ⋯⋯⋯⋯⋯

诗写到这里达到一个高潮。诗人甚至在为自己也为整个民族要求一种悲痛母亲的地位。至此，历史中的人物成为神话中的祭品，民族苦难被提升到悲剧的高度，盲目的死亡冲动和政治牺牲通过一种艺术仪式获得了让人永久铭记的精神的含义⋯⋯

而穆旦对该诗中那一长节"副歌"的翻译（"许多心只有一个宗旨，／经过夏天，经过冬天，／好像中了魔变为岩石，／要把生命的流泉搅乱……"）也达到了一种令人惊异、出神入化的程度。读这样的译文，我不禁想起了本雅明对荷尔德林的古希腊悲剧译文的赞叹："语言的和谐如此深邃以至于语言触及感觉就好像风触及风琴一样。"（《译作者的任务》）

　　至于《驶向拜占庭》这首名诗，在中国已有多个译本，而穆旦的翻译，其理解之深刻，功力之精湛，今天读来仍令人叹服。拜占庭，公元6世纪东罗马帝国和东正教中心，正是这一金色时期的"拜占庭"，被叶芝视为可使灵魂永生的圣城。诗的第一节"那不是老年人的国度"，因为那是一个"青年人／在互相拥抱"，鱼、兽或鸟，现世中的一切耽于"感官的音乐"的世界，"个个都疏忽／万古长青的理性的纪念物"。这是一个已听到永生召唤的"老年人"要从中走出的世界。而一个"老年人"又如何呢？接下来是诗的第二节：

　　　　一个衰颓的老人只是个废物，

　　　　是件破外衣支在一根木棍上，

　　　　除非灵魂拍手作歌，为了它的

　　　　皮囊的每个裂绽唱得更响亮；

　　王佐良在谈这节诗的前两句时，曾感叹"两者结合在一起就产生了神奇的效果：前者变成警句，后者变成确切的比喻"。但在我看来，更为神奇也更耐人寻味的是其后两句："除非灵魂拍手作歌，为了它的/皮囊的每个裂绽唱得更响亮。"——如果在这衰颓的肉体里没有一个不屈服的灵魂，一个老人就只是个废物。而当灵魂"拍手作歌"，皮囊的每个裂绽唱得更响亮，那就是它超脱生死和肉身限制的超越性时刻。

在叶芝那里，似乎他的一生都在为这一时刻做准备。据有的学者提示，这个以"拍手作歌"的隐喻，是来自诗人布莱克的启示：布莱克在弟弟去世时，竟然看到"解脱了的灵魂向天空升去，欢快地拍着它的双手……"而在叶芝这首诗中，解脱了的灵魂没有向天空升去，而是来到拜占庭神圣的城堡里，在这里，"智者们"从嵌金的壁画中，从"上帝的神火中"闪现，"旋转当空……为我的灵魂作歌唱的教师"！

叶芝在晚年写出这样的诗篇，乃出自一种必然。在他的早年，他曾幻想了"茵纳斯弗利岛"那样一个"遥远的家园"，而在晚年的想象里，他置身于拜占庭城堡神火的锤打之中。而从翻译的角度看，一个"拍手作歌"的灵魂不是来到别的什么地方，而是来到穆旦的汉语里。如"……旋转当空 / 请为我的灵魂作歌唱的教师"，如果对照原文"perne in a gyre, / and be the singing-masters of my soul"，我们会感到"旋转当空"十分有力，富有动感和气势，接下来的"请为我的灵魂作歌唱的教师"，也加强了一种吁请的语气。至于"除非灵魂拍手作歌"，对照原文"unless / soul clap its hands and singing", 不仅简练有力, 而且 "作歌" 比原文的 "singing"(歌唱)含义更为丰富。这就是穆旦的翻译: 当 "(语言)皮囊的每个裂绽唱得更响亮" 的时刻, 也是原作的生命得到 "新的更茂盛的绽放" 的时刻!

至于袁可嘉先生的译介及其影响, 我已在上文提及。现在, 我们从翻译的角度来看他对《茵纳斯弗利岛》等诗的翻译。叶芝说他是在怀着乡思走过伦敦大街听到叮咚的水声而产生了这首诗, 并认为这是 "第一首具有自己的音乐节奏的抒情诗"。而袁先生的翻译, 不仅深入到这声音的内在起源, 也富有创造性地在汉语中再现了其节奏、韵律和意象。"我就要动身走了……"("I will arise and go now"), 译文一开始就确定了全诗的音调, 而该节的最后一句 "独个儿住着, 荫阴下听蜂群歌唱", 如对照原文 "And live alone in the bee-loud glade", 且不说其节奏感, 一个原文中没有的 "听", 加入得是多么好!

好的译者总是在 "忠实" 与 "创造性" 之间保持着一种张力的。袁先生的翻译也与那种拘泥于字面的所谓 "忠实" 和刻意追求韵脚的死板翻译判然有别。这就是为什么他这首译作读起来流畅而又自然, 不仅富有节奏感和深长的韵味, 还具有了 "九行云豆架、一排蜜蜂巢""午夜是一片闪亮, 正午是一片紫光" 这样的汉语诗歌本身的对称之美。他把一首一个世纪前的英文诗, 变为了一首更动人的当代中文诗。"我就要动身走了, 因为我听到 / 那水声日日夜夜轻拍着湖滨"(这其中的 "日日夜夜" 也是原文字面上没有的), 的确，读了之后，这样的声音就会从我们自己的生命中响起！

我们再来看袁先生对《当你老了》的翻译，开篇一句即译得不同寻常，"When you are old and grey and full of sleep"被译作"当你老了，头白了，睡思昏沉"，两个逗号的顿开，避免了诗句的冗长，又再造了一种诗的节奏，而"grey"被译为"头白了"，也更能把中文读者带入一种岁月沧桑的情境。"只有一个人爱你那朝圣者的灵魂，/ 爱你衰老了的脸上痛苦的皱纹"，对照原文"But one man loved the pilgrim soul in you, / And loved the sorrows of your changing face"，我们会发现增加了原诗字面上没有的"只有"一词，这种有意的强调，强调了一种真正的爱的绝对性和不可替代性；而接下来，又创造性地将"loved the sorrows of your changing face"译为"爱你衰老了的脸上痛苦的皱纹"。正是这种有意的强调和楔入原作精神的"改写"，使这两句诗成为中文中的名句。曾有人找出"爱你衰老了的脸上痛苦的皱纹"与原文明显的偏差，认为袁译不够"忠实"。但正如诗人帕斯在谈翻译时所说："庞德的译诗是否忠实于原作？这是一个毫无意义的问题。"作为中文读者，我们都"宁愿"叶芝的原诗就是袁先生翻译的这个样子。这样的翻译，不拘泥于字面，而又抓住了原作中最闪光的东西。经过如此优异的翻译，一首本来笼罩着忧伤调子的诗，被推向了一个更崇高也更感人的生命境界。

至于袁先生翻译的《柯尔庄园的野天鹅》，则堪称译诗经典，译诗一开始，其语言的清澈就令人惊异：

树林里一片秋天的美景，

林中的小径很干燥，

十月的黄昏笼罩的流水

把寂静的天空映照；

盈盈的流水间隔着石头，

五十九只天鹅浮游。

　　这种语言的清澈是来自叶芝还是来自他的汉语的译者？我们已无法分清，59 只野天鹅从此呈现在我们的视野中，成为诗的高贵、神秘和美丽的象征。不仅如此，像"盈盈的流水间隔着石头"（"upon the brimming water among the stones"），还深具一种汉语之美，"盈盈"的运用是多么好！它甚至比原文更富有感情，也更动人。

　　而接下来，一种历历在目的语言刻画（"自从我最初为它们计数，/ 这是第十九个秋天"），使我们犹如身临其境。原文中描写 59 只野天鹅 "all suddenly mount"，被译为"猛一下飞上了天边"，更口语化，但也更有力量；"and scatter wheeling in great broken rings"译为"勾划出大而碎的圆圈"，准确而又传神，尤其是"大而碎"这种刻画，语言的表现力量达到了一种极致。

　　触动我们的，还有这首译作所传达出的那种挽歌的调子。叶芝是于 1916 年重访柯尔庄园并写下了这首诗的。多年之后，诗人已步入人生的中年，柯尔庄园也即将被强行收归国有。诗人在目睹一种高贵的事物在他那个时代的消逝。而袁先生对这一切的体会深入而又强烈，因而他会这样来译"我见过这群光辉的天鹅，/如今却叫我真疼心"，真可谓一字千钧！

同时，天鹅的美丽、激情和雄心，在它们身上体现的"永恒之美"，又引起诗人对自己岁月流逝的感叹。在接下来的第三节，一个步履蹒跚的诗人在回想过去，而那也是个美丽的黄昏，"我听见头上翅膀拍打声，/我那时脚步还轻盈"（"the bell-beat of their wings above my head/trod with a lighter tread"）——还有比这更动情的回忆吗？如果对照原文和不同的中译本，就会感到唯有袁先生的译文才深刻传达出一种诗的共鸣。我甚至感到，袁先生晚年翻译这首诗时，他是把他的一生都放在其中了。

诗的最后一节，袁先生译得也富有节奏感和情感色彩，"筑居""取悦于"的运用，典雅而又自然，和口语的运用形成一种张力。王佐良在他主编的《英国诗选》中这样评介叶芝：叶芝早期的诗"朦胧，甜美而略带忧郁，充满了美丽的辞藻……但他很快就学会写得实在、硬朗，而同时仍然保留了许多美丽的东西……他的诗歌语言……既明白如话，又比一般白话更高一层，做到了透亮而又深刻"。我想，这也恰好是袁先生的翻译所达到的境界——他对叶芝的翻译，给我们带来了一种美丽、硬朗、透亮而又深刻的诗歌语言！

令人欣喜的，还有卞之琳晚年对叶芝几首诗的翻译，它不仅体现了卞先生自己说的"译诗艺术的成年",把他的译诗艺术推向了一个高峰,也影响了很多中国的诗人和读者。卞先生所译的叶芝的《长时间沉默以后》("身体的衰老是智慧,年纪轻轻,/我们当时相爱而实在无知"),已被广泛传诵。而他对《在学童中间》的翻译,更令我本人叹服。该诗描述的是诗人晚年去学校考察时的情景,而在"我冥想一个丽达那样的身影"(这里其实是暗指茅德·冈)这一行诗后,诗人的一颗诗心被完全唤醒了:

> 想起了当年那一阵忧伤或愤怒,
>
> 我再对这一个那一个小孩子看看,
>
> 猜是否她当年也有这样的风度——
>
> 因为天鹅的女儿也就会承担
>
> 每一份涉水飞禽遗传的禀赋——
>
> 也有同样颜色的头发和脸蛋,
>
> 这么样一想,我的心就狂蹦乱抖,
>
> 她活现在我的面前,变一个毛丫头。

这样的译文,堪称是大家手笔!"因为天鹅的女儿也就会承担 / 每一份涉水飞禽遗传的禀赋"这样的诗句,已足够动人,从"这么样一想,我的心就狂蹦乱抖,/ 她活现在我的面前,变一个毛丫头"这样的译文中,我们也感到了一种语言的活生生的力量(对此请对照原文:"And thereupon my heart is driven wild: / She stands before me as a living child"）。这样来译，真正传达了一种生命脉搏的跳动。

更重要的是，在卞先生晚年的翻译中，不仅"字里行间还活跃着过去写《尺八》《断章》的敏锐诗才"（王佐良语），而且有一种老当益壮、雄姿勃发之感，成为对他自己过去偏于智性、雕琢的诗风和译风的一种超越，用叶芝的话来说"血、想象、理智"交融在一起，从而完成了向"更高领域"的敞开：

　　　　辛劳本身也就是开花、舞蹈，

　　　　只要躯体不取悦灵魂而自残，

　　　　…………

　　　　栗树啊，根柢雄壮的花魁花宝，

　　　　你是叶子吗，花朵吗，还是株干？

　　　　随音乐摇曳的身体啊，灼亮的眼神！

　　　　我们怎能区分舞蹈与跳舞人？

"辛劳本身也就是开花、舞蹈"（"Labour is blossoming or dancing"），这里，对"辛劳本身"的强调就极其动人，充满了感情。总的来看，卞先生对《在学童中间》的翻译，情感充沛，语言和意象富有质感，音调激越而动人。这样的翻译体现了生命与语言的重新整合，体现了伟大诗歌对人的提升，或者说，在卞先生自己晚年的翻译中，随着一种精神力量的灌注，他一生的"辛劳本身"也到了"开花、舞蹈"的时候了。

值得我们关注的，还有诗人杨牧先生的《叶慈诗选》。就对叶芝的翻译来看，中国数代诗人译者和学者都曾投入其中，但杨牧版《叶慈诗选》与其他译本都迥然有别，它独树一帜，带着鲜明的个人风貌和非一般译者可具备的语言功力和译文风格。

就我本人来说，纵然对叶芝及其汉译并不陌生，但展读杨牧的译文，仍时时把我引向一种新的、令人欣悦的发现，如《长久沉默以后》的"Bodily decrepitude is wisdom"，我们都已熟悉卞之琳先生的译文"身体的衰老是智慧"，而杨牧译为"肉身衰朽乃见智慧"。一个"乃见"，真要令人叫绝！

对大陆读者来说，杨牧版《叶慈诗选》还有着特殊的意味，即这是用"另一种汉语"译出的叶芝。台湾汉语本来就更多地保有传统的文化意蕴和语言质地，而杨牧在译叶芝时，有意以更为"古典"的语言和句法来译，这就形成了杨牧版《叶慈诗选》典雅、玄奥、沉雄、绵密的语言风貌。显然，杨牧先生有意要用更为经典的语言文体塑造出一位"要表现整个文明的心灵"的诗人形象。也许，有人会认为杨牧的译文过"雅"，或是过于文言化，但是他却能以此赋予叶芝原作以生命。在他那些看似古奥、繁复的译文中，我们往往能真切感受到诗的脉搏的跳动。

对此，我们来看杨牧译《丽达与天鹅》。该诗已有多个汉译本，其中余光中先生的译本也颇有影响，但我本人更偏爱杨牧的译本。诗人焦桐曾说："杨牧是台湾最勇于试炼文字、语法，也最卓然有成的巨匠。"这在他的翻译中也体现出来。"遽然的垂击"，译文一开始，就带着一种逼人之力。"垂击"与原文"blow"有差异，但也恰好表现了那种从天而降的神的暴力。"巨翼犹拍打于"的"犹"字也用得极好，"the great wings beating still"，大陆译者看到这个"still"，一般只会想到"依然""还在"，但只有一个来自古典汉语的"犹"，以及后面连用的文言虚词"于"，才能把那一刹那的生命姿态和微妙张力更好地传达出来。

至于第三句中的"颈为喙所擒"，极其简练，一个"擒"字，如对照其他译本"含她的后颈在喙中""他的嘴咬住她的脖子"，更见其语言的精准和有力。至于"他把她无依的胸脯紧纳入怀"，也富有创造性："helpless"（无助）被译为"无依"，出人意料，但又多么恰切！

而紧接着这半句的"So mastered by the brute blood of the air"，余光中先生译为"被自天而降的暴力所凌驾"，简练，富有气势，但是原文中一个重要的"blood"（血）被漏掉了。而杨牧译为"如此被苍天一狂猛的血力所制服"不仅更合乎原文，把"血"译为"血力"也更有力量。可以说，这完全是因为翻译而创造出的一个词。

以上种种，可见杨牧先生的翻译，绝不是一般的语言转换。他恰像本雅明所说的那样，在翻译中"承担起了一种特殊使命"：不仅"密切注视原作语言的成熟过程"，同时还以呕心沥血的创造"承受自身语言降生的阵痛"。

总的来看，杨牧先生的翻译，纵然会有争议，甚或有可能为一些大陆读者一时难以适应，但我想它不仅更丰饶，更耐读，更具有独到的美学造诣，它对我们的翻译和汉语诗歌的建设也都有着重要的启示和参照意义。

正因为出自对这些前辈诗人译者的尊重和感激，我在接受一家出版机构重新出版《叶芝文集》的约请后，决定不再按照通常的依循诗人作品的时间顺序来编选，而是从翻译和译者的角度编选。依循诗人作品出版顺序来编译的叶芝诗选或诗全集已有不少，读者和研究者自会了解或参照。我想做的，就是通过这种带有个人眼光的编选，不仅呈现出叶芝诗歌的主要面貌，也尽量将数代译者翻译的精华呈现出来。

至于我自己，因为叶芝的诗歌大都已被译成中文，尤其是他的许多名篇，已成为译诗经典，我本来无意于介入翻译，而只想当个读者。1995 年前后，我应约编选叶芝诗文选，因为编选一个较全面的叶芝诗选的需要，我译出了 24 首诗，收录在叶芝文集卷一《朝圣者的灵魂：抒情诗·诗剧》中。

对这 24 首"旧译"，许多我并不太满意。在后来重读叶芝的过程中，我又对它们进行了修订，并新译了 20 余首。我感谢这种翻译，因为它是最好的阅读，也是对一个伟大诗人不断发现和认识的过程。比如翻译《黑猪谷》（收入在早期诗集《苇丛中的风》中），就让我改变了对叶芝早期诗歌的看法。在该诗中，叶芝从他那时常书写和纠结的个人情感生活领域转向爱尔兰历史上关于"黑猪谷大战"的传说。该诗前一节梦幻般描述了战争情景（"不

明投枪""落马骑士的劈砍和震耳的/不明军队散去时的呼喊声"),
而接下来，一位大师级的诗人出现在我的面前：

> 我们依然劳作于岸边石室冢墓，
>
> 灰石葬标立于山顶，当白昼沉入露水，
>
> 疲累于人间帝国，我们躬身向你，
>
> 静谧星辰与光焰之门的主宰。

我深感惊异。别的不说，这远远突破了一般年轻抒情诗人的世界，它对爱尔兰历史和现实政治的观照，也上升到一个更高的视角。它深刻，富有历史感，而又超然。这样的诗，你说它是诗人生命中"最后的诗"也不无可。

的确，那种几乎是先天般的"灵视"和超然气质，那种与现实的痛苦纠缠，在我后来翻译《战时冥想》《感念无名教师》《仿日本诗》等诗时，都一再地感到了。这些"小诗"其实不小，它有着大师般的笔触。至于《本布尔本山下》，为诗人一生的总结性作品，它已有多个中译本，我之所以试着重译，不仅在于想达到更为确切也更契合于叶芝精神气质的翻译，也意在以此来作为我个人对一位伟大诗人的一次致敬。

让我深受感动的，是翻译《纪念伊娃·郭尔-布思和康·玛凯维奇》一诗。这两位出身于望族之家的姊妹，年长者为革命家，因参与 1916 年复活节起义被判重刑，遇大赦出狱后仍不改其志；年幼者为诗人，但也投身于政治。叶芝很早就与这两姊妹相识，他在诗中动情地回忆了他们的相遇和青春岁月：

> 利萨代尔傍晚的柔光，
>
> 阔窗向南敞开，
>
> 两位女孩身着丝绸和服，两位
>
> 都很美，一个像羚羊。

而在她们于 1926、1927 年相继去世后，诗人更清楚地看到了她们那不复再现的美和生命与历史的悲剧性。他满怀着对美丽生命的怜惜，进入了与死者灵魂的对话："亲爱的阴影，如今你们都知道了，/ 为世俗的是非而战的 / 全部虚妄。/ 天真与美丽 / 除了时间本无他敌……"

"亲爱的阴影"被召唤了出来，叶芝超然而动情的书写，也使她们获得了永恒的生命。说实话，翻译时我几乎要流泪。我不仅真切地感到了诗人内在生命的跳动，也通过这次翻译真正进入了一种"对话"——不仅是与叶芝，也是与我们自己经历的悲欢历史和同时代人的对话。

这就是说，我也在心中呼喊那些"亲爱的阴影"。我也由此再次感到了一个诗人和译者的"使命"，那就是：作为一个招魂人。

"敏感的紫色墨水依然在写" [1]

——关于曼德尔施塔姆及其沃罗涅日诗篇

你接住自己抛出的东西，这算不上本领，只有当你一伸手接住了永恒之神向你抛来的，这才算得上一种本领，而且这不是你的本领，乃是整个世界的力量。

这是很多年前我从伽达默尔的《真理与方法》中读到的里尔克的一首诗（大意）。当我编译完毕曼德尔施塔姆留给我们的珍贵遗产"沃罗涅日诗钞"，我又想到了它。我走下楼，寒冬过后的望京居民区，一条人工河的粼粼黑水，岸边杂树的第一抹新绿。我似乎走在一种光辉的诗歌所带来的辽阔幅度和启示里。我又感到了空气中的那种力量，它从莫斯科跳跃到沃罗涅日，而此刻它跳跃在我们的汉语里。是的，一切，包括那个仍在荒芜的大地上前

---

① 该文为《永存我的话语：曼德尔施塔姆沃罗涅日诗钞》序文（王家新译，即出）。

行的"娜塔雅"("那激励她的残疾,痉挛的自由",见《沃罗涅日笔记本》第三册《给娜塔雅·施坦碧尔》),都在迎接春天的来临。

"沃罗涅日是个奇迹,而把我们带到那里也是个奇迹。"诗人的遗孀在回顾时曾如是说。一个承受着厄运的诗人,但他竟把命运的诅咒变成了祝福。在一个严酷的年代,他在沃罗涅日创造了一个诗歌幸存的神话。除了古罗马流亡诗人奥维德的《哀歌集》《黑海书简》外,在世界诗歌史上还鲜有如此突出、特异的例证。这三册沃罗涅日笔记本,近百首相互映照的诗篇,不仅将诗人一生的创作推向一个巅峰,也从此使沃罗涅日成为俄罗斯和世界文学地图上一个闪耀的标志。

让我们回到20世纪30年代的沃罗涅日,回到那条诗人所戏谑的"曼德尔施塔姆大街"一带("或者干脆说,这条排水沟",见《沃罗涅日笔记本》第一册《这是一条什么街?》)。这个"位于俄罗斯帝国行省腹地"的沃罗涅日州首府,坐落在沃罗涅日河与顿河交汇处附近的平原上,远处是乌拉尔的山脉,与首都莫斯科相距445公里。是除了莫斯科、圣彼得堡等12座城市(12体系)之外,流放犯们可以选择的地方。

而这是曼德尔施塔姆自己的选择,在第一个被指定的流放地切尔登之后(在那里诗人只待了一个月并试图自杀)。为什么这样选择?是因为它靠近诗人所怀念的克里米亚半岛、靠近黑海——奥维德当年流放的黑海北岸?很可能。还在1914年,曼德尔施塔姆就写有这样的诗：

> 而奥维德，怀着衰竭的爱，
>
> 带来了罗马和雪，
>
> 四轮牛车的嘶哑歌唱
>
> 升起在野蛮人的队列中。

　　这样的诗，不仅表现了诗人的"奥维德情结"，也向人惊异地预示了他自己后来的命运。奥维德客死异乡，成了俄罗斯诗人的精神创伤。早在曼氏之前，普希金就写有《致奥维德》一诗："奥维德，我住在这平静的海岸附近，/ 是在这儿，你将流放的祖先的神 / 带来安置，并且留下了自己的灰烬……"（穆旦译）

　　也许正因为如此，彼得堡诗人柯里弗林说："或可说，正是基于几乎准确无误的历史意识，曼德尔施塔姆在俄罗斯地图上选择了至关重要也是命中注定的地点。"（维克托·柯里弗林《沃罗涅日的乌鸦和刀》）

　　而为什么会选择沃罗涅日，柯里弗林还认为诗人大概从"Voronezh"这个地名中听到了"强盗的"（vorovskoy）、"窃取的"（uvorovannyi）以及"做贼的乌鸦"（voron）、"窃贼的刀子"（nozh）等词语的回声，而诗人"在由可怕的双关意象构成的刀锋间寻求平衡，冒险闯进了与恶毒的命运之鸟周旋的文字游戏"：

放开我，还给我，沃罗涅日；

你将滴下我或失去我，

你将使我跌落，或归还给我。

沃罗涅日，你这怪念头，沃罗涅日——乌鸦和刀。

这是在"写诗"吗？这是直接卷入了与命运的搏斗，而在这个过程中，诗人与他的诗歌语言——一种幽灵般的语言——也建立了更为密切的关系。他也完全被它攫住了：抓住，放还，甚至高高地叼起，跌落……

这种癫狂似的创作状态，让同样流放到此地的年轻诗人鲁达科夫也为之惊异，他在日记里写道："曼德尔施塔姆疯了一样地工作。我从未见类似的情况——我看见的是一台为诗歌运转的机器（或者说生物更为恰当）。别的人都不存在了，只剩下米开朗琪罗。他什么都看不见，什么也记不住。他四处踱步，口中喃喃有词：'绿夜的黑色蕨类'……"（见维克托·柯里弗林《沃罗涅日的乌鸦和刀》）

正因为沃罗涅日迎来的是这样一位诗人，在这 3 年期间，正如娜塔雅在回忆录的最后所说："这座城市没有为诗人成为'乌鸦'或者'刀'，它还给了他。为了新的痛苦和死亡而还给了他。"（娜塔雅·施坦碧尔《曼德尔施塔姆在沃罗涅日》）

首先，在这里，"曼德尔施塔姆生平第一次与俄国的深厚迎面相遇"（柯里弗林语），新的风景、生命气息和诗性元素也出现在了他的诗中。沃罗涅日州属于中央联邦区，是中央黑土地带面积最大的一个州。沃罗涅日周边的黑土地，不仅让这位彼得堡诗人有了一个"继母平原"，也让他进入了"金翅雀的故乡"。他的新古典主义时期的"燕子"也变成了这样一只更真实也更神异的鸟。流放的日子无疑是很艰难的，孤独、贫困、疾病等，"尽管如此，沃罗涅日的喘息期仍是一种前所未有的幸福"，诗人的遗孀如是写道。沃罗涅日曾是彼得时期的边境，诗人在这里"感觉到了边界地区的自由气息"，他在这里最初写下的杰作中就有一首《黑色大地》。"诗歌是犁铧，它翻开时间，以使它的深层、它的黑土翻露出来"（《词与文化》，1921），他早年的这种说法，现在变为真实的劳作了。

从这个意义上，应该感谢流放的命运，感谢"克里姆林宫的那个山民"，使"俄罗斯的奥维德"不仅在沃罗涅日得以喘息和恢复，还在创作上有了一个新的开始。对此，曼德尔施塔姆自己也曾很兴奋地对鲁达科夫说：他"一生都被迫写那些'准备好了的'东西"，但沃罗涅日"第一次带给了他打开的新奇和直接性……"。

的确，沃罗涅日带给了诗人某种程度上艺术的新生。他在这里创作的诗，不仅更直接，新奇，也更富有淤积、奔突的生命之气，充满了词的跳跃性和"句法上的突变"。诗人在沃罗涅日"安顿"下来后所写的《卡玛河》和《日子有五个头》，回顾了头年他和妻子的流放之旅："河水激撞着一百零四只船桨"（而诗人）"紧拽着一片窗帘布，一个着火的头颅"（《卡玛河》）、"啊请给我一寸海的蓝色，为恰好能穿过针眼"（《日子有五个头》），在奔赴命运的途中，一种幽灵般的感受力被召唤出来，诗人的书写到了下笔如有神的程度。"日子有五个头"，而这样的一位诗人也注定会置之死地而后生。

用策兰的一个说法，诗人通过"换气"（breathturn）重又获得了呼吸。1936年2月，阿赫玛托娃曾前往沃罗涅日探望曼氏夫妇，她后来这样回忆："这真是令人震动，正是在沃罗涅日，在他失去自由的那些日子，从曼德尔施塔姆的诗中却透出了空间、广度和一种更深沉的呼吸：'当我重新呼吸，你可以在我的声音里／听出大地——我的最后的武器……'"①

正是与大地、苦难和死亡的深切接触，诗人拥有了他的"最后的武器"。而随着经验的沉淀和深化，诗人在这片黑土地上的"耕耘"，也愈来愈令人惊异了：

> 这个地区浸在黑水里——
>
> 泥泞的庄稼，风暴的吊桶，
>
> 这不是规规矩矩的农民的土地，
>
> 却是一个海洋的核心。
>
> ——《这个地区浸在黑水里》（1936.12）

---

① 见《阿赫玛托娃忆曼德尔施塔姆》，阿赫玛托娃所引诗句见《沃罗涅日笔记本》第一册《诗章》。

这真是命运的神奇造就，使他练就了一身绝技，得以从这片翻起的黑土地进入到"一个海洋的核心"去劳作。即使从诗艺的角度来看，《沃罗涅日诗钞》的大部分篇章，其感受力和想象力之孤绝，心智之诡异，语言之新奇独到，都令人惊叹。

曼氏在沃罗涅日的日子，曾被阿赫玛托娃准确地概括为"恐惧与缪斯轮流值守"（见阿赫玛托娃《沃罗涅日》一诗，1936）。既有创作的兴奋，大自然的抚慰，亲友的陪伴，也有无望的挣扎和焦虑的等待。《你还活着》这首诗，在表面的愉悦和平静之下，仍暗藏着挥之不去的阴影："而那个活在阴影中的人很不幸，／被狗吠惊吓，被大风收割……"这不只是诗歌修辞。在1937年4月的一封信中，诗人就这样写道："我只是个影子。我不存在。我仅有死的权利。我的妻子和我都被逼得要自杀。"

但是，真正让一个诗人不朽的，却是那与死亡的抗争，那种灾难中的语言迸发和闪耀：

> 你们夺去了我的海我的飞跃和天空，
>
> 而只使我的脚跟勉力撑在暴力的大地上。
>
> 从那里你们可得出一个辉煌的计算？
>
> 你们无法夺去我双唇间的咕哝。
>
> ——《你们夺去了》（1935.5）

这样的诗，不仅是一个几乎被碾进灰烬里的人才可以写出的诗，那种以诗的声音来对抗历史暴力的信仰般的力量也令人动容。这样的诗，让我们想起了奥维德的《哀歌》（Tristia）中的诗句："每一样东西都可以从我这里夺走 / 只有我的天赋与我不可分离。"

有的研究者指出，该诗中的"脚步""计算"同时还包含了创作格律诗音步的深层隐喻。如果这样来读，这首诗就更耐人寻味了，因为这为我们揭示了深植在诗人创作中的生命诗学及其尺度。在 1911 年，曼德尔施塔姆就有这样一首致阿赫玛托娃的小诗：

> 你像个小矮人一样想要受气，
> 但是你的春天突然到来。
> 没有人会走出加农炮的射程之外，
> 除非他手里拿着一卷诗。

诗人的生命和诗歌信仰——它建立在与历史的生死较量上——就这样前后贯穿。我想，正因为有曼德尔施塔姆、阿赫玛托娃这样的先驱，布罗茨基后来这样骄傲地宣称："语言比国家更古老，格律学总是比历史更耐久。"[①]

也正因为如此，这样一位诗人的命运不能不是悲剧性的，或可说，正因为他手里"拿着一卷诗"，他处在了"加农炮"的射程之内。这位"最高意义上的形式主义者"（布罗茨基语），不幸

[①] Joseph Brodsky: "The keening Muse", in *Less than one*, Farrar Straus Giroux, 1987.

生在了一个历史的大灾变和恐怖的年代。还是让我们来看布罗茨基的描述：这是一个"为了文明和属于文明"的诗人，这体现在他"新古典主义"时期那"俄国版本的希腊崇拜"中。但在后来，"罗马的主题逐渐取代了希腊和圣经的参照，主要因为诗人越来越陷于'诗人与帝国对立'（a poet versus an empire）那样的原型困境"。①说这是"原型困境"，因为它源自奥维德、但丁、彼特拉克，也源自普希金、莱蒙托夫。而20世纪的俄国历史，再一次选中了曼德尔施塔姆来担当这一诗人的命运——因为他对自己的忠实，因为他拒绝"圆柱旁的座位"而选择了去做"游牧人"，因为正如诗人的遗孀所说："在对待遂顺的态度中……奥·曼更接近茨维塔耶娃而非帕斯捷尔纳克，但在茨维塔耶娃那里，这一弃绝具有某种更为抽象的特征。在奥·曼这里，其冲突对象是特定的时代，他相当精确地确定了时代的特征以及他自己与时代的关系。"②

1934年5月2日，曼德尔施塔姆因为他头年11月写的一首诗《我们活着，却无法感到脚下的土地》被带走。帕斯捷尔纳克很不理解曼氏为什么这样冲动，视之为"文学自杀"，虽然他和阿赫玛托娃都曾尽力去营救。不管怎样看，曼氏写这首诗并对一些人朗诵，不是一时的冲动，到了20世纪30年代，诗人与时代的冲突已到了难以抑制的程度。正因为如此，诗人的遗孀会这样说："此

---

① Joseph Brodsky: "The Child of Civilization", in *Less than one*, Farrar Straus Giroux, 1987.
② 娜杰日达·曼德尔施塔姆:《曼德施塔姆夫人回忆录》，刘文飞译，广西师范大学出版社，2013。

诗是一个行动，一种作为，在我看来，它是奥·曼整个生活和工作的逻辑结果。"①

几乎是陀思妥耶夫斯基命运的一种重演，曼德尔施塔姆等待的那把利斧没有落下来，而是被判决流放到切尔登三年（"我们加快了或许也减轻了事情的结果"，见阿赫玛托娃的回忆）。

对于曼德尔施塔姆的诗，策兰有着深刻的洞察力："这些诗歌最深刻的标志，是其深奥和它们与时间达成的悲剧性协议。"（保罗·策兰《曼德尔施塔姆诗歌德译本译后记》，1959）虽然这是指策兰那时能看到的曼氏早中期的诗，但对《沃罗涅日诗钞》也有效，甚至更有效。在沃罗涅日期间，诗人在创作上的努力之一，就是试图调整他对现实的态度，他希望自己"作为一个个体农民走向集体农庄"，并痛苦地意识到自己要活下去就得"布尔什维克化"（《诗章》）。在那种绝境下，为了自救，他甚至强迫自己写一首颂歌给那个自己曾讽刺的人。但是，"由于不善模仿，他失败了"。诗人曾想毁掉这首"Ode to Stalin"（他后来也曾对阿赫玛托娃说"它是一种病"），但被他的妻子保留了下来。以下是这首颂歌中的一节：

> 人头的一个个土垛已远远消隐，
>
> 我被缩小在这儿，不再被注意，

---

① 娜杰日达·曼德尔施塔姆：《曼德施塔姆夫人回忆录》，刘文飞译，广西师范大学出版社，2013。

但是在爱意的书里，在孩子们的游戏中，

我将从死者中爬起并说：看，太阳！

　　"人头的一个个土垛"，这是怎样的意象和隐喻！诗最后的"太阳"，是指向诗人本来想赞颂的那个人吗？我们细心去读吧。它也完全可以从那首长诗中剥离出来当作单独的一首诗保留（实际上也正是如此，见《沃罗涅日笔记本》第二册）。

　　在《沃罗涅日诗钞》中，还有好几首诗（如《在人们的喧嚣和骚动中》等），显示了诗人要"跟上时代步伐"的努力，但这不如说显示了诗人对历史必然性的深刻洞见。对此可参照诗人的《不，我不是任何人的同时代人》（1924）和散文集《埃及邮票》中的描述："除了我自己，我还想说些别的，紧跟时代、时代的喧嚣和发展……革命有它自己的生与死，但它不能容忍人民琐碎的生与死。它的喉咙干渴，却不会接受局外人手中的任何一滴水分。"

　　所以，即使是这样的诗，也和那个时代的主旋律诗歌深刻有别。它实际上也是给那个时代出的一道美学难题，雷菲尔德就谈到了这一点："像勃洛克的《十二个》所遭遇的一样，这些诗同时被左派及右派所误解和谴责：左派无法容忍那种挽歌式的调子，而右派不能分享其中悲剧必然性的感觉。"（唐纳德·雷菲尔德《曼德尔施塔姆的生平和创作》）

　　正因为如此，"从死者中爬起"的诗人是一个真实的诗人，是一个有着自身独立性的不可简化的诗人。据研究资料，对于《是他们，不是你，也不是我》（1936）中的"他们"，娜杰日达曾问："是指人民吗？"曼德尔施塔姆回答说这样看太简单。曼氏的一句名言是：诗人不是"现成意义的零售商"。他永远在坚持这一点，他的沃罗涅日诗篇的深奥性和丰富性也远远超出了人们的想象。维克托·柯里弗林就指出：一些人只是将曼德尔施塔姆视为遭受恐怖迫害的诗人，"但是对这些诗歌的阅读，会对这个神话的排他性构成挑战"。

据批评资料，在现今的俄国有批评者对《诗章》等诗基本持否定态度。我不认同这一点，就如同我不认同那种简单化的、非历史化的解读或是过于政治化的解读。《沃罗涅日诗钞》的每一首诗，都不可从中抹去，都是诗人生命和"创造性遗产"的一部分。同样，有人说诗人遗孀的回忆录"可以作为《沃罗涅日笔记本》的阅读指南"，我也不完全赞同。娜杰日达的回忆录对于我们理解诗人的生命和创作有很大帮助，但是对于读解曼德尔施塔姆的诗，也完全可以有不同的角度。实际上，这是一个为任何人都难以穷尽的世界。

就我个人而言，我很为诗人晚期创作所显示的某种深化和加速度般的推进所吸引。古希腊罗马神话，沃罗涅日博物馆的收藏和各种建筑、艺术画册，现代量子物理学和基督教的启示录，拉马克的生物学，但丁的宇宙学，战争的术语……这种种资源在他那里融汇在了一起，刺激着他那先知般的音调和想象力。就对文明和历史的洞察而言，最惊人的一点，正如雷菲尔德所指出的："曼德尔施塔姆，以他最安静的形式，接受了拉马克式的观点，那就是进化论的'自动扶梯'不得不颠倒逆行，朝向相反的方向。"

但是，无论是"积极"还是"消极"，这都是曼德尔施塔姆的不可分割的两个方面（正如《希腊长笛》与《深蓝的岛屿，欢乐的克里特》所分别显示的那样）。读他的一些诗篇，我不由得想起了诗人米沃什在论西蒙娜·薇依时所引证的薇依的一句话："必须通过特洛伊和迦太基的毁灭去爱，不心存慰藉。爱不是慰藉，爱是启示。"我要说的是，曼德尔施塔姆的这些诗，无论怎么看，都真正深入到悲剧精神的根源。

而与这些诗相关联的，是那些在流放地延续着"对世界文化的怀乡之思"（这是曼德尔施塔姆给"阿克梅派"的一个定义）的诗篇，如《不要比较：活着的人不可比拟》《怎么办，我在天国里迷了路？》（"我的耳朵、眼睛和眼窝里 / 都充满了佛罗伦萨的怀乡病"），它们不仅透露出了诗人人文主义理想的"惨败感"，也与一个"加速度"的野蛮时代相比照，具有了一种深切的抒情力量。

沃罗涅日后期，诗人所着力创作的组诗《关于无名士兵的诗》，被视为他"最迂回和富有影射性"的重要作品。曼德尔施塔姆从来不是那种被绑在现实层面上的诗人，他借战争题材写下这组诗（这种写作策略使他得以发出声音），实则是在一个更广阔深远的历史时空下，书写了个体生命在历史暴力、极权迫害、宇宙混乱中的无助和盲目牺牲。这些诗都深具一种启示录的性质，一种形而上的并且是"加速度"的非人力量在这些诗中运行，而诗人一步步抵及灾难的核心——不仅是个人的，也是宇宙的灾难核心（这就是为什么雷菲尔德会称曼德尔施塔姆是一位深奥的"宇宙之子"）。布罗茨基十分赞赏其中的《一种阿拉伯式的嘈杂和混乱》一诗，称它是"一种令人难以置信的精神加速度的结果"，并说约伯等《圣经》人物正是凭此"才得以实现精神的飞跃"。而我在这次重新修订《让我们称空气为见证人》一诗译文时也再次受到触动，"教教我，瘦弱的小燕子，/现在你已忘记了如何飞翔"，这样的诗句当然十分感人，而接下来的"无翼，无舵，我又怎能／对付空气中的那座坟墓？"以及最后的结尾"——坟墓如何矫正一个驼背，/空气袋子如何把我们全部吸走"，也令人震动和惊异。这样的诗句甚至使我联想到策兰《死亡赋格》中的"我们在空中掘一座坟墓"。也可以说，在奥斯维辛的焚尸炉还没有发明出来之前，曼德尔施塔姆就是它的见证人了！

这就是为什么诗人自己就像集中营里那些只有自己编号的"赤裸生命"（bare life，这里借用了阿甘本的概念）一样，加入了（或躺在了）"无名士兵"的行列。《关于无名士兵的诗》的最后一首是：

主动脉充满了血。

在它的分类中不时传来一阵咕哝：

——我生于1894年

——我生于 1892 年……

而，抓回一个已磨穿的出生年头，

和这聚拢的牧群一起签发，

我贫血的嘴唇在低语：

我生于 1 月 2 日至 3 日的夜里

在一个十九世纪——或别的什么年代的

不可靠的年头，

而世纪围绕着我，以火。

这组诗最后译到这里时，说实话，我自己几近泪涌。这最后一句按通常的句法，是译为"世纪用火围绕着我"，而我用这种特殊的句法来译，就是为了突出这个"火"，为了能使原诗的灼伤力在此达到一个极限。也许这是一种所谓的"庞德式翻译"（Poundian translation），但我管不了那么多了。我们都曾目睹过时代的疯狂面容，我们的翻译，也应该能够把人们带回到那历史的在场。

"诗人本是'岁月有意孕成的琴键'"，在这些天的编译过程中，我不时想起同样有过流放生涯的诗人昌耀的这句话。沃罗涅日是"仁慈"的，在这个偏远小城，诗人靠"借来的尘土"活着。妻子的陪伴，1935 年为当地电台节目的编写工作，因为心脏病在坦波夫疗养院和扎东斯克的短暂休养，阿赫玛托娃的来访，帕斯捷尔纳克等人经济上的援助，娜塔雅·施坦碧尔作为一个"新劳拉"①的存在，小城周边荒凉而自由的气息，一同激发了诗人诗情，使他几乎成了他那一代在20世纪30年代后期那种萧杀气氛下唯一一位仍在"熊熊燃烧"的诗人。在这个意义上，历史真的应感谢沃罗涅日。

塞尔吉·鲁达科夫等人曾以不无夸张的语气将曼德尔施塔姆描绘成一个"诗癫""小城疯子"的形象。但是如果读了《像是阴柔的银子在燃烧》这样的诗，我们就会感到诗人在那时进入一种怎样的宇宙的寂静之中！诗人自己说得很清楚："也许这就是疯狂的起点，也许这是你的良知。"两者就这样相互作用着。据娜杰日达回忆，1936年夏天当他们在扎东斯克期间，从收音机里听到大清洗开始的消息，什么都很清楚了，他们出来默默散步。那一天曼德尔施塔姆的柱杖卡在路上的深坑里，那里充满了头天的雨水。然后曼德尔施塔姆有了这样的诗：

> 亲爱的世界酵母：
>
> 声音，热泪和劳作——
>
> 雨水的重压，
>
> 麻烦的酿造……

---

① 据施坦碧尔对A. I.内米洛夫斯基说，在曼德尔施塔姆遗失的信中，她被称为"新劳拉"。"劳拉"为意大利14世纪诗人彼特拉克著名的爱情抒情对象，被称为"女神劳拉"。曼德尔施塔姆翻译过彼特拉克的诗。

"亲爱的世界酵母"也即诗歌。我们可以想象，在那个时代"雨水的重压"下和"麻烦的酿造"中，诗人是含着怎样的热泪对他的"亲爱的"讲话！

在沃罗涅日，曼德尔施塔姆不再年轻，心力和体力都日渐衰落，心脏不好，视力下降，有哮喘病，摔伤的手臂总是疼痛。更致命的是，他内心里预感到来日无多。纵然如此，他仍将自己的一切交给了他的"声音，热泪和劳作"。娜塔雅的感觉是对的，她感到诗人给她的诗是"告别诗"。岂止如此，这是一个犯下了"死罪"的诗人的遗言。这是一个"我已准备去死"（见阿赫玛托娃的回忆）的诗人的"遗言写作"——他在沃罗涅日的每一首都是"最后一首"！

但是同样令人惊异的是，从毁灭中仍隐隐透出了某种"铁的温柔"（《环形的海湾敞开》），透出了"静静的管风琴压低的嗡鸣"，以及由灾难带来的"神圣的和谐"。《沃罗涅日笔记本》第二册、第三册的一些诗，如《我被葬入狮子的窟穴和堡垒》《给娜塔雅·施坦碧尔》等等，都具有了这种"献祭的意味"。《我被葬入狮子的窟穴和堡垒》被编在第二册的最后，该诗借用了《旧约》中希伯来先知但以理在狮子窝中幸存的传说。流放地沃罗涅日最终成了诗人的"狮子窝"，它伴随着一位女性歌声的引领、诗人自己的预言以及"对厄运和救赎的庆贺"。在这些诗篇中，尤其是在《给娜塔雅·施坦碧尔》中，牺牲与见证、受难与复活、大地与死亡、男人与女性，再次成为一种命运的"对位"。从很多意义上，曼德尔施塔姆是幸运的，因为有娜杰日达、娜塔雅这样的女性在陪伴他，有阿赫玛托娃这样的对话者在关注他，有那么一种神圣女性的"低部沉重的高扬歌声"在伴随他，这就是为什么在他最后的诗中会深深透出那种"知天命"的坦然和超然。同样，因为她们，早年《哀歌》中男人与女性的主题也在拓展和深化，她们由死亡的预言者，变为悲痛而神圣的哀悼者、祝佑者和复活的见证者。诗人在 3 年的流放期行将结束时写给娜塔雅的那首诗，我想同时也是写给娜杰日达和阿赫玛托娃的。它成为献给苦难的俄罗斯大地上那些伟大女性的赞歌：

> 有些女人天生就属于苦涩的大地，
> 她们每走一步都会传来一阵哭声；
> 她们命定要护送死者，并最先
> 向那些复活者行职业礼。

一种对"大限"的接受和隐含的悲痛，一种从死亡中再次打开的创世般的视野！诗人最终达成的，仍是对爱、信念和苦难的希望本身的肯定。他最后所做的，仍是要这首诗的接受者和他一起向远方抬起头来，因为那即是命运最终的启示：

> 那曾跨出的一步，我们再也不能跨出。
> 花朵永恒，天空完整。

前面什么也没有，除了一句承诺。

"花朵永恒，天空完整"，多么动人的诗！而苦难的诗人仿佛也由此重新赎回了自己。"这是我写过的最好的东西，"他对娜塔雅这样说，"我死后，把它们寄给普希金故居纪念馆作为遗言吧。"（娜塔雅·施坦碧尔《曼德尔施塔姆在沃罗涅日》）

是的，这样一首抒情诗杰作，也完全可以作为一位伟大诗人的纪念碑。幸福而又悲痛的时刻（"他像雕像一样坐着。这都显得非常悲痛。"娜塔雅这样回忆），最后献祭般的时刻。《沃罗涅日诗钞》的英译者理查德·麦凯恩说得对，这最后一首诗，使"这本诗集的遣怀之功达到了极致"。我甚至感到，一个写出了如此诗篇的诗人可以去死了！

而在这一年半之后，在 1938 年年末最后的几天里，诗人永远消失在押送至远东符拉迪沃斯托克的流放路上。诗人在这之前在押解途中写给弟弟的一封信成为他留给世界的最后文字，信中以很艰难的语气说他已虚弱到极点，身体瘦得几乎变了形，不知道再给他邮寄衣物是否还有意义。据称诗人死于心脏衰竭。但他究竟是如何死的，葬于何处，一切都成了谜。

人们再也听不到他的声音。生前曾出版诗集《石头》（1913）、《哀歌》（1923）、《诗选》（1928）和散文集《埃及邮票》、文论集《词与文化》的著名白银时代诗人，在他消失后的几十年中，在苏联文学记录中几乎被抹去。

"此后 30 年以来，人们都以为曼德尔施塔姆作为一个诗人已经毁掉了……直到他的遗孀和其他一些支持他的人如阿赫玛托娃和娜塔雅·施坦碧尔公开了他们保存在枕套、锅具或是从记忆和碎纸片中复原的手稿，这才清楚地显现还有一个遗腹的曼德尔施塔姆，一个来自沃罗涅日的与之前的诗人形象不同而又一致的诗人被发掘出来。渐渐地，这些诗歌在苏联浮出水面，……并且很快流传到西方国家。"

"时代的变迁终于将曼德尔施塔姆交还给了他的同胞。他在 1930 年代创作的《莫斯科笔记本》《沃罗涅日笔记本》等大量作品才得以出版，那时曼德尔施塔姆在俄国的读者群暴涨，印数总计超过了 100 万册。"

而在这之后，"娜杰日达·曼德尔施塔姆的回忆录《一线希望》(*Hope Against Hope*) 和《被弃的希望》(*Hope Abandoned*) 的俄文版也于同时期面世，相比于在西方迅速发行的马科斯·赫沃德的英译本，其出版晚了 15 年之久。这些书的英文名字出自娜杰日达·曼德尔施塔姆自己的名字（'Nadezhda' 的意思即是'希望'）"[1]。

以上几则为对曼德尔施塔姆诗歌命运的简单描述——一个关于"希望"的故事，一个诗歌幸存和复活的神话！

---

[1] 参见 Osip Mandelstam: *The Moscow and Voronezh Notebooks: Poems 1930-1937*, Translated by Richard Mckane, Bloodaxe Books, 2003。

感谢那些用生命守护着希望的人！在 1931 年给阿赫玛托娃的一首诗中，曼德尔施塔姆一开始就发出了这样的声音：

> 请永远保存我的词语，为它们不幸和冒烟的余味，
>
> 它们相互折磨的焦油，作品诚实的焦油。

曼德尔施塔姆那一时期的多首诗中，都有一种大难临头或命运尾随之感。他做了什么？即使他什么也没有做，他也知道什么在等待着他，因此他对阿赫玛托娃发出了那样的请求。而在沃罗涅日及其之后，对娜杰日达和娜塔雅，诗人所做的则是委托——生命最后的委托。

"请永远保存我的词语"，娜杰日达和娜塔雅接受了这神圣的委托。娜杰日达主要靠她的背诵来保存诗人的声音（这正如阿赫玛托娃的《安魂曲》是靠朋友记诵下来的一样，这种"口口相传"的诗歌史！），而娜塔雅即使在战争逃难的年月（沃罗涅日曾被德军占领），随身都一直不放下那个装有诗人遗稿的小包，"我知道我必须不惜一切代价……简而言之，它在我所有的磨难中都跟我在一起"。

1963 年年末，阿赫玛托娃在给娜杰日达的信中这样写道："我们都曾经想到我们一定要活着看到那一天——那哭泣和光荣的一天。"

这一天真的来到了吗？是的，这就是我们今天能看到的《沃

罗涅日诗钞》。它们保留在三册学生的作业本上，有90多首（尚不包括一些变体和未完成的片段和草稿），创作时间历时3年，每首诗都标有具体的写作时间。我想，如果我们能见到那些珍贵的原稿，可能还能见到"紫色墨水"的痕迹——诗人在沃罗涅日的诗作大都是由娜杰日达根据他的口授记录下来的，而紫色墨水是当时唯一能买到的墨水：

> 依然有足够多的燕子。
> 彗星还未给我们带来灾祸。
> 而敏感的紫色墨水依然
> 在写，拖着星尘的尾巴。
>
> ——《理发店的孩子们》（1935.5）

这里的"紫色墨水"是什么？是一种书写物质，但更是血！诗人谢默斯·希尼在一篇曼德尔施塔姆诗歌英译本的书评中称娜杰日达她们"像珍藏先人的骨灰一样"在一个恐怖年代保存了这些诗稿。这些了不起的女性，不可能设想没有她们，她们是曼德尔施塔姆诗歌命运不可分割的一部分，"进入了俄国文学的殉教史"。

"请永远保存我的词语"，这是多么神圣的一个声音！（我看过俄国的一个曼德尔施塔姆传记片，即以这句诗作为片名）这一切，当然也在激励着我。它让我一再地感到诗的意义，还有翻译的意义。在这样一个年代，一个诗歌自行消解的年代（已经不需要"加农炮"了，请看看目前所谓的诗歌界吧），我也真希望这样的"紫色墨水"能再次流在我们身上。

因此，当有出版人联系我想重印我翻译的《我的世纪，我的野兽：曼德尔施塔姆诗选》（花城出版社，2016）时，我想到的，就是在原有的部分译稿的基础上把《沃罗涅日诗抄》全部译出来（收在花城版中的不全，也需要修订），而且还应加注（我翻译的《灰烬的光辉：保罗·策兰诗选》今年年初出版后，有读者反映："有更多的注释就更好了"）。同时，还需要相关的研究和传记资料，使它带有"评注本"的性质，具备更充分的研究价值和史料价值。我想我们应该这样来对待这样一份珍贵、独异的诗歌遗产。

曼德尔施塔姆诗歌对我们今天的意义，读者自会感到。一切，正如策兰在半个多世纪前所说："曼德尔施塔姆，达到了他的同时代人无与伦比的程度，他写诗进入一个我们通过语言都可以接近并感知的地方，在那里，围绕一个提供形式和真实的中心，围绕着个人的存在，以其永久的心跳向他自己的和世界的时日发出挑战。这显示了从被废弃的一代的废墟中升起的曼德尔施塔姆的诗歌，与我们的今天是多么相关。"（保罗·策兰《曼德尔施塔姆诗歌德译本译后记》，1959）

至于翻译本身，曼德尔施塔姆视诗歌创作为一种"辨认"（recognition），在我看来翻译更是——这至少是自我与他者的辨认，以及两种语言之间的艰辛辨认。而翻译的目的，不仅如麦凯恩所说"使诗人在另一种语言中获得辨认"，还要通过我们的翻译更真切地传达出那"永久的心跳"。

为了达到这一点，理解的可靠性、透彻性，语言的准确度，声音的清晰度，都是我首先要去尽力做到的。为此，有时一首诗的翻译我参照了多种英译本和研究资料，也经过了再三的修改甚至重译。如《我将不向大地归还……》这首诗，该诗献给古比雪夫，他的试飞员儿子死于一次事故，但它显然也寄寓了诗人对自身命运的感受：

> 我将不向大地归还
>
> 我借来的尘土，
>
> 像一只白色粉蝶。
>
> 我愿这个思想的身体——
>
> 这烧焦的，骨肉，
>
> 能在它自己的跨距间活着——
>
> 回到那条街，那个国家。

我先前的这个译本依据的是英国诗人译者詹姆斯·格林（James Greene）的译本。原诗有四节，但格林只译有这第一节，为节译，对于原诗也有一定程度上的改变，虽然格林的译本整体上受到通晓英文的诗人遗孀的肯定，我还是决定依据其他的英译本重译和全译：

我将不向大地归还

我借来的尘土，

像一只白色粉蝶那样。

我愿这个思想的身体——

变为一条街，一个国家，

愿这烧焦的带脊椎的遗骨，

发现自己真正的长度。

　　我也感谢这种重译，"愿这烧焦的带脊椎的遗骨，／发现自己真正的长度"，多么令人惊异和感动！

　　在全译和重译的过程中，我也多次受到这样的触动和洗礼。诗人生命最后几年间留下的这些诗篇，展现了他与他的时代的剧烈的冲突。但它们不仅仅是牺牲者的文献，它们是血的凝结，也是诗歌语言本身所发出的最后痉挛，是深入到了存在内核中的具有永恒价值的诗篇。它们用"借来的"时间活着，而又最终战胜了时间。它永恒的生命力，正如诗人自己先知般的声音所预示："我躺在大地深处，嘴唇还在蠕动。"

　　至于大量的注释和附录文章编译，也花费了很多心血和时间，但为了帮助读者读解，这是应做的工作。其中有些俄语方面的问题和研究资料的搜寻，我也得到了李莎博士、许小凡博士和罗伯特·察杜梁的帮助。我不懂俄语，遗憾不能为读者提供一个所谓的"直译本"，但我希望尽可能地为读者提供一个可靠的、有自己独特面貌和参照价值的译本，用更高的标准来看，还希望它能真正成为"创造之手的传递"。翻译的根本目的，是通过译者的献身性语言劳作来创造原作的"来世"（afterlife，本雅明《译作者的任务》），以使诗歌得以在时间中幸存和不断复活。在这个意义上，曼德尔施塔姆对娜塔雅的要求，也就是对一个译者的要求。

最后，也要感谢乌克兰的索菲娅（蔡素非）女士。娜杰日达·曼德尔施塔姆的回忆录已由刘文飞教授译出并产生广泛影响，但娜塔雅·施坦碧尔的回忆录尚不为中文读者所知（就我了解，目前也没有完整的英译本），因此我请索菲娅从俄文中直接译出。索菲娅看了《沃罗涅日诗钞》和我给她发去的译稿后很感动（"很珍惜你的这些翻译，这件事确实很伟大！我非常感动……"）放下她正在赶写、准备参加答辩的博士论文，投入到翻译和我们一次次的修订工作中来。为此我也很感动，她不就是另一个娜塔雅吗？是，在这片迎接春天的大地上，她也加入"护送死者，并最先向那些复活者行职业礼"这一行列中来了！

"疯狂而美丽的自由"

——卡明斯基的《聋哑剧院之夜》

"再一次，一句有益健康的话浮现：最主要的事情是构思的宏伟。"在阿赫玛托娃的晚年，她在给尚年轻的布罗茨基的信中曾这样引证了布罗茨基本人的这句话。

的确，布罗茨基早年的惊人之作《献给约翰·邓恩的哀歌》，"最主要的"就是"构思的宏伟"。读这首长篇挽歌，我们不能不首先为诗人所展现的非凡构思和气象所折服。难怪那时阿赫玛托娃逢人便说布罗茨基的诗是"俄罗斯的诗歌想象力并没有被历史拖垮"的一个有力证明！

如今，我们又读到一位更年轻的阿赫玛托娃、曼德尔施塔姆、茨维塔耶娃的精神传人，来自乌克兰的美国移民诗人伊利亚·卡明斯基（1977—）的"构思宏伟"的力作，这就是他近 10 多年来倾心创作的带有诗剧性质的抒情诗集《聋哑剧院之夜》（*Deaf Republic*）。

《聋哑剧院之夜》于 2019 年在美国和英国相继出版，是卡明斯基继《音乐人类》(*Musica Humana*)、《舞在敖德萨》(*Dancing in Odessa*)之后的第三部英文诗集，它进一步展现了卡明斯基不同凡响的心灵禀赋和诗歌才华。《聋哑剧院之夜》出版后，在英美广受好评，曾获洛杉矶时报图书奖、美国国家犹太图书奖，曾入围美国国家图书评论奖，国家图书评论家协会图书奖，并被《华盛顿邮报》《纽约时报书评》《时代文学增刊》《金融时报》《卫报》《爱尔兰时报》等评为年度最佳图书。以下为几则著名诗人、作家的评语[①]：

一个诗人如何使沉默可见？一个诗人如何阐释并照亮我们共同的聋哑？这是一本卓越的书，是我们时代最伟大的交响乐曲之一。一次深深的鞠躬。——科伦·麦凯恩

显而易见的是，(这本书)展现出深厚的想象力，只有诗人有能力创造一个良知共和国，这种良知共和国最终也是我们的，但又完全是他自己的—— 一幅生活在"一个和平国家"意味着什么的地图。——凯文·杨

(这部诗集)令人脉搏加速跳动，如未被埋葬的矿石闪耀，在想象力、政治、道德和个人的领域中全面开花，是令人震

---

① 文中所引对《聋哑剧院之夜》的评语及《聋哑剧院之夜》中诗作译文，均为本人所译。

惊的一部著作。——简·赫希菲尔德

　　我读《聋哑剧院之夜》时，带着一种极大的兴奋和深深的惊奇，这些书页中散发着愤怒、急迫和力量，还有一种伟大的救赎之美。伊利亚·卡明斯基的词语带有一种电流般的新鲜的嗡嗡声。他是他们这一代中最有光彩的诗人，是世界上少数的天才之一。——加思·格林威尔

　　这些赞语都带有一种初读的兴奋感和欣悦之情，我们很难说它们不够冷静。也许有人认为评价过高，但对我来说，这部诗集起码具有足够的魅力，它的每一首诗都在吸引我读下去。它是紧张刺人的，但又是美妙轻盈的。它有一种令人惊异的美和新鲜感，从整体上看，它又是"一本高度娴熟、精心锻造的书""一个准确适应我们时代的灼热寓言"。我读过不少卡明斯基早期的诗，这部诗集仍大大超出了我的预期。

　　而这部激动人心的抒情诗集是如何构思的？它又是如何开始的？它从一个聋男孩对占领军的一声"呸"开始。

　　这个聋男孩，也就是卡明斯基一直携带在他自己身上的那个来自敖德萨的在4岁时因医生误诊而失去听力的男孩，来自他在异国所不能忘怀和遥望的童年故乡……

　　而那个聋男孩的一声"呸"，来自童贞，也显然来自卡明斯基自己所译介的茨维塔耶娃。在卡明斯基和美国女诗人吉恩·瓦伦汀

（Jean Valentine）合作译介的《黑暗的接骨木树枝：茨维塔耶娃的诗》（2012）的长篇后记中，他这样介绍这位他热爱的苏俄天才女诗人：

> 何谓茨维塔耶娃神话？一个诗人，她的生命和语言都很极端、陌异，不同于其他任何人。是的，她的生命就是她的时代的表现。
>
> 一个女人，逃避，奔跑，叫喊，停顿，并留在沉默里——沉默，那正是灵魂的喧嚷声："但是我们站立——站着直到从我们的嘴里啐出一口呸！"[1]

卡明斯基引用的这句诗，出自茨维塔耶娃的组诗《致捷克斯洛伐克的诗章》之六。茨维塔耶娃曾在捷克居住过3年多（1922—1925），视捷克为第二故乡。1938年9月捷克斯洛伐克苏台德省被瓜分，1939年3月，整个捷克斯洛伐克被法西斯德国占领。诗人对此感到震惊和愤怒，她随即创作了这组诗：

> 他们掠夺——迅速，他们掠夺——轻易，
>
> 　掠夺了群山和它们的内脏。
>
> 他们掠夺了煤炭，掠夺了钢铁，

---

① 伊利亚·卡明斯基：《茨维塔耶娃神话，以及翻译》，王家新译，《上海文化》2013年11月号。

掠夺了我们的水晶，掠夺了铅矿。

甜糖他们掠夺，三叶草他们掠夺，

　　他们掠夺了北方，掠夺了西方。

蜂房他们掠夺，干草垛他们掠夺，

　　他们掠夺了我们的南方，掠夺了东方。

瓦里——他们掠夺，塔特拉——他们掠夺。

　　他们掠夺了近处，然后向更远处掠夺。

他们掠夺了我们在大地上最后的乐园，

　　他们赢得了战争和全部疆土。

子弹袋他们掠夺，来复枪他们掠夺。

　　他们掠夺了手臂，掠夺了我们的同伴。

但是我们站立——整个国家站立，

　　只要我们的嘴里还留着一口"呸"！ ①

　　一声"呸"，一声最后的拒绝、蔑视和尊严——茨维塔耶娃的血流到了伊利亚·卡明斯基的身上。

　　这一声"呸"，也为一个"良心共和国"定了音〔曾身处北爱

---

① 茨维塔耶娃的这首诗及组诗《致捷克斯洛伐克的诗章》的其他诗见《新年问候：茨维塔耶娃诗选》（王家新译，花城出版社，2014）。

尔兰暴力冲突和伦理与写作困境中的诗人谢默斯·希尼，曾写下过组诗《良心共和国》（"The Republic of Conscience"）]。只不过卡明斯基的构思和角度太巧妙了，也太富有诗的想象力了。他从自己的"聋"出发，从他所归属的"人民"的沉默与拒绝出发，从"诗的正义"出发，虚构了一个"瓦森卡"小镇聋哑人木偶剧团和居民们"起义"的故事。这部抒情诗剧的剧情跌宕起伏，读来紧扣人心。但这不是一个简单的反抗的故事。诗人所要做的，在我看来，不仅是"以童话来对付（历史和）神话中的暴力"（这是本雅明在论卡夫卡时所说的一句话），还如科伦·麦凯恩所说，"阐释并照亮我们共同的聋哑"。

　　这甚至也不同于一般的"诗剧"（原版的《聋哑剧院之夜》并没有标明这是"诗剧"），它就是诗——是带有叙述性的诗，但也是富有最奇绝的想象力的诗；是"冬天里的童话"（这里借助诗人海涅的一个说法），最后也是悲剧——我们这个时代的悲剧；是折磨人的良心的"刑讯室"，但也是夏加尔式的天使蹦跳的楼梯……

　　作为一个诗人，卡明斯基这部诗集吸引我的，首先是他从聋哑人的"聋"和比划的"手势"出发所发明的一套"带有一种电流般的新鲜的嗡嗡声"的诗歌语言和隐喻，如作品开始部分的"——聋，像警笛一样在我们中间穿过"，到后来的《蓝色锡皮屋顶上方，聋》：

　　　一名士兵跪下乞求，而镇上的人摇头，指指他们的耳朵。

聋高悬在蓝色锡皮屋顶

和铜铁檐角的上方；聋

被桦树、灯柱、医院屋顶和铃铛喂养……

不仅有令人惊异的美，这些隐喻、描写和讲述也获得了更丰富、更深刻的意味。正是在"聋"的统领下，蓝色锡皮屋顶，镇上的男孩、女孩和居民们，复仇的阿方索以及铜铁檐角、桦树、灯柱、医院屋顶和铃铛，一起达至一种极限状态，共同构成了一个所谓的"聋哑剧院之夜"（即"良心共和国"）。

不仅是和"聋"与"手势"有关的隐喻语言，像"抱着那个孩子，好像吊着骨折的断臂，加莉亚慌张地走过中央广场""在大雪飘旋的街上，我站起来像根旗杆／没有旗帜"这样的叙述，也令人难忘。不仅如此，它们还与一种整体上的诗歌意识结合了起来。正如威尔·哈里斯所指出："瓦森卡镇的人民，震惊于对一个聋哑小孩的谋杀行动，他们'像人类旗杆那样站立'。通过他们的沉默，严格执行（的沉默），展示出的不仅仅是沉默的尊严，还是它们（沉默）的革命能力——一种警报的钟铃声，穿过并超出这些令人惊叹的诗歌本身。"

当然，这样来"概括"多少显得有点干巴。《聋哑剧院之夜》是一个多声部、多角度的充满魅力的艺术整体，或者说是一部"交响曲"。当然最后它必然带着一种悲剧的性质。到了《颂悼文》（"Eulogy"）这一首，诗的叙述者满怀着悲痛为他的主人公撰写颂

悼文①，"全剧"由此进入悲伤的音乐，并获得了一种巨大的感人的
抒情力量：

你不仅要讲述巨大的灾难——

我们不是从哲学家那里听说的
而是从我们的邻居，阿方索——

他的眼睛闭上，爬上别人家的门廊，给他的孩子
背诵我们的国歌：

你不仅要讲述巨大的灾难——
当他的孩子哭啼，他

给她戴上一顶报纸做的帽子，挤压他的沉默
就像用力挤压手风琴的褶皱：

你不仅要讲述巨大的灾难——
而他演奏的手风琴在那个国家走了调，在那里

---

① "Eulogy"这个词的本义是指颂扬死者的悼词、悼文，据这首诗和整部
诗集的性质，我译为"颂悼文"。

唯一的乐器是门。

　　三次重复的"你不仅要讲述巨大的灾难——"一次比一次更为悲伤和坚定（当然，也可以倒过来说）。这是悲剧主人公的最后自白，也是叙事者在自言自语，巨大的悲伤把他推向了这一步（在《挽歌》中他甚至这样祈求："……主：∥请让／我的歌舌∥容易些。"）：无力承受的惨败与背诵的国歌，赴死的父亲与哭啼的婴儿，但是让我们更为惊异的，是接下来的"给她戴上一顶报纸做的帽子，挤压他的沉默／就像用力挤压手风琴的褶皱"，在至深的悲伤中竟出现了这一"神来之笔"！

　　而全诗的最后同样出人意料："他演奏的手风琴在那个国家走了调，在那里∥唯一的乐器是门。"什么样的门？开着的门或关着的门？生之门或死之门？自由的门或监狱的门？这样的"乐器"在那样一种命运下又将如何"演奏"？

　　巨大的抒情力量与耐人寻思的隐喻，令人陶醉的美与噩梦般的现实，就这样在这部作品中相互交织和推进。这一切让我们着迷，但也让我们警醒。到了《断头台一样的城市在通往脖子的途中颤抖》这一首，不仅是"断头台一样的城市在通往脖子的途中颤抖"，奋力杀了犯罪士兵的阿方索的手和嘴唇在颤抖，我们读者的内心也在"颤抖"。诗人把我们带向了这最严苛的但也是让人不能不反身自问的一刻：

在上帝的审判中，我们会问：为什么你允许这些？

而回答会是一个回声：为什么你允许这些？

什么是"追问"和"沉默"？这类话题已大量充斥于我们的诗学论述中，但卡明斯基这部作品的力量，在于他把我们带到了真实的"在场"：他着眼的不仅是表面上的东西，却在更高更严酷的戒律下，把追问引向了我们自身更内在的伦理困境。是的，"回答会是一个回声"，我相信它也将在每个读到它的读者那里引起一个回声。

正因为抵达这样的思想深度，《聋哑剧院之夜》不限于是一出简单的道德剧了。在诗集第二幕的最后部分，我们看到的，是对于暴力和恐怖下人们的恐惧、人性的懦弱和背信弃义的混合着沉痛和讽刺的无情揭示（虽然它表现起来也不无喜剧性）。当女主角加莉亚最后向"瓦森卡"小镇的居民们大喊求助，那些曾参与反抗的人，这时同样"指指他们的耳朵"（亦即"装聋卖傻"了）。这真是一个充满了所谓"历史必然性"的结局。悲剧的主人公们还能怎么样？最后加莉亚也只能对她那"亲爱的邻居们！了不起的家伙们！"大喊："挖个好洞！／把我埋在鼻孔里／／朝我的嘴里多铲些像样的黑土！"

这部以反抗开始的悲剧，最后留下的，就是这种"两场炮击之间的寂静"。

震动人心的，还有这部作品的最后结尾。它出人意料，但又太好了，我还从未见过有哪部作品这样来表达过"最终的沉默"：

> 我们仍然坐在观众席上。沉默，
>
> 　　就像错过了我们的子弹，
>
> 　　　　旋转着——

多么奇绝的结尾！在我看来，它不仅属于这部作品，甚至也可以说是我们这个时代、我们所经历的人生的一个结尾：一切都结束了，但是拷问仍在进行。无论我们置身其中，还是从中出来"坐在观众席上"，那种良心的目睹和拷问，"就像错过了我们的子弹"，仍在旋转着和寻找着我们。

耐人寻味的是，在这两幕抒情诗剧的前后，还各有一首《幸福地生活在战争中》《和平时期》。这两首诗的语境看上去都远离了诗剧中血与火的"瓦森卡"小城，都处在诗人现在所生活的美国。它不仅构成了一种两个世界的比照，更需要我们去品味的，是其中对一个所谓"伟大的金钱国家"的和平假象的讽刺，对"幸福地生活在战争中"的人们的道德冷漠的讽刺，它颇为刺人，并让人羞愧和警醒。这种匠心独运的结构艺术，扩展了诗的视野和意义结构，也更深地加重了良心的刺痛。

"像一个完美的园丁——他把俄罗斯更新了的文学传统继续嫁接在美国诗歌和遗忘之树上。"波兰著名诗人扎加耶夫斯基曾这样评价卡明斯基。

扎加耶夫斯基所说的"继续"，可能是指在继英语世界对阿赫玛托娃、曼德尔施塔姆、茨维塔耶娃、帕斯捷尔纳克的译介之后，继米沃什、布罗茨基这样的来自东欧和苏俄的诗人之后。

现在，美国的诗人和读者也都不难看到这一点，诗人、艺术家福勒这样称卡明斯基："作为世界上少数的跨越边界的诗人之一，他已经成为美国诗歌圈里一个离心的存在。伊利亚·卡明斯基身上带有伟大的俄罗斯传统的力量和可被辨识的明显的潜能。"

的确，他用英语写作，也受惠于英语诗歌，但他的每一首诗，都是"俄罗斯更新了的文学传统继续嫁接在美国诗歌和遗忘之树上"绽放的最新鲜的叶片。别的不说，如《聋哑剧院之夜》中的这首《什么是日子》：

> 像中年男子一样，
> 这五月的日子
> 步行到监狱。
> 像年轻人一样他们走向监狱，
> 长外套
> 扔在他们的睡衣上。

这样的诗，马上会让人们想到英国著名诗人拉金的《日子》（"日子是干什么的"），但其隐喻基础和诗的感觉是多么不一样！

我们再看这一首《这样的故事是由固执和一点空气编成的》：

这样的故事是由固执和一点空气编成的——

一个在上帝面前无语跳舞的人签名的故事。

他旋转和跳跃。给升起的辅音以声音

没有什么保护，只有彼此的耳朵。

我们是在我们安静的腹中，主。

让我们在风中洗脸并忘记钟爱的严格造型。

让孕妇在她的手里握着黏土那样的东西。

她相信上帝，是的，但也相信母亲

那些在她的国家脱下鞋子走路的

母亲们。她们的足迹抹去了我们的句法。

让她的男人跪在屋顶上，清着嗓子

（因为忍耐的秘诀就是他妻子的忍耐）。

那个爱屋顶的人，今晚和今晚，与她和她的忘却做爱，

让他们借用一点盲人的光。

那里会有证据，会有证据。

当直升飞机轰炸街道，无论他们打开什么，都会打开。

什么是沉默？我们之内某种天空的东西。

来自古老传统的精神信仰，夏加尔式的奇思异想和跳跃句法，

温暖而又刺人的色调，不仅和英美诗人有异，和布罗茨基美国时期那种冷俏的反讽也很不一样了。尤其是其中"脱下鞋子走路""她们的足迹抹去了我们的句法""借用一点盲人的光"这样的诗句，不仅很动人，还包含了一种新的"开创性"的诗学。（"我认为《聋哑剧院之夜》的出现是一个光辉的、开创性的时刻"，Kramer Dawes)

还需要再次提醒的是，和一般的移民作家、诗人不同，卡明斯基现在是一位英语诗人。

我们都已知道，卡明斯基本人在4岁时失去听力，他的犹太人家族也曾受到迫害，但他仍是受到"保佑"的：他从小就读巴别尔的小说和布罗茨基的诗（他父亲认识很多诗人，包括布罗茨基），十二三岁开始发表散文和诗，出版过小诗册《被保佑的城市》。苏联解体后排犹浪潮掀起，1993年他随全家以难民身份移民美国，定居在纽约罗切斯特。1994年父亲去世后，卡明斯基开始用英语写诗。同时，他就学于美国，先后获得政治学学士学位和法学博士学位。

和一直用俄语写诗的布罗茨基不一样，卡明斯基选择了用英语写诗，因为"这是一种美丽的自由"。而他成功了！他的第二本英文诗集《舞在敖德萨》在2004年出版后受到很大关注，该诗集获得了美国艺术与文学学院的梅特卡夫奖及其他多种奖项。

他在接受《阿迪朗达克评论》采访时说："我之所以选择英语，是因为我的家人或朋友都不懂英语——我所交谈的人都看不懂我写的东西。我自己不懂这种语言。这是一个平行的现实，一种疯狂而美丽的自由。现在仍然是。"

他奇迹般打破了那个用非母语写不出好诗的咒语。当然，他的英语是简单的、稚拙的（只要读过他的英文原文就知道这一点），像是一个有天赋的孩子的"作业"，但却恰好和他的"童话风格"相称，和他的精灵般的诗性相称。相对于英美诗人，他的英语是简单的，但他用英语所创造的诗歌音乐（这一点在译文中会有所损失），所展现的某种特殊、陌生的美，令许多英语诗人也不能不惊异。

记得布罗茨基在谈论以英语写散文时曾如是说："英语语法至少证明是比俄语更好的一条逃离国家火葬场烟囱的路线。"布罗茨基在他的散文中做到而未能在诗中尝试的，卡明斯基做到了。

卡明斯基的英语是有魔力和磁性的语言，这一点以上已有所论证。他的"英文行文风格"又是一种直接的、出其不意的风格。他的许多句子看似如随口道来，不假文饰，但却令人难忘，如《聋哑剧院之夜》最后所附的《和平时期》一诗中写到的那个被警察射杀在人行道上的男孩：

我们在他张开的嘴里看到

整个国家的

赤裸。

场景转换了，这是在美国，但又和那个血腥和暴力的"瓦森卡"城恰成对照。

卡明斯基的诗又是某种带着陌异性的语言。对此，卡明斯基自己可以说是非常自觉的。在他编选的《国际生态诗选》序言中，他特意引用了美国诗人罗伯特·克里利的这样一句话："我们将在语言中沉睡，如果语言不用它的陌生性来唤醒我们的话。"

也许，这正是卡明斯基的诗充满魅力的一个秘密所在。他致力于在他的创作中发现语言的陌生性。在这一点上，他又深受策兰的影响。在他的诗中频频可见策兰式的语言实验。他曾与策兰的英译者沃尔德里普（G. C. Waldrep）合作编选过《向保罗·策兰致敬》，他还撰写过《关于唤醒我们的那种陌异——论母语、父国和保罗·策兰》。

这种对语言的陌生性的爱和自觉追求，不仅给他的诗带来了新鲜元素，也恰好和他特有的诗性感受力、想象力和风格句法结合在了一起，和一种新的诗歌美学结合在了一起。如《聋哑剧院之夜》中这首极其动人的"夏加尔式"的《催眠曲》：

小女儿
雨水

雪和树枝保护你
粉刷过的墙壁

和邻居们的手抱起所有

我的四月的孩子

小小的地球

六磅重

我的白发会保持

你的睡眠充足

因而美国艺术与文学学院给卡明斯基的梅特卡夫奖的颁奖词
会这样宣称："凭借其充满魔力的英文行文风格，卡明斯基的诗歌
仿佛是文学领域的夏加尔，它使万有引力定律失效，它将一切色
彩重新打乱，然而这一切只会凸显出现实世界的真实。他的想象力
是如此具有变革性，总能唤起我们相等的既悲伤又兴奋的尺度。"

而我们，也要感谢这位给我们带来《聋哑剧院之夜》的来自乌
克兰而又用英语写诗的优异诗人：他达到了也向我们提示了何谓
"疯狂而美丽的自由"。

作为"时间人质"的感言 [①]

　　帕斯捷尔纳克说诗人是"时间的人质"，我很早就被这句话吸引。它具有谜一样的性质。

　　帕斯捷尔纳克是这样的"人质"，杜甫早就是。我一直认为在中国古典诗学中有一种时间和历史的维度，像赵翼的"赋到沧桑句便工"，杜甫的"庾信文章老更成"，就指向了这一点。尤其是杜甫后期的诗，几乎每一篇都"赋到沧桑"。这正是我本人推崇杜

[①] 本文为对诗人、诗评家木朵的回答。木朵的问卷为：2021年是元知网创办十周年。我想以此为契机，请你谈一谈"十年"这一个时间概念对你意味着什么，"十年"在你的诗中有过怎样的表达？（比如杜甫"一辞故国十经秋"，贾岛"十年磨一剑"，杜牧"十年一觉扬州梦"，苏轼"十年生死两茫茫"，黄庭坚"江湖夜雨十年灯"）这样一个时间跨度，在人际关系上，存在什么意义？十年，是否等于一代？是否意味着一位诗人又能更上一个台阶？在过去的十年和未来的十年之间，现在的你起到一个什么样的作用？

诗的一个重要原因。

我本人曾在 20 世纪 90 年代写出《文学中的晚年》一文，其意正在于穿越 80 年代以来的那种"青春抒情""先锋实验"或封闭的"纯诗写作"，以把时间和历史的维度引入我们的诗学探讨中，为诗歌确立一种更为"可靠"和"持久"的尺度。

当然，诗人都渴望"永恒"，或是希望创造出具有永恒价值的艺术。但是策兰却说得很清楚："诗歌不是处在时间之外的。诚然，它要求成为永恒，它试图穿过并把握时间——是穿过，而不是跳过。"

我认同这种诗歌意识。我自己也试图通过写作来"穿过"我们所承受的历史和时间，哪怕这十分艰难。对我来说，这发生在 1990 年前后那一两年。在我那时写下的《帕斯捷尔纳克》一诗中，像"从雪到雪，我在北京的轰响泥泞的 / 公共汽车上读你的诗"，像"这是北京的十二月的冬天"，等等，都是为了确立一种诗的"在场"，为了确立一种更为具体、真切的历史时空和写作语境。

我在这之后写下的诗片段系列《反向》①（1991），则更多地涉及对写作本身的反省，涉及对诗与时间的关系、诗的存在之谜的领悟，这里摘取几节：

---

① 选自王家新：《塔可夫斯基的树：王家新集 1990—2013》，作家出版社，2013。

长久沉默之后

"长久沉默之后",叶芝这样写道,而我必须倾听。我知道,这不是叶芝,是他所经历的一切将对我们说话。

见证

当我想要告诉你什么是真实时,我发现,我不得不用另一种语言讲话。

晚年

大师的晚年是寂寞的。他这一生说得过多。现在,他所恐惧的不是死,而是时间将开口说话。

这些诗歌片段,其意味可能要比任何解说都更为丰富。不管怎么说,1990 年前后那两年对我的确具有某种分水岭的重要意义。这种文学的历史意识的获得,使我由一个年轻的诗歌学徒、一个或半个纯诗的修炼者真正进入作为一个中国诗人的历史命运之中。

正是有了这样一道"分水岭",1990 年的前后各 10 年,对我本人具有了"不同写作阶段"的意义(这正如人们看当代诗歌时,会有"80 年代"和"90 年代"这样的不同说法,虽然这样的划分不免简单)。

这是"上个世纪"。至于进入"新世纪"即 21 世纪以来,时间在"重新展开",时代也渐渐变得不同,新一代诗人在出现,我们这些"老家伙"也很难对自己的写作阶段进行什么划分了。

但是有一点，随着年龄和时间经验的增长，我的写作，这里撇开写作上的具体变化不谈，它的成色显然也在"老去"（"老去诗篇浑漫与"），或者说更具有时间和历史的意识了。我于2000年前后写下的两组诗片段《冬天的诗》和《变暗的镜子》①，可以说是对我的"前期"的某种总结，又是对"后期"的预示。《冬天的诗》的开篇是："多年以后他又登上了长城，他理解了有一种伟大仅在于它的无用。"其结尾是："舞台搭起来了。只有小丑才能给孩子们带来节日。"这组诗的德译者克劳斯哈尔博士看得很清楚，他在译后记中说这组诗的"密码"就是那个在诗中曾反复出现的"多年以后"。

至于《变暗的镜子》，诗题本身即是时间和生命自身的隐喻。"不是你老了，而是你的镜子变暗了。""不是你在变老，而是你独自用餐的时间变长了。"时间在流逝，外面的世界也很热闹，但是你"独自用餐的时间变长了"。如果说我有什么"自画像"，这就是。

诗人是"时间的人质"，这是我们无法摆脱的命运。但是一个有创造力的诗人却有可能从时间中创造出另一种时间，把他所经历的"三朝六代"甚至"前生"和"后世"都变成他的创作财富。如果说时间是一面"镜子"，或是一场迷雾、一场大梦，但是随着

---

① 选自王家新：《塔可夫斯基的树：王家新集1990—2013》，作家出版社，2013。

智慧的到来（"随时间而来的智慧"，叶芝），它也有可能成为一座上升的"塔"："因为我盘旋而上，在一个时间之塔上 / 站在了阿赫玛托娃的窗口。"这是我的《从阿赫玛托娃的窗口》①（2016）一诗的结尾。我庆幸在我的一生中我还能这样"盘旋而上"：这是对苦难的超越，当然也是对时间和我们自己的某种超越。

为什么诗题为"从阿赫玛托娃的窗口"？因为那是一个可以穿透苦难历史的位置，一种既是见证者、到来者也是俯瞰者的视角。

而阿赫玛托娃本人之所以让我折服，主要就因为她那以三言两语就透出一个时代的大手笔（布罗茨基曾指出"她是一个超级格言诗人。她对历史的态度也是格言式的"）。甚至在她的"不经意"中，也往往会"赋到沧桑"，因为她已活到了那个份上。以下为我译的她的一首短诗：

在那座吊桥上，

在如今已成为纪念日的那一天，

我的青春结束。②

仅仅这三句，就是一首令人动容的好诗。"吊桥"为彼得堡的一个标志，人生相逢、告别的标志，而"在如今已成为纪念日的

---

① 选自王家新：《重写一首旧诗》，武汉大学出版社，2017。

② 选自安娜·阿赫玛托娃：《没有英雄的叙事诗：阿赫玛托娃诗选》，王家新译，花城出版社，2018。

那一天"这一句，只有一个历尽沧桑而又具有高度艺术概括力的诗人才可以写出！

这样老道的诗，出自一种先知般的天赋，但也是一种技艺——看不出技艺的技艺。它同样出自一个诗人长期的修炼。它也是时间的赠予。

我也愈来愈相信诗是一种礼物。但是，我们自己只有充分准备好了，才有可能接住这样的礼物，从诗与时间的关系来看，才有可能以富有想象力的方式"重构时间"，或让"老去的时间"冒出新鲜的水流：

> 看不见珞珈山了，更看不见富士山，
> 一盆八月的茉莉花
> 却盛开在我新迁入的窗前。

这是去年夏天我写的《致敬》① 中的一节。这是我对时间的致敬，也是对命运的致敬。写作仍是一种"迎接"。

不管怎么说，回答木朵的这份问卷时，我已 60 有余了，也参与了"文革"之后中国当代诗歌 40 年来的历程。早年在伦敦翻译出伊利亚斯·卡内蒂的"世界因变老而日益开阔，未来缩小了"时，我曾精神一振，好像是看到了自己的未来，但到近来，我对

---

① 载于《花城》2021 年第 2 期。

杜甫的"老去诗篇浑漫与"感到更为亲切。不过,这个"老去诗篇浑漫与"究竟是什么意思呢?

说到"十年",我还真写过题为《十年》的诗,那是四五年前我重访东营,写给几位当地诗友的,"整整十年了,我们重逢,/ 在这同样的黄河入海口……"这自然免不了对人世沧桑的一番感慨。限于篇幅,这里我不谈这首诗,我更愿引出两三年前我写的另一首诗:

观海
——给张曙光、冯晏、森子、邵勋功等同行诗友

从棒棰岛半山上遥望

海比三十年前更平静、更深远了

(其实那时我们看也不看

就欢呼着跳下去了)

好像是一幅幻境,很不真实

好像这海还在继续生长

远处,一只、两只邮轮

像白色的熨斗熨过

渐渐被一片深蓝、一种钻石般的光吞没

近处,在礁石上卷起的浪花

洁白、耀眼,又无声地落下

而更远处隆起的山峰，像是新生的额头

此时在替整个大海向落日问候

这是傍晚六点钟，似乎

一切比例、视力和调色板都不管用了

无人能画出这样的海平面

也无人知道它深隐的痛楚、内溯的

回流和积蓄的力量

——这样的海，只宜当我们变老

而又变年轻时观看。①

　　诗人叶芝说过在他年轻时他的缪斯是"年老的"，在他年老时他的缪斯是"年轻的"。这首诗可能同时包含了这些意思。在我 30 岁出头时，我就曾谈论"文学中的晚年"，但现在，我感到自己不仅在变老，同时还要变年轻，还需要不断地"刷新"自己。我们在时间中生生死死，脱了一层层皮，就是为了有可能重获自己的"再生"。

　　这首诗还隐含着一系列的"看"，即提供了一种饱含了历史的视力。在我们年轻时眼睛明亮，但往往只看到自己，现在镜子"变暗"了，但却看到了万物，看到了万物的生生死死，看到了一个更开阔的生命和创作的领域。这即是时间对我们的造就，我们怎能

_____

① 载于《诗刊》2018 年第 10 期。

不向它"致敬"？因此，去年给一位年轻诗人朋友的《码头》一诗，
我这样写：

> 轻风，浪花。
>
> 你最好是一个人来到码头。
>
> 你也不用去想那些远去或归来的故事。
>
> 你只需像一只狗一样嗅闻。
>
> 你最好坐下来，
>
> 挨着那只铁锚，
>
> 并和它一起生锈。

有心的读者当然会注意到诗最后的"生锈"（有诗友在网上留言："了不起的'生锈'二字，多么有分量！所有的感情都遁入这个词，而又把'生锈'活活变成了活力。平凡而奇俊啊。"）。"生锈"就是"变老"，就是充分吸收时间，就是"走向成熟"。这即是我作为一个"过来人"对年轻诗人们的希望。

当然，不仅是"变老"，从创作的角度，还要像杜甫那样"老更成"，这才是真正的、最后的考验。

奥登认为大诗人是一个"持续成熟的过程"，这对我们中国诗人也是一个极重要的提示。就中国新诗而言，还鲜有那种"老更成"的卓越例证，许多现代著名诗人由于各种原因，一生中也就写了那么一阵子，七八年或十多年。好在自北岛、多多那一代起，

数代中国诗人已打破了这个"瓶颈"，他们已写了三四十年或更长时间，他们中的有些人也愈写愈好，愈写愈成熟。显然，这就是希望所在。

至于"在过去的 10 年和未来的 10 年之间，现在的你起到一个什么样的作用？"，我愿意再次引用我翻译的卡内蒂的一句话作为回答："限制一个人所期望显现的尊敬的领域。保持一个人更大的部分敞开。"也许，这就是一切。

后记

　　虽然早在我上大学时，我就曾暗自立下志愿，要做一个像闻一多那样的诗人兼学者，但我不是一位"诗论家"，也不是一位"批评家"。作为一个习诗者，我们在创作的同时不得不从事一种诗学探讨，这就是我写作许多诗论文章的一个内在动因。

　　至于我在后来所涉足的诗歌翻译研究，这也是一个足以吸引我的领域。乔治·斯坦纳说"伟大的翻译比伟大的文学更为少见"，对此我深以为然。我从事这方面的研究，不仅引领自己洞悉翻译艺术的奥秘，而且同我其他的诗学探讨一样，也试图以此彰显出语言的尺度、诗的尺度，甚至试图以这种方式"对我们这个时代讲话"。

　　自 20 世纪 80 年代前后到现在，我在诗歌的路上已跋涉了 40 多年了。这三卷诗论随笔集就折射出这一曲折历程。说起来，我所出版的诗论随笔集远多于自己的诗集，我在这方面所耗费的心血和精力也超过了我在创作上的投入。但是我也"认了"，因为这同样出自一种生命的召唤：成为一个自觉的而非盲目的诗人，加入我们这个时代的诗学锻造中来，并在今天尽力重建一种诗人、批评者和译者三者合一的现代传统。这就是这些年来我和我的一些同代人所要从事的"工作"。

在诗学探讨、诗歌批评和研究之外，我也写有许多和我的诗歌经历、人生经历相关的随笔文字。这些随笔文字，有更多的生命投入和"燃烧"，在语言文体上，也更多地带有我个人的印记。不管怎么说，"把批评提升为生命"，这就是我要试图去做的。

我也曾经讲过，我的全部写作，包括创作、评论、随笔写作和翻译，都是以诗歌为内核，也都是一个整体，虽然它看上去"不成体系"。我没有那种理论建构能力和野心。我也从来不喜欢那种模式化的体系。

谢谢广西师范大学出版社"纯粹"的约稿，谢谢多年来读者和诗人们的激励。30多年前，我的第一本诗论集《人与世界的相遇》出版后，我以为那是一本薄薄的小书，但是当我听到一些年轻的诗人满怀感激地谈到它时，我感到了一种责任。在后来，当我收到海峡对岸一位杰出的女诗人来信，说她整个傍晚都在阳台上读我的诗论集《没有英雄的诗》，天黑后又移到屋子里开灯继续读，读到最后发现自己脸上已流满了泪时，我不由得想起了汉娜·阿伦特的一段话：

即使在最黑暗的时代中，我们也有权去期待一种启明（illumination），这种启明或许并不来自理论和概念，而更多地来自一种不确定的、闪烁而又经常很微弱的光亮，这光亮源于某些男人和女人，源于他们的生命和作品，它们在几乎所有情况下都点燃着，并把光散射到他们在尘世所拥有的生命所及的全部范围。

这是我一生中读到的最激励我的一段话。我感谢这种激励。不用多说，我的许多随笔写作就来自这样的激励。

这三卷诗论随笔集是从我已出版的 10 多种诗论随笔集中选出来的，其中第三卷《以歌的桅杆驶向大地》的大部分文章为近两年来尚未结集出版的新作。编选这三卷诗论随笔，对我来说是一件难事，有时真不知道怎么编选才好，尤其是早些年的一些诗论文章，它们在今天很难让我满意。因此，这次我在"尊重历史"（因为它们已出版发表过）的前提下，又对许多"旧文"进行了修订。我想这种修订还会伴随我们的，因为艺术和人生就是一个需要不断"重写"自己的历程。

王家新

2021 年 7 月 28 日，望京

以歌的桅杆驶向大地
YI GE DE WEIGAN SHIXIANG DADI

图书在版编目（CIP）数据

以歌的桅杆驶向大地 / 王家新著. --桂林：广西
师范大学出版社，2023.2
（王家新作品系列）
 ISBN 978-7-5598-5672-2

 Ⅰ.①以… Ⅱ.①王… Ⅲ.①诗歌评论－中国－
当代－文集 Ⅳ.①I207.22-53

 中国版本图书馆 CIP 数据核字（2022）第 225534 号

────────────────────────────────

广西师范大学出版社出版发行
 广西桂林市五里店路 9 号　　邮政编码：541004
 网址：http://www.bbtpress.com
出版人：黄轩庄
全国新华书店经销
广西民族印刷包装集团有限公司印刷
 南宁市高新区高新三路 1 号　邮政编码：530007
开本：880 mm × 1 230 mm　1/32
印张：15.875　　字数：290 千
2023 年 2 月第 1 版　　2023 年 2 月第 1 次印刷
印数：0 001~7 000 册　　定价：78.00 元

────────────────────────────────

如发现印装质量问题，影响阅读，请与出版社发行部门联系调换。